A MULHER DA GARGANTILHA DE VELUDO
E OUTRAS HISTÓRIAS DE TERROR

CLÁSSICOS ZAHAR
em EDIÇÃO COMENTADA E ILUSTRADA

Persuasão
seguido de duas novelas inéditas em português
Jane Austen

Peter Pan
J.M. Barrie

O Mágico de Oz**
L. Frank Baum

Alice*
Aventuras de Alice no País das Maravilhas & Através do espelho
Lewis Carroll

Sherlock Holmes*
contos e romances em 9 vols.
Arthur Conan Doyle

O conde de Monte Cristo*
A mulher da gargantilha de veludo e outras histórias de terror
Os três mosqueteiros*
Alexandre Dumas

O melhor do teatro grego**
Ésquilo, Sófocles, Eurípides e Aristófanes

O corcunda de Notre-Dame**
Victor Hugo

Rei Arthur e os cavaleiros da Távola Redonda**
Howard Pyle

Contos de fadas*
Maria Tatar (org.)

20 mil léguas submarinas
A ilha misteriosa**
Jules Verne

* Disponível também em Edição Bolso de Luxo
** Em preparação

Alexandre Dumas

A MULHER DA GARGANTILHA DE VELUDO E OUTRAS HISTÓRIAS DE TERROR

EDIÇÃO COMENTADA E ILUSTRADA

Apresentação:
Heloisa Prieto

Tradução e notas:
André Telles e Rodrigo Lacerda

ZAHAR

Jorge Zahar Editor Ltda.
rua Marquês de São Vicente 99 – 1º | 22451-041 Rio de Janeiro, RJ
tel (21) 2529-4750 | fax (21) 2529-4787
editora@zahar.com.br | www.zahar.com.br

Grafia atualizada respeitando o novo Acordo Ortográfico da Língua Portuguesa

Ilustrações: Jean-Adolphe Beaucé (1818-1875), Ed. Coppin, Lancelot e outros para *La femme au colliers de velours* (Paris, Calmann-Lévy, 1891); Clément Auguste Andrieux (1829-1881) e Ed. Coppin para *Les mille et un fantômes* (Paris, Calmann-Lévy, s.d.). Bibliothèque Nationale de France.

Revisão: Eduardo Farias, Eduardo Monteiro
Projeto gráfico e composição: Mari Taboada
Capa: Rafael Nobre | Babilonia Cultura Editorial
Ilustração da capa: ©il67/iStockphoto

CIP-Brasil. Catalogação na fonte
Sindicato Nacional dos Editores de Livros, RJ

Dumas, Alexandre, 1802-1870
D92m A mulher da gargantilha de veludo e outras histórias de terror / Alexandre Dumas; Apresentação Heloisa Prieto; tradução e notas André Telles e Rodrigo Lacerda. – ed. coment. e il. – Rio de Janeiro: Zahar, 2012.
il. (Clássicos Zahar – edição comentada e ilustrada)

Tradução de: La femme au collier de velours
ISBN 978-85-378-0913-6

1. Contos de terror. 2. Ficção francesa. I. Prieto, Heloisa, 1954-. II. Telles, André. III. Lacerda, Rodrigo, 1969-. IV. Título. V. Série.

CDD: 843
12-5557 CDU: 821.133.1-3

Sumário

APRESENTAÇÃO

Chez Dumas

> *"Anuncio com muita alegria que, ontem, pela manhã, minha mulher deu luz a um menino enorme, um bebê de nove quilos. Se ele continuar a crescer, promete alcançar uma boa altura."*[1]
>
> 25 DE JULHO DE 1802
> RUA LORMELET — PARIS, FRANÇA

O menino foi registrado como Alexandre Dumas. Mais tarde, em 1831, seu nome seria retificado para Alexandre Dumas Davy de La Pailleterie. Era neto do marquês Antoine-Alexandre Davy de la Pailleterie e de uma jovem negra da ilha de São Domingos, Marie Césette Dumas; e filho de Thomas-Alexandre Dumas, casado com Marie-Louise Élisabeth Labouret Dumas, filha de um estalajadeiro.

O avô do recém-nascido, ao perder sua querida companheira, em 1772, voltara à França com o filho, mas faleceria pouco depois, em 1780. O pai, na juventude, era moreno, alto, dono de uma coragem impressionante e tinha pela frente uma carreira brilhante no exército. De fato, o general Dumas tornou-se uma grande figura militar de sua época e, em 1792, casou-se com Élisabeth Labouret, com quem primeiro teve duas filhas e, finalmente, o pequeno Alexandre.

O orgulho pelo filho cresceu ainda ao longo de sua infância. O general Dumas, que antes se ausentava muito, devido às suas atividades militares, desenvolveu um forte apego pelo menino de olhos azuis, tez morena e cabelos crespos.[2] Esse afeto era retribuído pelo pequeno Alexandre, cuja admiração pelo pai e seus valores — a força atlética, o código de honra da cavalaria, o heroísmo — era total. A família vivia luxuosamente, num pequeno castelo perto da cidade de Haramont.

1. Maurois, Andre, *Promethée ou la vie de Balzac; Olympio ou la vie de Victor Hugo; Les Trois Dumas.* Paris, Robert Laffont, 1993.

2. Biet, Christian, Jean-Luc Rispail e Jean-Paul Brighelli, *Alexandre Dumas ou Les aventures d'un romancier.* Paris, Découvertes Gallimard, 1986.

Em 1805, ciente do declínio de sua saúde, o general foi a Paris consultar um médico e levou consigo mulher e filho. Ele sentia a proximidade da morte e queria angariar protetores para ambos. A família instalou-se então na capital, onde seria mais fácil providenciar os cuidados necessários à saúde frágil do general.

Em 1806, após uma cavalgada na floresta, o general disse suas últimas palavras:

— Oh, Deus! Por que um general que aos trinta e cinco anos comandou três brigadas morre aos quarenta na cama como um covarde? O que fiz eu para ser condenado, tão jovem, a deixar minha mulher e filho?

Assim partiu o general, nos braços da mulher, à meia-noite em ponto. A cena não foi testemunhada pelo pequeno Dumas, de três anos, que fora levado à casa de uma prima pouco antes. O menino dormia quando, à meia-noite, ele e a prima foram despertados por um golpe forte na porta. Alexandre saltou da cama e correu na direção do som.

— Aonde você vai, Alexandre? — gritou a prima.

— Preciso abrir a porta para me despedir de papai. Ele quer dizer adeus.

O menino foi tranquilizado e voltou a adormecer. Na manhã seguinte, a notícia da morte do general alcançou a casa. Assim que ele despertou lhe disseram:

— Meu querido menino, seu papai, que te amava tanto, faleceu.

— Papai faleceu? O que isso quer dizer?

— Quer dizer que você não o verá mais.

— E por que não?

— Porque o bom Deus o levou consigo.

— E onde mora o bom Deus?

— No céu.

O menino calou-se, mas, assim que voltou para sua casa, correu até o quarto do pai e pegou seu fuzil. Subiu as escadas e pôs-se na janela. Encontrou a mãe, que chorava copiosamente.

— Aonde você vai? — ela perguntou.

— Vou para o céu.

— E o que fará no céu, meu menino?

— Vou matar o bom Deus que matou o meu pai.

Ela o abraçou e lhe pediu que jamais dissesse coisas assim. A orfandade foi o primeiro grande ritual de passagem do jovem Dumas.[3]

3. Maurois, Andre, op.cit.

Herdeiro de Sherazade

O desamparo, a inquietude diante da morte, a juventude sem fortuna que é obrigada a enfrentar a vida em Paris, são temas facilmente localizáveis ao longo da obra do criador de personagens lendários — por exemplo na história de Edmond Dantès, o jovem capitão traído pelos companheiros que viria a transformar-se no temível conde de Monte Cristo, ou na de d'Artagnan, o filho de um soldado aposentado que chega a Paris sem sequer a carta de recomendação, que lhe fora roubada no caminho. Ambos, de uma forma ou de outra, veem-se excluídos da sociedade e lutam para conquistar, ou reconquistar, um lugar ao sol.

A morte do general Dumas deixou a família com poucos recursos. Alexandre educou-se como pôde. Ou melhor, como preferiu. Ele lia a Bíblia, os mitos, e apaixonou-se perdidamente pelas *Mil e uma noites*. O fascínio pela figura de Sherazade, a narradora mítica que vence a morte usando a astúcia de contadora de histórias, perdura por toda a sua vida. A obra primordial da literatura do Oriente Médio forneceu a Dumas não apenas inspiração para peripécias e reviravoltas extraordinárias, como também a técnica necessária para prender a atenção dos leitores de folhetim: histórias que geram outras, interrompidas no momento de maior suspense. Sua capacidade de enredar narrativas era tão extraordinária que, no auge do sucesso de sua produção folhetinesca, Dumas foi apelidado de Sherazade pelos colegas e leitores.

A novela *1001 fantasmas* revela-se a homenagem mais declarada a essa personagem, tão amada por Dumas. Nela, a jovem princesa das Arábias, que se preserva da morte pela espada usando o fio da palavra, empresta seu dom ao narrador francês. Nesse contundente libelo contra a pena de morte há inclusive referências explícitas ao grande clássico da cultura árabe: "Ela me lembrava aquela vampira das *Mil e uma noites* que ia à mesa como os demais, mas usava apenas um palito para comer arroz."

Diálogos rápidos e precisos, cuja força é preservada pela tradução certeira de André Telles e Rodrigo Lacerda, conferem a esse texto de Dumas o tom oral, o clima confidencial de uma lenda contemporânea, compartilhada entre amigos. Afinal, os fantasmas que assombram essas narrativas não surgem de tradições espiritualistas, pelo contrário, apresentam-se como vozes que escapam de cabeças decapitadas por guilhotinas, ou ainda de personagens vítimas de outras mortes, cujas descrições chegam a ser minuciosas em seu realismo. Pois Alexandre Dumas é um escritor que, em geral, narra num tempo e num espaço geográfico reais, ao contrário de seu companheiro de pena, seu colaborador, o poeta Gérard de Nerval, grande mestre das histórias surreais, ou Jacques Cazotte, autor que exerceu forte influência sobre a corrente fantástica francesa, citado em *1001 fantasmas* com fina ironia:

> Moulle é meu amigo há quarenta anos e tem sessenta. ... Quase foi bispo de Clermont. Sabe por que não foi? Porque antigamente era amigo de Cazotte, e porque, como Cazotte, acredita na existência dos espíritos superiores e inferiores, dos gênios benfazejos e malfazejos. ... Encontrará em sua casa toda a literatura sobre visões e aparições, espectros, larvas, assombrações, embora raramente aborde tais assuntos, exceto entre amigos, pois estão longe de ser ortodoxos. ...
>
> — Oh! Veja só — interrompi-o —, acho que ele acaba de evocar um desses espíritos a que o senhor se refere...

O breve trecho acima é representativo da fala ambígua e lúdica de Alexandre Dumas. A descrição cética do personagem, que tranquiliza o leitor quanto à existência "real" de espectros sobrenaturais, é em seguida interrompida pelo prenúncio de um bom susto, uma sequência de alto suspense, deslocando-o de suas certezas e contexto familiar. Estamos diante de um narrador de seu tempo, época da reflexão sobre a ciência e suas descobertas, na qual o espaço da espiritualidade era muitas vezes considerado mera superstição pela nova mentalidade positivista. Há aqui, ainda, um eco do menino assustado com a perda precoce do pai e, finalmente, o contador de histórias herdeiro de Sherazade, futura fonte de inspiração para os melhores roteiristas cinematográficos.

Batismo literário

Aos treze anos de idade, Alexandre Dumas tinha uma bela caligrafia, paixão por lendas de todo tipo e uma grande curiosidade com relação à história de seu país e do mundo. Sua mãe o fazia trabalhar como aprendiz em um cartório, mas, paralelamente, ele escrevia seus primeiros romances e fazia suas primeiras amizades literárias, entre elas Adolphe Ridding de Leuven, que, também filho de um herói, era poeta. Foi Adolphe quem introduziu Alexandre na obra dos grandes poetas de seu tempo. Juntos escreveram um concerto e uma peça de teatro popular, ou de *vaudeville*, como se costumava dizer.

Em Paris, em novembro de 1822, aos vinte anos, Alexandre foi com um colega de trabalho, Pierre Hippolyte Paillet, a uma peça de teatro, estrelada por Robert Talma. No auge da glória, o ator principal da Comédie Française recebeu-os em seu camarim e, quando estendeu a mão para cumprimentar Dumas, este lhe pediu, com reverência:

— Toque a minha testa!

Talma, embora surpreso, teria entrado na brincadeira e replicado:

— Alexandre Dumas, eu o batizo poeta, em nome de Shakespeare, Corneille e Schiller...

Nascia assim um dos maiores escritores de todos os tempos.[4]

4. Idem.

Os primeiros sucessos

No dia 27 de julho de 1824, Dumas tornou-se pai. O bebê recebeu o nome de Alexandre Dumas, filho. O movimento romântico estava então em seu início. Dumas se apaixonou pelas obras de Walter Scott, Schiller e Goethe. Frequentou os salões de pinturas e fez amizade com Delacroix. Em Paris, nos grandes bulevares, pessoas de todas as idades e categorias sociais passeavam. Dumas apreciava essas caminhadas e passou também a visitar a casa de Charles Nodier, o erudito bibliotecário e escritor, por ele homenageado em *1001 fantasmas*. De dia, Dumas trabalhava em seu escritório, à noite, frequentava o teatro, festas e saraus.

Em 1827, uma trupe de atores foi a Paris encenar peças de Shakespeare. A obra do bardo inglês, hoje incontestavelmente clássica, era pouco conhecida na França de então. O sucesso daquela temporada francesa foi estupendo. Dumas não perdia um espetáculo, e fazia anotações. Esse contato com as tragédias elisabetanas o ajudou a compor a receita de seu estilo: descrições livres das ações, valorização das lutas e escaramuças, explicitação de tudo o que os textos gregos deixavam nos bastidores. Emocionar o público leitor, enfim.

Alexandre pesquisou então a vida de Henrique III, rei da França no final do século XVI. A partir desse estudo, escreveu sua primeira peça, *Henrique III e sua corte*, em dois meses apenas. A peça foi encenada pela companhia teatral da Comédie Française. Ansioso na estreia, foi surpreendido por um sucesso retumbante. Os jovens partidários do movimento romântico, de cabelos longos e ideias ao vento, elegeriam Dumas seu patrono. No dia seguinte, o jornal *La Gazette de France* diria: "Do terceiro ato até o final da peça não foi um sucesso, e sim um delírio estrondoso, todas as mãos aplaudiam..."

A partir deste primeiro triunfo, Dumas passou a escrever ininterruptamente. Em seis semanas, tinha outras duas peças: *Christine*, que estreou em 1830, e *Antony*, que estreou em 1831.

Aos 29 anos, o jovem que chegara sem recursos a Paris, sem proteção, diplomas ou sequer uma instrução sólida, transformava-se em celebridade. Antes de cada peça ser montada, Dumas cumpria o ritual de ler o texto para os atores da companhia, diante de outros escritores e profissionais envolvidos na encenação propriamente dita. A leitura em voz alta, o compartilhamento e a troca ao longo do processo criativo marcariam também sua produção como romancista de folhetim. Dumas foi duramente criticado por — em pleno romantismo, época em que se glorificava a inspiração, a criação autoral solitária, o escritor angustiado, cuja morte deveria ser precoce — produzir peças e romances em parcerias ou até mesmo dirigindo equipes. *Grosso modo*, Dumas tinha três modelos de produção: algumas obras escrevia totalmente só, como *Antony*; outras eram criadas em dupla, nas quais chegava a ficar em segundo plano, como *Leo Buckard*, em parceria com Gérard de Nerval; e, finalmente, escrevia a partir de roteiros montados por colaboradores, entre os quais se destacou Auguste Maquet.

Tratava-se de um procedimento comum em seu tempo, mas sem tanto prestígio quanto a criação absolutamente autoral. Muito embora fosse, sim, um dramaturgo romântico, como fica nítido na trama e no texto de *A mulher da gargantilha de veludo*, cujo desfecho contundente e imprevisível ironiza as falsas riquezas, os costumes da nobreza. Tanto no teatro quanto nos romances, contudo, sua voz narrativa aliciadora e o ritmo alucinante dos diálogos atestam uma consciência forte da importância da recepção por parte do público, e essa necessidade de seduzir o ouvinte, leitor ou espectador, explicaria o enorme sucesso de suas obras.

Contos de Hoffmann

"Será que existe um poder oculto capaz de imprimir em nossa alma uma ascendência tão pérfida e malsã que nos paralisa e, depois, nos remete a uma via tão perigosa e nefasta que, sem ele, permanecemos eternamente desconhecidos?" Esta é a indagação do narrador de *O homem de areia*, de autoria de E.T.A. Hoffmann, cujo poder de apreensão do grande mistério existencial despertou admiração entre inúmeros escritores ao longo dos anos. Esta é, também, a inquietude que habita o espaço criativo de Alexandre Dumas, desconcertado diante das vítimas decapitadas pela impiedosa e voraz guilhotina da Revolução Francesa. Tanto em *1001 fantasmas* como em *A mulher da gargantilha de veludo*, por sinal, há uma indisfarçável condenação da pena de morte.

A instigante obra de Hoffmann gerou debates e inspirou novos textos entre os franceses quando foram publicadas no país as primeiras traduções dos contos desse autor alemão, em 1828 e 1840.

Não por acaso, Hoffmann é personagem de *A mulher da gargantilha de veludo*. Embora seu nome seja frequentemente associado a autores como Charles Nodier e Gérard de Nerval, grandes companheiros de Dumas, nem sempre se leva em consideração a enorme influência que seus textos exerceram também sobre o criador de *1001 fantasmas*. Talvez isso se deva ao fato de a obra de Alexandre Dumas ser excluída do cânone romântico, ou de cânones de um modo geral. Reverenciado por leitores contemporâneos, Dumas e suas aventuras parecem escapar às classificações de antologias.

Admirador tanto de Walter Scott, o autor escocês adversário literário de Hoffmann em sua defesa do romance histórico, quanto do autor alemão, Dumas parece beber de ambas as fontes ao situar o enredo de *A mulher da gargantilha de veludo* num contexto fortemente marcado por fatos reais, ao mesmo tempo em que desloca os acontecimentos finais para a via paralela do estranhamento sobrenatural.

Coube a Hoffmann cunhar um novo termo para designar contos insólitos: o termo "fantástico", muito popular e amplamente usado por Charles Nodier.[5] Seres deformados, autômatos, feiticeiros e vampiros povoam essa nova via narrativa, mas, na obra de Dumas, o grande terror advém da impiedade e da insensatez humanas, com seus carrascos indiferentes e vorazes aparelhos de assassinar, como a guilhotina.

Diálogo entre vida e obra

O sucesso pessoal, o engajamento político, as mulheres pelas quais se apaixonou sucessivamente, esses eram os ingredientes da vida de Alexandre Dumas. Republicano, desafiava os valores do Antigo Regime e, em 1825, enfrentou em duelo um de seus representantes, seu primeiro duelo na vida real, no qual, para o bem da literatura, saiu-se muito bem. Nos salões de música, ele fez amizade com o compositor Liszt e com George Sand, escritora e musa do compositor Chopin, além de desfrutar a companhia do compositor Rossini e do violinista virtuose Paganini. Nada disso impediu que se tornasse alvo de ataques por parte de inimigos racistas, dada sua ascendência negra e a pele escura.

Certa noite, ao entrar num salão, Dumas ouviu um discurso irônico, pejorativo, depreciando os negros africanos, feito por um intelectual conhecido. Repentinamente, este interpelou-o, provocando-o diretamente:

— Caro senhor, na certa sabe de tudo o que acabo de dizer sobre os africanos, com todo esse sangue negro correndo em suas veias.

Impassível, Dumas sorriu ironicamente e replicou:

— Sim, certamente. Meu pai era um mulato, meu avô era um negro e meu bisavô um macaco. O senhor veja como são as coisas, meu caro: minha família começa onde a sua termina.

Segundo André Maurois, seu biógrafo:

> O jovem tolerava muito bem que o lembrassem de suas origens, porque, na verdade, orgulhava-se delas, principalmente nas conversas com Nodier. Mas, às vezes, outros o feriam. Odiar esses inimigos seria aviltante para Dumas, que considerava tal sentimento uma fraqueza. Sua única necessidade era provar-se a cada instante, provar o seu valor superior ao deles. De onde talvez surgisse uma disposição natural para sua compreensão dos revoltados contra a sociedade, dos proscritos, dos excluídos em geral.

5. Batalha, Maria Cristina, "A importância de E.T.A. Hoffmann na cena romântica francesa", *Alea: Estudos Neolatinos*, vol.5, n.2, jul/dez 2003.

O início da parceria com o poeta Gérard de Nerval seguiu-se à morte da mãe de Dumas, em 1838. E o próprio Nerval apresentou-lhe Auguste Maquet, um jovem professor de história que iria se tornar seu mais importante colaborador. Cabiam a Maquet, em geral, a pesquisa histórica e os argumentos dos capítulos, quando então o texto final era feito pelo escritor.

Em certos autores, vida e obra estabelecem um diálogo intermitente, distanciado, mas, no caso de Alexandre Dumas, parece haver entre as duas instâncias quase uma simbiose, um intercâmbio contínuo, evidenciando uma dimensão aberta de sua obra, isto é, permeável aos acontecimentos à sua volta. Na verdade, talvez essa simbiose seja bastante típica dos artistas românticos, de todas as épocas.

Seu primeiro contato direto com o movimento artístico que conquistara Paris, o romantismo, havia acontecido por puro acaso. Ao assistir a uma encenação da peça *O vampiro*, ele se viu ao lado de um homem de cabelos brancos, fino, charmoso, com o qual começou a conversar. Tratava-se do já mencionado Charles Nodier, justamente o autor da peça, cuja amizade lhe marcou a vida e as histórias. Outros golpes de sorte ainda contribuíram para que Dumas estabelecesse uma espécie de rede literária, algo fundamental para as trocas artísticas e as grandes realizações. A ele coube o mérito de perceber cada oportunidade e vivê-la corajosamente, unindo a força de sua imaginação prodigiosa a uma imensa capacidade de trabalho.

Ele enfrentava as críticas e a maledicência com altivez, embora fizesse questão de respeito ao seu trabalho. Sua generosidade com relação aos colegas do mundo artístico beirava a obsessão. Sempre que conseguia ganhar muito dinheiro, presenteava as amantes, os amigos e suas famílias, além de filhos, colaboradores e admiradores. Ironicamente, isso por vezes contribuía para que tivesse um grande número de seguidores oportunistas. Quando não se sabia onde jantar, dizia-se: "*Chez* Dumas", e em sua casa as portas estavam sempre abertas, com a mesa farta.

Nessas ocasiões, era comum encontrá-lo ensandecido, trabalhando. Mesmo assim, amava organizar bailes e banquetes. Dumas se gabava de seus dotes culinários. Portador de uma autorização para caçar na floresta das redondezas, partia com os amigos para providenciar a carne a ser servida em seus jantares.

Esse clima de confraternização entre amigos é, em certa medida, a principal característica de *1001 fantasmas*. Reunidos na casa do prefeito de uma cidade do interior, os personagens, para se entreterem mutuamente, contam cada um uma história de terror. A novela resulta, portanto, num conjunto com subdivisões. E, à medida que essas narrativas se sucedem, sob a superfície fantástica surge uma reflexão profunda sobre a injustiça social e, em contrapartida, os excessos revolucionários, a pena de morte, ou ainda "as coisas do céu e da terra, para além do que sonha nossa vã filosofia" (segundo conceito expresso tão magistralmente por Shakespeare em *Hamlet*, obra também fundamental para Dumas, que amava heróis capazes de enfrentar sem ajuda um mundo de inimigos ocultos, reais ou sobrenaturais).

A parceria entre Dumas e Gérard de Nerval, que rendeu, por exemplo, o drama *O alquimista*, outra obra de evidente conteúdo místico/sobrenatural, prolongar-se-ia por muitos anos. E os dois textos reunidos neste volume, *1001 fantasmas* e *A mulher da gargantilha de veludo*, talvez sejam os mais reveladores da grande influência que a sensibilidade extrema de Nerval parecia exercer sobre Dumas. Figuras como o temível Cagliostro, ou o lendário conde de Saint-Germain, aparecem aqui e ampliam o campo do sobrenatural, expandindo suas possibilidades. A obra insólita de Nerval, bem mais tarde, já no século XX, viria a inspirar também o movimento surrealista, sobretudo ao poeta André Breton, estudioso do ocultismo, que criava uma prosa de encantamento e mistério, envolvendo cartas de tarô, lendas celtas, tradições arcaicas e referências a reinos paralelos, repletos de criaturas invisíveis.

Para o século XIX, a loucura equivalia a ter um outro dentro de si. Gérard de Nerval apresentaria mais tarde graves problemas psiquiátricos,[6] mas, durante os primeiros anos de sua parceria com Dumas, nada indicava isso. Um erudito, de temperamento delicado, cabelos claros, rosto de feições atraentes, Nerval dava provas de uma imaginação fantástica e sonhadora. Somente a partir de 1841 começaria a ter alucinações, que ele viria a registrar literariamente em uma de suas obras-primas, *Aurélia*, cuja escritura coincidiu com sua internação numa casa de saúde. Talvez hoje em dia ele viesse a ser diagnosticado como esquizofrênico, ou bipolar, mas, naqueles tempos, vários e curiosos foram os males a ele atribuídos: meningite, insolação, mal da orelha, fratura do crânio etc.

O próprio Nerval se interessou por desvendar a causa de seus sofrimentos, passando a escrever sobre as fronteiras entre loucura e sanidade. Contudo, onde a medicina de seu tempo apontava uma fissura, ele via o entrelaçamento de dois mundos, o sonho funcionando como o elemento condutor de mensagens entre um estado e outro. O poeta, Orfeu, seria o único capaz de ir ao mundo dos mortos e dele retornar, utilizando o som poético de sua lira.

Dumas, perplexo com as mudanças no amigo querido e colaborador, nem sempre era capaz de captar as nuances. Seguia publicando os sugestivos e intrincados poemas de Nerval em seu jornal diário, *Le Mousquetier*. Em 1853, aterrado pela piora do estado do amigo, Dumas escreveu um artigo fazendo referências à sua loucura, desastradamente magoando a sensibilidade de Nerval. Eram os primeiros sinais de estresse em seu relacionamento criativo. Ainda assim, ao publicar *Aurélia*, sequência de belíssimos contos sobre

6. Didier, Beatrice, Prefácio a *Les filles du feu*, Paris, Folio Gallimard, 1972.

estados alterados de percepção, Nerval dedicou o livro a Dumas, como uma espécie de tentativa de fazê-lo compreender a densidade de sua percepção inusitada. Enquanto isso, na clínica de alienados do famoso médico dr. Blanche, seguiu escrevendo sonetos, os quais afirmava ter criado num estado supranaturalista. Ironizando a si mesmo, escreveu certa vez: "A última loucura que me resta, provavelmente, é a de me considerar um poeta."[7]

Em *1001 fantasmas*, diz o narrador de Dumas: "Pobres loucos, não compreendem que às vezes os homens podem mudar o futuro... jamais o passado!" Espectros, duplos, vampiros e cabeças decapitadas falantes expressam sua reflexão sobre o temor à loucura e à morte, os dois maiores medos universais.

Em meio a sofrimentos atrozes, a genialidade de Nerval continuava a criar textos esplêndidos. "O bizarro na loucura de Gérard", escreveu Dumas, "era a duplicidade: nele, coabitavam o homem lúcido e o louco. O lúcido estudava a própria loucura com a precisão de um médico e a apreciação de um filósofo." O sonhador e o pensador, o homem que delirava e o narrador consequente, dois indivíduos unidos e cindidos ao mesmo tempo.

Ainda nesse período, Dumas publicou em seu jornal outra obra de ficção criada pelo amigo, *Pandora*, garantindo a sobrevivência do texto, mas não, infelizmente, a de seu autor. No dia 30 de janeiro, as páginas de *Le Mousquetier* anunciavam o trágico suicídio de Gérard de Nerval, que foi encontrado enforcado, pendurado num poste, com os bolsos cheios de pedra, barbantes, folhas mortas e fragmentos de manuscritos. Se para Michel Foucault a loucura consiste na "ausência de obra", então nesse sentido Nerval foi vitorioso em sua derradeira travessia do Aqueronte, o rio das dores incuráveis, pois a obra que nos legou é de uma impressionante força literária.

O papel do narrador em As mil e uma noites

> — Sömmering afirma: "Vários médicos, confrades meus, asseveraram ter visto uma cabeça separada do corpo ranger os dentes de dor, e estou convencido de que se o ar continuasse-lhes a circular pelos órgãos da voz as *cabeças falariam*." Pois bem, doutor — continuou o sr. Ledru, empalidecendo —, estou mais avançado que Sömmering. Uma cabeça falou comigo.

Impossível abandonar a leitura da narrativa de Dumas após o trecho acima. A história da cabeça decapitada e falante desafiaria a credulidade do leitor, não fosse ela contada numa conversa com um médico, cujos comentá-

7. Murat, Laure, *La maison du docteur Blanche*, Paris, Hachette, 2001.

rios lhe conferem credibilidade, embora aquele que a conta ainda pergunte: "Também dirá que sou louco?"

Não por acaso, voltando ao conto que serve de moldura às histórias em *Mil e uma noites*, relido por Dumas em seus *1001 fantasmas*, vemos que ele também aborda a loucura, a morte e a voz literária como forma de estabelecer um diálogo com a antiga narrativa oriental. No clássico da literatura árabe, Sherazade, uma jovem de grande cultura, sensibilidade e astúcia, pede ao pai, o vizir, que a autorize a casar-se com um sultão enlouquecido, mesmo ciente de que correria o risco de ser decapitada, devido a uma vingança pessoal do jovem monarca, Shariar.

A decapitação de Sherazade será adiada e, posteriormente, evitada, graças ao conhecido estratagema: ela pede a presença da irmã, Doniazade, e conta-lhe histórias, as quais o príncipe escuta com atenção, até o amanhecer. Esse ritual se repete por mil e uma noites, até que, sob o efeito das narrativas, a mente e o coração do príncipe se acalmam e ele passa a reinar como o mais sábio de todos os soberanos. Logo se vê a astúcia de Sherazade, tanto no sentido de criar uma rede narrativa na qual histórias se entrelaçam — sempre interrompidas no momento de maior suspense, para serem continuadas na noite seguinte —, quanto no de convidar a irmã para ouvi-las, criando uma situação na qual o príncipe possa vir a interessar-se espontaneamente pelas narrativas.

É dito, no início do relato, que Sherazade era muito instruída, conhecendo histórias de lugares diferentes, até mesmo de mundos já desaparecidos. Portanto, quando ela se oferece para salvar as jovens do reino, já tem uma estratégia cuidadosamente planejada.

Afirma a psicanalista brasileira Purificacion Barcia Gomes:

> Segundo as regras vigentes no mundo mágico do Oriente, o soberano teria a prerrogativa de cometer qualquer atrocidade que lhe apetecesse. Por isso, a tarefa de Sherazade não parece ser, à primeira vista, a de corrigir um comportamento desviante ou aberrante do sultão Shariar; ela não é uma educadora, nem uma reformadora social. Sua atividade se nos afigura como propriamente terapêutica: o sultão sofre e, em seus encontros com Sherazade, esta lhe diz coisas que aliviam o seu sofrimento.[8]

Na linha da premissa acima, que sugere uma das funções do narrador no mundo islâmico, e das próprias narrativas, Barcia Gomes aponta que, na Pérsia, o entretenimento noturno do jovem rei Alexandre Magno era ouvir fábulas da boca de homens especializados em contar histórias, os *confabulatores nocturni*. E acrescenta:

8. Gomes, Purificacion Barcia, *O método terapêutico de Scheerazade: Mil e uma histórias de loucura, de desejo e cura*, São Paulo, Iluminuras, 2000, p.14.

> Mais recentemente, falando dos primeiros séculos da fundação do Islã, o arabista Irwin lembra que se atribuem duas origens prováveis à tradição oral no Oriente: uma religiosa e outra secular. A religiosa decorria da ação dos pregadores e comentadores do Corão, chamados *khatib*. A secular, da ação dos *quassas*, contadores de histórias religiosas, sim, mas nem sempre ortodoxas. Justamente por essa heterodoxia narrativa, os *quassas* acabaram sendo expulsos das mesquitas e criaram os textos islâmicos apócrifos (constituídos de fábulas sobre profetas pré-islâmicos). Por fim, instalaram-se nas ruas, bazares e cemitérios, como contadores populares de ditos anedóticos, supostamente religiosos, em troca de moedas.[9]

Após essas considerações de caráter histórico, Barcia Gomes continua, dizendo sobre os colegas anônimos de Sherazade:

> No começo do século XVI, os contadores de histórias, assim como os demais artífices e trabalhadores, são obrigados a fazer parte de guildas, e passam a trabalhar em cafés, uma nova instituição social que surge nessa época, bastante malvista pela sociedade "honesta e trabalhadora". Alguns desses homens conseguem capturar de tal forma a atenção da audiência que chegam a ser objetos de cronistas do Ocidente, admirados com seu poder de sedução … . A técnica utilizada pelos narradores árabes se assemelha à de Sherazade: interromper sua narrativa a cada noite, ou seja, aguçar a curiosidade do ouvinte através da intensificação do suspense.

É importante observar que a técnica da interrupção da narrativa num momento crucial é um dos pilares do estilo de Alexandre Dumas. Ajudando a moldar o formato clássico do folhetim, no início do império jornalístico, o escritor instaurou o suspense na maneira de narrar as peripécias, por exemplo, de seus *Três mosqueteiros*. Eventualmente, com o advento do cinema, essa mesma técnica seria utilizada para prender a atenção do espectador. A interrupção da narrativa num momento culminante seria, em jargão cinematográfico, "o ponto de virada". A televisão também utiliza o mesmo recurso, tanto nas novelas brasileiras como nos seriados norte-americanos, prolongando, por muitas noites, o pacto entre espectador e a história que ele acompanha.

Poucos estudos teóricos, porém, contemplam essa herança ou tentam rastrear as técnicas narrativas que viajam através dos tempos e lugares. O esquecimento cultural, fruto de uma espécie de culto ao contemporâneo naquilo que ele apresenta de mais superficial e imediato, priva a memória cole-

9. Ibid., p.16.

tiva dessas recuperações mais distantes, escamoteando vínculos e legados de grande importância.

Barcia Gomes ainda acrescenta que a narrativa dos antigos contadores árabes, sempre interrompida e retomada, teria o poder de, artificialmente, criar a necessidade de mais narrativas, que estabeleceriam um diálogo com outras, pessoais, de histórias de vida, no ouvinte.

"Guardiões da palavra-emoção", esta é a bela definição poética que ela confere aos contadores de histórias do mundo antigo: "Esses guardiões da palavra-emoção, da palavra-memória, eram inicialmente, no mundo árabe, homens e profissionais. Com o passar do tempo, essa atividade vai sendo assumida por amadores e por mulheres, que contam histórias às outras mulheres e às crianças."[10]

Afirmava Walter Benjamin que narrar corresponde a aconselhar, no sentido de introduzir palavras poéticas de sabedoria. A narrativa seria então uma forma de enraizamento na própria comunidade, comunhão com a natureza, inserção numa linhagem de gerações passadas e futuras. Nesse mesmo sentido argumenta Barcia Gomes:

> [O narrador é aquele que] sabe dar conselhos: não para alguns casos, como o provérbio, mas para muitos casos, como o sábio. Pois pode recorrer ao acervo de toda uma vida (uma vida que não inclui apenas a própria experiência, mas em grande parte a experiência alheia. O narrador assimila à sua substância mais íntima aquilo que sabe por ouvir dizer). Seu dom é poder contar sua vida; sua dignidade é contá-la inteira. O narrador é o homem que poderia deixar a luz tênue de sua narração consumir completamente a mecha de sua vida.[11]

Talvez resida justamente aí a capacidade reparadora da literatura de um modo geral: o despertar primordial para a aceitação da passagem do tempo, da impermanência, da incerteza, mas também do humor, da aventura e do encantamento.

O meio literário e o método de trabalho

Diante das indagações colocadas pelos artistas do movimento romântico, Dumas respondia com uma ironia típica, que o aproxima muito dos artistas contemporâneos, e afirmava com muita simplicidade: "Sabem o que é a história? Um cabide onde penduro meus romances."

10. Ibid., p.23.

11. Ibid., p.24.

Estas são palavras de Alexandre Dumas, que, segundo seu biógrafo André Maurois, não se pretendia erudito nem, muito menos, pesquisador. Quando começou a escrever *Os três mosqueteiros*, Dumas já publicara impressões de viagens, peças de teatro, romances etc. Em todas essas incursões por diferentes gêneros literários, sempre se notava o instinto da ação. Tal característica se faria ainda mais presente quando ressuscitava a história da França em forma romanesca. Auguste Maquet, seu parceiro na empreitada, além de professor de história e filho de um abastado industrial, tinha a intenção de escrever para o teatro. Quando Gérard de Nerval o apresentou a Dumas, surgiu a ideia de realizarem um projeto de equipe em estreita colaboração. Um por todos, todos por um.

Naquela época, havia na França dois grandes jornais que disputavam a atenção do público: *La Presse* e *Le Siècle*. O proprietário deste último decidiu que a melhor forma de conquistar mais leitores seria publicando um emocionante romance em forma de folhetim. O antigo truque de "interromper a história para depois continuá-la" voltaria a ser aplicado num novo meio.

Para os jornais, o melhor romancista era aquele que garantia a fidelidade do maior número de leitores. Excelentes escritores poderiam revelar-se péssimos folhetinistas. O nome de Balzac foi considerado em primeiro lugar, mas suas longas descrições afugentavam a parcela mais impaciente do público. O jornal *La Presse*, em um golpe astucioso, comprou tudo o que fosse criado e assinado por Alexandre Dumas durante um período de doze anos.

No caso do folhetim, a importância de conquistar o leitor desde a primeira linha era fundamental. Dumas desenvolveu então a técnica de delinear rapidamente o personagem para, em seguida, colocá-lo em ação. Não se tratava, portanto, de fornecer uma descrição superficial, mas sim de escolher a palavra mais precisa, a mais eloquente de um determinado traço de caráter, com o máximo de economia e o mínimo de espaço. Uma vez fisgado o leitor, a ação avançava até o suspense atingir um pico, quando então a narrativa era interrompida. Para avaliar a eficácia da "fórmula", os jornais contavam com leitores profissionais. Rodas de ouvintes eram pagas para, diariamente, ler em praça pública as peripécias criadas por Dumas. Isso explica, em parte, a força de sua voz narrativa, cúmplice do leitor e que guarda uma oralidade evidente em todas as obras do período. O sucesso de Dumas foi retumbante.

Para desencadear o próprio processo criativo, Dumas necessitava de pessoas a quem chamava de "despertadores de ideias". Seu método de trabalho com os colaboradores, como já foi dito, era variável. Mas, em geral, ele pedia a descrição do cenário histórico para os acontecimentos importantes do enredo e reescrevia os textos de seus colaboradores diversas vezes, modificando os finais dos capítulos, introduzindo ganchos, diálogos velozes e naturais etc.

Inaugurava-se assim uma nova corrente narrativa, especializada em histórias de aventuras, que a princípio prescindiam de efeitos mágicos, magos ou seres sobrenaturais. Descortinavam, sobretudo, o resgate de um certo heroísmo, em tempos cronológicos e espaços demarcados pela história, isto é, pelo real.

Dos contos de fadas, Dumas extraiu os objetos simbólicos, espadas, brasões, gargantilhas, cartas, bolsas e moedas, os "sinais misteriosos do destino". Ou ainda a importância dos pactos verbais: lemas, promessas, mentiras e declarações. Tal qual um roteirista norte-americano de filmes de ação, Dumas criava o suspense usando o tempo marcado, por vezes em contagem regressiva. Personagens chegam à meia-noite, contam os minutos, ou fazem referências ao tempo expandido do temor, como expresso em seus trabalhos de cunho mais "gótico", como se diria no jargão atual.

O processo industrial de fabricação de histórias, por meio do novo suporte midiático, o jornal, exigia o trabalho de equipe. Longe de explorar seus colaboradores, Dumas os valorizava. Sua metodologia coletiva já antecipava as futuras reuniões de roteiro e *brainstorming*, a troca intensa de ideias, tão comum no cotidiano das produtoras cinematográficas atualmente.

E, além da equipe oficial de trabalho, nota-se ao longo de toda sua obra, porém mais especificamente em *1001 fantasmas* e *A mulher da gargantilha de veludo*, o espaço privilegiado das conversas confidenciais: os jantares, os casos trocados à luz de velas, a esplêndida escuta da vida em curso, as mil e uma noites, o narrador primordial professando seu pacto secreto com cada leitor.

O lugar do artista

Por tudo o que foi dito, pode-se aventar a hipótese de que o artista ocuparia, para Dumas, o lugar de guardião de uma sensibilidade ancestral, da ficção primordial, impregnada pelo elemento onírico. Ele seria a testemunha do acaso e do imponderável, das brechas imprevisíveis, das verdades que escapam ao controle da cultura oficial através dos tempos e lugares. A partir de uma outra concepção de história da literatura, livre dos grilhões impostos por cânones, estaríamos abrindo espaço para a dinâmica recriadora, conforme definição de Jerusa Pires Ferreira,[12] que, citando o pioneiro estruturalista Yuri Lotman, ressalta que

> a cultura não se contrapõe ao caos, mas a um sistema de signos opostos. Ou seja, num texto irão trabalhar dois mecanismos: um deles servirá para manter na consciência do receptor ou do auditório a memória de certa organização tradicional do texto, fornecendo-lhe com isso alguma estrutura esperada; o ou-

12. Ferreira, Jerusa Pires, *Armadilhas da memória*, São Paulo, Ateliê Editorial, 2004, p.81.

tro irá destruir essa estrutura, dessemantizando a percepção e constituindo o individual.

Escolhas artísticas inusitadas, preservação daquilo que foi eleito, coletivamente, para ser relegado ao esquecimento geral, diálogos frutíferos com a memória cultural, rebeldia com relação a cânones: todas essas são características do gesto criador do artista.

Como já foi visto, Barcia Gomes estabelece uma comparação entre as relações ouvinte e contador de histórias/paciente e analista, no sentido de que ambas necessitam de um pacto. Caso o analista, ao escutar o relato de seu paciente, lide de forma inadequada com uma ferida emocional, ocorrerá entre eles um afastamento, da mesma maneira como um contador de histórias não pode permitir uma má escolha narrativa, cuja forma ou conteúdo, de algum modo, provoque o distanciamento do ouvinte. Em ambos os casos, o equívoco resulta na quebra do pacto e no esfacelamento da relação. O mesmo acontece na relação escritor/leitor. O escritor precisa evitar que o leitor perca o interesse, que ele feche o livro e o abandone. Tal desfecho, no espaço da literatura, significaria o rompimento do pacto.

Barcia Gomes menciona ainda a necessidade que o ser humano tem de ouvir histórias:

> Uma vez que estamos falando de uma necessidade de ouvir histórias, de uma necessidade de contar histórias, de uma necessidade de completar histórias, enfim, da arte de narrar e finalizar a narrativa como expressão de um desejo humano, convém ... explicar a tendência humana a repetir (que se encontraria maximizada tanto no fenômeno transferencial quanto na compulsão à repetição). ... para dar conta do fenômeno não seria preciso recorrer ao inatismo: basta pensar que a repetição se instala quando alguma experiência não foi suficientemente satisfatória para o indivíduo, isto é, quando alguma necessidade dele não pôde ser devidamente atendida. Ocorreria antes a repetição da necessidade, e não a necessidade de repetição.[13]

Sobre a importância da memorização como fonte de inspiração, ela diz ainda:

> É curioso notar que, diferentemente da Torá [o livro sagrado da religião judaica], revelada de uma única vez, o Corão [o livro sagrado da religião muçulmana] foi revelado ao Profeta [Maomé] pouco a pouco, em doses homeopáticas, linha por linha, verso por verso, em um período de vinte e três anos, para que ele tivesse

13. Barcia Gomes, op.cit., p.20.

> tempo de digerir e elaborar o sentido revelado. … Apenas para resumir o que dissemos acima, *As mil e uma noites*, com seu ritmo peculiar de interrupções e retomadas, parece fazer parte de um modo árabe de revelação da verdade e de transferência de conhecimento, que transcende em muito o mero recurso estilístico.[14]

Aprofundando a reflexão sobre o método narrativo de Sherazade, Barcia Gomes cita o trabalho de Adélia Bezerra de Menezes, intitulado *Sherazade ou Do poder da palavra*, segundo o qual o poder de cura da tecelã das noites residiria em sua habilidade para lidar com "a necessidade primordial de ficção que habita o coração de cada homem".[15]

Em seguida, viriam as qualidades narrativas de suas histórias, que abarcariam, na maneira de contá-las, a arte do poeta, do xamã, do psicanalista:

> Três especialistas, cada um em seu campo, em seu tempo, forneceriam ao doente uma linguagem, ou seja, a capacidade de propiciar uma transformação interior, consistindo numa reorganização estrutural da realidade, segundo a conhecida leitura feita por Lévi-Strauss da atividade xamanística como acesso ao discurso simbólico. … Poderíamos pensar a literatura oral ou escrita como a arte de fazer sonhar, a cujo prazer os homens se entregariam sem peias. Ocorre, porém, que o sultão acorda sozinho, repentinamente curado. Sherazade não o interrompe nos sonhos, apenas esgota sua necessidade de sonhar.[16]

As narrativas de Alexandre Dumas permanecem mais vivas do que nunca, antecipando as lendas urbanas, as aventuras sequenciais dos roteiros cinematográficos. Elas escapam aos cânones e têm sucesso permanente. A voz desse narrador irreverente e generoso, que tece textos móveis, arrebatadores, convida cada leitor a também narrar — mesmo que em segredo, apenas para si.

HELOISA PRIETO[17]

14. Ibid., p.21.

15. Ibid., p.29.

16. Idem.

17. Heloisa Prieto é doutora em literatura francesa (USP) e dedicou a tese de mestrado (PUC-SP) ao estudo de *Os três mosqueteiros*, de Dumas. Autora de mais de cinquenta livros para crianças e jovens, recebeu diversos prêmios, sendo o mais recente o de Melhor Livro de Reconto (FNLIJ — 2012), por *O livro dos pássaros mágicos* (FTD). Teve várias obras adaptadas para cinema, teatro e televisão, também premiadas, como é o caso de *1001 fantasmas* (Companhia das Letrinhas), sua homenagem a este que é um de seus autores mais queridos.

1001 FANTASMAS

1. *A rua Diane em Fontenay-aux-Roses*

No dia 1º de setembro do ano de 1831, fui convidado por um de meus velhos amigos, secretário particular do rei, bem como pelo seu filho, para a abertura da temporada de caça em Fontenay-aux-Roses.

Naquela época eu gostava muito de caçar e, para mim, caçador respeitado, a escolha da região onde se daria a abertura anual era um assunto sério.

Geralmente hospedávamo-nos em casa de um fazendeiro local, na realidade um amigo do meu cunhado. Havia sido lá que, matando uma lebre, me iniciara nas artes de Nemrod e Elzéar Blaze.[1] A fazenda situava-se entre as florestas de Compiègne e de Villers-Cotterêts,[2] a um quilômetro da encantadora aldeia de Morienval, e a dois das magníficas ruínas de Pierrefonds.

Os dois ou três mil alqueires de terra que formam sua propriedade consistem numa vasta planície, inteiramente cercada por bosques, cortada no meio por um bonito vale, em cujo fundo vê-se, entre os prados verdejantes e as árvores de diferentes tonalidades, uma profusão de casas aparentemente perdidas na folhagem, denunciadas por colunas de fumaça azulada que, de início protegidas pelo abrigo das montanhas à sua volta, sobem verticalmente em direção ao céu, alcançam as camadas superiores da atmosfera e curvam-se, esgarçadas como copas de palmeiras, na direção do vento.

1. Nemrod: personagem bíblico, neto de Noé, designado como "valente caçador perante o Eterno" no livro do Gênesis, 10, 9. Elzéar Blaze (1786-1848): oficial do exército de Napoleão, caçador e apaixonado por cães, escreveu *O caçador e os cães apontadores* e *O caçador contador de histórias*.

2. Villers-Cotterêts, na região da Picardia, norte da França, é a aldeia natal de Alexandre Dumas.

É nessa planície, na dupla vertente desse vale, que a fauna digna de caça vai espairecer, como se estivesse em terreno neutro.

Daí haver de tudo na planície de Brassoire: cervos e faisões percorrendo os bosques, lebres nos platôs, coelhos nas encostas, perdizes rondando a fazenda. O sr. Mocquet,[3] este é o nome de nosso amigo, tinha, portanto, certeza de nossa chegada. Caçávamos o dia inteiro e, no seguinte, voltávamos a Paris, tendo matado, para um total de quatro ou cinco caçadores, cento e cinquenta peças de caça, das quais jamais logramos fazer nosso anfitrião aceitar uma que fosse.

Aquele ano, porém, infiel ao sr. Mocquet, eu cedera à obsessão de meu velho colega de escritório, seduzido por um quadro que me fora enviado por seu filho, aluno ilustre da escola de Roma, e que reproduzia uma vista da planície de Fontenay-aux-Roses, com seus campos ceifados cheios de lebres e moitas recheadas de perdizes.

Eu nunca havia estado em Fontenay-aux-Roses. Ninguém conhece menos do que eu os arredores de Paris. Quando atravesso a barreira da cidade,[4] é quase sempre num raio de vinte ou vinte e cinco quilômetros. Por isso, tudo é motivo de curiosidade para mim quando faço uma viagenzinha qualquer.

Às seis horas da tarde, parti para Fontenay; a cabeça para fora da portinhola, como de costume. Atravessei a barreira do Inferno, deixei à minha esquerda a rua de la Tombe-Issoire e peguei a estrada de Orléans.

Sabemos que Issoire é o nome de um famoso bandoleiro que, na época de Juliano, extorquia os viajantes a caminho de Lutécia.[5] Ele foi gentilmente enforcado, penso eu, e enterrado no lugar que hoje leva seu nome, não longe da entrada das catacumbas.[6]

A planície que se estende na entrada do Petit Montrouge[7] tem um aspecto estranho. Em meio a pastagens artificiais, plantações de cenouras e canteiros de beterrabas, erguem-se uns fortes quadrados, de pedra branca,

3. Fazendeiro de uma aldeia próxima a Brassoire, citado por Alexandre Dumas em sua autobiografia, *Minhas memórias*, de 1863.

4. Barreiras de Paris: postos de controle que fiscalizavam a entrada e a saída de mercadorias e indivíduos do perímetro urbano parisiense. Uma das mais importantes, a barreira do Inferno, formada por dois pavilhões neoclássicos e edificada a partir de 1787, subsiste ainda hoje e situa-se na praça Denfert-Rochereau (antes rua d'Enfer).

5. Juliano o Apóstata (331-363): imperador romano especialmente ligado a Paris, onde passou longas temporadas. O epíteto "apóstata" ("desertor") deveu-se à sua pretensão de restabelecer o paganismo em território romano, já dominado pelo cristianismo. Lutécia: nome romano da futura cidade de Paris.

6. *Tombe*, em francês, significa "túmulo" ou "tumba". Daí o nome Tombe-Issoire para o lugar onde o bandoleiro está enterrado.

7. O Petit Montrouge, que abrange a parte norte de Montrouge, foi anexado a Paris em 1860 e forma a parte sul do 14º *arrondissement*, uma das vinte regiões administrativas nas quais a cidade é dividida.

Essa roda é dotada, em sua circunferência, de traves de madeira sobre as quais um homem pressiona alternadamente os pés.

dominados por uma roda dentada semelhante ao esqueleto de uma girândola apagada. Essa roda é dotada, em sua circunferência, de traves de madeira sobre as quais um homem pressiona alternadamente os pés. Esse trabalho de esquilo, que faz com que o trabalhador pareça mover-se freneticamente sem que na realidade saia do lugar, tem como objetivo enrolar em torno de um dispositivo uma corda que, assim, traz à superfície do solo uma pedra extraída do fundo da pedreira, a qual vem lentamente ver o dia.

Essa pedra é puxada por um gancho até a boca do buraco, onde cilindros a esperam para transportá-la ao local que lhe é destinado. Em seguida, a corda volta a descer às profundezas, aonde vai buscar outro fardo, dando uma trégua ao moderno Ixion,[8] a quem dali a pouco um grito anuncia que outra pedra espera a labuta que a fará deixar a pedreira natal, e o mesmo esforço recomeça, para recomeçar de novo, e de novo, infinitamente.

Ao anoitecer, o homem percorreu quarenta quilômetros sem sair do lugar. Na realidade, se subisse verticalmente um degrau cada vez que seu pé pressiona as traves, no fim de vinte e três anos alcançaria a Lua.

Sobretudo à noite, isto é, na hora em que eu atravessava a planície que separa o Petit Montrouge do Grand Montrouge, a paisagem, graças a esse número infinito de rodas moventes que se destacam vigorosamente contra o poente inflamado, ganha um aspecto fantástico. Qual uma daquelas gravuras em pastel de Goya,[9] diríamos nós, em que arrancadores de dentes, no lusco-fusco, revistam os corpos dos enforcados.

Por volta das sete horas, as rodas se imobilizam. O dia terminou.

Esses blocos, que formam grandes quadrados de quinze a dezoito metros de comprimento por dois ou dois e meio de altura, são a futura Paris extirpada da terra. As pedreiras de onde saem essas pedras expandem-se diariamente. São uma continuação das catacumbas de onde saiu a velha Paris. São os subúrbios da cidade subterrânea que não cessam de ganhar terreno, estendendo seu raio. Quando caminhamos pela planície de Montrouge, estamos caminhando sobre abismos. De tempos em tempos encontramos uma depressão no terreno, um vale em miniatura, uma cicatriz do solo. É uma pedreira sem sustentação embaixo, cujo teto de gipsita rachou. Surgiu uma fissura pela qual a água penetrou na caverna; a água carreou a terra, gerando deslocamento: chama-se a isso uma aluvião.

Se não soubermos tudo isso, se ignorarmos que a bela e convidativa camada verdejante repousa sobre nada, corremos o risco de, pisando numa dessas gretas, desaparecer, como desaparecemos no Montenvers[10] entre dois paredões de gelo.

A população que habita essas galerias subterrâneas, além de sua existência, apresenta um caráter e uma fisionomia também peculiares. Vivendo na escuridão, possui algo dos instintos dos animais noturnos, ou seja, é silenciosa e feroz. Volta e meia ouve-se falar de um acidente; uma viga desabou, uma corda se rompeu, um homem foi esmagado. Na superfície da terra, julga-se que é um trágico acidente; dez metros abaixo, sabe-se que é um crime.

O aspecto dos operários é geralmente sinistro. De dia, seus olhos piscam; ao ar livre, suas vozes são roucas. Seus cabelos são lisos e emplastrados, inclu-

8. Personagem da mitologia grega condenado por Zeus ao martírio eterno nos Infernos, preso a uma roda em chamas.

9. Alusão a gravuras da série *Caprichos*, do pintor espanhol Francisco Goya (1746-1828), em que feiticeiras roubam dentes dos enforcados para usar em suas poções.

10. Mirante situado a 1.913 metros de altitude, no maciço do Mont Blanc.

sive as sobrancelhas; a barba, só aos domingos pela manhã trava relações com a navalha; o colete revela mangas em grosso brim cinzento; o avental é de couro embranquecido pelo contato com a pedra; e a calça, de lona azul. Num de seus ombros fica o casaco dobrado em dois e, sobre esse casaco, o cabo da picareta ou do enxó, que, seis dias por semana, arranca pedaços de pedra.

Quando há algum motim, é raro os homens que acabamos de tentar descrever não estarem envolvidos. Quando se diz na barreira do Inferno: "Lá vão os pedreiros de Montrouge descendo", os moradores das ruas vizinhas balançam a cabeça e fecham as portas.

Eis o que observei, o que vi, durante aquela hora do crepúsculo, no mês de setembro, entre o dia e a noite. Mais tarde, quando anoiteceu, joguei-me dentro do coche, de onde certamente nenhum de meus companheiros vira o que eu acabara de ver. Acontece assim com todas as coisas: muitos olham, pouquíssimos veem.

Chegamos a Fontenay por volta das oito e meia. Um excelente jantar nos esperava e, depois do jantar, um passeio pelo jardim.

Sorrento[11] é uma floresta de laranjeiras; Fontenay é um buquê de rosas. Toda casa tem sua roseira subindo ao longo do muro, protegida no pé por um cercadinho de tábuas. Ao atingir certa altura, a roseira desabrocha em gigantesco leque. A brisa que passa é perfumada e, quando venta mais forte, chovem pétalas de rosas, como chovia na festa de Corpus Christi, na época em que Cristo contava com uma festa.

Da extremidade do jardim, se fosse dia, tínhamos uma vista imensa. Apenas as luzes semeadas no espaço indicavam as aldeias de Sceaux, Bagneux, Châtillon e Montrouge. Ao fundo, estendia-se uma grande linha avermelhada, que emitia um rumor semelhante ao bafejo do Leviatã:[12] era a respiração de Paris.

Tivemos de ser empurrados à força para a cama, como se fôssemos crianças. Sob aquele belo céu todo bordado de estrelas, em contato com aquela brisa perfumada, de bom grado esperaríamos o raiar do dia.

Saímos para caçar às cinco horas da manhã, guiados pelo filho de nosso anfitrião, que nos prometera mundos e fundos e que, devo dizer, continuou a se gabar da fartura de caça em sua propriedade, com uma insistência digna de melhor sorte.

Ao meio-dia, víramos um coelho e quatro perdizes. O coelho fora perdido pelo meu companheiro da direita, uma perdiz pelo da esquerda, e, das outras três perdizes, eu abatera duas. Em Brassoire, ao meio-dia eu já teria despachado para a fazenda três ou quatro lebres e quinze ou vinte perdizes.

11. A cidade italiana de Sorrento, na região de Nápoles, é famosa por seus produtos cítricos.

12. Leviatã: monstro marinho mitológico, mistura de serpente e polvo, citado no Antigo Testamento (Jó, 41) como um animal de estimação divino. Mais tarde, na obra homônima do cientista político inglês Thomas Hobbes (1588-1679), será usado como a metáfora do poder absoluto.

Gosto de caçar, mas detesto o passeio, sobretudo o passeio pelo mato. Assim, a pretexto de ir explorar um campo de alfafa à minha extrema esquerda, no qual tinha certeza absoluta de nada encontrar, rompi a linha de caçadores e me afastei.

Mas o que havia naquele campo, o que eu almejara no desejo de solidão que se apoderara de mim por mais de duas horas, era uma trilha vazia que, longe dos olhares dos outros caçadores, devia me levar, pela estrada de Sceaux, direto a Fontenay-aux-Roses.

Não me enganei. À uma da tarde, ao tocar do sino da paróquia, alcancei as primeiras casas da aldeia.

Eu andava junto a um muro, que me parecia cercar uma belíssima propriedade, quando, ao atingir o cruzamento da rua Diane com a Grande-Rue, percebi vindo em minha direção, do lado da igreja, um homem com um aspecto tão estranho que parei, por simples instinto de sobrevivência, e por simples impulso armei os dois tiros do meu fuzil.

No entanto, pálido, com os cabelos eriçados, os olhos saltando das órbitas, as roupas em desalinho e as mãos ensanguentadas, o homem passou rente a mim sem me ver. Seu olhar era fixo e vago ao mesmo tempo. Seu andar revelava a exaltação invencível de um corpo que descesse uma montanha no embalo, porém sua respiração cavernosa indicava mais pavor do que cansaço.

No cruzamento das duas vias, ele deixou a Grande-Rue e dobrou na rua Diane, onde ficava a entrada da propriedade cujos muros eu vinha seguindo por sete ou oito minutos. O portão, no qual meus olhos se detiveram instantaneamente, era pintado de verde e encimado pelo número 2. A mão do homem adiantou-se para a campainha muito antes de poder tocá-la. Alcançando-a, sacudiu-a violentamente e, quase no mesmo instante, girando no próprio eixo, viu-se sentado num dos marcos que antecediam esse portão. Uma vez ali, permaneceu imóvel, os braços arriados e a cabeça caída no peito.

Pressentindo que aquele homem era o protagonista de algum drama desconhecido e terrível, dei meia-volta.

Atrás dele, e de ambos os lados da rua, algumas pessoas, nas quais ele possivelmente produzira o mesmo efeito que em mim, haviam saído de suas casas e olhavam-no com espanto igual ao meu.

Ao toque estridente da campainha, uma portinhola, embutida no portão, se abriu e uma mulher de quarenta a quarenta e cinco anos apareceu.

— Ah, é você, Jacquemin? — ela disse. — O que faz aí parado?

— O sr. prefeito está em casa? — perguntou com uma voz rouca o homem a quem ela se dirigia.

— Está.

— Ótimo, dona Antoine. Pois diga a ele que matei minha mulher e que vim me entregar.

Pálido, com os cabelos eriçados, os olhos saltando das órbitas, as roupas em desalinho e as mãos ensanguentadas, o homem passou rente a mim sem me ver.

A sra. Antoine deu um grito, ao qual responderam duas ou três exclamações aterrorizadas das pessoas que se achavam perto o bastante para ouvir a terrível confissão.

Eu mesmo dei um passo atrás, esbarrando no tronco de uma tília, no qual me apoiei.

Seja como for, todos os que se achavam ao alcance da voz haviam se imobilizado.

Quanto ao assassino, escorregara do marco para o chão, como se, após pronunciar aquelas palavras fatais, suas forças o tivessem abandonado.

Enquanto isso, a sra. Antoine desaparecera, deixando a portinhola aberta. Evidentemente, fora cumprir junto ao patrão a tarefa de que Jacquemin a incumbira.

No fim de cinco minutos, aquele a quem foram chamar apareceu na soleira da porta.

Outros dois homens o seguiam.

Ainda posso ver a cena.

Jacquemin escorregara para o chão, como eu disse. O prefeito de Fontenay-aux-Roses, que a sra. Antoine acabava de convocar, postou-se de pé ao seu lado, dominando-o com sua alta estatura. No vão da porta espremiam-se as outras duas pessoas, das quais logo falaremos mais detidamente quando for a hora. Mesmo estando recostado no tronco de uma tília plantada na Grande-Rue, meu olhar projetava-se até a rua Diane. À minha esquerda, achava-se certo grupo composto de um homem, uma mulher e uma criança, que aos prantos pedia para sua mãe pegá-la no colo. Atrás desse grupo, a cabeça de um padeiro enfiou-se por uma janela do primeiro andar, conversando com seu filho ainda menino, embaixo na calçada, e perguntando-lhe se não era Jacquemin, o operário, que acabava de passar correndo. Por fim, um ferreiro apareceu na porta de sua casa, preto na frente, mas tendo as costas iluminadas pela luz de sua forja, cujo fole um aprendiz continuava a operar. Isso era tudo na Grande-Rue.

Quanto à rua Diane, afora o grupo principal já descrito, estava completamente vazia. Apenas em sua ponta viam-se surgir dois policiais, que, cavalgando lentamente, vinham fazer a ronda no quarteirão, exigindo portes de todas as armas, e sem desconfiar da missão que os esperava, aproximavam-se de nós tranquilamente.

O sino tocou uma e quinze da tarde.

2. *O beco dos Sargentos*

A última badalada do relógio misturou-se ao som da primeira palavra do prefeito.

— Jacquemin — disse ele —, espero que dona Antoine esteja variando. Ela me transmitiu seu recado, segundo o qual sua mulher foi morta e foi você quem a matou.

— É a pura verdade, sr. prefeito — respondeu Jacquemin. — Devo ser preso e julgado o mais rápido possível.

Proferindo tais palavras, ele tentou se levantar, apoiando-se no marco com o cotovelo, mas, após um esforço, caiu de novo, como se os ossos de suas pernas estivessem quebrados.

— Que ideia! Você está louco! — exclamou o prefeito.

— Olhe as minhas mãos — insistiu Jacquemin.

E ergueu as duas mãos ensanguentadas, às quais seus dedos crispados davam a forma de foices.

Com efeito, a esquerda estava vermelha até acima do pulso, a direita até o cotovelo.

Além disso, na mão direita, um filete de sangue fresco corria ao longo do polegar, proveniente, segundo toda probabilidade, de uma mordida que a vítima, ao se debater, dera em seu assassino.

Nesse meio-tempo, os dois policiais haviam se aproximado, feito alto a dez passos do protagonista da cena e, montados em seus cavalos, observavam.

O prefeito fez-lhes um sinal e eles apearam, jogando a rédea de suas montarias para um garoto de quepe policial, que parecia ser um cavalariço mirim.

Em seguida, aproximaram-se de Jacquemin e o suspenderam pelas axilas.

Ele não ofereceu resistência alguma, demonstrando a inércia do homem cujo espírito está absorto num único pensamento.

Nesse instante, o comissário de polícia e o médico chegaram. Acabavam de ser avisados do ocorrido.

— Ah, venha, sr. Robert! Ah, venha, sr. Cousin! — chamou o prefeito.

O sr. Robert era o médico e o sr. Cousin, o comissário de polícia.

— Aproximem-se, ia mesmo chamá-los.

— Ora, ora! Vejamos, o que houve? — perguntou o médico, com o ar mais jovial do mundo. — Um caso de simples assassinato, pelo que ouvi dizer?

Jacquemin não respondeu nada.

— Fale então, seu Jacquemin — continuou o médico —, é verdade que foi o senhor quem matou sua mulher?

Jacquemin não emitiu um som.

— Trata-se no mínimo de uma autoacusação — comentou o prefeito. — No entanto, ainda torço para que seja uma alucinação, e não um crime real, que o fez confessar.

— Jacquemin — pediu o comissário de polícia —, responda. É verdade que matou sua mulher?

Mesmo silêncio.

— Não importa, logo saberemos — opinou o dr. Robert. — Ele não mora no beco dos Sargentos?

— Mora — responderam os dois policiais.

— Muito bem, sr. Ledru![13] — sugeriu o médico, dirigindo-se ao prefeito. — Vamos ao beco dos Sargentos.

— Eu não vou lá! Eu não vou! — gritou Jacquemin, desvencilhando-se dos policiais com um gesto tão violento que, se pretendesse fugir, estaria decerto a cem passos dali antes que alguém cogitasse persegui-lo.

— Mas por que se recusa a ir? — perguntou o prefeito.

— Que motivos teria eu para ir, se confesso tudo, se estou lhe dizendo que a matei, e que o fiz com aquela grande espada medieval que roubei do Museu de Artilharia ano passado? Recolham-me à prisão, não tenho nada a fazer na minha casa, recolham-me à prisão.

O médico e o sr. Ledru entreolharam-se.

— Meu amigo — ponderou o comissário de polícia, que, como o sr. Ledru, ainda tinha esperança de que Jacquemin estivesse sob a influência de algum distúrbio mental momentâneo —, a reconstituição é urgente; aliás, o senhor precisa estar presente para guiar a justiça.

— Desde quando a justiça precisa ser guiada? — reclamou Jacquemin. — O senhor achará o corpo na adega e, perto do corpo, apoiada num saco de gesso, a cabeça. Quanto a mim, levem-me para a prisão.

— Sua presença é imperiosa — ordenou o comissário de polícia.

13. Jacques-Philippe Ledru (1754-1832), membro da Academia Francesa de Medicina e filho de Nicolas Philippe Ledru, vulgo Comus (ver nota 42), foi médico do rei, célebre em toda a Europa por seus experimentos no campo da física.

*"Que motivos teria eu para ir, se confesso tudo,
se estou lhe dizendo que a matei?"*

— Oh, meu Deus, meu Deus! — tremeu Jacquemin, às voltas com o mais terrível pavor. — Oh, meu Deus, meu Deus! Se eu soubesse…

— Sim! O que teria feito? — perguntou o comissário.

— Ora, teria me matado.

O sr. Ledru balançou a cabeça e, expressando-se com os olhos para o comissário de polícia, pareceu dizer-lhe: "Aí tem coisa."

— Vejamos — continuou ele, dirigindo-se ao assassino —, somos amigos, explique-me tudo, a mim.

— Sim, ao senhor, tudo que quiser, sr. Ledru. Pergunte, interrogue.

— Como é possível, depois de ter a coragem para assassinar alguém, que não tenha a de se confrontar com sua vítima? Por acaso aconteceu alguma coisa que deixou de nos contar?

— Oh, sim, uma coisa terrível!

— Ora! Queremos saber, conte.

— Oh, não. Os senhores diriam que não é verdade, diriam que estou louco.

— Não importa! O que aconteceu? Conte.

— Está bem, eu conto, mas só para o senhor.

Aproximou-se do sr. Ledru. Os dois policiais quiseram impedi-lo, mas o prefeito fez um sinal e eles deixaram o prisioneiro livre.

Até porque, se quisesse fugir agora, teria sido impossível fazê-lo: metade da população de Fontenay-aux-Roses ocupava a rua Diane e a Grande-Rue.

Jacquemin, como eu disse, acercou-se do ouvido do sr. Ledru.

— Acredita, sr. Ledru — perguntou Jacquemin a meia-voz —, acredita que, depois de separada do corpo, uma cabeça possa falar?

O sr. Ledru soltou uma exclamação parecida com um grito e empalideceu a olhos vistos.

— Acredita nisso? Fale — repetiu Jacquemin.

O sr. Ledru fez um esforço.

— Sim — disse —, acredito.

— Pois bem! Pois bem! Ela falou.

— Quem?

— A cabeça... a cabeça de Jeanne.

— Você está dizendo...?

— Estou dizendo que ela estava com os olhos abertos, estou dizendo que ela mexeu os lábios, que ela me encarou, estou dizendo que, ao me fitar, ela me xingou: "Miserável!"

Ao pronunciar tais palavras, que tinha a intenção de dizer apenas ao sr. Ledru, e no entanto eram ouvidas por todos, Jacquemin ganhou um ar assustador.

— Que piada! — exclamou o médico, rindo. — Ela falou... uma cabeça cortada falou. Boa, muito boa, boa mesmo!

Jacquemin voltou-se.

— Pois estou lhe dizendo... — retrucou.

— Chega! — interrompeu o comissário de polícia. — Mais uma razão para nos encaminharmos ao local onde se deu o crime. Guardas, escoltem o prisioneiro.

Jacquemin deu um grito, se contorcendo.

— Não, não — implorou —, podem até me esquartejar, mas não irei.

— Venha, meu amigo — insistiu o sr. Ledru. — Se é verdade que cometeu o crime terrível de que se acusa, voltar à cena do crime já será um castigo. Aliás — acrescentou, falando baixinho —, é inútil resistir. Se você não for por bem, eles o levarão à força.

— Muito bem, então! — disse Jacquemin. — Aceito, mas prometa-me uma coisa, sr. Ledru.

— O quê?

— Enquanto estivermos na adega, o senhor não sairá de perto de mim.

— Não sairei.
— Permitirá que eu segure sua mão?
— Sim.
— Então está bem — ele cedeu —, podemos ir.
E, puxando do bolso um lenço xadrez, enxugou a testa banhada de suor.
Dirigiram-se todos ao beco dos Sargentos.
O comissário de polícia e o médico caminhavam na frente, seguidos por Jacquemin e os dois guardas.
Atrás deles, vinham o sr. Ledru e os dois homens que haviam aparecido à sua porta ao mesmo tempo que ele.
Na retaguarda, como uma torrente encrespada e ruidosa, encachoeirava-se toda a população, à qual eu vinha misturado.
Após um minuto de caminhada, chegamos ao beco dos Sargentos. Era uma ruazinha situada à esquerda da Grande-Rue, descendo até um portão de madeira carcomida, que se abria tanto por duas grandes portas quanto por uma portinhola recortada numa dessas portas.
A portinhola estava presa por uma única dobradiça.
À primeira vista, tudo parecia calmo na casa. Uma roseira floria na entrada e, ao lado da roseira, num banco de pedra, um gato gordo e ruivo se aquecia beatificamente ao sol. Percebendo toda aquela gente, ouvindo todo aquele barulho, ele se amedrontou, fugiu e desapareceu pelo respiradouro de um porão.
Ao chegar à entrada que descrevemos, Jacquemin se deteve.
Os policiais quiseram fazê-lo passar à força.
— Sr. Ledru — disse ele, voltando-se —, sr. Ledru, o senhor prometeu não sair de perto...
— Pois não! Aqui estou — assegurou o prefeito.
— Sua mão, sua mão!
E cambaleava como se estivesse prestes a cair.
O sr. Ledru aproximou-se, fez sinal para os dois policiais soltarem o prisioneiro e deu-lhe a mão, dizendo.
— Responsabilizo-me por ele.
Era evidente que, a partir dali, o sr. Ledru não era mais o prefeito de uma comuna desejando a punição de um crime, e sim um filósofo explorando domínios desconhecidos.
Com a ressalva de que seu guia na insólita exploração era um assassino.
O médico e o comissário foram os primeiros a entrar, seguidos pelo sr. Ledru e Jacquemin. Depois entraram os guardas e alguns privilegiados, eu entre eles, graças ao contato que fizera com os srs. policiais, para quem eu não era mais um estranho, tendo tido a honra de conhecê-los diante do portão do prefeito e de mostrar-lhes meu porte de arma.
A porta foi fechada para o restante da população, que ficou a resmungar do lado de fora.
Avançamos até a porta da casinha.

Nada sugeria o acontecimento terrível que ali se dera. Tudo estava em seu lugar: a cama forrada de gabardine verde em sua alcova, tendo à cabeceira o crucifixo de madeira preta, coroado desde a última Páscoa por um galho de buxo seco. Sobre a lareira, um Menino Jesus de cera, deitado em meio a flores entre dois castiçais Luís XVI, cujo banho de prata se gastara com o tempo. Na parede, quatro gravuras coloridas, emolduradas em madeira escura e representando as quatro partes do mundo.

Sobre uma mesa, talheres para uma pessoa; na pedra do fogão, um refogado fervendo; e, próximo a um cuco que dava a meia-hora, um armário de comida aberto.

— E então! — disse o médico, no seu tom jovial. — Até agora não vejo nada.

— Entre pela porta da direita — murmurou Jacquemin, com uma voz rouca.

A indicação do prisioneiro foi seguida e vimo-nos numa espécie de despensa onde, num dos cantos, abria-se um alçapão, e em cujo vão tremeluzia uma luz, vinda de baixo.

— Ali, ali — murmurou Jacquemin, agarrando-se ao braço do sr. Ledru com uma das mãos e com a outra apontando para a adega.

— É agora! — sussurrou o médico ao comissário de polícia, com aquele sorriso terrível das pessoas a quem nada impressiona porque não acreditam em nada. — Parece que a sra. Jacquemin obedeceu ao preceito de mestre Adão.[14]

E cantarolou:

Se eu morrer, que me enterrem
Na adega onde está...

— Silêncio! — interrompeu Jacquemin, rosto lívido, cabelos eriçados, suor na testa. — Não cante aqui.

Assustado com a expressividade de sua voz, o médico se calou.

Quase imediatamente, porém, ao descer os primeiros degraus da escada, perguntou:

— O que é isso?

E, abaixando-se, recolheu uma espada de lâmina larga.

Era a espada medieval que Jacquemin, como ele próprio dissera, roubara do Museu de Artilharia, em 29 de julho de 1830.[15] A lâmina estava suja de sangue.

14. Mestre Adão: trata-se de Adam Billaut (1602-62), marceneiro, poeta e *chansonnier*, considerado o primeiro "poeta-operário".

15. O dia 29 de julho de 1830, auge da chamada Revolução de Julho, é tido como uma das "Três Jornadas Gloriosas" (27, 28 e 29 de julho), nas quais o povo parisiense sublevou-se contra a monarquia de Carlos X (1757-1836) e instaurou no poder uma nova dinastia, na pessoa do rei Luís Filipe d'Orléans (1773-1850).

O comissário tomou-a das mãos do médico.

— Reconhece essa espada? — perguntou ao prisioneiro.

— Sim — respondeu Jacquemin. — Depressa! Depressa! Vamos acabar com isto.

Havíamos encontrado o primeiro indício do assassinato.

Adentramos a adega, na ordem já mencionada: o médico e o comissário de polícia à frente, depois o sr. Ledru e Jacquemin, depois as duas pessoas que se achavam na casa do sr. Ledru, depois os guardas, depois os privilegiados, entre eles eu.

Após descer o sétimo degrau, meu olho mergulhou na adega e abarcou o terrível quadro que tentarei descrever.

O primeiro elemento que chamava a atenção era um cadáver sem cabeça, deitado junto a um barril, de cujo botoque, malfechado, continuava a escapar um filete de vinho. Este, ao escorrer, formava um canal que ia se perder sob o cavalete de apoio.

O cadáver estava contorcido no meio, como se o tronco, virado para cima, houvesse começado um movimento de agonia que as pernas não puderam acompanhar. O vestido, de um lado, arregaçava-se até a canela.

Via-se que a vítima fora golpeada no momento em que, de joelhos diante do barril, começava a encher uma garrafa, que lhe escapara das mãos e jazia a seu lado.

Toda a parte superior do corpo boiava numa poça de sangue.

Sobre um saco de gesso encostado na parede, como um busto sobre o pedestal, percebia-se, ou melhor, adivinhava-se uma cabeça afogada numa cabeleira. Uma faixa de sangue avermelhava o saco, do topo até a metade.

O médico e o comissário já haviam inspecionado o cadáver e se posicionado de frente para a escada.

Quase no centro da adega estavam os dois amigos do sr. Ledru e alguns curiosos que se espremeram para chegar até ali.

Ao pé da escada, quedava-se Jacquemin, pois ninguém conseguira fazê-lo descer o último degrau.

Atrás de Jacquemin, os dois guardas.

Atrás dos guardas, cinco ou seis pessoas, entre as quais eu mesmo, aglomeravam-se no alto da escada.

Todo esse interior lúgubre era iluminado pelo fulgor trêmulo da vela, pousada justamente sobre o barril de onde escorria o vinho e diante do qual jazia o cadáver da sra. Jacquemin.

— Uma mesa e uma cadeira — ordenou o comissário —, precisamos conversar.

3. *O interrogatório*

Trouxeram para o comissário os dois móveis solicitados. Ele verificou se a mesa estava firme, sentou-se diante dela, pediu a vela, que o médico lhe entregou passando por cima do cadáver, puxou do bolso um tinteiro, canetas de pena, papel, e deu início ao interrogatório.

Enquanto ele escrevia o preâmbulo, o médico demonstrou curiosidade pela cabeça sobre o saco de gesso, mas o comissário o deteve.

— Não toque em nada — disse. — O regulamento acima de tudo.

— Tem razão — concordou o médico.

E voltou a seu lugar.

Houve alguns minutos de silêncio, durante os quais só se ouvia a pena do comissário de polícia guinchando sobre o papel áspero do governo, enquanto as linhas sucediam-se com a rapidez de uma fórmula já conhecida pelo escriba.

Ao fim de algumas linhas, ele ergueu a fronte e olhou em volta.

— Quem se dispõe a testemunhar? — perguntou, dirigindo-se ao prefeito.

— Ora, esses dois cavalheiros, para começar — disse o sr. Ledru, apontando seus dois amigos de pé, que se juntavam ao comissário de polícia sentado.

— Muito bem.

Voltou-se para o meu lado.

— E depois, o cavalheiro, se não lhe for de todo incômodo ver seu nome num inquérito policial.

— Em absoluto — respondi.

— Peço então que desça — instruiu-me o comissário.

Certa repugnância me impedia de chegar perto do cadáver. De onde eu estava, alguns detalhes, sem me escaparem completamente, pareciam-me menos hediondos, perdidos numa semipenumbra que lançava um véu de poesia sobre o horror.

— É mesmo necessário? — perguntei.

— O quê?

— Que eu desça.

— Não. O senhor pode ficar onde está, se preferir.

Fiz um sinal com a cabeça que exprimia: "Desejo permanecer onde estou."

O comissário voltou-se para o amigo do sr. Ledru que estava mais próximo.

— Nome, sobrenome, idade, ocupação, profissão e domicílio — inquiriu com a velocidade do homem acostumado a fazer esse tipo de pergunta.

— Jean-Louis Alliette[16] — respondeu a testemunha escolhida —, vulgo Etteilla por anagrama, homem de letras, residente à rua da Comédia Antiga nº 20.

— Esqueceu de dizer sua idade — observou o comissário.

— Devo dizer a idade que tenho ou a idade que me dão?

— Sua idade, santo deus! Ninguém pode ter duas idades.

— Observo, sr. comissário, que determinadas pessoas, Cagliostro, por exemplo, ou o conde de Saint-Germain, o Judeu Errante...[17]

— Está insinuando que é Cagliostro, o conde de Saint-Germain ou o Judeu Errante? — indagou o comissário, franzindo a testa ao pensar que debochavam dele.

— Não, mas...

— Setenta e cinco anos — interveio o sr. Ledru. — Ponha setenta e cinco anos, sr. Cousin.

— Está bem — disse o comissário.

E pôs setenta e cinco anos.

— E o senhor, cavalheiro? — continuou ele, dirigindo-se ao segundo amigo do sr. Ledru.

E repetiu as mesmas perguntas que fizera ao primeiro.

16. Na realidade Jean-Baptiste Alliette (1738-91), ocultista francês, célebre por ter popularizado um tipo de cartomancia baseada no tarô.

17. Conde de Cagliostro ou Giuseppe Balsamo (1743-95), aventureiro italiano que frequentou a corte da França. Envolveu-se em casos misteriosos, como o do colar de Maria Antonieta, no qual a rainha foi caluniada por golpistas que encomendaram em seu nome um colar de 1,5 milhão de libras. Suspeito de franco-maçonaria e ocultismo, foi deportado para a Itália, onde morreu na prisão. Dumas transformou-o num dos protagonistas das *Memórias de um médico*, ciclo de romances sobre a Revolução Francesa. Conde de Saint-Germain (1707-84): outro aventureiro que frequentou assiduamente as cortes europeias, em especial a da França. Declarava ter séculos de idade. Judeu Errante: personagem lendário que remonta à Europa medieval e que não pode perder a vida, pois perdeu a morte. Logo, vagueia pelo mundo, onde aparece de tempos em tempos.

— Pierre-Joseph Moulle, sessenta e um anos, eclesiástico, vigário da igreja de Saint-Sulpice, residente à rua Servandoni nº 11 — respondeu o interrogado, com sua voz mansa.

— E o senhor, cavalheiro? — perguntou, dirigindo-se a mim.

— Alexandre Dumas. Dramaturgo, vinte e sete anos,[18] residente em Paris, à rua da Universidade nº 21.

O sr. Ledru virou-se para mim e fez uma graciosa saudação, à qual respondi no mesmo tom, o melhor que pude.

— Ótimo! — disse o comissário de polícia. — Vejam se é de fato isto, cavalheiros, e se têm alguma observação a fazer.

E naquele tom anasalado e monótono, peculiar aos funcionários públicos, leu:

"No dia de hoje, primeiro de setembro de 1831, às duas horas da tarde, alertados pelo rumor público de que um crime de assassinato acabava de ser cometido na comuna de Fontenay-aux-Roses contra a pessoa de Marie-Jeanne Ducoudray, por Pierre Jacquemin, seu marido, e que o assassino dirigiu-se ao domicílio do sr. Jean-Pierre Ledru, prefeito da supracitada comuna de Fontenay-aux-Roses, com o fito de se declarar, de livre e espontânea vontade, autor desse crime, acorremos, pessoalmente, ao domicílio do supracitado Jean-Pierre Ledru, rua Diane nº 2, aonde chegamos em companhia do ilustre Sébastien Robert, doutor em medicina, residente à supracitada comuna de Fontenay-aux-Roses. Lá encontramos, já nas mãos da polícia, o supracitado Pierre Jacquemin, o qual repetiu perante nós ser o autor do assassinato de sua mulher. Diante disso, intimamo-lo a nos acompanhar à casa onde o assassinato fora cometido, ao que ele se recusou a princípio. Pouco depois, tendo ele cedido às instâncias do sr. prefeito, encaminhamo-nos ao beco dos Sargentos, onde situa-se a casa habitada pelo sr. Pierre Jacquemin. Ao nela chegarmos, e tendo fechado a porta para impedir a população de invadi-la, penetramos o primeiro cômodo, onde nada indicava que um crime fora cometido; em seguida, a convite do mesmo supracitado Jacquemin, do primeiro cômodo passamos ao segundo, onde, num dos cantos, um alçapão aberto dava acesso a uma escada. Essa escada nos tendo sido indicada como conduzindo à adega, onde deveríamos encontrar o corpo da vítima, pusemo-nos a descer a dita escada, em cujos primeiros degraus o doutor encontrou uma espada com o punho em cruz, lâmina larga e cortante, que o dito Jacquemin nos confessou ter sido tomada por ele do Museu de Artilharia durante a Revolução de Julho, e usada na perpetração do crime. E no chão da adega encontramos o corpo da sra. Jacquemin, caído de costas e boiando numa poça de sangue, com a cabeça separada do tronco, cabeça que fora colocada ereta sobre um saco de gesso encostado na parede, e tendo o supracitado Jacquemin re-

18. Pequena imprecisão: Alexandre Dumas nasceu em 1802.

E naquele tom anasalado e monótono,
peculiar aos funcionários públicos, leu.

conhecido o cadáver e aquela cabeça como sendo de fato os de sua mulher, na presença do sr. Jean-Pierre Ledru, prefeito da comuna de Fontenay-aux-Roses, do sr. Sébastien Robert, doutor em medicina, residente na supracitada Fontenay-aux-Roses, do sr. Jean-Louis Alliette, vulgo Etteilla, homem de letras, setenta e cinco anos, residente em Paris à rua da Comédia Antiga nº 20, do sr. Pierre-Joseph Moulle, sessenta e um anos, eclesiástico, vigário de Saint-Sulpice, residente em Paris à rua Servandoni nº 11, e do sr. Alexandre Dumas, dramaturgo, vinte e sete anos, residente em Paris à rua da Universidade nº 21, procedemos destarte ao interrogatório do acusado, como se segue."

— Confere, cavalheiros? — perguntou o comissário, voltando-se para nós com evidente satisfação.

— Perfeitamente, senhor — respondemos todos em coro.

— Excelente! Interroguemos o réu.

Dirigiu-se então ao prisioneiro, que durante toda a leitura respirara ruidosamente, como um homem aflito:

— Acusado, declare nome, sobrenome, idade, domicílio e profissão.

— Ainda vai demorar muito tudo isso? — perguntou o prisioneiro, como um homem no fim de suas forças.

— Responda: nome e sobrenome?

— Pierre Jacquemin.

— Idade?

— Quarenta e um anos.

— Domicílio?

— O senhor o conhece bem, uma vez que se encontra nele.

— Não importa, a lei exige que o senhor responda à pergunta.

— Beco dos Sargentos.

— Profissão?

— Operário de pedreira.

— Confessa ser o autor do crime?

— Sim.

— Diga-nos o motivo que o fez cometê-lo e as circunstâncias em que foi cometido.

— "O motivo que o fez cometê-lo..." é inútil querer sabê-lo — respondeu Jacquemin. — Este segredo morrerá comigo e com aquela que está ali.

— Não há, porém, efeito sem causa.

— Afirmo-lhe que não saberá a causa. Quanto às "circunstâncias", como o senhor disse, deseja conhecê-las?

— Sim.

— Pois bem! Vou contar como foi. Quando se trabalha debaixo da terra feito nós, assim, na escuridão, e calha de termos um motivo de aflição, a gente se corrói por dentro, o senhor entende, e tem ideias ruins.

— Oh, oh! — interrompeu o comissário de polícia. — Admite então a premeditação?

— Ora, já não é o bastante dizer que confesso tudo?

— De forma alguma, continue.

— Pois bem, a ideia ruim que me ocorreu foi matar Jeanne. Isso me atormentou durante mais de um mês. O coração impedia a cabeça. No fim, um colega me disse... me decidiu.

— Ele disse...

— Oh, isso é uma coisa que não lhe diz respeito. Pela manhã, comuniquei a Jeanne: "Hoje não vou trabalhar. Quero me divertir como se fosse feriado.

Vou jogar bola com os colegas. Cuide para que o almoço fique pronto à uma hora." "Mas..." "'Mas' coisa nenhuma, você me ouviu. Almoço à uma hora, entendeu?" "Está bem!" E ela saiu para fazer o refogado.

Durante esse tempo, em vez de ir jogar bola, peguei a espada que está com o senhor agora. Eu mesmo a afiara numa pedra. Desci à adega e me escondi atrás dos barris, pensando: "Ela vai ter que descer à adega para tirar vinho. Então, veremos."

Quanto tempo fiquei acocorado ali, atrás dos barris... não faço ideia. Eu estava com febre, meu coração batia forte e eu via tudo vermelho naquela noite. Além disso, uma voz repetia dentro e em volta de mim a palavra que o colega me dissera ontem.

— Mas afinal que palavra é essa? — insistiu o comissário.

— É inútil perguntar. Repito que nunca saberá. Voltando: ouvi um frufru de vestido, passos se aproximando. Vi uma luz tremular, a parte inferior de seu corpo descendo, depois o tronco, depois a cabeça... Dava para ver bem, sua cabeça... Ela segurava uma vela. "Ah", eu disse, "perfeito...!"

E repeti, baixinho, a palavra que o colega dissera.

Enquanto isso, ela se aproximava. Palavra de honra, parecia desconfiar que as coisas não estavam boas para o seu lado! Amedrontada, ia examinando todos os cantos. Mas eu estava bem escondido e não me mexi.

Então ela se pôs de joelhos diante do barril, aproximou a garrafa e abriu a torneirinha.

Levantei-me. Veja bem, ela estava de joelhos. O barulho do vinho caindo na garrafa a impedia de ouvir qualquer barulho que eu pudesse fazer, o que aliás não aconteceu. Ela estava de joelhos como uma culpada, uma condenada. Ergui a espada e... zás! Nem sei se ela gritou. A cabeça rolou.

Naquele instante, eu não queria morrer, queria fugir. Pretendia cavar um buraco na adega e enterrá-la. Pulei sobre a cabeça que rolava enquanto seu corpo caía para o outro lado. Eu tinha um saco de gesso prontinho para esconder o sangue. Agarrei então a cabeça, ou melhor, a cabeça me agarrou. Veja.

E mostrou a mão direita com o polegar mutilado por uma grande mordida.

— Como?! A cabeça o agarrou? — indignou-se o médico. — Que diabos está dizendo?

— Estou dizendo que ela mordeu com vontade, como vê. E mais: ela não queria me soltar. Coloquei-a sobre o saco de gesso, recostei-a na parede com a mão esquerda e tentei libertar a direita, porém, no fim de um instante, os dentes se descerraram por si mesmos e retirei a mão. Então, veja, talvez tenha sido loucura, mas a cabeça me pareceu viva, com os olhos arregalados. Eu os via bem, pois a vela estava sobre o barril, e depois, os lábios... os lábios se mexeram, e, ao se mexerem, me disseram: *"Miserável! Eu era inocente!"*

Ignoro o efeito que esse depoimento causava nos outros, mas eu, de minha parte, estava suando frio.

— Ah, isso é passar dos limites! — exclamou o médico. — Os olhos o encararam? Os lábios lhe falaram?

— Escute, sr. doutor, sendo médico, é natural que não acredite em nada. Mas eu lhe digo que a cabeça que vê ali — ali, entendeu? —, eu lhe digo que a cabeça me mordeu, e repito, aquela cabeça ali me disse: "*Miserável! Eu era inocente!*" E a prova de que ela me disse isso, lógico, é que eu queria fugir após ter matado Jeanne, não é?, e que, em vez de fugir, fui direto à casa do sr. prefeito para me denunciar. Não é verdade, sr. prefeito, não é verdade? Responda.

— Sim, Jacquemin — confirmou o sr. Ledru, num tom condescendente. — Sim, é verdade.

— Examine a cabeça, doutor — pediu o comissário.

— Não comigo aqui dentro, sr. Robert! Antes eu quero sair — desesperou-se Jacquemim.

— Por acaso está com medo de que ela ainda fale com você, imbecil? — irritou-se o médico, pegando a luz e se aproximando do saco de gesso.

— Sr. Ledru, em nome de Deus — implorou Jacquemin —, diga-lhes que me deixem ir embora, por favor, eu lhe suplico!

— Cavalheiros — disse o prefeito, fazendo um gesto que deteve o médico —, os senhores não têm mais nada o que arrancar desse infeliz. Permitam que eu o mande para a prisão. Quando a lei ordena a reconstituição, ela pressupõe que o acusado tenha forças para suportá-la.

— Mas e o interrogatório? — reagiu o comissário.

— Está praticamente encerrado.

— É preciso que o acusado assine.

— Ele assinará na prisão.

— Sim! Sim! — exclamou Jacquemin. — Na prisão assino tudo que quiserem.

— Está bem! — resignou-se o comissário de polícia.

— Guardas, levem este homem — comandou o sr. Ledru.

— Ah, obrigado, sr. Ledru, obrigado — balbuciou Jacquemin com uma expressão de profundo reconhecimento.

Agarrando ele mesmo os dois guardas pelo braço, arrastou-os para o alto da escada com uma força sobre-humana.

Quando aquele homem se foi, o drama foi junto com ele. Na adega, restavam expostas somente duas coisas medonhas: um corpo sem cabeça e uma cabeça sem corpo.

Eu, de minha parte, inclinei-me até o sr. Ledru.

— Senhor — eu lhe disse —, colocando-me à sua disposição para a assinatura do depoimento, estou autorizado a me retirar?

— Sim, senhor, mas com uma condição.

— Qual?

— Que venha assiná-lo em minha residência.

— Será um prazer. Mas quando?

— Dentro de uma hora, aproximadamente. Eu lhe mostrarei minha casa. Ela pertenceu a Scarron; a história irá interessá-lo.

— Dentro de uma hora, senhor, estarei lá.

Cumprimentei-o e tomei a iniciativa de subir. Chegando aos degraus superiores, dei uma última espiada na adega.

O dr. Robert, empunhando a vela, afastava os cabelos da cabeça. Era de uma mulher ainda bonita, pelo que dava para ver, já que os olhos estavam fechados e os lábios, contraídos e lívidos.

— Esse imbecil do Jacquemin — resmungou ele —, sustentar que uma cabeça cortada pode falar! A menos que tenha inventado a coisa para o julgarmos louco. Não seria má jogada. Criaria uma circunstância atenuante...

4. *A casa de Scarron*

Uma hora depois, eu estava na casa do sr. Ledru.

Encontrei-o no pátio por acaso.

— Ah — disse ele ao me ver —, é o senhor? Tanto melhor, não me aborrece conversarmos um pouco antes de apresentá-lo a nossos convidados, pois janta conosco, não é mesmo?

— O senhor terá de me desculpar.

— Não aceito desculpas. O senhor apareceu numa quinta-feira, azar o seu. Quinta-feira é o meu dia, tudo que entra em minha casa às quintas-feiras me pertence por inteiro. Depois do jantar, estará livre para ficar ou ir embora. Não fosse o recente episódio, teria me encontrado à mesa, considerando que almoço invariavelmente às duas da tarde. Hoje, excepcionalmente, almoçaremos às três e meia ou quatro. Pirro,[19] que o senhor vê ali... — e o sr. Ledru me apontou um mastim magnífico —, aproveitou-se do susto da sra. Antoine para abocanhar o pernil, estava em seu direito, de maneira que fomos obrigados a mandar buscar outro no açougueiro. Mas eu dizia que isso me daria tempo não apenas de apresentá-lo aos meus convidados, como de lhe dar algumas informações sobre eles.

— Informações?

19. Pirro: nome que alude ao rei grego Pirro I (318-272 a.C.), um dos primeiros opositores do nascente Império Romano. Seu triunfo na batalha de Ausculum (279 a.C.), na qual perdeu praticamente todo o seu exército, deu origem à expressão "vitória de Pirro", significando uma vitória apenas aparente. Na ocasião, ele teria dito: "Se tivermos de vencer os romanos novamente, estamos perdidos."

— Sim, são personagens que, como os do *Barbeiro de Sevilha* e do *Fígaro*,[20] exigem certa explicação prévia a respeito de seus costumes e caráter. Mas comecemos pela casa.

— Creio tê-lo ouvido dizer que pertenceu a Scarron?

— Sim, aqui a futura esposa do rei Luís XIV, imaginando divertir o homem "indivertível", cuidava de seu pobre perneta, o primeiro marido. O senhor verá o quarto.

— O da sra. de Maintenon?

— Não, o da sra. Scarron. Não confunda: o quarto da sra. de Maintenon fica em Versalhes ou em Saint-Cyr.[21] Venha.

Subindo uma grande escada, vimo-nos em uma galeria que dava para o pátio.

— Veja — disse-me o sr. Ledru —, eis algo que lhe diz respeito, sr. poeta. Usava-se um código rebuscado em 1650.

— Ah, o mapa da Ternura?[22]

— Ida e volta, desenhado por Scarron e anotado pela mão da mulher. Nada menos que isso.

Com efeito, dois mapas ocupavam o intervalo entre as janelas.

Haviam sido desenhados a pena sobre uma grande folha de papel colada numa cartolina.

— Observe — continuou o sr. Ledru —, essa grande serpente azul é o rio da Ternura; esses pequenos pombais são as aldeias dos Mimos, dos Bilhetinhos e do Mistério. Eis o albergue do Desejo, o vale das Doçuras, a ponte dos Suspiros, a floresta do Ciúme, povoada por monstros como Armida.[23] Por fim, no meio do lago onde nasce o rio, o palácio do Perfeito Contentamento: é o fim da viagem, o objetivo do circuito.

— Diabos! Que vejo ali? Um vulcão?

— Exatamente, ele às vezes sacode o país. É o vulcão das Paixões.

20. *O barbeiro de Sevilha* e *As bodas de Fígaro*: comédias de Pierre-Augustine Caron de Beaumarchais (1732-99), as quais serviram de base para os libretos das operetas homônimas de Gioachino Rossini (1792-1868) e Wolfgang Amadeus Mozart (1756-91), respectivamente.

21. Paul Scarron (1610-60), escritor francês, casou-se em 1652 com Françoise d'Aubigné (1635-1719). Esta, nascida na prisão de Niort (onde seu pai cumpria pena por dívidas), após enviuvar de Scarron, será amante e depois esposa do rei Luís XIV, recebendo o título de marquesa de Maintenon. Fundou, em 1684, a Maison Royale de Saint-Cyr, um internato feminino.

22. Mapa do país do amor, imaginado, em 1653, pela escritora francesa Madeleine de Scudéry (1607-1701) e que exerceu grande influência sobre a corrente preciosa, adepta de um estilo elegante e depurado, bem como do amor idealizado.

23. Jovem mágica muçulmana, personagem do poema épico *Jerusalém libertada*, do poeta italiano Torquato Tasso (1544-95), que aprisiona em seus jardins, sítio de delícias, o cruzado Renaud.

"Essa grande serpente azul é o rio da Ternura; esses pequenos pombais são as aldeias dos Mimos, dos Bilhetinhos e do Mistério."

— Ele não está no mapa da srta. de Scudéry?

— Não. É uma invenção da sra. Paul Scarron. Uma das duas!

— E a outra?

— A outra é o Regresso. Como pode perceber, o rio transborda, engrossado pelas lágrimas dos que percorrem suas margens. Aqui estão as aldeias do Tédio, o albergue dos Remorsos e a ilha do Arrependimento. Não existe nada mais engenhoso.

— Me daria autorização para copiar?

— Ah, o quanto quiser. Agora quer conhecer o quarto da sra. Scarron?

— Com certeza, sim!

— Ei-lo.

O sr. Ledru abriu uma porta e deixou que eu entrasse primeiro.

— Atualmente eu durmo nele, mas, afora os livros, dos quais está abarrotado, afirmo-lhe que se encontra como na época da ilustre proprietária. É a mesma alcova, a mesma cama, a mesma mobília. Esses gabinetes de toalete eram dela.

— E o quarto de Scarron?

— Oh, o quarto de Scarron ficava do outro lado da galeria. Mas, quanto a ele, sinto decepcioná-lo. Ninguém entra lá, é o quarto secreto, o gabinete do Barba-Azul.

— O quê?!

— Assim é a vida. Também tenho meus mistérios, por mais prefeito que eu seja. Contudo, venha, vou lhe mostrar outra coisa.

O sr. Ledru adiantou-se. Descemos a escada e entramos no salão principal.

Como todo o resto da casa, o salão tinha um caráter próprio. Seu revestimento consistia num papel cuja cor primitiva teria sido difícil determinar. Ao longo de toda a parede, reinava uma dupla fileira de poltronas, como que bordada a um renque de cadeiras, pois eram todas estofadas com o mesmo velho forro. Aqui e ali, mesas de jogo e mesinhas de apoio. No centro de tudo isso, como o Leviatã em meio aos peixes do oceano, estendia-se uma gigantesca escrivaninha, da parede, onde uma de suas extremidades ficava encostada, até um terço do salão. Estava coberta de livros, folhetos e jornais, entre os quais se destacava, como um rei, *Le Constitutionnel*,[24] leitura favorita do sr. Ledru.

O salão encontrava-se vazio, os convidados passeavam no jardim, o qual, através das janelas, descortinávamos em toda a sua extensão.

O sr. Ledru foi direto à escrivaninha e abriu uma imensa gaveta contendo certa profusão de saquinhos, semelhantes a saquinhos de sementes. Guardados na gaveta, eles ainda haviam sido postos dentro de envelopes etiquetados.

— Veja — ele me disse —, outra novidade para o senhor, o homem histórico, mais interessante até que o mapa da Ternura. Trata-se de uma coleção de relíquias, não de santos, mas de reis.

Com efeito, cada envelope continha um osso, cabelos ou fios de barba. Havia uma rótula de Carlos IX, um polegar de Francisco I, um fragmento do crânio de Luís XIV, uma costela de Henrique II, uma vértebra de Luís XV, fios da barba de Henrique IV e dos cabelos de Luís XIII. Cada rei fornecera sua

24. Fundado em 1815, *Le Constitutionnel* começa como o jornal da oposição liberal, tendo por inimigos declarados os jesuítas. Desempenhou um papel importante na Revolução de 1830, apoiando o duque de Orléans, futuro rei Luís Filipe (ver nota 15). Em seguida, tornou-se um órgão mais conservador.

amostra e todos aqueles ossos poderiam compor quase um esqueleto completo, que teria representado fielmente o da monarquia francesa, no qual há muito tempo faltam os ossos principais.

Como se não bastasse, havia um dente de Abelardo e outro de Heloísa,[25] dois incisivos muito brancos, que, na época em que eram recobertos por lábios frementes, talvez tivessem se encontrado num beijo.

De onde vinha tal ossuário?

O sr. Ledru presidira a exumação dos reis em Saint-Denis e pinçara, dentro de cada túmulo, o que bem entendeu.

O sr. Ledru concedeu-me uns instantes para que eu saciasse a curiosidade. Em seguida, vendo que eu examinara praticamente todas as suas etiquetas, me interrompeu:

— Vamos, chega de cuidar dos mortos, dediquemo-nos um pouco aos vivos.

E conduziu-me a uma das janelas pelas quais, como eu disse, a vista mergulhava no jardim.

— Possui um jardim encantador — cumprimentei-o.

— Jardim de padre, com seu quadrilátero de tílias, sua coleção de dálias e roseiras, seus dosséis de vinha e seus pomares de pêssegos e abricós. Verá tudo isso, mas, por ora, ocupemo-nos não do jardim, mas dos que nele passeiam.

— Ah, conte-me antes quem é esse sr. Alliette, vulgo Etteilla por anagrama, que perguntou se queríamos saber sua idade verdadeira ou apenas a que lhe costumam dar. Creio que ele aparenta perfeitamente os setenta e cinco anos que o senhor lhe conferiu.

— Justamente — respondeu-me o sr. Ledru. — Eu pretendia começar por ele. O senhor leu Hoffmann?[26]

— Sim, por quê?

— Porque ele é um homem de Hoffmann. A vida inteira, tentou adivinhar o futuro por intermédio das cartas e dos números. Tudo o que possui, ele joga na loteria, na qual começou por ganhar o terno e na qual nada mais ganhou desde então. Conheceu Cagliostro e o conde de Saint-Germain. Declara ser da mesma estirpe que os dois e, como eles, deter o segredo do elixir da longa vida. Sua idade real, se lhe perguntar, é duzentos e setenta e cinco anos. A princípio viveu

25. O filósofo e teólogo Pedro Abelardo (1079-1142) foi o preceptor da jovem Heloísa (1101-54), com quem se casou secretamente. Os amantes foram separados pelo cônego Fulbert, tio de Heloísa, que a fez entrar para um convento e mandou castrar Abelardo. Os dois deixaram uma importante correspondência em latim, traduzida para o francês por Paul Lacroix (ver nota 32).

26. Ernst Theodor [Amadeus] Hoffmann (1776-1882): escritor romântico alemão, criador do gênero fantástico, que iria influenciar toda a literatura europeia do período, em especial a francesa. Para mais informações, ver o anexo "O Arsenal" e a nota 6 de *A mulher da gargantilha de veludo*.

cem anos sem enfermidades, do reinado de Henrique II ao de Luís XV.[27] Depois, graças a seu segredo, embora morrendo aos olhos do vulgo, concluiu três outras voltas de cinquenta anos cada. Neste momento, está começando a quarta; tem, portanto, apenas vinte e cinco anos. Os primeiros duzentos e cinquenta anos só contam agora como memória. Viverá assim, e o proclama alto e bom som, até o Juízo Final. No século XV, teriam queimado Alliette e estariam errados; hoje, limitam-se a ter pena dele, e estão igualmente errados. Alliette é o homem mais feliz da Terra. Seu único assunto são os tarôs, baralhos, sortilégios, ciências egípcias de Thot, mistérios isíacos.[28] Sobre todos esses temas, publica livretos que ninguém lê e que, não obstante, um livreiro, louco igual a ele, edita sob o pseudônimo, ou melhor, o anagrama Etteilla. Seu chapéu vive repleto de brochuras. Repare bem nele: abraçado ao próprio chapéu, por medo de que roubem seus valiosos livretos. Observe o homem, a fisionomia, os trajes, e veja como a natureza é sempre harmoniosa, e como, precisamente, o chapéu se amolda à cabeça, o homem ao hábito e o gibão ao molde, como vocês, românticos, dizem.

Com efeito, nada mais verdadeiro. Examinei Alliette. Vestia uma roupa encardida, empoeirada, rota, manchada. Seu chapéu, com abas reluzentes como couro envernizado, era exageradamente largo em cima. Usava uma calça de lã preta, meias pretas, ou melhor, ruças, e sapatos arredondados como os daqueles monarcas em cujos reinados afirmava ter "recebido o nascimento".

Fisicamente, era um homenzinho roliço, atarracado, com cara de esfinge, roufenho, boca ampla e desdentada, marcada por um ríctus profundo, com cabelos ralos, compridos e amarelos, esvoaçando como uma auréola ao redor de sua cabeça.

— Está conversando com o padre Moulle — eu disse ao sr. Ledru —, aquele que estava a seu lado em nossa aventura de horas atrás, aventura da qual voltaremos a falar, não é mesmo?

— E por que voltaríamos a falar dela? — perguntou o sr. Ledru, observando-me com curiosidade.

— Porque o senhor, se me permite dizê-lo, pareceu acreditar na possibilidade de a cabeça ter falado.

— O senhor é um bom fisionomista. Vá lá, é verdade, eu acredito. Sim, voltaremos a falar deste assunto e, se tem curiosidade por histórias do gênero, aqui encontrará interlocutores. Mas passemos ao padre Moulle.

— Deve ser — interrompi — um conversador envolvente. Impressionou-me a doçura de sua voz quando respondeu ao interrogatório do comissário.

27. Henrique II (1519-59) reinou de 1549 a 1559 e Luís XV (1710-74), de 1715 até 1774.

28. Thot: deus egípcio do saber, inventor das fórmulas mágicas, da escrita e do cálculo. Mistérios isíacos: nome dado ao culto à deusa-mãe egípcia Ísis.

— Parabéns! Mais uma vez o senhor adivinhou certo. Moulle é meu amigo há quarenta anos e tem sessenta. Observe, é tão decente e orgulhoso de sua elegância quanto Alliette é roto, sujo e desleixado. É um homem público típico, com bastante influência na sociedade do *faubourg* Saint-Germain. É ele quem casa os filhos e filhas dos pares de França. Esses casamentos lhe servem de ocasião para pronunciar pequenos discursos que as partes contratantes mandam imprimir e guardam ciosamente na família. Quase foi bispo de Clermont. Sabe por que não foi? Porque antigamente era amigo de Cazotte,[29] e porque, como Cazotte, acredita na existência dos espíritos superiores e inferiores, dos gênios benfazejos e malfazejos. Como Alliette, coleciona livros. Encontrará em sua casa toda a literatura sobre visões e aparições, espectros, larvas,[30] assombrações, embora raramente aborde tais assuntos, exceto entre amigos, pois estão longe de ser ortodoxos. Em suma, é um homem convicto, mas discreto, que atribui tudo o que acontece de extraordinário neste mundo à potência do inferno ou à intervenção das inteligências celestes. Observe, está ouvindo em silêncio o que Alliette lhe diz; parece olhar para algum objeto que seu interlocutor não vê e ao qual responde de tempos em tempos com um movimento dos lábios ou um sinal da cabeça. Às vezes, quando está aqui conosco, cai subitamente num devaneio sombrio, sente calafrios, treme, olha para os lados e vai e vem pelo salão. O melhor, nessas horas, é não interferir. Talvez fosse perigoso despertá-lo. Digo despertá-lo, pois julgo-o em estado de sonambulismo. A propósito, ele desperta por si só nesses casos e, como verá, o faz graciosamente.

— Oh! Veja só — interrompi o sr. Ledru —, acho que ele acaba de evocar um desses espíritos a que o senhor se refere…

E apontei com o dedo um verdadeiro espectro ambulante, que se juntava aos dois palestrantes e pousava com precaução o pé entre as flores, sobre as quais parecia poder caminhar sem causar danos.

— Aquele — disse-me o prefeito — é outro amigo meu, o cavaleiro Lenoir…[31]

— O criador do museu dos Capuchinhos?

29. Jacques Cazotte (1719-92), autor do célebre *Diabo apaixonado* (1772), é considerado o criador da corrente fantástica francesa, tendo exercido especial influência sobre Charles Nodier (ver a Apresentação a este volume e o anexo "O Arsenal"). Morreu guilhotinado.

30. Larvas: na Roma antiga, fantasmas de pessoas assassinadas que voltavam para assombrar os vivos.

31. Alexandre Lenoir (1761-1839), arqueólogo francês, lutou contra o vandalismo revolucionário, sendo encarregado, pela Assembleia Constituinte de 1789, de salvaguardar as obras de arte, incluindo despojos de reis, então objeto de saques e depredações. Nomeado curador do Patrimônio Nacional, criou o Museu dos Monumentos Franceses, sediado, entre 1795 e 1816, no convento dos Capuchinhos (ver também nota 51). Um decreto de 24 de abril de 1816, já sob o reinado de Luís XVIII (1755-1824), após a Restauração da monarquia, ordenou que as obras fossem devolvidas a seus proprietários ou locais de origem.

— Ele mesmo. Ele sofre amargamente com o fim de seu museu, em cuja defesa, em 1793 e 1794, quase foi morto dez vezes. A Restauração, com sua inteligência medíocre, mandou fechá-lo, ordenando a devolução das obras de arte às suas residências de origem e às famílias com direito a reivindicá-las. Infelizmente, a maioria dessas obras foi destruída, a maioria das famílias extinguiu-se, de maneira que as peças mais interessantes de nossa escultura antiga, e por conseguinte de nossa história, se dispersaram e perderam. É assim que tudo da nossa velha França vai embora. Restaram apenas esses fragmentos e deles em breve nada restará. Quem os destrói? Justamente os que seriam os maiores interessados em sua conservação.

E o sr. Ledru, por mais liberal que fosse, como se dizia na época, deu um suspiro.

— Estes são todos os seus convidados? — perguntei.

— Talvez tenhamos o dr. Robert. Sobre este, nada lhe falo, presumo que tenha feito seu julgamento. É um homem que fez experimentos com a máquina humana a vida inteira, como teria feito com um boneco, sem desconfiar que essa máquina possuía uma alma para compreender as dores e nervos para senti-las. É um *bon-vivant*, responsável por um grande número de mortes. Para o bem dele próprio, não acredita em assombrações. É um espírito medíocre, que se julga elevado porque é barulhento, filósofo porque é ateu. É um desses homens que recebemos não para recebê-los, mas porque eles vêm à nossa casa. Procurá-los onde estão nunca nos passa pela cabeça.

— Oh, senhor, como conheço essa espécie!

— Deveríamos ter ainda outro amigo meu, que, embora mais jovem que Alliette, o padre Moulle e o cavaleiro Lenoir, discute ao mesmo tempo com Alliette sobre cartomancia, com Moulle sobre demonologia e com o cavaleiro Lenoir sobre antiguidades; uma biblioteca viva, um catálogo encadernado em pele de cristão. O senhor deve conhecê-lo.

— O bibliófilo Jacob?[32]

— Ele mesmo.

— E ele não virá?

— Pelo menos não veio e, como sabe que almoçamos impreterivelmente às duas horas, e sendo já quase quatro, não há mais chance de vir. Estará à procura de algum alfarrábio impresso em Amsterdã, em 1570, edição *princeps*,[33] com três erros de tipografia, um na primeira folha, um na sétima e um na última.

Nesse momento, a porta do salão se abriu e a sra. Antoine apareceu.

— O almoço está servido — convidou.

32. Pseudônimo de Paul Lacroix (1806-84), romancista prolífico, na linha de Walter Scott, que substituiu Nodier na biblioteca do Arsenal a partir de 1855. (Ver anexo "O Arsenal".) Foi colaborador de Dumas em diversos títulos, entre os quais *1001 fantasmas* e *A mulher da gargantilha de veludo*.

33. Edição *princeps* (em latim, "primeiro") é a primeira edição impressa de um livro.

— Vamos, senhores — chamou o sr. Ledru, abrindo por sua vez a porta do jardim. — À mesa, à mesa!

E voltando-se para mim:

— A propósito, em algum lugar do jardim, além dos convidados que o senhor vê e cuja história lhe contei, encontra-se um convidado que o senhor não viu e a quem omiti. Este é desligado demais das coisas deste mundo para ouvir o convite grosseiro que acabo de fazer e ao qual, como vê, curvam-se os nossos amigos. Procure-o, é do seu interesse. Quando descobrir sua imaterialidade, sua transparência, *eine Erscheinung*,[34] como dizem os alemães, apresente-se e tente persuadi-lo de que é razoável comer de vez em quando, nem que seja para continuar vivo. Ofereça-lhe o braço e traga-o consigo. Vá.

Obedeci ao sr. Ledru, pressentindo que o indivíduo encantador que eu acabara de apreciar me preparava, para dali a instantes, alguma surpresa agradável. Penetrei no jardim olhando em volta.

Não precisei procurar muito, logo avistei o que procurava.

Era uma mulher, sentada à sombra de uma fronde de tílias, e da qual eu não via nem o rosto nem o desenho do corpo: o rosto porque estava virado para o lado do campo; o desenho do corpo porque um grande xale a envolvia.

Ela usava preto dos pés à cabeça.

Aproximei-me sem que ela esboçasse qualquer movimento. O rumor de meus passos não parecia chegar aos seus ouvidos. Poderia ser confundida com uma estátua.

No mais, tudo que vislumbrei de sua pessoa era gracioso e distinto.

De longe, percebi que era loura. O raio de sol que atravessava a folhagem das tílias brincava em seus cabelos, transformando-os numa auréola dourada. Chegando mais perto, reparei na delicadeza de seus cabelos, capazes de rivalizar com os fios de seda que as primeiras brisas do outono arrancam do manto da Virgem. Seu pescoço — um pouco longo talvez, exagero encantador que não raro constitui um charme, quando não uma beleza —, curvava-se para ajudar a cabeça a apoiar-se em sua mão direita, enquanto o cotovelo estava apoiado no encosto da cadeira e o braço esquerdo pendia ao seu lado, segurando uma rosa branca na ponta de dedos esguios. Pescoço sinuoso como o de um cisne, mãos lânguidas, braços pendentes, tudo exibia a mesma alvura fosca. Feito um mármore de Paros,[35] sem veias na superfície, sem pulsação no interior. A rosa, que começava a murchar, era mais colorida e viva que a mão que a segurava.

Observei-a por um instante e, quanto mais a observava, mais me parecia não se tratar de um ser vivo o que eu tinha diante dos olhos.

Cheguei a desconfiar que, mesmo interpelada, ela não se mexeria. Por duas ou três vezes minha boca se abriu e tornou a fechar sem uma palavra.

34. Em alemão, "uma aparição", "um fenômeno".

35. Mármore de grande transparência, proveniente da ilha homônima, situada no mar Egeu, muito apreciado por escultores gregos e romanos.

No mais, tudo que vislumbrei de sua pessoa era gracioso e distinto.

Por fim, decidi-me:

— Senhora — chamei.

Ela estremeceu, voltou-se e me fitou surpresa, como alguém que sai de um sonho e reagrupa seus pensamentos.

Os grandes olhos negros fixados em mim — a despeito dos cabelos louros que descrevi, as sobrancelhas e olhos eram negros — tinham uma expressão estranha.

Permanecemos alguns segundos sem nos falar, ela me fitando, eu examinando-a.

Era uma mulher de trinta e dois, trinta e três anos, que devia ter sido de uma beleza deslumbrante antes que suas faces se cavassem e sua tez empalidecesse. Ainda assim, achei-a perfeitamente bela, com seu rosto de madrepérola e no mesmo tom de sua mão, sem nenhuma nuance de encarnado, fazendo com que os olhos parecessem de azeviche e os lábios, de coral.

— Madame — repeti —, o sr. Ledru afirma que se eu lhe anunciar que sou o autor de *Henrique III*, de *Christine* e de *Antony*,[36] a senhora terá a gentileza de me considerar apresentado e permitirá que eu a conduza até a sala de jantar.

— Perdão, cavalheiro — disse ela —, já se encontrava aqui faz um instante, não é? Percebi sua chegada, porém não consegui me virar. Isso às vezes me acontece quando me concentro em determinadas coisas. Sua voz quebrou o encanto. Dê-me o braço então, e vamos.

Levantou-se e enfiou o braço sob o meu. Contudo, embora não parecesse em absoluto acanhada, mal senti a pressão daquele braço. Caminhava ao meu lado feito uma sombra.

Chegamos à sala de jantar sem trocar uma palavra a mais.

Dois lugares estavam reservados na mesa: um, à direita do sr. Ledru, para minha acompanhante; o outro, defronte dela, para mim.

36. *Henrique III e sua corte*, *Christine em Fontainebleau* e *Antony*: peças de grande sucesso do jovem dramaturgo Alexandre Dumas, levadas ao palco, respectivamente, em 1828, 1829 e 1831.

5. *A bofetada em Charlotte Corday*[37]

A mesa do sr. Ledru tinha personalidade própria, como tudo em sua casa.

Consistia em uma grande ferradura encostada nas janelas do jardim, deixando três quartos da imensa sala livres para o serviço. A mesa tinha capacidade para vinte pessoas, sem ninguém ficar desconfortável. Comia-se sempre ali, tivesse o sr. Ledru um, dois, quatro, dez ou vinte convidados, ou estivesse ele mesmo comendo sozinho. Éramos então apenas seis, e mal ocupávamos um terço dela.

O cardápio era igual todas as quintas-feiras. O sr. Ledru achava que no resto da semana os convidados podiam variá-lo em suas casas ou nas casas de outros anfitriões. Portanto, tinha-se certeza de, nas quintas-feiras, encontrar na casa do sr. Ledru sopa, carne, frango ao estragão, pernil assado, feijão e salada.

O número de frangos era duplicado ou triplicado segundo o apetite dos comensais.

Houvesse pouca, nenhuma ou muita gente, o sr. Ledru ocupava sempre uma das pontas da mesa, de costas para o jardim, com o rosto voltado para o pátio. Sentava-se numa grande poltrona havia dez anos incrustada no mesmo lugar. Nela recebia, das mãos de seu jardineiro Antoine, convertido em mordomo sob o título de mestre Jacques, além do vinho de mesa, algumas garrafas de um velho Borgonha, que lhe eram passadas com respeito religioso e as quais ele abria e servia pessoalmente aos convidados, com o mesmo respeito e a mesma religiosidade.

Dezoito anos atrás ainda se acreditava em alguma coisa; dentro de dez anos, não se acreditará mais em nada, sequer no vinho envelhecido.

37. Marie-Anne-Charlotte de Corday d'Armont (1768-93), francesa que passará à história como a assassina do médico e revolucionário francês Jean-Paul Marat (1743-93), apunhalado na banheira de casa (ver nota 47).

Depois do jantar, todos passavam ao salão para o café.

O nosso jantar transcorreu como transcorre um jantar, em meio a elogios para o cozinheiro e bravatas sobre o vinho. A jovem mulher foi a única a comer apenas algumas migalhas de pão, a beber apenas um copo d'água, a não pronunciar uma única palavra.

Ela me lembrava aquela vampira das *Mil e uma noites*[38] que ia à mesa como os demais, mas usava apenas um palito para comer arroz.

Depois do jantar, como de costume, tornamos ao salão.

Coube a mim, naturalmente, estender o braço à nossa silenciosa convidada, que, para enlaçá-lo, fez em minha direção a outra metade do trajeto. Tinha a mesma languidez nos movimentos, a mesma graça no andar, eu diria quase a mesma imaterialidade nos membros.

Conduzi-a até um divã, no qual ela se estendeu.

Enquanto jantávamos, duas pessoas haviam sido introduzidas no salão.

Eram o médico e o comissário de polícia.

O comissário vinha nos fazer assinar o depoimento, já assinado por Jacquemin na prisão.

No papel, uma tênue mancha de sangue chamava a atenção.

Assinei quando chegou minha vez e, enquanto o fazia, perguntei:

— Que mancha é essa? E o sangue, vem da mulher ou do marido?

— Vem — respondeu o comissário — do ferimento na mão do assassino, cujo sangramento ainda não pudemos estancar.

— Acredita, sr. Ledru — explicou o médico —, que aquele bronco continua afirmando ter a cabeça da mulher lhe dirigido a palavra?

— E acha tal coisa impossível, não é, doutor?

— Por Deus, sim!

— Acha impossível até que os olhos tenham se aberto?

— Impossível.

— Não acredita que o fluxo sanguíneo, contido pela base de gesso que vedou imediatamente todas as artérias e vasos, possa ter restituído um momento de vida e sensibilidade à cabeça?

— Não acredito.

— Muito bem! — desafiou o sr. Ledru. — Pois eu acredito.

— Eu também — disse Alliette.

— Eu também — disse o padre Moulle.

— Eu também — disse o cavaleiro Lenoir.

38. Referência à "História de Sidi Numan", contada por Sherazade ao sultão: "... vi então Amina com um gul. Sua Majestade não ignora que os guls de ambos os sexos são demônios que vagueiam pelos campos. Moram em geral em escombros de casas, dos quais se lançam de surpresa sobre os passantes, a quem matam e cuja carne comem. Na falta de passantes, vão aos cemitérios à noite regalar-se com a carne dos mortos, a quem desenterram."

— Eu também — disse eu.

O comissário de polícia e a dama pálida não se pronunciaram. Um, sem dúvida, porque o assunto não lhe interessava muito; a outra, talvez, porque lhe interessava demais.

— Ah, se todos estão contra mim, estão todos com a razão. Entretanto, se um dos senhores fosse médico...

— Mas, doutor — rebateu o sr. Ledru —, o senhor sabe que sou quase isso.

— Neste caso — insistiu o médico —, deve saber que não existe mais dor onde não existe mais a capacidade de sentir, e esta acaba completamente após o seccionamento da coluna vertebral.

— E quem lhe disse isso? — perguntou o sr. Ledru.

— A razão, ora essa!

— Oh, o velho lugar-comum! Mas não era também a razão dizendo aos algozes de Galileu que o sol girava, enquanto a terra permanecia imóvel? A razão é uma tola, meu caro doutor. Chegou a fazer pessoalmente experimentos com cabeças cortadas?

— Não, nunca.

— Leu as dissertações de Sömmering? Leu os depoimentos do dr. Sue?[39] Leu as declarações de Œlcher?

— Não.

— Devo então supor que, acompanhando o sr. Guillotin,[40] considera sua máquina o meio mais seguro, mais rápido e menos doloroso de extinguir a vida.

— Exatamente.

— Pois bem! Está enganado, caro amigo, e tenho dito.

— Que despautério!

— Escute, doutor, uma vez que recorreu à ciência, vou lhe falar cientificamente, e, creia-me, nenhum de nós é alheio o bastante a esse estilo de conversa que não possa participar.

O médico fez um gesto de dúvida.

39. Samuel Thomas Sömmering (1755-1830): médico anatomista, paleontólogo e inventor alemão, cuja tese de medicina versou sobre os nervos cranianos. Entre seus correspondentes, estiveram Johann Wolfgang von Goethe (1749-1832), Immanuel Kant (1724-1804) e Alexander von Humboldt (1769-1859). Jean-Joseph Sue (1760-1831): cirurgião, professor de anatomia e pai do célebre romancista Eugène Sue (1804-57). Escreveu um ensaio sobre a dor que subsiste à decapitação.

40. Joseph-Ignace Guillotin (1738-1814), médico e político francês. Eleito deputado constituinte em 1789, apresentou um projeto de lei prevendo que "a decapitação fosse o único suplício adotado e que se procurasse uma máquina capaz de substituir a mão do carrasco". Aprovado em 6 de outubro de 1791, o projeto vira lei, e, apesar dos protestos de Guillotin, a máquina, existente desde o séc.XVI, ganha seu nome. Testada em três carneiros e depois em três cadáveres humanos, em 15 de abril de 1792, a guilhotina fez sua estreia nove dias depois, decapitando o ladrão Nicolas Jacques Pelletier (a multidão decepcionou-se com a rapidez da execução).

— Não importa, pelo menos o senhor entenderá.

Havíamos nos aproximado do sr. Ledru, e eu escutava avidamente. A melhor maneira de aplicar a pena de morte, seja pela corda, pelo ferro ou pelo veneno, sempre me pareceu especialmente preocupante, por se tratar de uma questão de humanidade.

Eu mesmo realizara pesquisas sobre as diferentes dores que precedem, acompanham e sucedem os diferentes tipos de morte.

— Vamos, fale — provocou o médico, num tom incrédulo.

— É fácil demonstrar, a qualquer um que possua a mais ligeira noção da construção e das forças vitais de nosso corpo — começou o sr. Ledru —, que a capacidade de sentir não é inteiramente destruída pelo suplício, e o que afirmo, doutor, baseia-se não em hipóteses, mas em fatos.

— Vejamos esses fatos.

— Ei-los: concorda que a capacidade de sentir está localizada no cérebro?

— É provável.

— Que as operações dessa consciência da sensação podem se dar mesmo que a circulação do sangue pelo cérebro seja suspensa, enfraquecida ou particularmente destruída?

— É possível.

— Logo, se a sede da faculdade de sentir está no cérebro, enquanto o cérebro conservar sua força vital o supliciado terá a sensação de sua existência.

— Provas?

— Ei-las. Haller,[41] em seus *Elementos de física*, tomo IV, página 35, diz: "Uma cabeça reabriu os olhos e me olhou de esguelha quando, com a ponta do dedo, toquei em sua medula espinhal."

— Haller, muito bem, mas Haller pode ter se enganado.

— Enganou-se, com certeza. Passemos a outro. Weycard, *Artes filosóficas*, página 221, diz: "Vi moverem-se os lábios de um homem cuja cabeça fora decepada."

— Vá lá, mas entre se moverem e chegarem a falar...

— Espere, já estou terminando. Sömmering: tenho suas obras aqui, pode verificar. Sömmering afirma: "Vários médicos, confrades meus, asseveraram ter visto uma cabeça separada do corpo ranger os dentes de dor, e estou convencido de que, se o ar continuasse-lhes a circular pelos órgãos da voz, as *cabeças falariam*." Pois bem, doutor — continuou o sr. Ledru, empalidecendo —, estou mais avançado que Sömmering. Uma cabeça falou comigo.

Todos estremecemos. A dama pálida soergueu-se no divã.

— Com o senhor?

— Sim, comigo. Ou dirá que sou louco também?

— Quem sou eu! — exclamou o médico. — Se me diz que assim foi...

41. Albrecht von Haller (1708-77), fisiologista e médico suíço que, além de dedicar-se à anatomia, foi um grande poeta e crítico literário do Iluminismo.

“Estou mais avançado que Sömmering. Uma cabeça falou comigo.”

— Sim, digo-lhe que também comigo a coisa aconteceu. O doutor é bem-educado demais, não é mesmo?, para declarar em voz alta que sou louco, mas dirá baixinho, o que dá absolutamente no mesmo.

— Pois bem, vejamos, conte-nos sua história — pediu o médico.

— Não pense que é fácil. Sabe que jamais contei o que me pede para contar, desde que aconteceu, trinta e sete anos atrás? Sabe que corro o risco de desmaiar ao contá-lo, como desmaiei quando aquela cabeça falou comigo, quando aqueles olhos agonizantes fitaram os meus?

O diálogo tornava-se cada vez mais interessante; a situação, cada vez mais dramática.

— Calma, Ledru, coragem — incentivou-o Alliette —, conte-nos como foi.

— Conte-nos como foi, meu amigo — pediu o padre Moulle.

— Conte — disse o cavaleiro Lenoir.

— Cavalheiro... — murmurou a mulher pálida.

Eu não disse nada, mas a curiosidade brilhava em meus olhos.

— É estranho — balbuciou o sr. Ledru, sem nos responder e aparentemente falando consigo mesmo — como os acontecimentos se influenciam reciprocamente! Sabem quem eu sou? — perguntou o sr. Ledru, voltando-se para mim.

— Até onde sei, cavalheiro — respondi —, é um homem muito culto, muito inteligente, que oferece excelentes almoços e é prefeito de Fontenay-aux-Roses.

O sr. Ledru sorriu, agradecendo-me com a cabeça.

— Quero dizer a minha origem, a de minha família — esclareceu.

— Ignoro sua origem, senhor, e não conheço sua família.

— Pois bem, ouçam, vou lhes contar tudo e talvez a história que desejam conhecer, e que não ouso contar, venha junto. Se vier, pois bem, agarrem-na; se não vier, não me peçam novamente. É que não terei tido forças para contá-la.

Sentaram-se todos, cada um instalando-se o mais confortavelmente possível para escutar.

No mais, o salão era um verdadeiro ambiente típico de lendas e narrativas, amplo e sombrio, graças às cortinas grossas e ao dia que ia morrendo. Embora seus recantos já se encontrassem na penumbra mais completa, as linhas que correspondiam às portas e janelas conservavam um resto de luz.

Num desses recantos estava a dama pálida. Seu vestido preto diluíra-se completamente na noite, deixando visível apenas sua cabeça, branca, imóvel e caída sobre a almofada do sofá.

O sr. Ledru começou.

— Sou — disse ele — filho do famoso Comus,[42] médico do rei e da rainha. Meu pai, cuja alcunha burlesca fez com que fosse classificado entre os prestidigitadores e charlatães, era um ilustre cientista da escola de Volta, Galvani e Mesmer.[43] Foi o primeiro na França a estudar fantasmagoria e eletricidade, promovendo sessões de matemática e física na corte.

42. Comus ou Nicolas-Philippe Ledru (1731-1807), físico e prestidigitador francês, realizava apresentações de "física divertida" em seu consultório, apresentando "a mulher-autômato, que se veste como o público pedir; uma gaiola onde aparece o pássaro que se desejar; uma mão artificial que escreve o pensamento dos espectadores" etc. Fez uma turnê pela Europa, exibindo-se como "conde de Falkenstein".

43. Alessandro Volta (1745-1827): físico italiano célebre por suas descobertas em eletricidade, entre elas a pilha voltaica. Luigi Galvani (1737-98): médico e físico italiano que tentou estabelecer os efeitos da corrente elétrica sobre os órgãos com vistas à sua utilização terapêutica. Franz Anton Mesmer (1734-1815): médico alemão, autor da controvertida teoria do "magnetismo animal", que pressupunha a existência de um fluido universal em cada organismo, transmissível de um indivíduo a outro. Mesmer afirmava curar os doentes, mergulhando-os em sua famosa "tina" em Paris e provocando-lhes convulsões que restabeleciam o equilíbrio do fluido. Uma dessas sessões é descrita por Alexandre Dumas em *O colar da rainha*.

A pobre Maria Antonieta, que vi vinte vezes e que mais de uma vez me pegou pelas mãos e as beijou, por ocasião de sua chegada à França, isto é, quando eu era um menino, era louca por ele. Em sua passagem por aqui em 1777, José II[44] declarou nunca ter visto nada mais curioso que Comus.

Em meio a tudo isso, meu pai cuidava da educação de meu irmão e da minha, iniciando-nos no que sabia de ciências ocultas e numa massa de conhecimentos, galvânicos, físicos, magnéticos, que hoje são de domínio público, mas que na época eram secretos e privilégio de uns poucos. O título de médico do rei fez com que meu pai fosse preso em 1793, mas, graças a algumas amizades que eu tinha com a Montanha,[45] consegui que o soltassem.

Meu pai então se retirou para esta mesma casa onde moro e nela morreu em 1807, aos setenta e seis anos de idade.

Voltemos a mim.

Falei de minhas amizades com a Montanha, e, de fato, eu era ligado a Danton e Camille Desmoulins.[46] Conheci Marat,[47] mais como médico do que como amigo. Mas conheci. Resultou dessa relação com ele, mesmo tendo sido curta, que, no dia em que a srta. Corday foi levada ao cadafalso, resolvi assistir ao seu suplício.

— Eu ia justamente — intrometi-me — ajudá-lo em seu debate com o dr. Robert sobre o prolongamento da vida e relatar o fato que a história registrou envolvendo a srta. Charlotte Corday.

44. José II (1741-90), imperador do Sacro Império Romano-Germânico a partir de 1765. Irmão da rainha da França Maria Antonieta, tentou usá-la para viabilizar sua política europeia.

45. Montanha: na Revolução Francesa, corrente política favorável à República. Dela fizeram parte, entre outros, Danton, Robespierre e Marat. Dominando amplamente a Assembleia e a Convenção Nacional, combateu tenazmente os girondinos, corrente mais moderada que representava a burguesia da província e cujos principais líderes foram guilhotinados pelo Terror, em 1793.

46. Georges-Jacques Danton (1759-94): um dos arautos da Revolução e personalidade bastante discutida. Grande orador do clube dos Capuchinhos (ver nota 51), faz parte do grupo da Montanha. Permite os massacres de setembro de 1792 e vota a favor da execução do rei. O caso que Dumas atribui-lhe com uma bailarina (ver *A mulher da gargantilha de veludo*) é pura ficção. Em outubro-novembro de 1793, casado pela segunda vez logo após a morte da primeira mulher, encontra-se em sua região natal de Arcis-sur-Aube. Robespierre (ver nota 136 de *A mulher da gargantilha de veludo*), seu rival de sempre, aproveita-se de sua ausência para desacreditá-lo. Danton é preso em 30 de março e executado em 5 de abril de 1794. Camille Desmoulins (1760-94): advogado, jornalista e revolucionário francês. Eleito para a Convenção Nacional em 1792, vai se afastando cada vez mais dos radicais. Preso junto com Danton, é guilhotinado na praça da Revolução.

47. Jean-Paul Marat (1743-93), médico e jornalista francês, foi deputado na Convenção Nacional e considerado um dos responsáveis pelos Massacres de Setembro (2-7 de setembro de 1792), quando milhares de presos foram sumariamente assassinados, o que levou à radicalização do Terror. Morreu apunhalado na banheira de sua casa por Charlotte Corday (ver nota 37).

— Chegaremos lá — interrompeu o sr. Ledru —, deixe-me falar. Fui testemunha, podem portanto acreditar no que irei dizer.

A partir das duas da tarde, posicionei-me junto à estátua da Liberdade. Era uma manhã quente de julho, o tempo estava pesado, o céu, coberto, prometendo temporal.

Às quatro horas, o temporal caiu. Dizem que foi justamente nesse momento que Charlotte subiu na carroça.

Quando foram apanhá-la na prisão, um jovem pintor fazia seu retrato. A morte, possessiva, parecia querer que nada sobrevivesse da moça, sequer sua imagem.

A cabeça foi esboçada na tela e, coisa estranha!, no momento em que o carrasco entrou, o pintor trabalhava a região do pescoço, que o ferro da guilhotina iria ceifar.

Os relâmpagos brilhavam, a chuva caía, a trovoada roncava, mas nada fora capaz de dispersar a população curiosa. Cais, pontes e praças estavam apinhados. Os rumores da terra quase encobriam os do céu. Perseguiam-me com maldições as mulheres conhecidas pelo apelido irônico de "viúvas da guilhotina". Aqueles rugidos chegavam a mim como os de uma catarata. Muito antes que se pudesse perceber qualquer coisa, a massa se agitou. Finalmente, como um navio fatal, a carroça apareceu sulcando as ondas e pude distinguir a condenada, que eu não conhecia, a quem nunca vira.

Era uma moça bonita, de vinte e sete anos, olhos magníficos, um nariz desenhado à perfeição e lábios de suprema regularidade. Mantinha-se de pé, a cabeça erguida, não tanto para dominar a multidão, mas porque suas mãos amarradas nas costas compeliam-na àquela postura. A chuva cessara, mas, depois de haver enfrentado o temporal na maior parte do trajeto, a água que escorrera sobre ela desenhava os contornos de seu corpo encantador sobre a lã úmida. Parecia saída do banho. A túnica vermelha que o carrasco lhe vestira dava um aspecto estranho, um esplendor sinistro àquela cabeça tão orgulhosa e enérgica. No momento em que chegava à praça, a chuva parou de todo e um raio de sol, esgueirando-se entre duas nuvens, veio roçar seus cabelos, irradiando-os como uma auréola. Na verdade, juro, embora houvesse um assassinato por trás daquela moça, ação terrível mesmo quando vinga a humanidade, embora eu abominasse aquele assassinato, ainda assim não saberia dizer se o que via era uma apoteose ou um suplício. Ao perceber o cadafalso, ela empalideceu, o que ficou ainda mais evidente graças à túnica vermelha que subia até seu pescoço. Quase instantaneamente, porém, ela fez um esforço e terminou de se voltar para o cadafalso, que encarou sorrindo.

A carroça parou. Recusando ajuda, Charlotte apeou e subiu os degraus do cadafalso, escorregadios devido à chuva que acabava de cair, tão rapidamente quanto lhe permitiam o arrastar da cauda de sua túnica e o estorvo de ter as mãos amarradas. Sentindo a mão do executor pousar em seu ombro para arrancar o lenço que cobria seu pescoço, ela voltou a empalidecer, mas, imediatamente, um último sorriso veio desmentir a palidez. Voluntariamente, sem que precisassem amarrá-la à infame báscula, num impulso sublime e quase alegre, ela introduziu a cabeça na hedionda abertura. O cutelo deslizou, a cabeça separada do tronco caiu sobre a plataforma e rolou. Foi então, ouça bem, doutor, ouça bem, poeta, foi então que um dos auxiliares do carrasco, chamado Legros, agarrou aquela cabeça pelos cabelos e, por vil adulação à massa, desferiu-lhe uma bofetada. Pois bem! Afirmo que a cabeça ficou vermelha com essa bofetada. Eu vi! A cabeça, não a face, estão prestando atenção? Não a face golpeada, mas as duas faces, e tudo numa vermelhidão uniforme, pois a sensibilidade vivia naquela cabeça, que se indignava por ter passado por uma vergonha que não estava prevista na lei.

"E porventura acredita que eles morreram porque foram guilhotinados?"

O povo percebeu também aquela vermelhidão e tomou o partido da morta contra o vivo, da supliciada contra o carrasco. Sumariamente, exigiu vingança por aquela indignidade e, sumariamente, o miserável foi entregue aos policiais e levado à prisão.

Esperem — disse o sr. Ledru, percebendo que o médico queria falar —, esperem, não terminou. Eu quis saber que rompante levara aquele homem a cometer semelhante infâmia. Descobri o lugar onde estava, pedi autorização para visitá-lo na Abadia,[48] pois lá o haviam encarcerado, e, obtendo-a, fui até ele.

Um decreto do tribunal revolucionário acabava de condená-lo a três meses de prisão. Ele não compreendia que o houvessem condenado por uma coisa tão *natural*, como a que fizera.

Perguntei-lhe o que o movera.

— Ora, ora — disse ele —, a pergunta de sempre! Porque sou maratista. Depois de puni-la em nome da lei, quis puni-la em meu nome.

— Mas — retruquei — o senhor então não compreende que é quase um crime violar o respeito devido à morte?

— E porventura — replicou Legros, fitando-me nos olhos — acredita que eles morreram porque foram guilhotinados?

— Sem dúvida.

— Pois bem! Vê-se que o senhor não olha no cesto quando estão ali todos juntos, nem os vê revirando os olhos e rangendo os dentes ainda por cinco minutos após a execução. Somos obrigados a mudar de cesto a cada três meses, de tal forma eles rasgam o fundo com os dentes. É um monte de cabeças de aristocratas, note bem, que não querem se decidir a morrer, e não me admiraria que um dia alguma delas se pusesse a gritar: "Viva o rei!"

Eu já sabia tudo que pretendia saber. Saí, obcecado por uma ideia: aquelas cabeças ainda viviam. E resolvi tirar isso a limpo.

48. Antiga prisão na abadia de Saint-Germain-des-Prés, palco da execução dos guardas suíços (ver nota 82) e demais defensores da família real, em 10 de agosto de 1792.

6. *Solange*

Anoitecera completamente durante a história do sr. Ledru. Os habitantes do salão pareciam não mais que sombras, sombras não apenas mudas, como também imóveis, de tal forma temia-se que o sr. Ledru desistisse de seguir adiante, pois era evidente que, por trás da terrível história que acabara de contar, havia outra ainda mais terrível.

Não ouvíamos a respiração uns dos outros. Apenas o médico fez menção de abrir a boca. Agarrei-lhe a mão para impedi-lo de falar e, com efeito, ele se calou.

Passados alguns segundos o sr. Ledru continuou:

— Eu acabava de sair da Abadia e atravessava a praça Taranne para me dirigir à rua de Tournon, onde morava, quando ouvi uma voz de mulher pedindo socorro.

Não podiam ser malfeitores, eram apenas dez horas da noite. Corri até a esquina da praça de onde o grito me pareceu ter vindo, e vi, à luz da lua que saía de uma nuvem, uma mulher debatendo-se no meio de uma patrulha de *sans-culottes*.[49]

A mulher, igualmente, me avistou e, percebendo pelos meus trajes que eu não era exatamente um homem do povo, correu em minha direção, exclamando:

— Ei, vejam quem vem ali, é o sr. Albert, um conhecido meu! Ele confirmará que sou de fato a filha da dona Ledieu, a lavadeira.

Ao mesmo tempo, a pobre mulher, toda pálida e trêmula, segurou meu braço, agarrando-se a mim como o náufrago na tábua salvadora.

49. Em francês, literalmente, "sem calções": alcunha dada aos revolucionários oriundos das classes desfavorecidas da população e defensores da República igualitária. No lugar dos calções e meias dos nobres e burgueses, usavam calças compridas listradas em azul e branco, além de um barrete frígio vermelho.

"Ei, vejam quem vem ali, é o sr. Albert, um conhecido meu!"

— A belezoca pode até ser filha da dona Ledieu, mas não tem certificado de civismo[50] e vai nos acompanhar até o corpo de guarda!

A moça me apertou o braço. Percebi tudo que havia de terror e súplica naquele sinal. Eu compreendera.

Como ela me chamara pelo primeiro nome que lhe passara na cabeça, chamei-a pelo primeiro nome que passou na minha.

50. O certificado de civismo, instituído pela Revolução Francesa, era uma espécie de carteira de identidade que atestava igualmente a ideologia do cidadão. Seu porte foi obrigatório até 1795.

— Ora vejam só! É você, querida Solange? — eu disse. — Mas o que está acontecendo?

— Ah, estão vendo, cavalheiros? — ela emendou.

— Parece-me que poderia efetivamente dizer cidadãos.

— Ora, sr. sargento, não é minha culpa se falo assim — argumentou a moça. — Minha mãe frequentava a alta sociedade, me ensinou a ser bem-educada, de maneira que foi um mau costume que adquiri, sei muito bem, um costume de aristocrata, mas o que quer, sr. sargento, não consigo abandoná-lo!

E havia nessa resposta, dada com uma voz trêmula, um imperceptível deboche que apenas eu detectei. Perguntei-me quem podia ser aquela mulher, problema impossível de resolver. Eu só tinha certeza que filha de lavadeira ela não era.

— O que está acontecendo? — ela prosseguiu. — Eis o que está acontecendo, cidadão Albert. Imagine que fui entregar uma roupa. A dona da casa tinha saído. Aguardei sua volta para receber meu dinheiro. Que coisa! Nos dias de hoje, todo mundo precisa do seu dinheiro. Anoiteceu. Eu esperava voltar para casa ainda com a luz do dia. Estava sem o meu certificado de civismo. Caí no meio destes senhores, perdão, quero dizer destes cidadãos, que pediram meu certificado, eu respondi não tê-lo comigo, eles quiseram me levar para o corpo de guarda. Gritei, o senhor acorreu, por sorte um conhecido, e então pude ficar tranquila. Pensei: "Como o sr. Albert sabe que me chamo Solange e sabe que sou filha da dona Ledieu, ele responderá por mim." Não é mesmo, sr. Albert?

— Não só o farei, como o faço desde já.

— Muito bem! — disse o chefe da patrulha. — E quem responderá por você, senhor janota?

— Danton. Será que ele serve? Ele é um bom patriota?

— Ah, se Danton lhe dá cobertura, não há o que dizer.

— Ótimo! Hoje é dia de reunião nos Capuchinhos.[51] Vamos até lá.

— Vamos até lá — concordou o sargento. — Cidadãos *sans-culottes*, avante, marchem!

O clube dos Capuchinhos funcionava no ex-convento dos Capuchinhos, na rua da Observance. Lá chegamos num piscar de olhos. À porta, tirei um pedaço de papel de minha carteira, escrevi umas palavras a lápis e entreguei-as ao sargento, incentivando-o a levá-las a Danton, enquanto ficávamos sob custódia do major e da patrulha. O sargento entrou no clube e voltou com Danton.

51. Fundado em 1790, o clube dos Capuchinhos, ou Sociedade dos Amigos dos Direitos do Homem e do Cidadão, conservou o nome do convento onde instalou sua sede. É o clube de Marat, Desmoulins e, no início, de Danton, antes que este se bandeasse para os jacobinos. Após a morte de Marat, o clube radicaliza suas posições e conspira contra os jacobinos. Robespierre manda executar seus principais dirigentes. Fecha as portas em 1795.

— Como! — me disse ele. — É você que está sendo preso, meu amigo?! Você, amigo de Camille, um dos melhores republicanos que existem?! Como pode ser? Cidadão sargento — acrescentou, voltando-se para o chefe dos *sans-culottes* —, eu respondo por esse homem. Isso lhe basta?

— Você responde por ele. Mas e por ela? — insistiu o obstinado sargento.

— Por ela? De quem está falando?

— Dessa mulher, caramba!

— Por ele, por ela, por tudo que o cerca. Está satisfeito?

— Sim, estou satisfeito — disse o sargento —, sobretudo por tê-lo visto.

— Ah, danado, esse prazer você pode considerar gratuito. Olhe-me à vontade enquanto me tem.

— Obrigado. Continue a defender, como vem fazendo, os interesses do povo e, tenha certeza, o povo lhe será grato.

— Oh, sim, é justamente o que espero! — replicou Danton.

— Concede-me um aperto de mão? — continuou o sargento.

— Por que não?

E Danton estendeu-lhe a mão.

— Viva Danton! — gritou o sargento.

— Viva Danton! — repetiu a patrulha.

E ela se afastou, liderada por seu chefe, que, a dez passos, voltou-se e, agitando o barrete vermelho, gritou novamente "Viva Danton!", grito que foi repetido por seus homens.

Eu me preparava para agradecer a Danton, quando seu nome, repetido várias vezes no interior do clube, chegou aos nossos ouvidos.

— Danton! Danton! — gritavam inúmeras vozes. — À tribuna!

— Perdão, meu caro — ele me disse —, você está ouvindo... Um aperto de mão e permita-me entrar. Dei a direita ao sargento, dou-lhe a esquerda. Quem sabe aquele digno patriota não está com sarna?

E, girando nos calcanhares, bradou com aquela voz poderosa que desencadeava e acalmava as tempestades das ruas:

— Aqui vou eu, esperem por mim!

Então precipitou-se para dentro do clube.

Fiquei sozinho na porta com a minha desconhecida.

— Agora, senhorita — eu lhe disse —, para onde devo levá-la? Estou às suas ordens.

— Ora essa! Para a casa da dona Ledieu — ela me respondeu, rindo —, o senhor sabe muito bem que ela é minha mãe.

— Mas onde mora a dona Ledieu?

— À rua Férou nº 24.

— Vamos então para a casa da dona Ledieu, à rua Férou nº 24.

Percorremos de volta a rua dos Fossés-Monsieur-le-Prince até a rua dos Fossés-Saint-Germain, depois a rua do Petit-Lion, retornamos à praça Saint-Sulpice e chegamos à rua Férou.

Fizemos todo esse trajeto sem trocar uma palavra.

Ao menos o luar, esplendoroso aquela noite, permitiu que eu a examinasse mais à vontade.

Era uma encantadora pessoa de vinte, vinte e dois anos, morena, com grandes olhos azuis, mais espertos que melancólicos, nariz fino e aquilino, lábios trocistas, dentes como pérolas, mãos de rainha, pés de criança. Tudo isso não era capaz de esconder, sob a roupa plebeia de filha da dona Ledieu, um ranço aristocrático que, não por acaso, despertara a suscetibilidade do bravo sargento e sua belicosa patrulha.

Ao chegarmos à porta, paramos e nos entreolhamos em silêncio.

— Muito bem! O que deseja de mim, querido sr. Albert? — perguntou minha desconhecida, sorrindo.

— Eu queria lhe dizer, minha querida srta. Solange, que não terá valido a pena nos encontrarmos para nos despedirmos tão cedo.

— Pois eu lhe peço um milhão de desculpas e, ao contrário, penso que valeu muito a pena, considerando que, se não o tivesse encontrado, teriam me levado para o corpo de guarda. Não teriam acreditado que eu era filha da dona Ledieu, descobririam que eu era uma aristocrata e provavelmente teriam me cortado o pescoço.

— Confessa então que é uma aristocrata?

— Não confesso nada.

— Vamos, diga ao menos o seu primeiro nome.

— Solange.

— Sabe muito bem que esse nome, que lhe atribuí totalmente ao acaso, não é o seu.

— Não interessa, gosto dele e fico com ele... para o senhor, pelo menos.

— Qual a necessidade de reservá-lo para mim, se não devo revê-la?

— Eu não disse isso. Disse apenas que, caso voltemos a nos encontrar, será inútil o senhor saber o meu nome tanto quanto eu o seu. Chamei-o Albert, fique com esse nome, eu fico com Solange.

— Está bem, assim seja. Mas ouça, Solange — insisti.

— Estou ouvindo, Albert — ela respondeu.

— Confessa que é uma aristocrata?

— Se não confessasse, o senhor adivinharia, não é mesmo? Dessa forma, minha confissão perde muito de seu mérito.

— E é perseguida por ser aristocrata?

— De certa maneira.

— E se esconde para evitar as perseguições?

— Rua Férou nº 24, casa da dona Ledieu, cujo marido foi cocheiro do meu pai. Vê que não tenho segredos para o senhor.

— E seu pai?

— Não tenho segredos para o senhor, meu caro sr. Albert, enquanto eles forem só meus, o que não é o caso dos segredos de meu pai. Ele está escondido, à espera de uma oportunidade para emigrar. É tudo que posso lhe dizer.

— E a senhorita, o que pretende fazer?

— Partir com meu pai, se for possível. Se for impossível, deixá-lo partir sozinho e depois segui-lo.

— E esta noite, quando foi presa, acabava de ver seu pai.

— Estava voltando.

— Ouça, querida Solange!

— Pois não...

— Viu o que aconteceu hoje à noite.

— Sim, e pude ter uma noção de sua influência.

— Oh, infelizmente minha influência não é grande. Mas tenho alguns amigos.

— Esta noite conheci um deles.

— Você sabe, aquele lá não é um dos homens menos poderosos de nossa época.

— Pretende usar sua influência para ajudar na fuga do meu pai?

— Não, reservo-a para a senhora.

— E para o meu pai?

— Para o seu pai, tenho outro jeito.

— Tem outro jeito! — exclamou Solange, apoderando-se de minhas mãos e me olhando com ansiedade.

— Se eu conseguir salvar o seu pai, guardará uma boa lembrança de mim?

— Oh, minha gratidão será eterna!

E pronunciou essas palavras com uma adorável expressão de gratidão antecipada.

Depois, olhando-me com um ar sofrido, perguntou:

— Mas isso lhe bastará?

— Sim — respondi.

— Oh, eu não estava enganada, o senhor tem o coração nobre! Agradeço-lhe em nome do meu pai e do meu e, se fracassar no futuro, nem por isso lhe deverei menos pelo passado.

— Quando nos encontraremos de novo, Solange?

— Quando precisa me encontrar?

— Amanhã, espero trazer uma boa notícia.

— Está bem. Até amanhã.

— Onde?

— Aqui, se quiser...

— Aqui, na rua?

— Por Deus! Não vê que continua sendo o lugar mais seguro? Estamos conversando há meia hora em frente a essa porta e não passou ninguém.

— Por que eu não posso ir à sua casa, ou a senhorita à minha?

— Porque, indo à minha casa, o senhor comprometeria as generosas pessoas que me deram asilo; porque, indo à sua, eu o comprometeria.

Solange

— Oh, está bem! Pegarei o certificado de uma parenta minha para a senhorita.

— Sim, para guilhotinarem sua parenta se por acaso eu for presa.

— Tem razão, arranjarei um certificado com o nome de Solange.

— Magnífico! Verá que Solange terminará sendo meu único e verdadeiro nome.

— A hora?

— A mesma em que nos encontramos hoje. Dez horas, se preferir.

— Está bem, dez horas. E como nos encontraremos?

— Oh, não é muito difícil. Às cinco para as dez o senhor estará na porta; às dez, eu descerei.

— Então até amanhã, querida Solange.

— Amanhã às dez, querido Albert.

Quis beijar-lhe a mão, ela me ofereceu a testa.

Quis beijar-lhe a mão, ela me ofereceu a testa.

Na noite seguinte, às nove e meia, eu estava na rua.

Às quinze para as dez, Solange abria a porta. Ambos havíamos nos antecipado.

Dei apenas um salto até ela.

— Vejo que tem boas notícias — ela disse, sorrindo.

— Excelentes. Em primeiro lugar, aqui está seu certificado.

— Em primeiro lugar, meu pai.

E repeliu minha mão.

— Seu pai está salvo, se ele assim quiser.

— Se quiser, o senhor diz? O que ele precisa fazer?
— Confiar em mim.
— Considere feito.
— Esteve com ele?
— Sim.
— A senhorita se expôs.
— O que quer? Foi preciso, mas Deus é grande!
— E contou tudo ao seu pai?
— Disse que ontem o senhor havia salvado a minha vida e que amanhã talvez salvasse a dele.
— Amanhã, sim, exatamente. Se ele quiser, salvo-lhe a vida amanhã!
— Como? Vamos, fale. Que admirável encontro seria o nosso caso seu plano tenha sucesso!
— Só que... — gaguejei, hesitante.
— Continue...
— A senhorita não poderá partir com ele.
— Quanto a isso, não falei que minha decisão estava tomada?
— Em pouco tempo, garanto que lhe consigo um passaporte.
— Falemos de meu pai primeiro, falaremos de mim depois.
— Muito bem! Eu disse que tinha amigos, certo?
— Certo.
— Fui visitar um deles hoje.
— E daí?
— Um homem que a senhora conhece de nome e cujo nome é uma garantia de coragem, lealdade e honra.
— E esse nome é...?
— Marceau.
— O general Marceau?[52]
— Justamente.
— Tem razão, se ele prometeu, cumprirá.
— Pois bem, ele prometeu!
— Meu Deus! Como me faz feliz! Vejamos, o que ele prometeu? Fale.
— Prometeu servir-nos.
— De que maneira?
— Ah, de uma maneira muito simples. Kléber[53] acaba de nomeá-lo comandante em chefe do exército do Ocidente. Ele parte amanhã à noite.

52. François-Séverin Marceau Desgraviers (1769-96) lutou do lado dos republicanos na guerra da Vendeia, ocorrida entre 1792 e 1794 (ver nota 54). Nela conheceu o general Dumas, pai de Alexandre (1762-1806).

53. Jean-Baptiste Kléber (1753-1800), general dos exércitos revolucionários. Serve na Vendeia e na Alemanha. Acompanha Napoleão ao Egito e será assassinado no Cairo por um sírio.

— Amanhã à noite? Não teremos tempo de preparar nada.
— Não temos nada a preparar.
— Não compreendo.
— Ele leva seu pai.
— Meu pai!
— Sim, no cargo de secretário. Ao chegar à Vendeia,[54] seu pai jura a Marceau jamais lutar contra a França e, uma noite qualquer, ele alcança um acampamento vendeano. Da Vendeia, passa para a Bretanha e a Inglaterra. Quando estiver instalado em Londres, ele lhe dá notícias. Providencio um passaporte para a senhorita e a senhorita vai encontrá-lo em Londres.
— Amanhã! — exclamou Solange. — Meu pai partiria amanhã!
— Não temos tempo a perder.
— Meu pai não está avisado.
— Avise-o.
— Esta noite?
— Esta noite.
— Mas como, a essa hora?
— A senhora tem um certificado e meu braço.
— Tem razão. Meu certificado?
Entreguei-lhe o certificado de civismo. Ela guardou-o no peito.
— E agora, o seu braço?
Dei-lhe o braço e partimos.
Descemos até a praça Taranne, isto é, ao local onde eu a encontrara na véspera.
— Espere-me aqui — ela me disse.
Fiz-lhe uma mesura e esperei.
Ela desapareceu na esquina do antigo hotel Matignon e, quinze minutos depois, reapareceu.
— Venha — ela disse —, meu pai quer vê-lo para lhe agradecer.
Pegou novamente meu braço e conduziu-me até a rua Saint-Guillaume, em frente ao hotel Montemart.
Ao chegar ali, tirou uma chave do bolso, abriu uma portinhola lateral, tomou minha mão, guiando-me até o segundo andar, e bateu de uma determinada maneira.
Um homem entre quarenta e oito e cinquenta anos abriu a porta. Vestia-se como operário e parecia exercer a profissão de encadernador de livros.
Porém, tão logo pronunciou as primeiras palavras e dirigiu-me os primeiros agradecimentos, o grão-senhor se traiu.

54. Vendeia: departamento localizado na região noroeste da França, palco de motins camponeses, de tendência contrarrevolucionária, entre os anos 1792 e 1794. Tais conflitos ficaram conhecidos como "guerra da Vendeia".

— Cavalheiro — disse ele —, a Providência enviou-o até nós e o recebo como um emissário da Providência. É verdade que pode me salvar e, sobretudo, que deseja me salvar?

Contei-lhe tudo, disse-lhe como Marceau se encarregaria de levá-lo como secretário, não exigindo dele nada além da promessa de não empunhar armas contra a França.

— Faço essa promessa com a maior boa vontade, e a renovarei diante dele.

— Agradeço-lhe em seu nome e no meu.

— Mas quando Marceau parte?

— Amanhã.

— Devo ir para a casa dele hoje à noite?

— Quando quiser. Ele está à sua espera.

Pai e filha entreolharam-se.

— Acho que seria mais prudente ir hoje à noite, papai — disse Solange.

— De acordo. Mas se me detiverem, não tenho certificado de civismo.

— Eis o meu.

— Ora, e o senhor?

— Oh, eu sou conhecido.

— Onde mora Marceau?

— Na rua da Universidade nº 40, na casa da irmã, a srta. Desgraviers-Marceau.

— Acompanhe-me até lá.

— Irei atrás para poder escoltar de volta a senhorita depois que o senhor entrar.

— E como Marceau saberá que sou o homem que o senhor mencionou?

— O senhor lhe entregará essa cocarda tricolor;[55] é o sinal de identificação.

— O que farei pelo meu libertador?

— Me incumbirá da salvação de sua filha como ela me incumbiu da sua.

— Vamos.

Ele pôs o chapéu e apagou as luzes.

Descemos sob a luz do luar, que atravessava as janelas da escada.

Na porta, ele tomou o braço da filha, dobrou à direita e, pela rua dos Santos Padres, alcançou a rua da Universidade.

Eu ia atrás deles, sempre a dez passos.

Chegamos ao número 40 sem passar por ninguém.

Aproximei-me dos dois.

— Isso é um bom sinal — eu disse. — E agora, quer que eu espere ou suba com vocês?

— Não, não se comprometa mais. Espere minha filha aqui.

55. Insígnia nas cores azul, branca e vermelha, fixada na lateral do barrete usado pelos revolucionários franceses.

Fiz-lhe uma cortesia.

— Mais uma vez obrigado, e adeus — ele me disse, estendendo-me a mão. — A língua não possui palavras para traduzir o que me vai por dentro. Espero que um dia Deus me deixe em condições de exprimir-lhe toda a minha gratidão.

Respondi com um simples aperto de mão.

Ele entrou, Solange seguiu-o. Mas ela também, antes de entrar, apertou a minha mão.

Ao fim de dez minutos, a porta voltou a se abrir.

— E então? — indaguei.

— E então! — ela repetiu. — Seu amigo é bastante digno de ser seu amigo, quer dizer, é cheio de delicadezas. Compreendeu que eu me sentiria feliz se fizesse companhia ao meu pai até a hora da partida. Sua irmã mandou que me preparassem uma cama no quarto dele. Amanhã, às três horas da tarde, meu pai estará a salvo de todo perigo. Amanhã, às dez horas da noite, como hoje, se o senhor julgar que a gratidão de uma filha que lhe deverá o pai merece perturbá-lo, venha procurá-la na rua Férou.

— Oh, pode estar certa de que irei! Seu pai não mandou nenhum recado para mim?

— Agradece-lhe pelo certificado, que aqui está, e pede-lhe que me devolva a ele tão logo possível.

— Será quando quiser, Solange — respondi, com um aperto no coração.

— Preciso pelo menos saber onde reencontrar meu pai — ela disse.

Depois, sorrindo:

— Oh, ainda não se livrou de mim!

Peguei sua mão e apertei-a no meu coração.

Ela, porém, oferecendo-me a testa como na véspera, disse:

— Até amanhã.

E, aplicando meus lábios em sua testa, não foi apenas sua mão que apertei no meu coração, mas seu peito fremente, seu coração palpitante.

Voltei para casa, feliz como nunca me havia sentido. Seria a consciência da boa ação praticada ou já estava apaixonado pela adorável criatura?

Não sei se dormi ou não, sei que todas as harmonias da natureza cantavam em mim; sei que a noite pareceu interminável e o dia, imenso, sei que, embora saltando o tempo à minha frente, eu gostaria de retê-lo para não perder um minuto dos dias que ainda tinha por viver.

No dia seguinte, às nove horas, eu estava na rua Férou.

Às nove e meia, Solange apareceu.

Veio até mim e atirou os braços em volta do meu pescoço.

— Salvo — disse ela —, meu pai está salvo, e é a você que devo sua salvação! Oh, como o amo!

Quinze dias depois, Solange recebeu uma carta comunicando-lhe que seu pai estava na Inglaterra.

No dia seguinte, levei-lhe um passaporte.

Ao recebê-lo, Solange desmanchou-se em lágrimas.

— Então não me ama? — perguntou.

— Amo-a mais que a minha vida — respondi —, mas dei minha palavra ao seu pai, e à frente de tudo coloco minha palavra.

— Então — disse ela —, eu é que faltarei com a minha. Se tem coragem de me deixar partir, Albert, eu não tenho a de deixá-lo.

Ai de mim! Ela ficou.

7. *Albert*

Como na primeira pausa da história do sr. Ledru, fez-se um momento de silêncio.

Silêncio ainda mais respeitado que da primeira vez, pois sentíamos o final da história se aproximando e o sr. Ledru havia declarado talvez não ter forças para chegar lá.

Mas, quase imediatamente, ele prosseguiu:

— Três meses haviam se passado desde a noite em que cogitáramos a partida de Solange e, desde aquela noite, nenhuma palavra de separação fora pronunciada.

Solange quis morar na rua Taranne. Como eu continuava sem saber seu nome, chamava-a de Solange, e ela, pelo mesmo motivo, a mim de Albert. Consegui-lhe uma vaga em certa instituição de moças como professora-auxiliar, a fim de protegê-la das buscas da polícia revolucionária, mais intensas que nunca naquele momento.

Passávamos os domingos e as quintas-feiras juntos, no pequeno apartamento da rua Taranne. Da janela do quarto, víamos o lugar onde nos havíamos encontrado pela primeira vez.

Diariamente recebíamos uma carta, ela em nome de Solange, eu em nome de Albert.

Foram os três meses mais felizes de minha vida.

Apesar de tudo, eu não desistira da ideia que me ocorrera após a conversa com o auxiliar do carrasco. Pedira e obtivera autorização para realizar experimentos sobre o prolongamento da vida após o suplício, e esses experimentos me haviam demonstrado que a dor sobrevivia ao suplício e era, decerto, terrível.

— Ah, eis o que me recuso a aceitar! — exclamou o médico.

— Vejamos — continuou o sr. Ledru —, o senhor nega que o cutelo golpeie no lugar mais sensível de nosso corpo, em virtude dos nervos nele concentrados? Nega que o pescoço encerre todos os nervos dos membros superiores: o simpático, o vago, o frênico e, por fim, a medula espinhal, que é a própria fonte dos nervos associados aos membros inferiores? Nega que o rompimento, que o esmagamento da coluna vertebral óssea produza uma das dores mais atrozes que é dado sentir a uma criatura humana?

— Isso não — admitiu o médico. — Mas essa dor dura apenas alguns segundos.

— Ah! Isso é o que eu, de minha parte, recuso-me a aceitar — exclamou o sr. Ledru, com profunda convicção. — E depois, ainda que dure alguns segundos, durante esses segundos a *sensibilidade*, o *temperamento*, o *eu* permanecem vivos. A cabeça entende, vê, sente e julga a separação de seu ser, e quem é capaz de afirmar que a curta duração do sofrimento compensa sua horrível intensidade?[56]

— O senhor então considera um erro filantrópico o decreto da Assembleia Constituinte que substituiu a forca pela guilhotina, e prefere o enforcamento à decapitação?

— Sem dúvida alguma, muitos dos que se enforcaram ou foram enforcados voltaram à vida. Pois bem! Estes puderam relatar o que sentiram: uma apoplexia fulminante, isto é, um sono profundo sem nenhuma dor específica, sem nenhuma sensação de angústia, uma espécie de chama que brota diante dos olhos e que, gradativamente, adquire a tonalidade azul, escurecendo quando cedemos a uma síncope. E, com efeito, doutor, o senhor sabe melhor que ninguém: se pressionarmos o dedo contra a cabeça de um homem numa região onde falta um pedaço do crânio, esse homem não sente nenhuma dor, apenas adormece. Muito bem! O mesmo fenômeno acontece quando o cérebro é comprimido por um excesso de sangue. Ora, no enforcado, o sangue se acumula em primeiro lugar porque entra no cérebro pelas artérias vertebrais, que, atravessando os canais ósseos do pescoço, não podem ser comprimidas; depois, porque, tendendo a refluir pelas veias do pescoço, ele é obstruído pela articulação que conecta o pescoço e as veias.

— Que seja — disse o médico —, mas voltemos aos experimentos. Não vejo a hora de chegar à maldita cabeça falante.

Julguei ouvir um suspiro escapando do peito do sr. Ledru. Ver seu rosto, no entanto, era impossível. Anoitecera completamente.

— Sim — ele assentiu —, de fato, estou me desviando do assunto, doutor, voltemos aos meus experimentos.

Infelizmente, o objeto de nossa conversa era o que não faltava naquele tempo.

56. Não é para provocar um horror gratuito que enfatizamos esse tipo de assunto, mas nos parece que, no momento em que a abolição da pena de morte está na ordem do dia, tal digressão não seria ociosa. (Nota do autor)

Vivíamos o auge das execuções; guilhotinavam-se diariamente trinta ou quarenta indivíduos e corria uma quantidade tão grande de sangue na praça da Revolução que se fizera necessária a escavação de um fosso, com um metro de profundidade, em torno do cadafalso.

Esse fosso era coberto por tábuas.

Uma dessas tábuas falseou sob o pé de uma criança de oito ou dez anos, que caiu no hediondo fosso e nele se afogou.

Desnecessário dizer que eu evitava revelar a Solange como ocupava meu tempo nos dias em que não estava com ela. De resto, devo admitir, a princípio sentira uma forte repugnância por aqueles pobres destroços humanos, e me assustara com a dor extra que meus experimentos talvez acrescentassem ao suplício. Mas terminei por concluir que os estudos aos quais me dedicava eram realizados em prol de toda a sociedade, visto que, se um dia uma comissão de legisladores partilhasse minhas convicções, talvez eu conseguisse abolir a pena de morte.

À medida que meus experimentos evoluíam, eu fazia um relatório com os dados obtidos.

No fim de dois meses, eu efetuara todos os experimentos imagináveis sobre o prolongamento da vida após o suplício. Resolvi levar os testes ainda mais longe, se é que isso era possível, recorrendo ao galvanismo e à eletricidade.

Tive acesso ao cemitério de Clamart,[57] onde colocaram à minha disposição todas as cabeças e corpos dos supliciados.

Para meu uso, uma pequena capela existente no canto do cemitério foi transformada em laboratório. Como os senhores sabem, depois que os reis foram expulsos dos palácios, Deus foi expulso das igrejas.

Lá eu dispunha de um motor elétrico e três ou quatro instrumentos conhecidos como "excitadores".

Por volta das cinco horas, chegava o funesto comboio. Os corpos misturavam-se na caçamba, as cabeças misturavam-se num saco.

Eu pegava ao acaso uma ou duas cabeças e um ou dois cadáveres. O resto era jogado na vala comum.

No dia seguinte, as cabeças e corpos que me haviam servido para os experimentos da véspera eram acrescentados ao comboio do dia. Quase sempre meu irmão me ajudava nessa tarefa.

Paralelamente a todos esses contatos com a morte, meu amor por Solange aumentava a cada dia. A pobre criança, por sua vez, me amava com todas as forças de seu coração.

Mais de uma vez pensei em fazer dela minha esposa, mais de uma vez cogitáramos a felicidade de tal união, porém, para tornar-se minha mulher

---

57. O cemitério de Clamart, inaugurado em 1673 e destinado a receber os despojos de indigentes, ficou famoso por ter recebido os restos mortais dos condenados à morte, em especial os guilhotinados pela Revolução. Fechado em 1793, deu lugar a um Anfiteatro de Anatomia.

Solange precisava declinar seu sobrenome, e tal sobrenome, que era o de um emigrado, de um aristocrata, de um proscrito, trazia a morte consigo.

Seu pai escreveu-lhe várias vezes para apressar sua partida, mas ela lhe revelou nossa paixão e pediu seu consentimento para o nosso matrimônio, o qual ele concedeu. Logo, quanto a isso, tudo correu bem.

Nesse ínterim, de todos aqueles terríveis julgamentos, um, mais terrível que os outros, nos entristecera profundamente a ambos: o de Maria Antonieta.

Iniciado em 4 de outubro, esse julgamento prosseguia febrilmente: em 14 de outubro, ela compareceu perante o tribunal revolucionário; no dia 16, às quatro horas da manhã, foi condenada; no mesmo dia, às onze horas, subiu para o cadafalso.

Pela manhã, eu recebera uma carta de Solange em que ela dizia não querer passar um dia como aquele longe de mim.

Cheguei por volta das duas horas ao nosso pequeno apartamento da rua Taranne e encontrei-a em prantos. Eu mesmo me sentia profundamente abalado por aquela execução. A rainha havia sido tão boa para mim, em minha juventude, que eu guardara uma profunda recordação daquela bondade.

Oh! Sempre me lembrarei desse dia: era uma quarta-feira e, sobre Paris, mais do que a tristeza, pairava o terror.

Quanto a mim, sentia um estranho desânimo, como se pressentisse uma grande desgraça. Tentei reconfortar Solange, que chorava, caída em meus braços, e as palavras consoladoras me faltaram, pois o consolo não estava no meu coração.

Como de costume, passamos a noite juntos. A noite foi ainda mais triste que o dia. Lembro-me de um cão, trancado no apartamento abaixo do nosso, que uivou até as duas da madrugada.

No dia seguinte, entendemos tudo. Seu dono saíra, levando a chave, e, na rua, fora preso e conduzido ao tribunal revolucionário. Condenado às três horas, fora executado às quatro.

Precisávamos nos separar. As aulas de Solange começavam às nove da manhã. O internato ficava próximo ao Jardim das Plantas.[58]

Hesitei muito em deixá-la partir. Ela mesma relutava em separar-se de mim. Na situação em que se achava, contudo, ausentar-se por dois dias era expor-se a investigações sempre perigosas.

Mandei vir um coche e acompanhei-a até a esquina da rua dos Fossés-Saint-Bernard, onde desci. Ela seguiria adiante. Durante todo o trajeto, permanecemos abraçados sem pronunciar uma palavra, misturando o amargor de nossas lágrimas, que escorriam até nossos lábios, à doçura de nossos beijos.

58. Criado em 1635 como "Jardim do Rei", funcionou exclusivamente como jardim botânico até a Revolução Francesa, quando passou a se chamar Jardim das Plantas e a receber igualmente feras e animais exóticos, compondo um zoológico.

Desci do fiacre, mas, ao invés de ir embora, não saí do lugar e prolonguei a visão do coche que a transportava. Dez metros adiante, o coche parou e Solange passou a cabeça pela portinhola, como se houvesse adivinhado que eu continuava lá. Corri em sua direção. Entrei novamente na cabine, fechei os vidros. Apertei-a novamente nos braços, mas soaram nove horas em Saint-Étienne-du-Mont. Enxuguei suas lágrimas, com um beijo triplo impedi-a de falar e, saltando para a rua, me afastei correndo.

Pareceu-me que Solange me chamava de novo, mas todas aquelas lágrimas e hesitações poderiam chamar atenção. Tive a coragem fatal de não me voltar.

Cheguei em casa desesperado. Passei o dia escrevendo a Solange; à noite, enviei-lhe o conjunto da obra.

Acabava de lançar minha carta na caixa do correio, quando recebi uma sua.

Fora severamente repreendida. Haviam-lhe feito uma enxurrada de perguntas e ameaçado-a de perder sua primeira saída.

Sua primeira saída era no domingo seguinte, mas Solange me jurava que de todo jeito, mesmo se precisasse romper com a dona do internato, me veria naquele dia.

Eu também jurei. Parecia-me que, se ficasse sete dias sem vê-la, o que aconteceria caso ela se visse impedida de sair, eu iria enlouquecer.

Ainda mais porque Solange não escondia certa preocupação. Uma carta que encontrou no internato, ao lá voltar, enviada por seu pai, parecera-lhe ter sido aberta.

Passei uma péssima noite e o dia seguinte foi pior. Como sempre, escrevi a Solange e, sendo meu dia de experimentos, por volta das três horas passei na casa de meu irmão a fim de irmos juntos ao cemitério de Clamart.

Meu irmão não estava em casa. Fui sozinho.

Fazia um tempo horrível. A natureza, desolada, diluía-se em chuva, a chuva fria e torrencial que anuncia o inverno. Ao longo de todo o trajeto, eu ouvi os pregoeiros públicos anunciarem, com vozes roucas, a lista dos condenados do dia. Era longa. Havia homens, mulheres e crianças. A sangrenta colheita era abundante, e não faltariam cobaias para a minha sessão noturna.

Os dias terminavam cedo. Às quatro horas, cheguei a Clamart. Era quase noite.

O aspecto do cemitério, com suas amplas covas, de terra fresca pela movimentação recente, com suas minguadas árvores estalando ao vento como esqueletos, era soturno e quase hediondo.

Tudo que não era terra revolvida era capim, cardo ou urtiga. Diariamente, a terra revolvida invadia a área verde.

Em meio a todas aquelas intumescências do solo, a vala do dia estava aberta e aguardava suas vítimas. Haviam previsto um excesso de condenados e a vala estava maior do que de costume.

Aproximei-me da beira mecanicamente. O fundo estava cheio de água. Pobres cadáveres nus e frios que iam ser lançados naquela água, fria como eles!

Ao me acercar, meu pé escorregou e quase caí dentro do fosso. Meus cabelos se eriçaram. Eu estava molhado; tive arrepios, e foi nesse estado que alcancei o laboratório.

Era, como já disse, uma antiga capela. Procurei com os olhos. O quê exatamente? Não faço ideia. Procurei com os olhos se, na parede ou no que havia sido o altar, restava algum sinal de culto. A parede estava nua, o altar, vazio. No lugar onde antigamente ficava o tabernáculo, isto é, Deus, a vida, havia agora um crânio descarnado e calvo, isto é, a morte, o nada.

Acendi a vela. Finquei-a sobre a minha mesa de testes, coberta pelos instrumentos de formato estranho que eu mesmo inventara, e me sentei, sonhando com o quê?, com aquela pobre rainha que eu vira tão bela, tão feliz, tão amada, a qual, na véspera, achincalhada por imprecações de todo um povo, fora conduzida numa carroça ao cadafalso e, àquela hora, com a cabeça separada do corpo, dormia no caixão dos pobres, ela, que dormira sob os lambris dourados das Tulherias, de Versalhes e de Saint-Cloud.[59]

Enquanto eu mergulhava nessas sombrias reflexões, a chuva apertara e o vento soprava em grandes rajadas, lançando sua queixa lúgubre por entre os galhos das árvores e o capinzal, que se arrepiava à sua passagem.

A esse barulho logo veio misturar-se uma espécie de trovão lúgubre, mas esse trovão, em vez de roncar nas nuvens, reverberava no solo, que ele fazia tremer.

Era o estrépito da carroça vermelha, fúnebre, que retornava da praça da Revolução e entrava em Clamart.

A porta da capelinha se abriu e dois homens gotejantes entraram carregando um saco.

Um deles era o mesmo Legros que eu visitara na prisão, o outro era um coveiro.

— Pronto, sr. Ledru — disse-me o auxiliar do carrasco —, aqui está a sua encomenda. Não precisa se apressar esta noite. Deixaremos toda a porcariada com o senhor. Amanhã, enterramos. Será dia claro. Uma noite ao ar livre não vai deixar nenhum deles gripado.

E, com uma risada tétrica, os dois assalariados da morte largaram o saco no canto, perto do antigo altar que eu tinha diante de mim, à esquerda.

Em seguida, partiram sem fechar a porta. Esta se pôs a bater na moldura, deixando passar lufadas de vento que faziam vacilar a chama de minha vela, a qual subia pálida e, por assim dizer, moribunda ao longo do pavio fuliginoso.

59. Castelos reais franceses, dos quais apenas Versalhes continua de pé.

Ouvi-os desatrelarem o cavalo, fecharem o cemitério e partirem, abandonando o coche fúnebre repleto de cadáveres.

Minha vontade foi ir embora com eles, mas, não sei por quê, alguma coisa me prendeu ali, todo arrepiado. Não era medo que eu sentia, evidentemente, mas o barulho daquele vento, o fustigar daquela chuva, o grito daquelas árvores se contorcendo, os silvos daquele ar que fazia minha luz tremer, tudo contribuía para infundir-me um pavor difuso, que da raiz úmida de meus cabelos se espalhava por todo o meu corpo.

Subitamente pareceu-me que uma voz, doce e lastimosa ao mesmo tempo, saía do próprio recinto da capelinha e pronunciava o nome Albert.

Oh, dessa vez estremeci. Albert...! Uma única pessoa no mundo me chamava assim.

Meus olhos aflitos percorreram lentamente a capelinha, cujas paredes, por mais exígua que fosse, minha luz não era suficiente para iluminar, e se detiveram no saco apoiado no canto do altar. Seu fúnebre conteúdo era denunciado pela lona ensanguentada e protuberante.

No momento em que meus olhos se detinham nele, a mesma voz, mais tênue e lastimosa ainda, repetiu o mesmo nome.

— Albert!

Frio de pavor, raciocinei: aquela voz parecia vir de dentro do saco.

Apalpei-me para saber se estava dormindo ou acordado. Então, hirto, caminhando como um homem de pedra, os braços estendidos, dirigi-me até o saco e nele mergulhei uma das mãos.

Pareceu-me que lábios ainda quentes tocavam minha mão.

Eu estava naquele grau de terror em que o excesso do próprio terror nos dá coragem. Recolhi a mencionada cabeça e, voltando à minha cadeira, onde caí sentado, pousei-a sobre a mesa.

Oh, que grito terrível lancei! Aquela cabeça, com lábios ainda quentes e olhos semicerrados, era a cabeça de Solange!

Julguei estar louco. Gritei três vezes:

— Solange! Solange! Solange!

Na terceira, seus olhos se abriram, me olharam, verteram duas lágrimas e, lançando uma chama úmida como se a alma dela escapasse, fecharam-se para não mais se abrir.

Louco, insano, furioso, levantei-me. Queria fugir, mas, ao me erguer, prendi a aba do paletó na mesa. A mesa caiu, arrastando a vela, que se apagou, e a cabeça, que rolou. Eu mesmo terminei indo ao chão, desesperado. Antes que me levantasse, pareceu-me então ver aquela cabeça deslizar na direção da minha, trazida pelo descaimento das pedras. Seus lábios tocaram os meus. Um calafrio de gelo percorreu todo o meu corpo. Soltei um gemido e desmaiei.

"Aquela cabeça, com lábios ainda quentes e olhos semicerrados, era a cabeça de Solange!"

No dia seguinte, às seis da manhã, os coveiros me encontraram tão frio quanto a pedra sobre a qual eu estava deitado.

Solange, desmascarada pela carta do pai, fora presa no mesmo dia, condenada no mesmo dia e executada no mesmo dia.

A cabeça que falara comigo, os olhos que me haviam fitado, os lábios que me haviam beijado eram os lábios, os olhos e a cabeça de Solange.

— Sabe, Lenoir — concluiu o sr. Ledru, voltando-se para o cavaleiro —, foi nessa época que quase morri.

8. *O gato, o meirinho e o esqueleto*

O efeito causado pela história do sr. Ledru foi terrível. Nenhum de nós pensou em reagir contra seu impacto, nem mesmo o médico. O cavaleiro Lenoir, interpelado pelo sr. Ledru, respondia com um simples sinal de anuência. A dama pálida, que por um instante soerguera-se no sofá, voltou a cair em meio a suas almofadas e não deu sinal de vida senão mediante um suspiro. O comissário de polícia, que de nada daquilo extraía algo para dizer, não emitia nenhum som. Eu, de minha parte, gravava mentalmente todos os detalhes da catástrofe, a fim de poder recuperá-los, caso julgasse por bem narrá-los um dia, e, quanto a Alliette e ao padre Moulle, o enredo obedecia demasiadamente a suas crenças para que cogitassem refutá-lo.

Ao contrário, o padre Moulle foi o primeiro a romper o silêncio, sintetizando de certa forma a opinião geral:

— Acredito piamente no que acaba de nos contar, meu caro Ledru, mas como explica esse *facto*, como dizemos na terminologia materialista?

— Não explico — retrucou o sr. Ledru —, exponho. Nada além disso.

— Sim, como explica? — perguntou o médico. — Afinal de contas, prolongamento da vida ou não, o senhor não admite que, duas horas depois, uma cabeça cortada fale, olhe e aja.

— Se eu tivesse uma explicação, meu caro doutor — lamentou o sr. Ledru —, não teria caído tão gravemente doente após esse episódio.

— Mas e o senhor, doutor — disse o cavaleiro Lenoir —, como explica? Pois decerto não acredita que Ledru tenha voluntariamente forjado a história que acabou de nos contar. Sua doença também é um fato material.

— Ora, convenhamos, essa é muito boa! Por uma alucinação, o sr. Ledru julgou ver, o sr. Ledru julgou ouvir. Para ele é exatamente como se tivesse visto e ouvido. Os órgãos que transmitem a percepção ao *sensorium*, isto é, ao cérebro, podem ser enganados pelas circunstâncias. Nesse caso, eles se enganam e, ao se enganarem, transmitem falsas percepções. Julgamos ouvir, ouvimos; julgamos ver, vemos. O frio, a chuva e o escuro enganaram os órgãos do sr. Ledru, simples assim. O louco também vê e ouve o que julga ver e ouvir. A alucinação é uma loucura momentânea, que permanece gravada em nossa memória quando desaparece. Simples assim.

— Mas e quando ela não desaparece? — perguntou o padre Moulle.

— Então a doença entra na ordem das doenças incuráveis e morre-se dela.

— E o senhor porventura já chegou a tratar esse tipo de doença, doutor?

— Não, mas conheci alguns médicos que sim, entre eles um inglês, que acompanhou Walter Scott em sua viagem à França.[60]

— Que lhe contou...?

— Algo parecido com o que acaba de nos contar nosso anfitrião, algo talvez ainda mais extraordinário, até.

— E que o senhor explica em termos materialistas? — perguntou o padre Moulle.

— Naturalmente.

— E é capaz de nos contar a história que o médico inglês lhe contou?

— Sem dúvida.

— Ah, conte, doutor, conte.

— É mesmo necessário?

— Ora, sem dúvida! — exclamaram todos.

— Vá lá. O médico que acompanhava Walter Scott à França chamava-se dr. Sympson. Era um dos membros mais ilustres da Faculdade de Edimburgo, ligado, por conseguinte, às pessoas mais respeitáveis da cidade.

Dentre essas pessoas, havia um juiz do tribunal criminal, cujo nome ele omitiu. Era o único segredo que julgava conveniente manter em todo o episódio.

Esse juiz, a quem o médico dispensava cuidados de rotina, embora sem nenhum sintoma de doença, definhava a olhos vistos: uma sombria melancolia o paralisava. Em diferentes ocasiões, sua família interrogara o médico e este, por sua vez, interrogara o amigo, sem lhe arrancar outra coisa senão respostas vagas, que só fizeram acentuar sua preocupação, provando-lhe existir um segredo, o qual o doente negava-se a revelar.

Um dia, finalmente, o dr. Sympson tanto insistiu para o amigo admitir a doença que este, tomando-lhe as mãos com um sorriso triste, confessou:

— Sim, estou doente, e minha doença, caro doutor, é ainda mais incurável, pois está inteirinha em minha imaginação.

— Como, em sua imaginação?

60. O escocês Walter Scott (1771-1832), mestre do romance histórico, realizou uma viagem à França, em 1826, a fim de coletar dados para uma biografia de Napoleão.

— É, estou ficando louco.

— Louco? E por quê?, eu lhe pergunto. Está com o olhar lúcido, a voz, serena — pegou-lhe a mão —, o pulso, excelente.

— E é justamente o que constitui a gravidade de meu estado, caro doutor, é que vejo a coisa e acredito nela.

— Mas afinal, em que consiste sua loucura?

— Feche a porta, doutor, para não sermos importunados, e eu lhe direi.

O médico fechou a porta e veio sentar-se junto do amigo.

— Lembra-se — perguntou o juiz — do último processo criminal cujo veredito fui levado a pronunciar?

— Sim, um bandido escocês que você condenou à forca, e assim se cumpriu.

— Precisamente. Pois bem! No momento em que eu pronunciava a sentença, uma chama irrompeu de seus olhos e ele me mostrou o punho em sinal de ameaça. Não dei importância... Ameaças desse tipo são comuns por parte dos condenados. No dia seguinte à execução, porém, o carrasco apresentou-se em minha casa, pedindo-me humildemente perdão pela visita, mas declarando julgar-se no dever de me alertar: o bandido morrera pronunciando uma espécie de maldição contra mim, segundo a qual, no dia seguinte, às seis horas, horário em que ele fora executado, eu teria notícias suas.

Pensei em algum trote de seus companheiros, em alguma vingança à mão armada, e, perto das seis horas, tranquei-me no meu gabinete com um par de pistoletes sobre a escrivaninha.

O relógio sobre a lareira deu o toque das seis horas. Embora a revelação do verdugo me houvesse inquietado o dia inteiro, o último golpe do martelo vibrou no bronze sem que eu ouvisse qualquer outro ruído, à exceção de uma espécie de ronronar, cuja causa eu ignorava. Voltando-me para trás, percebi um gato gordo, preto e com manchas vermelhas cor de fogo. Como entrara? Impossível dizer: as portas e janelas estavam fechadas. Ficara necessariamente preso no quarto durante todo o dia.

Não lanchei. Toquei a campainha interna, meu criado veio, mas, como eu me trancara por dentro, não pôde entrar. Fui abrir a porta. Comentei sobre o gato preto e cor de fogo, mas foi em vão que procuramos por ele: havia desaparecido.

Não me preocupei mais com aquilo. Entardeceu, anoiteceu, amanheceu, o dia passou, veio o toque das seis horas. Naquele exato momento, ouvi o mesmo barulho atrás de mim e vi o mesmo gato.

Dessa vez, ele pulou para o meu colo.

Não tenho especial antipatia por gatos, e no entanto aquela intimidade me causou uma sensação desagradável. Expulsei-o do colo, mas, assim que ele tocou no chão, pulou novamente em cima de mim. Repeli-o, mas tão inutilmente quanto da primeira vez. Então me levantei e andei pelo quarto, seguido passo a passo pelo gato. Exasperado com sua insistência, toquei a

*"Voltando-me para trás, percebi um gato gordo,
preto e com manchas vermelhas cor de fogo."*

campainha, como na véspera, e meu-criado entrou. Mas o gato refugiou-se embaixo da cama, onde o procuramos em vão. Uma vez debaixo da cama, sumira completamente.

Saí durante a tarde. Visitei dois ou três amigos e voltei para casa, onde entrei graças a uma chave-mestra.

Como eu estava no escuro, subi lentamente a escada, com medo de tropeçar em alguma coisa. No último degrau, ouvi meu criado conversando com a camareira de minha mulher.

Ouvindo meu nome pronunciado, passei a prestar atenção no que ele dizia e ouvi-o contar toda a aventura da véspera e daquele dia, salvo que acrescentava:

— O patrão deve estar ficando louco, não havia mais gato preto e cor de fogo no quarto do que havia na minha mão.

Essas poucas palavras me assustaram: ou a visão era real ou era falsa. Se era real, eu estava sob o jugo de um fato sobrenatural; se era falsa, se eu pensava ver uma coisa que não existia, como dissera meu criado, eu estava enlouquecendo.

Pode imaginar, caro amigo, o misto de medo e impaciência com que esperei as seis horas. No dia seguinte, a pretexto de uma arrumação, retive meu criado junto a mim. As seis horas soaram enquanto ele estava comigo. Ao último golpe no timbre, ouvi o mesmo barulho e vi novamente o meu gato.

Estava sentado ao meu lado.

Permaneci um instante sem dizer nada, rezando para que o meu criado percebesse o animal e fosse o primeiro a falar, mas ele ia e vinha no quarto, aparentemente sem ver nada.

Aproveitei uma oportunidade em que, no trajeto que ele devia percorrer para cumprir uma ordem minha, precisasse passar pelo gato.

— Coloque a campainha na mesa, John — eu lhe pedi.

Ele estava na cabeceira de minha cama, a campainha estava na lareira. Para ir da cabeceira à lareira, era imperioso que tropeçasse no animal.

Ele se pôs em movimento, mas, quando seu pé estava prestes a pisoteá-lo, o gato pulou para o meu colo.

John não o viu ou, pelo menos, pareceu não vê-lo.

Confesso que um suor frio brotou em minha testa e que as palavras "O patrão deve estar ficando louco" apareceram de forma assustadora no meu pensamento.

— John — indaguei —, não vê nada no meu colo?

John voltou-se para mim. Em seguida, parecendo tomar uma decisão, disse:

— Sim, patrão, vejo um gato.

Respirei aliviado.

Peguei o gato e lhe disse.

— Nesse caso, John, tire-o daqui, por favor.

Suas mãos vieram até diante das minhas. Pousei o animal em seus braços e, a um sinal meu, ele saiu.

Sentia-me razoavelmente tranquilizado. Durante dez minutos, olhei à minha volta com um resquício de ansiedade, porém, sem perceber nenhum ser vivo pertencente a qualquer espécie animal, resolvi verificar o que John fizera do gato.

Saí então do quarto com a intenção de interrogá-lo, quando, ao colocar o pé no umbral da porta do salão, ouvi uma ruidosa gargalhada vindo do lavabo de minha mulher. Aproximei-me mansamente na ponta dos pés e ouvi a voz de John.

— Minha querida — dizia ele à camareira —, o patrão não está ficando louco. Ele já ficou louco. Sua loucura, não sei se você sabe, é ver um gato preto e cor de fogo. Hoje à noite ele me perguntou se eu não estava vendo o tal gato no seu colo.

— E o que você respondeu? — perguntou a camareira.

"Ele pegou o gato imaginário no colo, colocou-o nos meus braços e me ordenou: 'Tire-o daqui! Tire-o daqui!'"

— O que acha? Respondi que sim — disse John. — Pobre e querido homem, não quis contrariá-lo. Adivinhe então o que ele fez?

— Como quer que eu adivinhe?

— Pois bem! Ele pegou o gato imaginário no colo, colocou-o nos meus braços e me ordenou: "Tire-o daqui! Tire-o daqui!" Corajosamente, tirei-o de lá, e o patrão ficou satisfeito.

— Mas se despachou o gato, o gato então existia?

— Oh, não, o gato só existia na imaginação dele. Mas o que ele faria se eu dissesse a verdade? Me botaria na rua. Deus me livre, estou bem aqui e aqui fico. Ele me paga vinte e cinco libras por ano... para ver um gato. Eu o vejo. Se me der trinta, verei dois.

Não tive coragem de ouvir mais. Dei um suspiro e voltei ao meu quarto.

O quarto estava vazio...

No dia seguinte, às seis horas, como de hábito, meu companheiro reapareceu ao meu lado e só desapareceu na manhã seguinte.

O que posso lhe dizer, meu amigo? — continuou o doente. — Durante um mês a mesma aparição se repetiu todas as noites. Eu começava a me acostumar com sua presença quando, no trigésimo dia após a execução, as seis horas soaram sem que o gato aparecesse.

Julguei-me livre dele, não dormi de tanta alegria. No dia seguinte, fiz de tudo para que o tempo voasse, tinha pressa de chegar à hora fatal. Das cinco às seis horas, meus olhos não desgrudaram do relógio. Eu acompanhava a marcha do ponteiro, avançando de minuto em minuto. Finalmente, ele alcançou o número XII, ouviu-se o frêmito do relógio, o martelo desferiu o primeiro golpe, o segundo, o terceiro, o quarto, o quinto e o sexto, por fim!

Na sexta martelada, minha porta se abriu e vi entrar uma espécie de meirinho parlamentar, vestido como se estivesse a serviço de um lorde-tenente da Escócia.[61]

A primeira ideia que me ocorreu foi que o lorde-tenente me enviara alguma mensagem e estendi a mão para o desconhecido. Este, contudo, não pareceu dar nenhuma atenção ao meu gesto e veio se instalar atrás de minha poltrona.

Eu não precisava me voltar para vê-lo. Estava em frente a um espelho e, nesse espelho, eu podia vê-lo.

Levantei-me e andei a esmo: ele me seguiu mantendo alguns passos de distância.

Voltei à minha mesa e toquei a campainha.

Meu criado apareceu, mas viu o meirinho tanto quanto vira o gato.

61. Lorde-tenente: título honorífico concedido pelo monarca inglês a súditos ilustres.

"Vi entrar uma espécie de meirinho parlamentar, vestido como se estivesse a serviço de um lorde-tenente da Escócia."

Despachei-o e permaneci com aquele estranho personagem, que tive tempo de examinar a meu bel-prazer.

Usava trajes de corte, os cabelos presos por uma rede, espada na cintura, um casaco bordado a mão e chapéu debaixo do braço.

Às dez horas, fui me deitar. Então, como se quisesse passar a noite o mais comodamente possível, ele sentou numa poltrona diante de minha cama.

Virei para o lado da parede mas, como não conseguia dormir por nada desse mundo, por duas ou três vezes me voltei e por duas ou três vezes, à luz da lamparina, vi-o na mesma poltrona.

Ele também não dormia.

Finalmente, percebi os primeiros raios do dia escorregarem para dentro do quarto, através dos interstícios das gelosias. Voltei-me uma última vez para o meu homem: desaparecera, a poltrona estava vazia.

Passei o dia seguinte livre de minha visão.

À noite, havia recepção na casa do grão-comissário da Igreja. A pretexto de que preparasse meu traje a rigor, chamei o criado às cinco para as seis e ordenei-lhe que passasse o ferrolho na porta.

Ele obedeceu.

No último toque das seis horas, fixei os olhos na porta: ela se abriu e o meirinho entrou.

Fui imediatamente até a porta. Estava trancada, o ferrolho parecia não ter saído do engaste. Ao me voltar, o meirinho estava atrás da minha poltrona. Completamente alheio ao fato, John ia e vinha pelo quarto.

Era evidente que via o homem tanto quanto vira o animal.

Vesti-me.

Aconteceu então uma coisa singular: cheio de atenções para comigo, meu novo convidado ajudava John em tudo que ele fazia, sem que John percebesse estar sendo ajudado. Se John segurava meu paletó pela gola, o fantasma o escorava pelas abas; se John me apresentava minha calça pela cintura, o fantasma a segurava pelas pernas.

Eu nunca tivera criado mais prestativo.

Era hora de sair.

Então, em vez de me seguir, o meirinho me precedeu, esgueirou-se pela porta do meu quarto, mantendo o chapéu sob o braço, desceu a escada atrás de John, que abria a portinhola do coche, e, quando John a fechou e ocupou seu lugar no banquinho de trás, ele subiu para o assento do cocheiro, que chegou para a direita e lhe abriu espaço.

À porta do grão-comissário da Igreja, o coche parou. John abriu a portinhola, mas o fantasma já estava a postos atrás dele. Mal eu pusera o pé no chão, ele se lançou à minha frente, passando pelos criados que se aglomeravam na porta de entrada e verificando se eu o seguia.

Tive então a ideia de repetir com o cocheiro o teste que eu fizera com John.

— Patrick, afinal — perguntei —, quem era o homem ao seu lado?

— Que homem, patrão? — indagou o cocheiro.

— O homem que estava no seu banco.

Patrick arregalou dois olhos perplexos, procurando ao redor.

— Pensando bem — eu lhe disse —, me enganei.

E entrei.

O meirinho me aguardava na escada, parado. Assim que me viu avançar, fez o mesmo e tomou a minha frente, como se para me anunciar na sala de recepção. Quando entrei, ele retornou à antecâmara para ocupar o lugar que lhe cabia.

Novamente, como acontecera com John e Patrick, o fantasma havia passado invisível aos olhos de todos.

Foi então que meu medo se transformou em terror e compreendi que estava efetivamente louco.

A partir dessa noite, a mudança em mim operada tornou-se evidente. Todos passaram a me indagar o que me agastava, inclusive o senhor.

Reencontrei meu fantasma na antecâmara. Como na chegada, ele correu à minha frente quando saí, subiu novamente no banco, voltou comigo para casa, entrou atrás de mim no quarto e sentou na poltrona da véspera.

Querendo me certificar de que havia alguma coisa de real e, sobretudo, de palpável naquela aparição, fiz um esforço violento sobre mim mesmo e, recuando, fui me sentar na poltrona.

Não senti nada, mas vi-o de pé atrás de mim, no espelho.

Como na véspera, fui para a cama, porém somente à uma da madrugada. Assim que me deitei, revi-o na poltrona.

No dia seguinte, à luz do sol, ele desapareceu.

A visão durou um mês.

No fim de um mês, ela saiu da rotina e falhou um dia.

Dessa vez, não acreditei mais, como na primeira, num desaparecimento definitivo, mas em alguma modificação terrível. Assim, em vez de desfrutar da solidão, esperei o dia seguinte com pavor.

No dia seguinte, ao último toque das seis horas, ouvi um leve roçar no cortinado de minha cama e, no ponto de interseção que ele formava no espaço contra a parede, percebi um esqueleto.

Dessa vez, meu amigo, veja bem, era, se assim posso me exprimir, a imagem viva da morte.

O esqueleto estava lá, imóvel, olhando para mim com seus olhos vazios.

Levantei-me, fiquei a dar voltas no quarto. A caveira me acompanhava em todas essas evoluções. Seus olhos não me abandonavam um instante, o corpo permanecia imóvel.

Aquela noite, não tive coragem de me deitar. Dormi, ou melhor, permaneci de olhos fechados na poltrona normalmente ocupada pelo fantasma, de cuja presença cheguei a sentir falta.

De dia, o esqueleto sumiu.

Ordenei a John que mudasse a cama de lugar e cruzasse as cortinas.

Ao último toque das seis horas, ouvi o mesmo roçar, vi as cortinas se agitarem e percebi as extremidades de duas mãos ossudas abrindo o cortinado da cama. Aberto o cortinado, o esqueleto ocupou o lugar que ocupara na véspera.

Dessa vez, tomei coragem e me deitei.

A cabeça, que, como na véspera, me acompanhara em todos os movimentos, inclinou-se então para mim.

Os olhos, que, como na véspera, não me haviam perdido um instante de vista, fixaram-se em mim.

Imagine a noite que passei! Pois então, meu caro doutor, já são vinte noites iguais, que passo da mesma forma. Agora, sabendo qual é a minha doença, ainda espera me curar?

— Pelo menos posso tentar — respondeu o médico.

— De que jeito? Gostaria de saber.

— Estou convencido de que o fantasma que o senhor vê só existe em sua imaginação.

— O que me importa se ele existe ou não, se o vejo?

— Quer que eu tente vê-lo também?

— Não peço outra coisa.

— Quando pode ser?

— O mais cedo possível. Amanhã.

— Tudo bem, amanhã... Até lá, boa sorte!

O doente sorriu com tristeza.

No dia seguinte, às sete da manhã, o médico entrou no quarto do amigo.

— E então — perguntou —, e o tal esqueleto?

— Acaba de desaparecer — respondeu ele com uma voz sumida.

— Muito bem! Vamos providenciar para que não volte esta noite.

— Vá em frente.

— Recapitulando: você disse que ele entra no último toque das seis horas?

— Infalivelmente.

— Comecemos por parar o relógio.

E imobilizou o pêndulo.

— O que pretende?

— Tirar de você a faculdade de calcular o tempo.

— Excelente.

— Agora, vamos fechar as persianas e cruzar as cortinas das janelas.

— Para quê?

— Sempre com o mesmo objetivo, a fim de que você perca a noção do tempo.

— Está bem.

As persianas foram fechadas, as cortinas, puxadas, as velas, acesas.

— Tenha um almoço e um jantar prontos, John — instruiu o médico. — Não queremos ser servidos em horários fixos, somente quando eu chamar.

— Ouviu, John? — disse o doente.

— Sim, patrão.

— Depois, traga-nos cartas, dados e dominós, e deixe-nos sozinhos.

Os itens solicitados foram trazidos por John, que se retirou.

O médico começou por distrair o doente como pôde, ora conversando, ora jogando com ele. Mais tarde, quando sentiu fome, tocou.

John, que sabia o motivo do toque, trouxe o almoço.

Depois de comermos, a partida recomeçou, sendo interrompida por um novo toque de campainha por parte do médico.

John serviu o jantar.

Comeram, beberam, tomaram café e voltaram ao jogo. O dia, passado assim a dois, parecia alongar-se. O médico julgou ter marcado o tempo e que a hora fatal passara.

— Muito bem! — alegrou-se ele, erguendo-se. — Vitória!

— Como, vitória? — perguntou o doente.

— Sem dúvida. Devem ser pelo menos oito ou nove horas e o esqueleto não veio.

— Consulte o seu relógio, doutor, é o único que funciona na casa, e, se a hora realmente passou, caramba, gritarei vitória como o senhor.

O médico consultou seu relógio, mas não disse nada.

— Enganou-se, não foi, doutor? — decepcionou-se o doente. — São seis horas em ponto.

— Sim, e daí?

— E daí! Olhe o esqueleto entrando...

E o doente desabou para trás, com um profundo suspiro.

O médico olhou para todos os lados.

— Onde você está vendo? — perguntou.

— Em seu lugar habitual, no espaço entre a parede e a cama, em meio às cortinas.

O médico se levantou, puxou a cama e foi ocupar entre as cortinas o lugar supostamente ocupado pelo esqueleto.

— E agora — interrogou —, continua a vê-lo?

— À exceção da parte inferior do corpo, considerando que o seu o esconde, mas vejo a caveira.

— Onde?

— Acima do seu ombro direito. É como se você tivesse duas cabeças, uma viva e outra morta.

O médico, por mais incrédulo que fosse, sentiu um arrepio incontrolável.

Voltou-se, mas nada viu.

— Meu amigo — disse tristemente, voltando ao doente —, se tem disposições testamentárias a fazer, faça-as.

E saiu.

Nove dias depois, entrando no quarto do patrão, John encontrou-o morto na cama.

"Fazia três meses, noventa dias exatos, que o bandido fora executado."

"Nove dias depois, entrando no quarto do patrão, John encontrou-o morto na cama."

9. *Os túmulos de Saint-Denis*

— E o que isso prova, doutor? — perguntou o sr. Ledru.

— Prova que os órgãos encarregados de transmitir ao cérebro as percepções podem, em determinadas circunstâncias, ser perturbados a ponto de oferecer ao espírito um espelho infiel em que, nesses casos, o indivíduo vê objetos e ouve sons inexistentes. Isso é tudo.

— De toda forma — argumentou o cavaleiro Lenoir, com a timidez de um cientista de boa-fé —, há coisas que deixam rastros, profecias que se concretizam. Como explica, doutor, golpes desferidos por espectros engendrando manchas roxas no corpo daquele que os recebeu? Como explica uma visão capaz de, com dez, vinte, trinta anos de antecedência, prever o futuro? O que não é pode matar o que é, ou anunciar o que virá a ser?

— Ah! — exclamou o doutor. — Refere-se à visão do rei da Suécia?[62]

— Não, refiro-me ao que eu mesmo vi.

— O senhor?

— Eu.

— Onde?

— Em Saint-Denis.[63]

— Quando?

— Em 1794, por ocasião da profanação dos túmulos.[64]

62. Referência a um conto homônimo, de Prosper Mérimée (1803-70), narrando uma experiência paranormal de Carlos XI (1655-97), rei da Suécia. Pouco depois de perder a esposa, Carlos presencia uma cena de além-túmulo, na qual um morto-vivo profetiza desgraças futuras para o reino. Mérimée, que era também arqueólogo, foi um dos introdutores do gênero fantástico na literatura francesa.

63. Abadia de Saint-Denis: igreja que recebia os restos mortais dos reis franceses desde a Idade Média.

64. Essa profanação teve início em agosto de 1793, quando os caixões foram saqueados e as ossadas lançadas numa vala comum. Alexandre Lenoir conseguiu salvar as estátuas e lápides. Uma restauração aconteceu em 1806, ordenada por Napoleão. Ver também nota 31.

— Ah, sim, escute isso, doutor — disse o sr. Ledru.

— O quê? O que viu? Conte.

— Aí vai: em 1793, eu fora nomeado diretor do museu dos Monumentos Franceses e, nesse posto, vi-me às voltas com a exumação dos cadáveres da abadia de Saint-Denis, cujo nome os patriotas esclarecidos haviam mudado para Franciada. Quarenta anos depois, sinto-me em condições de relatar as coisas estranhas que cercaram essa profanação.

O ódio a Luís XVI, infundido no povo, e que o cadafalso de 21 de janeiro não fora capaz de saciar, remontara aos reis de sua linhagem. Quiseram perseguir a monarquia até a fonte, os monarcas até o túmulo, espalhando ao vento as cinzas de sessenta reis.

Sem falar na curiosidade de verificar se os grandes tesouros supostamente encerrados em alguns desses túmulos permaneciam tão intactos quando se acreditava.

O povo, então, acorreu a Saint-Denis.

E, de 6 a 8 de agosto, destruiu cinquenta e um túmulos, a história de doze séculos. O governo então decidiu organizar aquela desordem, escavando por conta própria os túmulos e tornando-se herdeiro da monarquia que acabava de golpear na pessoa de Luís XVI, seu último representante.

Tratava-se, em seguida, de aniquilar até o nome, até a lembrança, até as ossadas dos reis; tratava-se de riscar da história catorze séculos de monarquia.

Pobres loucos, não compreendem que às vezes os homens podem mudar o futuro... jamais o passado!

Haviam escavado no cemitério um grande fosso comum, inspirado na vala dos indigentes. Era nesse fosso e sobre uma camada de cal que deveriam ser lançadas, como num depósito de lixo, as ossadas daqueles que haviam feito da França a primeira das nações, desde Dagoberto até Luís XVI.

Dessa forma, dava-se satisfação ao povo, mas sobretudo regozijo aos legisladores e advogados, aos jornalistas invejosos, abutres das revoluções, cujo olho sente-se ferido por qualquer esplendor, como o olho de seus irmãos, as aves noturnas, por toda luz.

O orgulho daqueles que não podem construir é destruir.

Fui nomeado inspetor das escavações. Era um jeito de salvar um bocado de itens valiosos. Aceitei.

No sábado, 12 de outubro, enquanto instruíam o processo da rainha, mandei abrir a tumba dos Bourbon, junto às capelas subterrâneas, e comecei retirando de lá o caixão de Henrique IV,[65] assassinado em 14 de maio de 1610, aos cinquenta e sete anos de idade.

65. Henrique IV (1553-1610), rei da França a partir de 1589, esteve no centro das "guerras de religião", que opôs católicos e protestantes, o que o fez mudar várias vezes de lado antes de subir ao trono, terminando por aderir à fé católica. Morreu assassinado por um fanático e, postumamente, tornou-se um dos reis mais reverenciados pelos franceses.

Quanto à estátua da Pont-Neuf, obra-prima de João de Bolonha[66] e seu aluno, fora derretida para cunhar moedas.

O corpo de Henrique IV estava magnificamente conservado. As feições do rosto, perfeitamente reconhecíveis, eram de fato as que o amor do povo e o pincel de Rubens[67] consagraram. Quando se percebeu que era ele o primeiro a sair do túmulo e vir à luz em seu sudário, tão bem-conservado quanto seus despojos, a emoção foi grande e por pouco o grito "Viva Henrique IV!", tão popular na França, não ressoou instintivamente sob as abóbadas da igreja.

Constatando aquelas atitudes de respeito, eu diria até mesmo de amor, ordenei que colocassem o corpo de pé, apoiado numa das colunas do coro, e ali todos puderam contemplá-lo.

Vestia, como em vida, seu gibão de veludo preto, sobre o qual se destacavam os rufos e punhos brancos; usava seus calções bufantes de veludo igual ao gibão, meias de seda da mesma cor, sapatos de veludo.

Seus belos cabelos grisalhos continuavam a formar uma auréola em torno da cabeça, sua bela barba branca ainda caía sobre o peito.

Deu-se então início a uma imensa procissão, como se a um santuário: mulheres vinham tocar as mãos do bondoso rei, outras beijavam a ponta de seu manto, outras ainda faziam os filhos se ajoelharem, murmurando baixinho:

— Ah, se ele estivesse vivo o pobre do povo não estaria tão infeliz.

E poderiam ter acrescentado: "nem tão feroz", pois o que gera a ferocidade de um povo é a infelicidade.

Tal procissão durou todo o dia de sábado, 12 de outubro, de domingo, 13, e de segunda-feira, 14.

Finalmente, as escavações recomeçaram após o almoço dos operários, isto é, em torno das três horas da tarde.

O primeiro cadáver a ver o dia após o de Henrique IV foi o de seu filho, Luís XIII.[68] Apesar das feições esmaecidas, estava bem-conservado e ainda era possível reconhecê-lo pelo bigode.

Depois veio o de Luís XIV,[69] reconhecível pelos traços fortes que fizeram de seu rosto a máscara típica dos Bourbon, salvo que estava negra como tinta.

---

66. João de Bolonha, ou Giambologna (1529-1608), escultor maneirista italiano. A escultura referida por Dumas é uma estátua equestre de Henrique IV, encomendada por Maria de Médicis (ver nota 70), e inaugurada em 23 de agosto de 1614, quatro anos após a morte do rei.

67. Peter Paul Rubens (1577-1640), pintor flamengo, passou quatro anos em Paris a pedido de Maria de Médicis (ver nota 70), que lhe encomendou cerca de vinte telas retraçando sua história.

68. Luís XIII (1601-43), rei da França a partir de 1610, seu reinado, indissociável da figura de seu principal ministro, o astucioso cardeal de Richelieu (1585-1642), caracterizou-se pela perda de poder dos protestantes e a guerra contra a Áustria.

69. Luís XIV, o rei-sol (1638-1715), rei da França a partir de 1643, filho de Luís XIII e bisavô de Luís XV. Seu reinado foi o mais longo da França e o mais prolífico em realizações artísticas e culturais, entre elas a construção do palácio de Versalhes.

Então, sucessivamente, os de Maria de Médicis, segunda mulher de Henrique IV, Ana da Áustria, mulher de Luís XIII, Maria Teresa, infanta da Espanha e mulher de Luís XVI, e o do grão-delfim.[70]

Todos esses corpos estavam putrefatos. Apenas o do grão-delfim estava em putrefação líquida.

Na terça-feira, 15 de outubro, as exumações prosseguiram.

O cadáver de Henrique IV continuava de pé, apoiado na coluna, assistindo impassível àquele sacrilégio imenso, promovido ao mesmo tempo contra seus antecessores e sua descendência.

Na quarta-feira, 16, no exato momento em que a rainha Maria Antonieta tinha a cabeça decepada na praça da Revolução, isto é, às onze horas da manhã, retirava-se do sepulcro dos Bourbon o caixão do rei Luís XV.[71]

Obedecendo à antiga tradição cerimonial da França, este se achava deitado na entrada do sepulcro, onde esperava seu sucessor, que deveria faltar ao encontro.[72] Recolhido e transportado, seu caixão foi aberto apenas dentro do cemitério e na beirada do fosso.

A princípio, o corpo retirado da estrutura de chumbo e enfaixado em linho e tiras de pano, parecia íntegro e bem-conservado. Contudo, uma vez desembrulhado, oferecia apenas a imagem da mais hedionda putrefação, exalando um cheiro tão nauseabundo que todos fugiram, além de exigir a queima de várias libras de pólvora para purificar o ar.

O que restava do herói do Parc-aux-Cerfs, do amante das sras. de Châteauroux, de Pompadour e du Barry[73] foi atirado às pressas na vala e, caindo sobre uma camada de cal viva, com ela recobriram-se as imundas relíquias.

Eu ficara por último, a fim de queimar as substâncias inflamáveis e lançar a cal, quando ouvi um grande alvoroço dentro da igreja. Corri para lá e, ao

70. Maria de Médicis (1575-1643): rainha da França entre 1600 e 1610, por morte de seu marido, Henrique IV, e regente em nome do filho Luís XIII até 1614. Ana da Áustria (1601-66): rainha da França entre 1615 e 1643, como esposa de Luís XIII, e regente em nome do filho Luís XIV até 1651. Maria Teresa (1638-83): rainha da França a partir de 1660, graças a seu casamento com Luís XIV, teve uma vida apagada, vítima dos constantes adultérios do marido. Grão-delfim ou "Monsieur": título póstumo atribuído ao príncipe Luís da França (1661-1711), filho de Luís XIV e Maria Teresa. Ele nunca viria a reinar.

71. Luís XV (1710-74): rei da França a partir de 1715, seu reinado, marcado pelas intrigas palacianas urdidas por sua amante e futura esposa, a sra. de Maintenon (ver nota 21), foi tão mal-avaliado pelo povo que sua morte tornou-se motivo de festejos.

72. Trata-se, evidentemente, de Luís XVI, guilhotinado em 21 de janeiro de 1793 e cujos despojos foram enterrados no cemitério da Madeleine, numa vala comum, e cobertos com cal viva.

73. A duquesa de Châteauroux (1717-44), a sra. de Pompadour (1721-64) e a sra. du Barry (1743-93) foram amantes do rei Luís XV. O Parc-aux-Cerfs, bairro de Versalhes, foi o local escolhido pela sra. de Pompadour, após o fim de seu relacionamento com o rei, para instalar uma espécie de prostíbulo de luxo para ele.

entrar, percebi um operário debatendo-se em meio a seus colegas, enquanto as mulheres apontavam-lhe o indicador e o ameaçavam.

O miserável abandonara sua triste tarefa para ir assistir a um espetáculo ainda mais triste: a execução de Maria Antonieta. Em seguida, inebriado pela gritaria e o sangue que vira correr, voltara a Saint-Denis e, aproximando-se de Henrique IV, de pé contra seu pilar e ainda cercado por curiosos, eu quase diria de devotos, interpelara-o:

— Com que direito permaneceis de pé enquanto cabeças de reis são decapitadas na praça da Revolução?

E, ato contínuo, agarrando-lhe a barba com a mão esquerda, arrancara-a, enquanto, com a direita, desferia uma bofetada no cadáver real.

O cadáver fora ao chão, produzindo um barulho seco, igual ao de um saco de ossos que deixássemos cair.

Um clamor ergueu-se de todos os lados. Ele poderia ter cometido semelhante ultraje contra qualquer outro rei, mas, contra Henrique IV, o rei do povo, aquilo era quase um ultraje.

O operário sacrílego via-se portanto em perigo quando acorri em seu auxílio.

Tão logo percebeu que podia contar com meu apoio, colocou-se sob minha proteção.

Mas, embora protegendo-o, minha vontade era abandoná-lo sob o fardo da ação infame que cometera.

— Rapazes — eu disse aos operários —, soltem esse miserável. Aquele a quem insultou está em excelente posição lá em cima para obter o castigo de Deus.

Depois, recuperando a barba que ele arrancara do cadáver e conservava na mão esquerda, expulsei-o da igreja comunicando-lhe que ele não fazia mais parte de minha equipe de operários.

As vaias e ameaças dos colegas perseguiram-no até a rua.

Temendo novos ultrajes a Henrique IV, ordenei que ele fosse transportado para a vala comum. No trajeto, contudo, o cadáver foi objeto de novas manifestações de respeito. Em vez de ser lançado, como os demais, no ossuário real, foi descido, depositado suavemente e deitado com cuidado num dos cantos. Em seguida, uma camada de terra, e não de cal, foi piedosamente estendida sobre ele.

Terminado o dia, os operários se retiraram, ficando apenas o vigia. Era um homem firme, que eu colocara ali com medo de que, à noite, penetrassem na igreja, fosse para efetuar novas mutilações, fosse para promover novos roubos. Esse vigia dormia de dia e ficava acordado das sete da noite às sete da manhã.

Passava a madrugada em alerta e, para se aquecer, ou passeava ou sentava-se junto a um fogo aceso, sob uma das colunas mais próximas da porta.

Tudo na basílica refletia a imagem da morte, e a devastação tornava tal imagem ainda mais terrível. Os túmulos estavam abertos e as lápides, apoiadas nas paredes. Estátuas quebradas atulhavam o piso da igreja. Aqui e ali, caixões violados haviam restituído os mortos, dos quais julgavam ter de prestar contas apenas no dia do Juízo Final. Tudo enfim arrastava o espírito do homem, se elevado, à meditação, se fraco, ao terror.

Felizmente o vigia não era um espírito, mas simples matéria organizada. Olhava todos aqueles despojos com o mesmo olho com que teria olhado uma floresta abatida ou um campo ceifado, e só estava preocupado em contar as horas da noite, voz monótona do relógio, única coisa viva que restara no santuário desolado.

Quando soou a meia-noite, e o último golpe do martelo ainda vibrava nas profundezas escuras da igreja, ele ouviu gritos vindos do lado do cemitério. Eram gritos de socorro, ais profundos, lamentações dolorosas. Após um primeiro momento de surpresa, armou-se com uma picareta e avançou para a porta que fazia comunicação entre a igreja e o cemitério. Aberta essa porta, no entanto, o vigia percebeu claramente que os gritos vinham do fosso dos reis. Não ousou ir adiante. Fechou-a novamente e correu para me acordar no hotel onde eu me hospedava.

A princípio recusei-me a acreditar na existência daqueles clamores saindo do fosso real, mas, como eu me hospedava justamente defronte à igreja, o vigia abriu minha janela e, em meio ao silêncio, perturbado apenas pelo sussurrar da brisa invernal, julguei efetivamente ouvir lamentações prolongadas que me pareceram não ser apenas queixas do vento.

Levantei-me e acompanhei o vigia até a igreja. Ao chegarmos lá, e com o portão fechado atrás de nós, ouvimos ainda mais distintamente as lamentações de que ele falara. Como a porta do cemitério, mal fechada pelo vigia, se reabrira, tornara-se ainda mais fácil discernir de onde vinham os gritos. De fato, vinham do cemitério.

Acendemos duas tochas e nos encaminhamos para a porta, mas elas se apagaram, por três vezes, ao tentarmos nos aproximar, devido à corrente de ar que se criara de fora para dentro. Compreendi estarmos diante de uma daquelas passagens estreitas, difíceis de transpor, mas que, uma vez dentro do cemitério, não teríamos mais dificuldade em defender nossas tochas. Além delas, ordenei que ele acendesse uma lamparina. Nossas tochas se apagaram, mas a lamparina resistiu. Atravessamos o funil de ar e, uma vez dentro do cemitério, acendemos novamente as tochas, que o vento respeitou.

Enquanto isso, à medida que nos aproximávamos, os clamores iam morrendo. No momento em que chegamos à beira do fosso, haviam praticamente se extinguido.

Agitamos nossas tochas acima da vasta abertura. Em meio às ossadas, sobre a camada de cal e terra toda esburacada por elas, vimos alguma coisa amorfa se debatendo.

Essa coisa parecia ser um homem.

— O que há com você? O que deseja? — perguntei àquela espécie de sombra.

— Ai de mim! — a coisa murmurou. — Sou o operário miserável que deu a bofetada em Henrique IV.

— E como foi parar aí dentro?

— Primeiro tire-me daqui, sr. Lenoir, estou morrendo, depois saberá de tudo!

Tão logo o vigia dos mortos se convenceu de que estava lidando com um vivo, o terror que antes se apoderara dele evaporou, e o homem já erguia uma escada, que se encontrava no capim do cemitério, pondo-a de pé e aguardando minhas ordens.

Ordenei-lhe que descesse a escada dentro do fosso e convidei o operário a subir. Ele se arrastou, com efeito, até o pé da escada, mas, ao chegar ali, quando foi preciso pôr-se de pé e subir os degraus, constatou que estava com uma perna e um braço quebrados.

Jogamos-lhe uma corda com um nó corrediço. Ele passou a corda sob os ombros. Conservei a outra ponta da corda nas mãos. O vigia desceu alguns degraus e, graças a esse duplo apoio, conseguimos tirar o vivo da companhia dos mortos.

Assim que se viu fora da vala, ele desmaiou.

Nós o transportamos para perto do fogo e o deitamos sobre uma cama de palha. Em seguida, ordenei que o vigia fosse buscar um cirurgião.

O vigia voltou com um médico antes que o ferido recuperasse a consciência, e foi apenas durante a operação que reabriu os olhos.

Postas as talas, agradeci ao cirurgião e, querendo saber que estranha circunstância levara o profanador a aparecer no túmulo real, despachei também o vigia. Este não pedia outra coisa senão ir deitar-se após as emoções de uma noite como aquela, e deixou-me a sós com o operário. Sentei numa pedra junto à palha onde ele estava deitado e em frente à fogueira, cuja labareda tremeluzente iluminava a parte da igreja onde estávamos, deixando todas as profundezas numa escuridão ainda mais densa, em contraste com a luminosidade que nos cercava.

Interroguei então o ferido. Eis o que me contou.

Sua demissão pouco o preocupara. Tinha dinheiro no bolso e, àquela altura da vida, já percebera que, com dinheiro no bolso, nada faltava.

Havia, portanto, ido instalar-se num cabaré.

Lá, começou a emborcar uma garrafa, mas, no terceiro copo, viu o gerente entrar.

— Não acha que é hora de parar? — este perguntou.

— E por que seria? — respondera o operário.

— Ora, porque ouvi dizer que você é o sujeito que deu a bofetada em Henrique IV.

"Interroguei então o ferido."

— Pois sou eu mesmo — admitiu, insolente, o operário. — E daí?

— E daí? Não quero servir bebida para um cafajeste da sua laia, isso trará má sorte para a casa.

— Sua casa é a casa de todos e, desde que paguemos, estamos em nossa casa.

— É, mas você não vai pagar.

— E por que não?

— Porque me recuso a receber seu dinheiro. Assim, como não vai pagar, não estará em sua casa, mas na minha, e como eu que mando nela, terei o direito de botá-lo porta afora.

— Isto se for o mais forte.

— Se não for, chamarei os garçons.

— Muito bem! Tente chamar, quero ver.

O dono do bar chamou. Três garçons, que estavam de sobreaviso, entraram ao ouvir sua voz, cada um com um porrete na mão, e o operário se viu forçado, embora sua vontade de resistir fosse grande, a se retirar com o rabo entre as pernas.

Ao sair, perambulou algum tempo pela cidade e, na hora do almoço, entrou na cantina onde os operários costumavam fazer as refeições.

Acabava de tomar sua sopa quando os operários, que haviam encerrado o expediente, entraram.

Ao identificarem-no, pararam na porta e, chamando o dono, declararam que se aquele homem continuasse a fazer suas refeições no estabelecimento, eles desertariam; todos eles.

O dono da cantina perguntou o que o sujeito fizera para ser alvo do opróbrio geral.

Contaram-lhe que era o homem que dera uma bofetada em Henrique IV.

— Rua! — esbravejou o dono, avançando contra ele. — Espero que a comida lhe tenha servido de veneno!

Havia menos possibilidade ainda de resistir na cantina do que no bar do cabaré. O operário maldito levantou-se e ameaçou. Abriram-lhe caminho não por causa das ameaças que proferira, mas pela profanação que cometera.

Ele saiu dali furioso e passou parte da noite vagando pelas ruas de Saint-Denis, praguejando e blasfemando. Mais tarde, por volta das dez horas, voltou à sua pensão.

Contrariando a rotina da casa, as portas estavam fechadas.

Bateu.

O proprietário do imóvel apareceu na janela. Como a noite estava escura, não reconheceu quem batia.

— Quem é o senhor? — perguntou.

O operário se identificou.

— Ah! — disse o proprietário. — O que deu a bofetada em Henrique IV. Espere.

— O quê? O que devo esperar? — reclamou o operário, com impaciência.

Nesse ínterim, um embrulho caiu aos seus pés.

— O que é isso? — perguntou o operário.

— Todos os seus pertences.

— Como assim, "todos os meus pertences"?

— É isso mesmo. Você pode ir atrás de um lugar para dormir. Não quero esta casa desabando na minha cabeça.

O operário, furioso, pegou um paralelepípedo e jogou na porta.

— Espere! — disse o proprietário. — Vou acordar seus colegas e veremos.

O operário compreendeu que ficar ali não lhe traria nenhuma vantagem. Retirou-se e, tendo encontrado uma porta aberta a cem passos dali, entrou e se deitou sob um galpão.

Nesse galpão, havia palha; ele se deitou sobre a palha e dormiu.

Às quinze para a meia-noite, pareceu-lhe que alguma coisa tocava seu ombro.

Despertou e viu à sua frente uma luz branca, em forma de mulher, fazendo-lhe sinal para que a seguisse.

Ele julgou ser uma das infelizes que sempre têm um quartinho e prazer para aqueles que podem pagar por essas coisas. Como tinha dinheiro, como preferia passar a noite agasalhado e deitado numa cama do que num galpão e deitado na palha, levantou-se e foi atrás da mulher.

A mulher seguiu por um instante as casas do lado esquerdo da Grande-Rue, atravessou-a e, continuando a sinalizar para o operário, entrou num beco à direita.

O operário, acostumado àquele carrossel noturno e conhecendo de cor os becos onde costumavam se alojar as mulheres do tipo daquela a quem seguia, não se fez de difícil e entrou na ruela.

O beco dava acesso ao campo. Julgando que a mulher morava numa casa isolada, continuou a segui-la.

Cem passos adiante, passaram pela brecha de uma cerca, porém, tendo erguido subitamente os olhos, ele percebeu à sua frente a velha abadia de Saint-Denis, com seu campanário gigantesco e suas janelas ligeiramente tingidas pelo fogo interior, junto ao qual postava-se o vigia.

Ele procurou a mulher com os olhos. Ela desaparecera.

Ele estava no cemitério.

Quis sair pela mesma passagem estreita.

Porém, naquele funil escuro e ameaçador, teve a impressão de ver o espectro de Henrique IV com o braço estendido para ele.

O espectro deu um passo à frente; o operário, um passo atrás.

No quarto ou quinto passo, a terra falseou sob seus pés e ele caiu de costas dentro do fosso.

Julgou então ver levantando à sua volta todos aqueles reis, antecessores e descendentes de Henrique IV. Uns pareciam exibir-lhe os seus cetros; outros as suas mãos de justiça, gritando: "Amaldiçoado seja o sacrílego!" Ao contato daquelas mãos de justiça[74] e daqueles cetros, pesados como o chumbo e quentes como o fogo, teve a sensação de que seus membros iam quebrando-se um a um.

Havia sido naquele instante que a meia-noite soara e o vigia ouvira as lamentações.

74. Mão de marfim, com três dedos erguidos, fixada na extremidade dos bastões reais, símbolo da justiça dos monarcas.

Fiz o que pude para consolar o infeliz, mas ele perdera o juízo e, após um delírio de três dias, morreu gritando: "Misericórdia!"

* * *

— Perdão — interrompeu o médico —, mas não percebo muito bem aonde o senhor deseja chegar com sua história. O incidente com o seu operário mostra que: atormentado pelo acontecido durante o dia, seja em estado de vigília, seja de sonambulismo, ele se pôs a vagar pela noite; que, vagando, entrou no cemitério; e que, enquanto olhava as nuvens em vez de olhar o caminho, caiu na vala, quebrando, naturalmente, em decorrência da queda, um braço e uma perna. Ora, o senhor havia falado de uma profecia que se realizou e não vejo sinal de profecia em nada disso.

— Espere, doutor — explicou o cavalheiro —, minha história, a qual, com razão, o senhor diz não passar de um incidente, leva direto à tal profecia que irei expor e que é um mistério.

Eis a profecia:

Em torno de 20 de janeiro de 1794, após a depredação do túmulo de Francisco I, foi aberto o sepulcro da condessa de Flandres, filha de Filipe o Caolho.[75]

Esses dois túmulos eram os últimos que restavam a explorar. Todos os mausoléus haviam desmoronado, todos os sepulcros estavam vazios, todas as ossadas achavam-se no ossuário.

Uma última sepultura não foi encontrada, a do cardeal de Retz, que diziam haver sido enterrado em Saint-Denis.[76]

Todos os sepulcros haviam sido lacrados ou quase todos, como o dos Valois e o dos Carlos.[77]

Restava apenas o sepulcro dos Bourbon,[78] que seria lacrado no dia seguinte.

75. Francisco I (1494-1547): rei da França a partir de 1515, é considerado o monarca mais representativo do Renascimento francês. Condessa de Flandres: Margarida I de Borgonha (1309-82). Filipe o Caolho (1292-1322): reinou sobre a França entre 1317 e 1322.

76. Jean-François Paul de Gondi (1613-79), cardeal de Retz, foi um político, memorialista e conspirador francês. Após sepultado, Luís XIV proibiu que lhe erguessem um monumento fúnebre, o que terminou por evitar a profanação de seu túmulo.

77. Valois e Carlos: dinastias de reis franceses. A dos Valois teve início com Filipe IV o Afortunado (1293-1350), e manteve-se no poder de 1328 a 1589; a dos Carlos, representando a carolíngia, tem como pedra angular Carlos Magno (747-814), mas retroage até seu pai Pepino o Breve (714-68), cujo reinado iniciou-se em 751 e terminou em 1768 com a divisão do reino entre seus dois filhos, sendo o outro Carlomano (751-71), de curtíssimo reinado.

78. A dinastia dos Bourbon teve início em 1589, com Henrique IV (1553-1610), e foi a última antes da queda da monarquia, extinguindo-se definitivamente em 1793, com a decapitação de Luís XVI, aos 39 anos.

O vigia passava sua última noite naquela igreja onde não havia mais nada a vigiar. Recebera portanto autorização para dormir, e usufruía da autorização.

À meia-noite, foi acordado pelo som do órgão e de cânticos religiosos.

Acordou, esfregou os olhos e voltou a cabeça para o coro, isto é, para o lado do coro de onde vinham os cânticos.

Viu então, com espanto, as estalas[79] do coro ocupadas pelos religiosos de Saint-Denis; viu um arcebispo oficiando no altar; viu a capela-ardente iluminada e, sob ela, a grande mortalha de ouro, em geral reservada apenas ao corpo dos reis.

No momento em que despertava, a missa terminara e o cerimonial do enterro começava.

O cetro, a coroa e a mão de justiça, pousados sobre uma almofada de veludo vermelho, foram entregues aos arautos, que os apresentaram a três príncipes, que os receberam.

Em seguida, mais deslizando do que andando, e sem que o barulho de seus passos gerasse qualquer eco na sala, avançaram os fidalgos-camareiros, que se apoderaram do cadáver e o transportaram para o mausoléu dos Bourbon, o único que permanecera aberto, enquanto os demais estavam lacrados.

O porta-voz real então desceu ao sepulcro e, lá dentro, gritou para os outros arautos, intimando-os a executar sua tarefa.

O porta-voz real e os arautos eram em número de cinco.

Do fundo do mausoléu, o porta-voz real chamou o primeiro arauto, que desceu carregando as esporas.

Depois o segundo, que desceu carregando as manoplas.[80]

Depois o terceiro, que desceu carregando o escudo.

Depois o quarto, que desceu carregando o elmo gravado.

Depois o quinto, que desceu carregando a cota de armas.[81]

Em seguida, chamou o porta-estandarte, que trouxe a bandeira;

Os capitães dos suíços,[82] dos arqueiros da guarda e dos duzentos fidalgos da casa;

O grão-escudeiro, que trouxe a espada real;

O camareiro-mor, que trouxe uma segunda bandeira da França;

79. Cadeiras de espaldar alto destinadas aos eclesiásticos, no coro ou capela-mor de uma igreja.

80. Manopla: luva de ferro, que protegia os gladiadores e que, posteriormente, passou a integrar as armaduras de guerra da nobreza.

81. Cota de armas: revestimento até a altura dos joelhos, usado sob a parte superior da armadura de um cavaleiro, protegendo-lhe o peito e as costas.

82. Suíços: unidades de mercenários suíços contratados pelos soberanos para sua proteção. Foram comuns nas cortes europeias desde o séc.X até o XIX.

Viu então, com espanto, as estalas do coro ocupadas pelos religiosos de Saint-Denis.

O chefe do cerimonial, diante do qual passaram todos os servos da corte, lançando batutas brancas no mausoléu e saudando os três príncipes portadores da coroa, do cetro e da mão de justiça, à medida que eles desfilavam.

Os três príncipes, portadores do cetro, da mão de justiça e da coroa.

Então o porta-voz real proclamou três vezes:

— O rei está morto; viva o rei!

Um arauto, que permanecera no coro, repetiu o anúncio tríplice.

Por fim, o chefe do cerimonial quebrou sua batuta, simbolizando que a casa real estava rompida e que os oficiais do rei podiam se locupletar.

Imediatamente as trombetas soaram e o órgão despertou.

Enquanto o toque das trombetas ia perdendo força e o órgão gemia cada vez mais baixo, as luzes dos círios empalideceram, os corpos dos presentes se apagaram e, ao último gemido do órgão, ao último som da trombeta, tudo desapareceu.

No dia seguinte, o vigia, chorando copiosamente, relatou o enterro real a que assistira e o qual, pobre homem, fora o único a presenciar, e anunciou a futura restauração daqueles túmulos mutilados e, a despeito dos decretos da Convenção e do furor da guilhotina, a volta de uma nova monarquia na França e de novos reis a Saint-Denis.

Tal profecia significou a prisão e quase o cadafalso para o pobre-diabo, que, trinta anos mais tarde, isto é, em 20 de setembro de 1824, por trás da mesma coluna onde tivera sua visão, me dizia, puxando a manga do meu paletó:

— E então, sr. Lenoir, quando eu lhe dizia que nossos pobres reis voltariam um dia a Saint-Denis, por acaso eu estava enganado?

Com efeito, naquele dia Luís XVIII era enterrado segundo o mesmo cerimonial que o guardião dos túmulos vira desenrolar-se trinta anos antes.

Explique esta, doutor.

10. *Artifaille*

Seja porque se deixara convencer, seja, como é mais provável, porque lhe pareceu difícil refutar um homem como o cavaleiro Lenoir, o médico se calou.

Tal silêncio deixava terreno livre para os comentadores. O padre Moulle saltou na arena.

— Tudo isso não faz senão confirmar o meu sistema — disse ele.

— E o que diz o seu sistema? — indagou o médico, encantado de retomar a polêmica com rivais menos severos que o sr. Ledru e o cavaleiro Lenoir.

— Que vivemos entre dois mundos invisíveis,[83] povoados um por espíritos infernais, outro por espíritos celestiais; que, na hora do nosso nascimento, dois gênios, um bom, outro mau, vêm instalar-se ao nosso lado e nos acompanham a vida inteira, um nos soprando o bem, o outro, o mal; e que, na hora da morte, um deles triunfa e se apodera de nós. Assim, nosso corpo torna-se ou a vítima de um demônio ou o abrigo de um anjo. No caso da pobre Solange, o gênio bom triunfara, e era ele que lhe dizia adeus, Ledru, pelos lábios mudos da jovem mártir; no caso do bandoleiro condenado pelo juiz escocês, foi o demônio que prevaleceu e era ele que aparecia sucessivamente ao juiz na pele de um gato, ou fardado como um meirinho ou sob a forma de um esqueleto. Por último, no terceiro caso, foi o anjo da monarquia que vingou no sacrílego a terrível profanação dos túmulos, e que, como Cristo manifestando-se aos humildes, apontou a futura restauração da realeza para um pobre vigia dos túmulos, e isso com a mesma pompa que teria a fantástica cerimônia caso tivesse sido testemunhada por todos os futuros nobres da corte de Luís XVIII.

83. O sistema do abade Moulle parece reproduzir os principais aspectos da teoria do cientista e teólogo sueco Emanuel Swedenborg (1688-1772).

— Mas afinal, sr. padre — questionou o médico —, seu sistema todo baseia-se numa convicção.

— Sem dúvida.

— Ora, para que seja real, essa convicção deve repousar sobre algum fato.

— É sobre um fato, justamente, que a minha repousa.

— Sobre um fato narrado por alguém de sua absoluta confiança?

— Sobre um fato que aconteceu comigo mesmo.

— Ah, padre, gostaríamos de ouvi-lo.

— Será um prazer. Nasci naquela região herdada dos reis de outrora, hoje departamento do Aisne, antiga Île-de-France. Meu pai e minha mãe moravam numa pequena aldeia situada no meio da floresta de Villers-Cotterêts, cujo nome é Fleury. Antes de eu nascer, meus pais já tinham tido cinco filhos, três meninos e duas meninas, e todos haviam morrido. Daí resultou que minha mãe, ao engravidar de mim, fez a promessa de me vestir de branco até a idade de sete anos, enquanto meu pai jurou efetuar uma peregrinação a Nossa Senhora de Liesse.

Essas duas promessas não são raras na província e estavam intimamente interligadas, uma vez que o branco é a cor da Virgem e que Nossa Senhora de Liesse não é ninguém menos que a Virgem Maria.

Infelizmente, meu pai morreu durante a gravidez de minha mãe, a qual, não obstante, mulher devota, resolveu cumprir rigorosamente a dupla promessa. Assim que nasci, vestiram-me de branco dos pés à cabeça; e, assim que se viu em condições de andar, minha mãe fez a pé, como prometido, a peregrinação sagrada.

Por sorte, Nossa Senhora de Liesse localizava-se a apenas sessenta ou setenta quilômetros da aldeia de Fleury. Em três etapas, minha mãe chegou ao seu destino.

Lá, fez suas devoções e recebeu das mãos do pároco uma medalhinha de prata, que prendeu no meu pescoço.

Graças a essa dupla promessa, saí ileso de todos os acidentes da juventude e, quando alcancei a idade da razão, fosse pela educação religiosa que eu recebera, fosse por influência da medalha, senti-me impelido para a carreira eclesiástica. Tendo feito meus estudos no seminário de Soissons, em 1780 saí de lá padre e fui nomeado vigário em Étampes.

Uma coincidência fez com que me fosse atribuída, das quatro igrejas de Étampes, aquela sob a invocação de Nossa Senhora.

Essa igreja é um dos monumentos maravilhosos que a época romana legou à Idade Média. Iniciada por Roberto o Forte,[84] foi terminada apenas

84. A construção da igreja teria sido iniciada por Roberto o Piedoso (972-1031), e não por Roberto o Forte (815/830-866). A confusão de Dumas talvez advenha de ela se chamar Notre-Dame-le-Fort, alcunha que recebeu devido às suas torres denteadas, típicas de um forte.

no século XII. Ainda hoje tem vitrais admiráveis, os quais, por ocasião de sua edificação, deviam se harmonizar primorosamente com a pintura e a douradura que cobriam suas colunas e ornavam seus capitéis.

Criança, eu me deslumbrara com aquelas magníficas flores de granito que a fé extraiu da terra, do século X ao XVI, para cobrir o solo da França, essa filha primogênita de Roma, com uma floresta de igrejas, apenas detida quando a fé morreu nos corações, assassinada pelo veneno de Lutero e Calvino.[85]

Ainda pequeno, eu brincara nas ruínas de São João de Soissons.[86] Deleitara meus olhos diante da inventividade de todos aqueles altos-relevos, que também parecem flores petrificadas, de maneira que, quando vi Nossa Senhora de Étampes, fiquei feliz que o acaso, ou melhor, a Providência, me houvesse destinado, andorinha, aquele ninho, martim-pescador, aquele navio.

Assim, meus momentos felizes eram os vividos na igreja. Não quero dizer que foi um sentimento puramente religioso que me enraizou ali, não, era uma sensação de bem-estar comparável à do pássaro que tiramos da máquina pneumática, quando nela vigora o vácuo, para devolvê-lo ao espaço e à liberdade.[87] Já o meu espaço era aquele que ia do portão à capela-mor; minha liberdade era sonhar de joelhos, por duas horas, sobre um túmulo ou recostado numa coluna. Com que sonhava? Jamais com filigranas teológicas; não, era com a luta eterna entre o bem e o mal, que dilacera o homem desde o dia do pecado; era com os belos anjos de asas brancas e os horríveis demônios de faces vermelhas, que, a cada raio de sol, faiscavam nos vitrais, uns resplandecentes de fogo celeste, os outros flamejantes como as labaredas do inferno. A igreja de Nossa Senhora, enfim, era a minha casa. Ali eu vivia, pensava, orava. A casinha presbiteriana que me haviam cedido não passava de meu teto, para comer e dormir, nada além disso.

Sendo assim, muitas vezes eu só me despedia de minha bela Nossa Senhora à meia-noite ou uma da manhã.

Isso era sabido. Quando eu não estava no presbitério, estava na igreja. Lá iam me procurar e lá me encontravam.

85. Martinho Lutero (1483-1546) e João Calvino (1509-64) foram os dois grandes teóricos e líderes da Reforma protestante.

86. A igreja de Saint-Jean-de-Vignes, localizada na comuna de Soissons e construída por iniciativa de Hugo o Grande (898-956), foi saqueada durante a Revolução; seus vitrais e os objetos de ferro acabaram vendidos, estes últimos à Casa da Moeda.

87. No Renascimento, acreditava-se que os pássaros voavam graças à força dos ventos. A máquina pneumática (do gr. *pneumatikos*, "fôlego", "alma"), ao criar o vácuo em seu interior, impediria o animal de voar. A pneumática consiste no emprego do ar na ciência e na tecnologia, comprimindo-o, expandindo-o ou, neste caso, eliminando-o.

Poucos rumores mundanos chegavam a mim, confinado como eu estava naquele santuário de religião e, sobretudo, de poesia.

Dentre esses rumores, contudo, havia um que interessava a todos, pequenos e grandes, clérigos e leigos. As cercanias de Étampes vinham sendo alvo das proezas de um sucessor, ou melhor, de um rival de Cartouche e Poulailler[88] que, pelo menos no que se refere a audácia, parecia seguir os passos de seus antecessores. Esse bandoleiro, que atacava tudo, mas em especial as igrejas, recebera a alcunha de Artifaille.

Uma das coisas que me fez dar uma atenção mais especial às suas proezas foi o fato de sua mulher, que morava na cidade baixa de Étampes, ser uma das minhas penitentes mais assíduas. Mulher corajosa e digna, para quem os crimes perpetrados pelo marido eram um peso na consciência, ela julgava-se responsável perante Deus como esposa. Passava a vida em meio a preces e confissões, esperando, com suas obras pias, atenuar a impiedade do marido.

Quanto a ele, torno a dizer, era um bandido que não temia nem a Deus nem ao diabo. Proclamava que a sociedade era malfeita, que fora enviado à terra a fim de corrigi-la, que, graças a ele, o equilíbrio entre as fortunas seria restabelecido, pois não passava do precursor de uma seita que todos veriam despontar e que pregaria o seu único princípio, ou seja, a partilha dos bens.

Por vinte vezes fora preso e levado à prisão, mas, quase sempre, na segunda ou terceira noite, haviam encontrado a prisão vazia. Como ninguém explicava aquelas evasões, diziam que ele descobrira uma erva que cortava ferro.

Havia, portanto, certa magia associada àquele homem.

Era o que, reconheço, eu pensava quando sua pobre mulher vinha se confessar comigo, admitindo seus terrores e me pedindo conselhos.

Embora eu a houvesse aconselhado a usar de toda sua influência sobre o marido para reconduzi-lo ao bom caminho, tal influência era praticamente nula. Restava-lhe então o eterno consolo da graça, que a oração possibilita junto ao Senhor.

As festas da Páscoa do ano 1783 se aproximavam. Era a noite de quinta para sexta-feira santa. Ao longo de todo o dia, eu ouvira um grande número de confissões e, por volta das oito da noite, sentia-me tão cansado que cochilei no confessionário.

O sacristão bem que me viu dormindo, mas, conhecendo meus hábitos e sabendo que eu estava com uma chave da portinha da igreja, sequer pensou em me acordar. Aquilo já me havia acontecido uma centena de vezes.

Então eu estava dormindo quando, no meio do sono, senti ressoar uma espécie de barulho duplo.

88. Louis Dominique Cartousen, vulgo Cartouche (1693-1721): conhecido salteador, chegou a ter mas de 2 mil integrantes em seu bando e foi executado na praça de Grève. Jean Chevalier, vulgo Poulailler: famoso bandido do séc.XIII que atacava especialmente as mulheres.

Artifaille.

Um era a vibração do martelo de bronze, dando meia-noite.

O outro era o rumor de passos no lajeado.

Abri os olhos, prestes a deixar o confessionário, quando, à luz do luar que atravessava o vitral de uma das janelas, julguei ter visto um homem passar.

Como esse homem caminhava com precaução, observando à sua volta a cada passo que dava, supus que não era um dos coroinhas, ou o bedel, ou o chantre, nem tampouco qualquer dos frequentadores da igreja, mas algum intruso com más intenções.

O visitante noturno foi até o coro, onde se deteve. No fim de um instante, ouvi o estampido do ferro sobre a pederneira, vi cintilar uma faísca, o pavio se inflamou e um fósforo foi fixar sua luz erradia na extremidade de uma vela pousada no altar.

À luz dessa vela, pude então ver um homem de estatura mediana, carregando no cinto dois pistoletes e um punhal, cujo semblante era sarcástico mais que terrível. Lançando um olhar inquiridor por toda a extensão da circunferência iluminada pela vela, ele pareceu completamente satisfeito com o que viu.

Consequentemente, tirou do bolso não um molho de chaves, mas um molho desses instrumentos destinados a substituí-las, apelidados "rouxinóis", sem dúvida a partir do famoso Rossignol, que se gabava de ter a chave de todos os códigos.[89] Pondo-o a seu serviço, abriu o tabernáculo, dele retirou primeiro o santo cibório, magnífica taça de prata antiga, cinzelada no reinado de Henrique II, depois um ostensório maciço, doado à cidade pela rainha Maria Antonieta, e, por fim, duas galhetas de estanho.

Como isso era tudo que havia no tabernáculo, fechou-o com cuidado e se pôs de joelhos para abrir a parte inferior do altar, que servia como relicário.

A parte inferior do altar guardava uma Nossa Senhora de cera consagrada por uma coroa de ouro e diamantes, trajando uma túnica bordada com pedras preciosas.

Cinco minutos depois, o relicário, cujas paredes de vidro o ladrão quebrara, encontrava-se aberto como o tabernáculo, com a ajuda de uma gazua, e ele se preparava para juntar a túnica e a coroa ao ostensório, às galhetas e ao santo cibório, quando, não tolerando mais aquele roubo, saí do confessionário e avancei em direção ao altar.

O barulho que produzi ao abrir a porta fez com que o ladrão se voltasse e inclinasse para o meu lado, tentando perscrutar as sombras na igreja, mas o confessionário estava fora do alcance de sua luz, de modo que ele só me viu realmente quando entrei no círculo iluminado pela chama tremeluzente da vela.

Ao perceber um homem, o ladrão se apoiou no altar, puxou um pistolete do cinto e o apontou em minha direção.

Minha batina preta, contudo, mostrou-lhe imediatamente que eu não passava de um simples e inofensivo padre, tendo como salvaguarda apenas a fé e, como arma, apenas a palavra.

Apesar da ameaça do pistolete apontado para mim, avancei até os degraus do altar. Eu pressentia que, se ele atirasse em mim, ou o pistolete falharia, ou a bala desviaria. Tinha na mão a minha medalha de prata e me sentia impregnado do amor sagrado de Nossa Senhora.

Aquela serenidade do pobre vigário pareceu balançar o bandido.

— O que deseja? — ele perguntou, com uma voz que se esforçava para demonstrar segurança.

— O senhor é o tal Artifaille? — rebati.

89. Referência a Antoine Rossignol des Roches (1600-82), matemático que, devido a seu precioso dom de decifrar textos em código, foi chamado pelo cardeal Richelieu para trabalhar na corte.

— O senhor ainda tem dúvidas?! — ele respondeu. — Quem mais se atreveria a entrar sozinho numa igreja como faço?

— Pobre pecador insensibilizado, que sente orgulho de seu crime — eu lhe disse —, não compreende que neste seu jogo não perde somente o seu corpo, mas a alma também?

— Bah! — desdenhou ele. — Meu corpo, já o salvei tantas vezes que estou certo de voltar a salvá-lo, e quanto a minha alma...

— Muito bem! E quanto a sua alma?

— Isso é da competência da minha mulher: ela é santa por nós dois e salvará minha alma junto com a dela.

— Tem razão, sua mulher é uma santa, meu amigo, e certamente morreria de desgosto se soubesse que consumou o crime que está em vias de executar.

— Oh, oh! Acha que minha pobre mulher morrerá de desgosto?

— Tenho certeza disso.

— Muito bem! Então ficarei viúvo — continuou o ladrão, caindo na risada e estendendo as mãos para os vasos sagrados.

Mas eu subi os três degraus do altar e segurei-lhe o braço.

— Não — eu lhe disse —, pois não cometerá esse sacrilégio.

— E quem irá me impedir?

— Eu.

— Pela força?

— Não, pela persuasão. Deus não enviou seus ministros à terra para que usassem da força, uma coisa humana, mas da persuasão, que é uma virtude celestial. Meu amigo, não é pela igreja, que pode arranjar outros vasos, mas pelo senhor, que não poderá redimir-se do pecado. Amigo, o senhor não cometerá tal sacrilégio!

— E essa agora! Por acaso acha que é o primeiro, bom homem?

— Não, sei que é o décimo, o vigésimo, talvez o trigésimo, mas o que importa? Até aqui seus olhos estavam fechados, eles se abrirão esta noite, não tenho dúvida. Não ouviu falar de um homem chamado Saulo, que segurava o manto dos que apedrejavam santo Estêvão? Pois bem! Esse homem tinha os olhos cobertos por escamas, como ele mesmo conta. Um dia, as escamas caíram de seus olhos, ele enxergou e era são Paulo. Sim, são Paulo. O grande, o ilustre são Paulo.[90]

— Mas, padre, são Paulo não foi enforcado?

90. Estêvão, considerado o primeiro mártir do cristianismo, acusado de blasfêmia após declarar ter visto Jesus Cristo, morreu apedrejado. O romano Saulo, perseguidor de cristãos, estava entre seus acusadores. Mais tarde, na estrada de Damasco, interpelado pela aparição milagrosa de Jesus ("Por que me persegues, Saulo?"), Saulo converteu-se, adotando o nome de Paulo (Atos dos Apóstolos, 7, 54-60; 9, 1-19).

— Foi.[91]

— Pois então! Para que lhe serviu enxergar?

— Para convencê-lo de que às vezes a salvação está no suplício. Hoje são Paulo goza de um nome venerado na terra e da beatitude eterna no céu.

— Com que idade são Paulo enxergou?

— Trinta e cinco anos.

— Passei da idade. Tenho quarenta.

— Nunca é tarde para se arrepender. Na cruz, Jesus dizia ao mau ladrão: "Uma oração, e salvo-te."[92]

— Percebo! Pelo que vejo, tem grande apreço pela sua prataria... — disse o bandido, me fitando.

— Não, tenho apreço pela sua alma, que desejo salvar.

— Minha alma! Você quer que eu acredite nisso? Essa é boa!

— Quer que eu lhe prove que é sua alma que eu prezo? — perguntei.

— Sim, dê-me essa prova, quero ver.

— Em quanto estima o roubo que está para cometer?

— He, he! — disse o ladrão, observando com deleite as galhetas, o cálice, o ostensório e a túnica da Virgem. — Em mil escudos.

— Mil escudos?

— Sei muito bem que vale o triplo. Mas a gente sempre perde uns dois terços. Esses diabos de judeus são uns ladrões!

— Venha à minha casa.

— À sua casa?

— Sim, à minha casa, ao presbitério. Tenho mil francos em dinheiro, dou-lhe em forma de adiantamento.

— E os outros dois mil?

— Os outros dois mil? Está certo, eu prometo, palavra de padre, que irei à minha terra de origem, onde minha mãe tem algum patrimônio, venderei três ou quatro terrenos para chegar aos outros dois mil, que darei a você.

— Sei... para marcar um encontro comigo e me fazer cair em alguma armadilha?

— Você não acredita realmente que eu faria isso — eu lhe disse, estendendo a mão para ele.

— Muito bem, é verdade, não acredito — ele admitiu, com uma expressão sombria. — Quer dizer que sua mãe é rica?

— Minha mãe é pobre.

— Ficará arruinada, então?

91. Na realidade, Paulo foi decapitado.

92. *Evangelho de são Lucas*, 23, 42-43.

— Quando eu lhe contar que, ao preço de sua ruína, eu talvez tenha salvado uma alma, ela me abençoará. Aliás, se perder tudo, virá morar comigo: sempre terei para dois.

— Aceito — ele aquiesceu. — Vamos à sua casa.

— De acordo, mas espere.

— O quê?

— Guarde no tabernáculo os objetos que pegou, feche-o a chave, isso lhe trará felicidade.

O cenho do bandido franziu-se como o de um homem que, à sua revelia, está sendo invadido pela fé. Recolocou os vasos sagrados no tabernáculo e fechou-o.

— Vamos — disse ele.

— Antes, faça o sinal da cruz — exigi.

Ele tentou uma risada de menosprezo, mas a risada extinguiu-se por si só.

Então ele fez o sinal da cruz.

— Agora, siga-me — eu ordenei.

Saímos pela portinha. Em menos de cinco minutos estávamos em minha casa.

No trajeto, por mais curto que fosse, o bandido parecera bastante inquieto, olhando em volta e temendo que eu o estivesse arrastando para alguma emboscada.

Ao chegarmos, ele se manteve próximo à porta.

— E então! Esses mil francos? — ele perguntou.

— Espere — respondi.

Acendi uma vela com a que havia trazido da igreja, prestes a se apagar. Abri um armário, peguei um saco.

— Aqui estão — eu lhe disse.

E entreguei-lhe o saco.

— E quanto aos outros dois mil, quando os terei?

— Peço-lhe seis semanas.

— Está bem, dou-lhe seis semanas.

— A quem os entregarei?

O bandido refletiu um instante.

— À minha mulher — disse.

— Está bem!

— Mas ela não pode saber de onde vem o dinheiro, nem como o ganhei!

— Não saberá, nem ela nem ninguém. Em contrapartida, você nunca mais tentará nada contra Nossa Senhora de Étampes, ou contra qualquer outra igreja sob invocação da Virgem!

— Nunca mais!

— Jura?

"E então! Esses mil francos?"

— Palavra de Artifaille.

— Vá, irmão, e não peque mais.

Saudei-o, fazendo-lhe sinal com a mão de que estava livre para se retirar.

Ele pareceu hesitar um momento. Depois, abrindo a porta com precaução, desapareceu.

Ajoelhei-me... e rezei por aquele homem.

Eu não havia terminado minha prece quando ouvi baterem na porta.

— Entre — eu disse, sem me voltar.

Com efeito, alguém, vendo-me a rezar, parou na entrada e se manteve de pé atrás de mim.

Quanto terminei, voltei-me e vi Artifaille imóvel e hirto junto à porta, sobraçando o saco.

— Tome — disse ele —, estou lhe trazendo de volta seus mil francos.

— Meus mil francos?

— Sim, e o considero quite no que se refere aos outros dois mil.

— E ainda assim mantém sua promessa?

— Mas está claro!

— Então se arrepende?

— Não sei se me arrependo, mas não quero seu dinheiro, ponto final.

E colocou o saco na beirada da cômoda.

Em seguida, livre do saco, parou como se para pedir alguma coisa, mas era visível sua dificuldade em fazê-lo.

— O que deseja? — perguntei. — Fale, meu amigo. O senhor acaba de fazer uma boa ação. Não tenha vergonha de fazer melhor.

— É grande sua devoção por Nossa Senhora? — ele me perguntou.

— Grande.

— A ponto de, mediante sua intercessão, um homem, por mais culpado que seja, ser salvo na hora da morte? Pois bem! Em troca dos seus três mil francos, os quais eu considero pagos, dê-me alguma relíquia, algum rosário, algum relicário que eu possa beijar na hora da minha morte.

Soltei a medalha e a corrente de ouro que minha mãe me colocara no pescoço no dia de meu nascimento e, embora nunca me houvessem deixado desde então, entreguei-as ao ladrão.

Ele pousou os lábios na medalha e fugiu.

Um ano se passou sem que eu ouvisse falar de Artifaille. Sem dúvida, deixara Étampes para agir em outras plagas.

Nesse ínterim, recebi uma carta de meu confrade, o vigário de Fleury. Minha bondosa mãe estava muito doente e me chamava junto a si. Obtive uma licença e fui.

Seis ou oito semanas de cuidados e preces devolveram-lhe a saúde. Despedimo-nos, eu, alegre, ela restabelecida, e retornei a Étampes.

Cheguei numa sexta-feira à noite. A cidade estava em polvorosa. O famoso ladrão Artifaille fora preso na região de Orléans e julgado no tribunal dessa cidade. Após ser condenado, fora transferido para ser enforcado em Étampes, pois aqui havia sido o principal teatro de seus crimes.

A execução acontecera naquela manhã mesmo.

Isso foi o que eu soube na rua, mas, ao entrar no presbitério, soube de outra coisa: que uma mulher da cidade baixa viera na manhã da véspera (isto é, no momento em que Artifaille chegara a Étampes para lá sofrer seu suplício) indagar mais de dez vezes se eu estava de volta.

Tal insistência não era despropositada. Eu escrevera comunicando minha chegada próxima e era esperado de uma hora para outra.

Na cidade baixa, eu não conhecia senão a pobre e recente viúva. Resolvi ir à sua casa antes mesmo de bater a poeira dos pés.

Do presbitério à cidade baixa era um pulo. Soavam as dez horas da noite, é verdade, mas, uma vez que seu desejo de me ver era tão ardente, a pobre mulher não se sentiria incomodada com a minha visita.

Dirigi-me então ao subúrbio e perguntei pela sua casa. Como todos a consideravam uma santa, ninguém a incriminava pelo crime do marido, ninguém a envergonhava por sua vergonha.

Cheguei à porta. O postigo estava aberto e, pela vidraça, pude ver a pobre mulher ao pé da cama, ajoelhada e rezando.

Pelo movimento de seus ombros, presumia-se que soluçava ao rezar.

Bati na porta.

Ela se levantou e veio abrir apressadamente.

— Ah, sr. padre! — ela exclamou. — Eu já estava adivinhando. Quando bateram, sabia que era o senhor. Ai de mim! Ai de mim! Agora é tarde demais. Meu marido morreu sem confissão.

— Ele então morreu em pecado?

— Não. Muito pelo contrário, tenho certeza de que era cristão no fundo da alma, mas declarou não querer outro padre além do senhor. Não se confessaria senão com o senhor e, se não confessasse com o senhor, não se confessaria com ninguém a não ser Nossa Senhora.

— Ele disse isso?

— Sim, e, enquanto dizia, beijava uma medalhinha da Virgem pendurada no pescoço com uma corrente de ouro, recomendando acima de tudo que não lhe confiscassem aquela medalha e afirmando que se fosse enterrado com ela os maus espíritos não teriam nenhum poder sobre seu corpo.

— Foi tudo que ele disse?

— Não. Ao se despedir de mim, antes de caminhar para o cadafalso, ele disse também que o senhor chegaria esta noite e viria me visitar assim que chegasse. Eis por que eu estava à sua espera.

— Ele lhe disse isso? — perguntei, impressionado.

— Sim, e também me encarregou de uma última súplica.

— A mim?

— Ao senhor. Ele me ordenou que, independentemente da hora que o senhor chegasse, eu lhe pedisse... Meu Deus, não vou me atrever a pedir uma coisa dessas.

— Peça, boa mulher, peça.

— Pois bem, devo pedir-lhe que vá à Justiça,[93] e lá, aos pés do cadafalso, que reze, em prol de sua alma, cinco Pais-nossos e cinco Ave-Marias. Ele afirmou que o senhor não recusaria, padre.

— E estava com a razão, pois lá irei.

— Oh, como é generoso!

93. Chamava-se assim ao lugar onde se enforcavam os ladrões e assassinos. (Nota do autor)

Segurou-me as mãos e quis beijá-las.

Desvencilhei-me.

— Vamos, boa mulher — eu lhe disse —, coragem!

— Entrego-me a Deus, sr. padre, não me queixo.

— Seu marido não lhe pediu mais nada?

— Não.

— Muito bem! Se ver tal desejo realizado é a condição para o repouso de sua alma, sua alma então repousará.

Saí.

Eram aproximadamente dez e meia. Estávamos nos últimos dias de abril e um vento frio ainda soprava. O céu, contudo, estava bonito, especialmente propício para um pintor, pois a lua rolava num mar de ondas escuras que imprimiam um caráter intenso ao horizonte.

Passei pelas velhas muralhas da cidade e cheguei à porta de Paris. Depois das onze horas, era a única porta de Étampes que permanecia aberta.

O objetivo de minha incursão era um mirante do qual, hoje como na época, avistava-se toda a cidade. Atualmente, porém, não restam da forca, que então reinava nesse mirante, senão três fragmentos da cantaria de sustentação a três postes, ligados entre si por duas vigas, e que formavam o patíbulo.

Para chegar a essa esplanada, à esquerda da estrada de Étampes a Paris e à direita da de quem vem de Paris a Étampes, era preciso passar ao pé da torre de Guinette, posto avançado que parece uma sentinela, postada solitariamente na planície para proteger a cidade.[94]

Dessa torre, que o senhor deve conhecer, cavaleiro Lenoir, e que Luís XI tentou em vão explodir outrora, resta apenas um esqueleto. Ele parece observar o patíbulo, do qual vê apenas a extremidade, com a órbita escura de um grande olho sem pupila.

De dia, serve de morada aos corvos; à noite, é o palácio das corujas e *alucos*.

Tomei, em meio a seus pios e cantos, o caminho da esplanada, caminho estreito, difícil, acidentado, escavado na pedra, desbravado através das touceiras.

Não digo que sentisse medo. O homem que crê em Deus, que se entrega a ele, nada deve temer. Mas admito que estava abalado.

Não se ouvia no mundo senão o tique-taque monótono do moinho da cidade baixa, o pio das corujas e o silvo do vento nos arbustos.

A lua penetrava numa nuvem escura, cujas extremidades ela bordava com uma franja esbranquiçada.

94. A torre de Guinette, na cidade de Étampes, é um torreão único na arquitetura francesa, devido à sua estrutura quadrilobulada, isto é, com quatro lóbulos.

Meu coração batia forte. Eu intuía que encontraria não o que viera buscar, mas alguma coisa inesperada. Continuei a subir.

Chegando a um certo ponto da subida, comecei a distinguir a extremidade superior do patíbulo, composto de seus três pilares e daquela dupla trave de carvalho que mencionei.

É nessas traves de carvalho que são penduradas as cruzes de ferro nas quais os supliciados são presos.

Eu percebia, como uma sombra móvel, o corpo do infeliz Artifaille, que o vento balançava no espaço.

Estaquei de repente. Agora, de sua extremidade superior à base, eu descortinava o patíbulo. Percebi uma massa amorfa, que lembrava um animal de quatro patas se agitando.

Parei e agachei-me atrás de uma pedra. Aquele animal era maior que um cão, mais encorpado que um lobo.

De repente ele se levantou sobre as patas traseiras e percebi que o tal animal não passava daquele que Platão chamava de um bípede implume, isto é, um homem.[95]

O que um homem poderia estar fazendo àquela hora sob um patíbulo? Das duas, uma: ou era um coração religioso vindo para rezar, ou um coração irreligioso que viera cometer algum sacrilégio.

Em todo caso, resolvi ficar calado e esperar.

Naquele momento, a lua saiu da nuvem que a escondera por alguns instantes e o luar bateu em cheio no patíbulo.

Então pude ver nitidamente o homem, inclusive todos os movimentos que fazia.

Ele recolheu uma escada deitada no chão e apoiou-a num dos pilares, o mais próximo possível do cadáver do enforcado.

Em seguida, subiu na escada, passando a formar, junto com o enforcado, um todo estranho, no qual o vivo e o morto pareciam confundir-se num abraço.

De repente, um grito terrível ecoou. Vi os dois corpos se agitarem. Ouvi um pedido de ajuda, uma voz estrangulada que logo perdeu nitidez. Quase instantaneamente, um dos dois corpos se soltou do patíbulo, enquanto o outro permanecia pendurado na corda, agitando braços e pernas.

Era-me impossível adivinhar o que se passava sob a máquina infame, mas enfim, obra do homem ou do demônio, acabava de acontecer ali alguma

95. Diógenes Laércio (início do séc.III d.C.), em *Vidas dos filósofos ilustres*, conta que, para refutar a definição de Platão (428-348 a.C.), Diógenes o Cínico (413-327 a.C.) passeou pelas ruas de Atenas com um galo nas mãos, bradando: "Eis o homem de Platão!"

Tinha os olhos saltados das órbitas, a face azulada, o maxilar quase retorcido e uma respiração que mais parecia um estertor saído do peito.

coisa de extraordinário. Alguma coisa que pedia ajuda, que exigia e clamava por socorro.

Avancei num impulso. Ao me ver, o enforcado pareceu ainda mais agitado, enquanto, embaixo dele, imóvel e estirado, jazia o corpo que se soltara do patíbulo.

Corri primeiro para o vivo. Subi rapidamente a escada e, com minha faca, cortei a corda. O enforcado caiu no chão, eu pulei dos degraus que subira.

O enforcado debatia-se em horríveis convulsões, o outro cadáver permanecia imóvel.

Compreendi que a corda continuava a esganar o pobre-diabo. Deitei-me sobre ele para imobilizá-lo e, com grande dificuldade, afrouxei o laço que o estrangulava.

Durante essa operação, obrigado a encarar o homem, espantei-me ao reconhecer o carrasco.

Tinha os olhos saltados das órbitas, a face azulada, o maxilar quase retorcido e uma respiração que mais parecia um estertor saído do peito.

Enquanto isso, o ar voltava pouco a pouco a seus pulmões e, com ele, a vida.

Eu o havia recostado numa grande pedra. No fim de um instante, ele pareceu recuperar os sentidos, tossiu, girou o pescoço ao tossir e terminou por me olhar de frente.

Seu espanto não foi menor do que o meu.

— Oh, oh, sr. padre — exclamou ele —, é o senhor?

— Sim, sou eu.

— O que está fazendo aqui? — ele me perguntou.

— E o senhor?

Ele pareceu recobrar o raciocínio. Olhou mais uma vez à sua volta, mas dessa vez seus olhos detiveram-se no cadáver.

— Ah — disse ele, tentando se erguer —, vamos embora, padre. Em nome dos céus, vamos embora!

— Vá embora se quiser, amigo, eu tenho um dever a cumprir.

— Aqui?

— Aqui.

— Qual seria?

— Esse infeliz, hoje enforcado pelo senhor, desejou que eu viesse ao pé do patíbulo rezar cinco Pais-nossos e cinco Ave-Marias para a salvação de sua alma.

— Para a salvação de sua alma? Oh, padre, não vai ser fácil, esse sujeito era Satanás em pessoa.

— Como assim, Satanás em pessoa?

— Sem dúvida, não acaba de ver o que ele me fez?

— Como! O que ele lhe fez… E o que o senhor lhe fez?

— Ele me enforcou, caramba!

— Ele o enforcou? Pois eu achava, ao contrário, que havia sido o senhor a lhe prestar esse triste favor.

— Antes fosse! Julgava tê-lo efetivamente enforcado de uma vez por todas. Devo ter me enganado. Mas por que ele não se aproveitou do momento em que tomei seu lugar na forca para fugir?

Fui até o cadáver, virei-o. Estava rígido e frio.

— Ora, porque está morto — afirmei.

— Morto! — repetiu o carrasco. — Morto! Ah, diabos! É bem pior do que eu pensava. Fujamos, padre, fujamos.

E levantou-se.

— Ora, que tolice! — reconsiderou. — Melhor ficar, ele iria se levantar e correr atrás de mim. O senhor pelo menos, que é um santo homem, me defenderá.

— Meu amigo — eu disse ao verdugo, olhando-o fixamente —, há algum mistério por trás de tudo isso. Ainda agora o senhor me perguntava o que eu vinha fazer aqui a esta hora. Pois eu lhe perguntaria: "O que veio o senhor fazer aqui?"

— Ah, acredite, padre, o que trago no peito lhe deveria ser contado apenas em confissão, e não de outra forma. Mas, raios! Contarei de outra forma. Agora, preste atenção...

Fez um movimento para trás.

— O que houve?

— Ele não está se mexendo?

— Não, fique tranquilo, o coitado está completamente sem vida.

— Oh, sem vida... sem vida... não importa! Seja como for, vou lhe dizer por que vim, e, se eu mentir, ele me desmentirá, paciência.

— Fale.

— Precisa saber que esse incréu não quis ouvir falar de confissão. Perguntava apenas, de tempos em tempos: "O padre Moulle chegou?" Respondiam-lhe: "Não, ainda não." Ele soltava um suspiro. Ofereciam-lhe outro padre, ele reagia: "Não! O padre Moulle... ou ninguém!"

— Sim, sei disso.

— Ao pé da torre de Guinette, ele parou: "Verifique para mim", me pediu, "se não vê o padre Moulle chegando." "Não", respondi. E retomamos caminho. Ao pé da escada, ele parou mais uma vez. "O padre Moulle não vem?" insistiu. "Oh, chega, eu já lhe disse que não." Não existe nada mais irritante do que um homem que repete sempre a mesma coisa. "Vamos!" resignou-se ele. Passei-lhe a corda no pescoço. Pus seus pés na escada e intimei-o: "Suba." Ele subiu sem resistir, mas, ao atingir o terço final da escada, disse: "Espere, permita que eu me certifique de que o padre Moulle não vem." "Perfeitamente, olhar não é proibido." Ele então olhou uma última vez para a multidão, e, não o vendo, deu um suspiro. Julguei que estava pronto e que só me restava executar a sentença, porém ele percebeu minha intenção. "Espere", disse. "O que é agora?" "Eu gostaria de beijar a medalhinha de Nossa Senhora que eu trago no pescoço." "Ah, quanto a isso, é justíssimo, beije", autorizei-o. E apliquei-lhe a medalha nos lábios. "E agora, o que há?" perguntei. "Quero ser enterrado com essa medalha." "Aí eu não sei... Parece-me que todos os despojos do enforcado pertencem ao carrasco." "Mesmo assim, quero ser enterrado com a minha medalha." "Isso é hora para querer alguma coisa!" "Quero, e tenho dito!" Perdi a paciência. Ele estava preparado, tinha a corda no pescoço, na outra ponta da corda estava o gancho. "Vá para o inferno!" praguejei. E o lancei no espaço. "Nossa Senhora, tenha pied..." Acredite, foi tudo o que ele pôde dizer. A corda estrangulou o homem e a frase ao mesmo tempo. Nesse instante, o senhor sabe como isso se dá, agarrei a corda, pulei sobre seus ombros e han! han! Estava acabado. Ele não teve motivos para se queixar de mim, garanto que não sofreu.

— Mas não me disse por que veio aqui esta noite.

— Oh, é o mais difícil de dizer.

— Então digo eu: você veio para roubar a medalha.

— Pois bem, sim. O diabo me tentou. Pensei comigo: "Ora essa! Quem liga para o que ele quer ou deixa de querer? Quando a noite cair, deixe estar, acertaremos nossas contas." Então, quando anoiteceu, saí de casa. Eu havia deixado minha escada nos arredores, sabia onde encontrá-la. Fui dar um passeio. Voltei pelo caminho mais longo e, depois, quando não vi mais ninguém na esplanada, quando não ouvi mais nenhum barulho, me aproximei do patíbulo, ergui minha escada, subi, puxei o enforcado, arranquei sua corrente e...

— E o quê?

— Juro por tudo que é sagrado, acredite se quiser: no momento em que a medalha deixou seu pescoço, o enforcado me agarrou, retirou a cabeça do laço, enfiou minha cabeça no lugar da sua e, juro, me empurrou como eu o havia empurrado. Foi como a coisa se deu.

— Impossível, está enganado.

— O senhor me encontrou enforcado, sim ou não?

— Sim.

— Muito bem! Juro que não enforquei a mim mesmo. Eis tudo que posso dizer-lhe.

Refleti por um instante.

— E a medalha — perguntei —, onde está?

— Sei lá, procure por aí, não deve estar longe. Quando me senti esganado, soltei-a.

Levantei-me e perscrutei. Um raio de luar incidiu sobre ela como se para me guiar.

Recolhi-a. Fui até o cadáver do pobre Artifaille e lhe prendi novamente a medalha no pescoço.

No momento em que ela tocou seu peito, uma espécie de frêmito percorreu todo o seu corpo e um grito agudo e quase doloroso saiu de seu peito.

O carrasco deu um pulo para trás.

Aquele grito irradiou em meu espírito a luz divina. Eu havia lembrado o que as Sagradas Escrituras diziam a respeito dos exorcismos e do grito emitido pelos demônios ao saírem do corpo dos possuídos.

O carrasco tremia como vara verde.

— Venha cá, meu amigo — eu lhe disse —, e nada tema.

Ele se aproximou, hesitante.

— O que deseja de mim?

— Aqui está um cadáver que deve retornar ao seu lugar.

— Jamais! Essa é boa! Para ele me enforcar de novo!

— Pois faz mal, meu amigo, responsabilizo-me por tudo.

— Mas sr. padre, sr. padre!

— Venha cá, repito.

Ele deu mais um passo e murmurou:

— Hum! Não confio nisso.

— E está errado, meu amigo. Enquanto o corpo estiver com a medalha, nada tem a temer.

— E por quê?

— Porque o demônio não terá nenhum poder sobre ele. Essa medalha o protegia, o senhor a retirou. No mesmo instante, o gênio mau que o impelira ao crime, e que fora repelido por seu anjo bom, voltou para o cadáver. O senhor viu do que é capaz esse gênio mau.

— E esse grito que acabamos de ouvir?

— Partiu do gênio mau, quando sentiu que sua presa lhe escapava.

— Puxa — disse o carrasco —, realmente, pode ter sido isso.

— Foi isso.

— Então vou recolocá-lo no gancho.

— Faça-o. A justiça deve seguir seu curso. A condenação deve se consumar.

O pobre-diabo ainda hesitava.

— Nada tema — repeti —, responsabilizo-me por tudo.

— Mesmo assim — pediu o carrasco —, não me perca de vista e, ao menor grito, venha em meu socorro.

— Fique tranquilo, não precisará de mim.

Aproximou-se do cadáver, soergueu-o lentamente pelos ombros e puxou-o para a escada enquanto conversava com ele.

— Não tenha medo, Artifaille, não é para roubar sua medalha... Continua prestando atenção em mim, não é, padre?

— Continuo, amigo, não se preocupe.

— Não é para roubar sua medalha — continuou o verdugo, no tom mais conciliador. — Não tenha raiva de mim. Sua vontade será cumprida, será enterrado com ela. É verdade, padre, ele não se mexe.

— Está vendo?

— Será enterrado com ela. Antes, vou recolocá-lo no seu lugar, por desejo do sr. padre, porque, para mim, você sabe!

— Sim, sim — incentivei-o, sem poder me abster de sorrir —, mas acabe logo com isso.

— Ufa, consegui — disse ele, soltando o corpo que acabava de prender novamente no gancho e, ao mesmo tempo, saltando para o chão.

Imóvel e inanimado, o corpo balançou no espaço.

Ajoelhei-me, começando as orações que Artifaille me pedira.

— Sr. padre — tornou o carrasco, pondo-se de joelhos ao meu lado —, faria a gentileza de dizer as preces bem alto e devagar para que eu possa repeti-las?

— Como, infeliz! Então esqueceu?

— Acho que nunca soube.

Rezei os cinco Pais-nossos e as cinco Ave-Marias, que o carrasco repetiu conscienciosamente depois de mim.

Terminada a oração, levantei-me.

— Artifaille — eu disse bem alto ao supliciado —, fiz o que pude pela salvação de sua alma, cabe à bem-aventurada Nossa Senhora fazer o resto.

— Amém! — emendou o meu companheiro.

Nesse momento, um raio de luar iluminou o cadáver como uma cascata de prata. A meia-noite soou na igreja de Nossa Senhora.

— Vamos — eu disse ao verdugo —, nada nos resta a fazer aqui.

— Sr. padre — balbuciou o pobre-diabo —, seria suficientemente generoso para me conceder uma última graça?

— E qual seria?

— É me acompanhar até em casa. Enquanto eu não sentir minha porta bem fechada entre mim e esse indivíduo, não ficarei tranquilo.

— Venha, meu amigo.

Deixamos o mirante, não sem que meu companheiro, de dez em dez passos, olhasse por trás dos ombros para verificar se o enforcado continuava no lugar.

Nada se mexeu.

Voltamos à cidade. Conduzi meu homem até a sua casa e esperei que ele a iluminasse. Em seguida, ele fechou a porta, me disse adeus e agradeceu através da porta. Voltei para casa, sereno de corpo e alma.

Quando acordei no dia seguinte, fiquei sabendo que a mulher do ladrão me esperava no refeitório.

Tinha o semblante calmo e quase alegre.

— Sr. padre — ela me disse —, venho agradecer-lhe: meu marido me apareceu ontem quando dava meia-noite em Nossa Senhora e me disse: "Amanhã de manhã, você irá encontrar o padre Moulle e lhe dirá que, graças a ele e a Nossa Senhora, estou salvo."

11. *O bracelete de fios de cabelo*

— Caro padre — disse Alliette —, tenho grande estima pelo senhor e veneração por Cazotte.[96] Admito sem dificuldade a influência de seus gênios, o bom e o mau, mas há uma coisa que o senhor esquece e de que eu mesmo sou um exemplo: a morte não mata a vida; a morte não passa de um modo de transformação do corpo humano; a morte mata a memória, só isso. Se a memória não morresse, cada homem lembraria todas as peregrinações de sua alma, desde o começo do mundo até hoje. A pedra filosofal[97] não é outra coisa senão esse segredo. É este o segredo que Pitágoras descobriu e que redescobriram o conde de Saint-Germain e Cagliostro.[98] É o segredo que detenho e que faz com que meu corpo morra, como tenho consciência de que já lhe aconteceu quatro ou cinco vezes, e, ainda assim, quando digo que meu corpo morrerá, estou errado, há determinados corpos que não morrem, e sou um deles.

— Sr. Alliette — disse o médico —, em primeiro lugar eu gostaria de lhe pedir uma autorização.

— Para quê?

— Para abrir seu túmulo um mês após sua morte.

96. Sobre Cazotte, ver nota 29.

97. A pedra filosofal (do lat. *lapis philosophorum*), objetivo último dos experimentos alquímicos, teria o poder de transformar metais em ouro, curar doenças e prolongar a vida humana.

98. Pitágoras de Samos (c.580-c.495 a.C.), filósofo e matemático grego. Segundo Porfírio (234-c.325 d.C.), em sua *Vida de Pitágoras*, este afirmava que "a alma é imortal … migra para outras espécies animais … em períodos determinados, o que foi renasce, nada é absolutamente novo. Devemos reconhecer a mesma espécie em todas as criaturas agraciadas com a vida", o que ficou conhecido como a teoria da "transmigração das almas". Para o conde de Saint-Germain e Cagliostro, ver nota 17.

— Um mês, dois meses, um ano, dez anos, quando quiser, doutor. Mas tome suas precauções... pois o mal que fará a meu cadáver poderia molestar o outro corpo no qual minha alma tivesse entrado.

— Então acredita nessa loucura?

— Sou pago para acreditar nela: eu vi.

— O que viu? Um desses mortos-vivos?

— Exatamente.

— Vejamos, sr. Alliette, uma vez que todos contaram uma história, conte a sua também. Seria curioso se fosse a mais verossímil do grupo.

— Verossímil ou não, doutor, ei-la em toda a sua verdade. Ia eu de Estrasburgo para as águas de Loèche.[99] Conhece a estrada, doutor?

— Não, mas não importa, continue.

— Pois ia eu de Estrasburgo para águas de Loèche e, naturalmente, passava pela Basileia, onde devia deixar o coche público e alugar uma caleche.

Ao chegar ao hotel da Coroa, que me haviam recomendado, informei-me sobre o aluguel de um coche ou de uma caleche, pedindo ao hoteleiro que pesquisasse se alguém na cidade não planejava fazer o mesmo trajeto que eu. Ficou então encarregado de propor a essa pessoa uma associação que a princípio deveria tornar a viagem mais agradável e mais barata.

À noite, ele voltou, tendo encontrado o que eu lhe pedia. A mulher de um negociante da Basileia, que acabava de perder o filho de três meses de idade, ao qual amamentava pessoalmente, desenvolvera, em consequência dessa perda, uma doença para a qual lhe recomendavam as águas de Loèche. Era o primeiro filho daqueles jovens, casados há um ano.

Segundo o hoteleiro, fora muito difícil convencer a mulher a se separar do marido. Inflexível, ela queria ou ficar na Basileia ou que ele a acompanhasse a Loèche, mas, por outro lado, como seu estado de saúde exigia aquelas águas, ao passo que a loja exigia a presença dele na Basileia, ela se decidira e partiria comigo na manhã seguinte. Sua aia iria acompanhá-la.

Um padre católico, que servia à igreja de um pequeno povoado dos arredores, acompanharia-nos e ocuparia o quarto lugar no coche.

No dia seguinte, por volta das oito da manhã o coche veio nos buscar no hotel. O padre já estava lá. Embarquei por minha vez e fomos pegar a dama e sua aia.

Do interior do coche, assistimos às despedidas dos dois esposos, que, iniciadas na intimidade de sua residência, continuaram na loja e só terminaram na rua. Sem dúvida a mulher tinha algum pressentimento, pois era

99. A estância termal de Loèche-les-Bains (*Leukerbad*, em alemão) fica na Suíça, na parte alemã do cantão de Valais, e as propriedades de suas águas são conhecidas desde a Idade Média. Dista c.190 quilômetros da Basileia.

incapaz de se consolar. Dir-se-ia que em vez de partir para uma viagem de duzentos quilômetros, partia para dar a volta ao mundo.

O marido parecia mais calmo que ela, porém estava mais calado do que seria razoável numa separação como aquela.

Por fim partimos.

O padre e eu, naturalmente, havíamos cedido os dois melhores lugares à viajante e sua aia. Estávamos na frente, portanto, e elas no fundo.

Tomamos a estrada de Soleure, e no primeiro dia pernoitamos em Mundischwyll. Nossa companheira mostrara-se atormentada e inquieta o dia inteiro. À noite, tendo visto passar um coche na direção contrária, quis regressar à Basileia. Mas sua aia interveio, conseguindo convencê-la a seguir viagem.

No dia seguinte, pegamos a estrada por volta das nove horas da manhã. A jornada era curta. Não pretendíamos ir além de Soleure.

Ao cair da noite, quando já avistávamos a cidade, a doente estremeceu.

— Por favor — pediu ela —, pare, estão nos perseguindo.

Projetei a cabeça para fora da portinhola.

— Está enganada, senhora — respondi —, a estrada encontra-se completamente vazia.

— Estranho — insistiu ela. — Ouço o galope de um cavalo.

Julguei não ter olhado direito. Saí um pouco para fora do coche.

— Ninguém, senhora — concluí.

Ela verificou pessoalmente e, como eu, viu a estrada deserta.

— Então me enganei — admitiu, jogando-se no fundo do coche.

E fechou os olhos como uma mulher que deseja concentrar em si mesma os pensamentos.

No dia seguinte, partimos às cinco horas da manhã. A jornada seria longa. Nosso condutor só voltaria a dormir em Berna. Na mesma hora da véspera, isto é, por volta das cinco horas, nossa companheira saiu de uma espécie de sono em que estava mergulhada e, estendendo o braço para o cocheiro, disse-lhe:

— Condutor, pare. Dessa vez, tenho certeza, estão nos seguindo.

— A senhora está enganada — respondeu o cocheiro. — Só vejo três camponeses, pelos quais acabamos de passar e que seguem tranquilamente seu caminho.

— Oh, mas ouço o galope do cavalo!

Essas palavras eram emitidas com tamanha convicção que não resisti e olhei para trás.

Como na véspera, a estrada estava absolutamente deserta.

— Impossível, senhora — respondi —, não vejo cavaleiro algum.

— Como pode não ver o cavaleiro, se vejo a sombra de um homem e de um cavalo?

Olhei na direção para a qual sua mão apontava e, com efeito, vi a sombra de um cavalo e de um cavaleiro. Mas procurei inutilmente os corpos aos quais as sombras pertenciam.

Chamei a atenção do padre para esse estranho fenômeno e ele fez o sinal da cruz.

Pouco a pouco, aquela sombra se iluminou, ficando cada vez menos visível e, por fim, desapareceu completamente.

Entramos em Berna.

Todos aqueles presságios pareciam fatais à pobre mulher, que falava o tempo todo em voltar e, não obstante, seguia adiante.

Em virtude de seu estado de tensão, ou do progresso natural da doença, ao chegar a Thun a enferma sofria tanto que teve de prosseguir a viagem de liteira. Foi assim que atravessou o vale do Kandertal e o desfiladeiro do Gemmi. Ao chegar a Loèche, uma erisipela se declarou e, durante mais de um mês, ela permaneceu surda e cega.

Em todo caso, seus pressentimentos não a haviam enganado: tão logo percorrera oitenta quilômetros, seu marido contraiu uma febre cerebral.

A doença fizera progressos tão rápidos que, no mesmo dia, percebendo a gravidade de seu estado, ele enviara um homem a cavalo para avisar a mulher e convidá-la a dar meia-volta. Mas entre Laufren e Breinteibach o cavalo levara um tombo e, na queda, o cavaleiro bateu com a cabeça numa pedra e recolheu-se numa estalagem, sem poder fazer nada por aquele que o enviara, a não ser avisá-lo do acidente que sofrera.

Outro emissário foi então enviado, mas sem dúvida pairava uma fatalidade sobre eles: na ponta do Kandertal, o homem abandonara seu cavalo e contratara um guia para subir o platô do Schwalbach, que separa o Oberland do Valais, quando, na metade do caminho, uma avalanche no monte Attles lançara-o no abismo. Por um milagre, o guia se salvou.

Enquanto isso, a doença do marido fazia progressos terríveis. Fora preciso raspar-lhe o cabelo a fim de proceder a aplicações de gelo em seu crânio. A partir daí, o moribundo perdeu todas as esperanças, e num momento de calma escreveu à mulher:

> Querida Bertha,
> Estou morrendo, mas não quero me separar de você completamente. Faça um bracelete com os fios de cabelo que acabam de me raspar e que mandei guardar. Use-o sempre, creio que assim permaneceremos unidos.
>
> Seu Frederik

Ele entregou essa carta a um terceiro mensageiro, a quem ordenou que partisse imediatamente após sua morte.

O cavalo levara um tombo e, na queda, o cavaleiro bateu com a cabeça numa pedra e recolheu-se numa estalagem, sem poder fazer nada por aquele que o enviara.

Morreu aquela noite mesmo. Uma hora mais tarde, o emissário partiu e, com mais sorte que seus dois predecessores, chegou a Loèche no fim do quinto dia.

Mas encontrou a mulher cega e surda. Somente no fim de um mês, com a eficácia dos banhos terapêuticos, a dupla enfermidade começou a recuar. E só um mês depois ousaram dar à mulher a notícia fatal, para a qual, em todo caso, as diferentes visões que tivera a haviam preparado. Mais um mês foi necessário até ela se recuperar completamente e, por fim, após três meses de ausência, retornou à Basileia.

De minha parte, eu terminara meu tratamento e a enfermidade para a qual eu ingerira as águas, um reumatismo, melhorara sensivelmente. Assim, pedi-lhe permissão para partir com ela, o que a jovem aceitou com gratidão, tendo encontrado um ouvinte para falar do marido, que eu apenas entrevira no momento da partida, mas, enfim, vira.

Deixamos Loèche e, na noite do quinto dia, estávamos de volta à Basileia.

Nada mais triste e doloroso do que o retorno da pobre viúva à sua casa. Como os dois jovens esposos eram sozinhos no mundo, com a morte do marido a loja havia sido fechada, o comércio havia sido cessado como o movimento de um pêndulo que trava. Mandaram chamar o médico que cuidara do doente, bem como as diferentes pessoas que o haviam assistido em seus últimos momentos. Por meio deles, a agonia foi ressuscitada de certa forma, e a morte, já quase esquecida naqueles corações indiferentes, reconstituída.

Ela requereu ao menos os fios de cabelo que o marido separara.

O médico de fato recordou-se de haver ordenado que fossem cortados. O barbeiro lembrou-se efetivamente de haver tonsurado o doente, mas só. Os cabelos haviam sido lançados ao vento, dispersados, perdidos.

A mulher caiu em desespero. Aquele único e solitário desejo do moribundo, que ela usasse um bracelete com os fios de seus cabelos, era então impossível de se realizar.

Várias noites escoaram, noites profundamente tristes, durante as quais a própria viúva, vagando pela casa, parecia muito mais uma sombra do que um ser vivo.

Assim que se deitava, ou melhor, que dormia, sentia o braço direito dormente e só despertava no momento em que a dormência parecia alcançar-lhe o coração.

Começava no pulso, isto é, no lugar onde deveria estar o bracelete de fios de cabelo e onde ela sentia uma pressão igual à de um bracelete de ferro excessivamente apertado. E, do pulso, como dissemos, alcançava o coração.

Era evidente que o morto manifestava contrariedade por suas vontades haverem sido tão mal executadas.

A viúva percebeu que tais contrariedades vinham do além-túmulo. Resolveu abrir a sepultura para, no caso de a cabeça do marido não ter sido inteiramente raspada, nela colher fios de cabelo suficientes para realizar seu último desejo.

Com esse intuito, sem falar de seus planos com ninguém, mandou chamar o coveiro.

Mas o coveiro que enterrara seu marido estava morto. O novo, que assumira suas funções fazia apenas quinze dias, não conhecia o local do túmulo.

Então, esperando uma revelação, ela, que diante da dupla aparição do cavalo e do cavaleiro, ela, que devido à pressão do bracelete tinha o direito de acreditar em prodígios, foi sozinha ao cemitério, sentou-se sobre uma terra coberta de relva verde e viçosa, como costuma crescer próximo aos túmulos, e ali invocou algum novo sinal em que pudesse confiar para suas buscas.

Uma dança macabra estava pintada no muro do cemitério. Seus olhos detiveram-se na Morte e fixaram longamente aquela fisionomia sarcástica e terrível ao mesmo tempo.

Pareceu-lhe então que a Morte levantava seu braço descarnado e, com a ponta de seu dedo ossudo, apontava um túmulo entre os mais recentes.

A viúva dirigiu-se prontamente àquele túmulo. Lá chegando, pareceu-lhe ver com nitidez a Morte deixando seu braço recair na posição de origem.

Ela fez uma marca no túmulo, foi chamar o coveiro, levou-o ao lugar designado e disse-lhe:

— Cave, é aqui!

Assisti à operação. Queria acompanhar a infausta aventura até o fim.

O coveiro cavou.

Ao atingir o caixão, levantou a tampa. Primeiro hesitara, mas a viúva lhe dissera com uma voz firme:

— Abra, é o caixão do meu marido.

Ele obedeceu, de tal forma a mulher sabia inspirar nos outros a confiança que ela depositava em sua visão macabra.

Quase no mesmo instante, fui testemunha de um milagre. Não apenas o cadáver era o cadáver de seu marido, não apenas o cadáver, exceto pela palidez, estava como em vida, mas também, depois de terem sido raspados, isto é, desde o dia de sua morte, seus cabelos haviam crescido de tal maneira que saíam como raízes por todas as frestas do caixão.

Então a pobre mulher se debruçou sobre o cadáver, que parecia apenas adormecido. Beijou-o na testa, cortou uma mecha de seus longos cabelos, tão magicamente crescidos na cabeça de um morto, e com eles fez um bracelete.

A partir desse dia, a dormência noturna cessou. Sempre que estava prestes a correr um grande perigo, uma suave pressão, um amistoso aperto do bracelete, a alertava.

Muito bem! Acreditam que esse defunto estivesse realmente morto, que esse cadáver fosse de fato um cadáver? Eu não acredito.

— E o senhor — perguntou a dama pálida, com um timbre tão singular que nos fez estremecer a todos nós, lançados na noite pela ausência de luz —, o senhor nunca soube se esse cadáver foi retirado do túmulo ou se alguém foi compelido a sofrer sua visão e ter contato com ele?

— Não — disse Alliette. — Deixei o país.

— Ah — disse o médico —, fez mal, sr. Alliette, em contar uma história tão previsível. Eis a sra. Gregoriska, prontinha para transformar seu bondoso lojista da Basileia, na Suíça, num vampiro polonês, valáquio ou húngaro.[100]

---

100. O termo "vampiro" proviria do servo-croata *vampir*, significando originalmente "espíritos que saem das tumbas para atormentar os vivos". No fim do séc.XV, o mito do vampiro, já com o atributo de "bebedor de sangue do qual extrai sua força vital", fortemente enraizado

Então a pobre mulher se debruçou sobre o cadáver, que parecia apenas adormecido.

Teria por acaso visto vampiros — continuou, rindo, o médico — durante sua viagem aos montes Cárpatos?[101]

— Com licença — atalhou a dama pálida, com estranha solenidade —, já que todos aqui contaram sua história, quero contar a minha. Doutor, o

na cultura eslava, difundiu-se sobretudo a partir da Valáquia (região que forma atualmente o sul da Romênia), berço do príncipe Vlad Tepes Dracul (Vlad Empalador de Dragão, 1431-76). Cruel e sanguinário, este tornou-se o modelo geralmente utilizado na composição do "conde Drácula", como, por exemplo, no *Dracula*, do escritor irlandês Bram Stoker (1847-1912), publicado em 1897 e fonte da lenda contemporânea.

101. Os montes Cárpatos formam a principal cordilheira da Europa central e ocupa os atuais territórios da Áustria, Eslováquia, Polônia, República Tcheca, Hungria, Ucrânia, Romênia e Sérvia.

senhor não terá como chamá-la de falsa. É a minha... o senhor saberá o que a ciência não pôde lhe dizer até agora, doutor. Saberá por que sou pálida.

Nesse momento, um raio de luar esgueirou-se pela janela através das cortinas e, vindo instalar-se no sofá onde ela estava deitada, envolveu-a com uma luz azulada, transformando-a como que numa estátua de mármore negro deitada num túmulo.

Nenhuma voz acolheu a proposta, mas o silêncio profundo que reinou no salão anunciou estarem todos aceitando-a ansiosamente.

12. *Os montes Cárpatos*

Sou polonesa, nasci em Sandomir,[102] quer dizer, num país onde as lendas são artigos de fé, onde acreditamos nas tradições de família tanto ou mais que no Evangelho. Nenhum de nossos castelos deixa de ter seu espectro, nenhuma de nossas choupanas é destituída de seus espíritos do lar. Na casa do rico e na casa do pobre, no castelo e na choupana, identificamos tanto o princípio amigo como o princípio inimigo. Às vezes esses dois princípios entram em guerra e lutam, provocando ruídos tão misteriosos nos corredores, rugidos tão atrozes nas velhas torres, abalos tão assustadores nas paredes que fugimos tanto da choupana como do castelo, e camponeses ou fidalgos acorrem à igreja para procurar a cruz benta ou as sagradas relíquias, únicas proteções contra os demônios que nos atormentam.

Mas então dois princípios mais terríveis, mais encarniçados, mais implacáveis ainda, se confrontam: a tirania e a liberdade.

O ano de 1825 assistiu a Rússia e Polônia travarem uma dessas lutas nas quais acreditaríamos ter se extinguido todo o sangue de um povo, como muitas vezes se extingue o de uma família.[103]

Meu pai e meus dois irmãos haviam se amotinado contra o novo czar e se alinhado sob a bandeira da independência polonesa, sempre derrubada, sempre reerguida.

Um dia, recebi a notícia de que meu irmão mais moço fora assassinado. Em outro dia, fui avisada de que o meu irmão mais velho fora mortalmente ferido. Por fim, após um dia em que eu escutara

102. Cidade do sudeste da Polônia localizada às margens do Vístula. Na época em que se situa a ação, essa região do país achava-se sob domínio russo.

103. Ano em que o czar Nicolau I (1796-1855) sobe ao trono e endurece drasticamente a política russa com relação à Polônia ocupada. Em 1830, eclodirá a malograda insurreição de Varsóvia, a qual suscitará uma sangrenta repressão.

aterrorizada, o barulho dos canhões se aproximando cada vez mais, vi meu pai chegar com uma centena de cavaleiros, destroços dos três mil homens que ele comandava.

Vinha confinar-se em nosso castelo, com a intenção de ser sepultado por suas ruínas.

Meu pai, que nada temia por ele, tremia por mim. Com efeito, sua morte era certa, pois estava fora de questão ele cair vivo nas mãos de seus inimigos. No meu caso, porém, tratava-se da escravidão, da desonra, da vergonha!

Entre os cem homens que lhe restavam, meu pai escolheu dez. Chamou o intendente, entregou-lhe todo o ouro e joias que possuíamos. Lembrando que, por ocasião da segunda divisão da Polônia, minha mãe, ainda criança, encontrara um refúgio inacessível no mosteiro de Sarrastro, situado nos montes Cárpatos, ordenou-lhe que me conduzisse a esse mosteiro, o qual, hospitaleiro para a mãe, decerto não o seria menos para a filha.[104]

A despeito do grande amor que meu pai sentia por mim, as despedidas tiveram de ser rápidas. Tudo indicava que no dia seguinte os russos avistariam o castelo. Logo, não havia tempo a perder.

Vesti às pressas um traje de montaria, com o qual costumava acompanhar meus irmãos na caçada. O cavalo mais confiável das cocheiras foi selado para mim, meu pai colocou em meu embornal seus próprios pistoletes, obra-prima da manufatura de Tula,[105] me beijou e deu ordem de partida.

Durante a noite e ao longo do dia seguinte, percorremos oitenta quilômetros, acompanhando as margens de um desses rios sem nome que vêm se lançar no Vístula.[106] Ultrapassada essa primeira etapa, estávamos fora do alcance dos russos.

Aos últimos raios de sol, vimos faiscarem os cumes nevados dos montes Cárpatos. No fim do dia seguinte, alcançamos sua base. Por fim, na manhã do terceiro dia, penetramos num de seus desfiladeiros.

Nossos montes Cárpatos não se parecem em nada com as montanhas civilizadas do Ocidente dos senhores. Tudo que a natureza tem de estranho e grandioso neles se oferece aos olhares em sua mais completa majestade. Seus picos tempestuosos perdem-se nas nuvens, cobertos pelas neves eternas; suas imensas florestas de pinheiros debruçam-se sobre o espelho polido de lagos iguais a mares; e nunca uma canoa percorreu esses lagos, nunca uma rede de pescador perturbou seu cristal, profundo como o anil do céu. Neles, com

104. "Por ocasião da segunda divisão da Polônia": Já desmembrada em 1772 entre a Áustria, a Prússia e a Rússia, a Polônia é objeto de duas outras divisões, em 1793 e 1795, que a desintegram completamente. Ela recuperou sua independência em 1918, após a Primeira Guerra Mundial. Sarrastro: área localizada na região oriental dos Cárpatos, ou seja, na atual Romênia.

105. Cidade da Rússia situada ao norte de Moscou, conhecida por suas manufaturas.

106. Maior rio da Polônia, nasce nos montes Cárpatos e deságua no mar Cáspio.

dificuldade a voz humana reverbera de tempos em tempos, entoando um canto moldávio ao qual respondem os gritos dos animais selvagens. Canto e gritos despertarão algum eco solitário, admiradíssimo que um rumor qualquer lhe tenha dado noção de sua própria existência. Milhas a fio, viaja-se sob as abóbadas escuras de bosques cortados por essas maravilhas inesperadas que a solidão nos revela a cada passo e que nos fazem passar do espanto à admiração. Neles, o perigo está em toda parte e se compõe de mil armadilhas diferentes, mas não temos tempo de temê-las, de tão sublimes que são. Ora vemos cachoeiras improvisadas pelo derretimento do gelo, saltando de pedra em pedra e invadindo subitamente a trilha estreita que percorremos, aberta pela passagem da besta feroz e do caçador que a persegue; ora passamos por árvores solapadas pelo tempo, que se separam do solo e tombam com um estrépito terrível, evocando o de um terremoto; ora, finalmente, surgem os furacões que nos envolvem em nuvens em meio às quais vemos nascer, esticar-se e colear o raio, qual uma serpente de fogo.

Depois de atravessar picos rochosos e florestas primitivas, da mesma forma que tivemos montanhas gigantes, da mesma forma que tivemos bosques sem limites, temos agora estepes sem fim, verdadeiro mar com suas ondas e tempestades, savanas áridas e acidentadas onde a vista se perde num horizonte ilimitado. Então não é mais o terror que se apodera da gente: é a tristeza que nos inunda; é uma vasta e profunda melancolia que nada é capaz de nos fazer esquecer. Pois o aspecto do país, vá o seu olhar tão longe quanto quiser, é sempre o mesmo. Subimos e descemos vinte vezes escarpas idênticas, em vão procurando o caminho pré-estipulado. Vendo-nos assim perdidos, em nosso isolamento em meio aos desertos, julgamo-nos sós na natureza e nossa melancolia vira desolação. Com efeito, a marcha parece agora uma coisa inútil, que não levará a nada. Não encontramos nem aldeia, nem castelo, nem choupana, nenhum vestígio de habitação humana. Às vezes apenas, como uma tristeza a mais nessa paisagem tediosa, uma lagoa sem juncos, sem arbustos, adormecida no fundo de uma ravina como outro mar Morto, obstrui o caminho com suas águas verdes, acima das quais alçam voo, à nossa aproximação, algumas aves aquáticas, de pios compridos e desafinados. Fazemos então um desvio, escalamos a colina que está à nossa frente, descemos num outro vale, escalamos outra colina, e isso perdura até esgotarmos a cordilheira denteada, cujas altitudes vão aos poucos diminuindo.

Porém, esgotada a cordilheira, se dobramos para o sul, a paisagem recupera a grandiosidade e avistamos outra cordilheira de montanhas ainda mais altas, de formas ainda mais pitorescas, de aspecto ainda mais exuberante. Esta é inteiramente coberta por florestas e cortada por ribeirões. Com a sombra e a água, a vida renasce na paisagem. Ouvimos o sino de um eremitério, vemos serpentear caravanas no flanco de alguma montanha. Finalmente, aos últimos raios de sol distinguimos, como um bando de pássaros brancos apoiados uns nos outros, as casas de alguma aldeia que parecem ter se agrupado contra algum ataque noturno, pois, com a vida, o perigo voltou, e não são mais, como nos primeiros montes que atravessamos, bandos de ursos e lobos que devemos temer, mas hordas de salteadores moldávios que devemos combater.

A essa altura, já nos aproximávamos. Dez dias de marcha se haviam passado sem acidentes. Podíamos perceber o cume do monte Pion, que sobranceia em uma cabeça toda aquela família de gigantes, em cuja vertente meridional localiza-se o convento de Sarrastro, meu destino. Mais três dias e lá estaríamos.

Era fim de julho, o dia havia sido escaldante e foi com uma volúpia inaudita que, por volta das quatro horas, começamos a aspirar os primeiros frescores do crepúsculo. Havíamos passado pelas torres em ruína de Nianzo. Estávamos descendo em direção a uma planície e começando a avistá-la pela brecha das montanhas. Já podíamos, de onde estávamos, acompanhar com os olhos o curso do Bistrita,[107] com suas praias esmaltadas por vermelhas afrinas e grandes campânulas de flores brancas. Flanqueávamos um precipício no fundo do qual descia o rio, que nesse ponto não passava de uma corredeira. Nossas montarias mal tinham espaço para avançarem duas lado a lado.

Nosso guia mantinha-se à frente, deitado de lado sobre seu cavalo, cantando uma canção morlaca[108] com modulações monótonas e cujos versos eu acompanhava com especial interesse.

O cantor era ao mesmo tempo o poeta. Quanto à melodia, teríamos de ser um montanhês para reproduzi-la em toda a sua selvagem tristeza e melancólica simplicidade.

Eis os versos:

Nos pântanos de Stávila,
Onde o sangue fervilhava,
Vê aquele cadáver?
Não é um filho da Ilíria;[109]
É um bandoleiro cheio de ira
Que, enganando a doce Maria,
Dizimava, urdia, queimava.

Uma bala atravessou o coração
Do bandoleiro, qual um furacão.

107. Rio da Transilvânia (Romênia), cuja nascente situa-se nos Cárpatos.

108. O morlaco, ou dálmata, é uma língua extinta falada pelos habitantes do norte da Dalmácia, litoral da atual Croácia.

109. Ilíria: antigo reino que, nos dias de hoje, abrange parte da Croácia e a totalidade dos territórios da Eslovênia, da Albânia e do Kosovo.

Em sua garganta, vê-se um iatagã.[110]
Mas há três dias, ó mistério!,
Sob o pinheiro ermo e funéreo,
Seu tépido sangue irriga a terra
E escurece o pálido Ovigan.

Seu olho azul para sempre acendeu,
Fujamos todos! Infeliz do sandeu
Que atravessa o pântano ao léu,
É um vampiro! O lobo pardacento
Afastou-se do cadáver pestilento,
E, no cume calvo e atento,
O fúnebre vampiro se escondeu.[111]

Subitamente, ouvimos o disparo de uma arma de fogo e o silvo de uma bala. A canção foi interrompida e o guia, atingido mortalmente, rolou para o fundo do precipício, enquanto seu cavalo estacava frementе, esticando a cabeça inteligente para o abismo onde seu dono desaparecera.

Ao mesmo tempo, um grito estridente ecoou e vimos uns trinta bandidos surgirem nos flancos da montanha. Estávamos cercados.

Soldados veteranos acostumados ao fogo, meus companheiros não se deixaram intimidar. Embora pegos desprevenidos, todos empunharam suas armas e reagiram. Eu mesma, dado o exemplo, empunhei um pistolete e, constatando nossa posição desvantajosa, gritei: "Em frente!", acelerando meu cavalo em direção à planície.

Mas estávamos lidando com montanheses que saltavam de rochedo em rochedo como autênticos demônios dos abismos, abrindo fogo enquanto se moviam e mantendo, com relação a nosso flanco, a posição que haviam conquistado.

Para piorar, nossa manobra fora prevista. Num ponto em que o caminho se alargava e a montanha formava um platô, um rapaz nos esperava à frente de uma dúzia de indivíduos a cavalo. Ao nos avistarem, eles esporearam suas montarias e vieram barrar nossa passagem, enquanto os que nos perseguiam, deslizando dos flancos da montanha e nos cortando a retirada, terminavam de nos encurralar.

Embora fosse grave a situação, eu pude, acostumada desde a infância às cenas de guerra, observá-la sem perder um detalhe.

Todos aqueles homens, vestindo peles de carneiro, usavam imensos chapéus redondos e enfeitados com flores naturais, como os dos húngaros. To-

110. Iatagã: sabre com a ponta curva, de origem turca.

111. Esse poema reproduz uma balada intitulada "O vampiro", que faz parte de *La Guzla*, de Prosper Mérimée (1827), miscelânea de lendas e poemas da Europa central.

dos empunhavam longas espingardas turcas, que brandiam após atirarem, soltando gritos selvagens, e no cinto tinham ainda um sabre curvo e um par de pistoletes.

Quanto a seu chefe, era um rapaz de apenas vinte e dois anos, tez pálida, olhos negros puxados, cabelos caindo cacheados nos ombros. Seu traje compunha-se da túnica moldávia guarnecida de peles, cingida por uma faixa de pano com fitas de ouro e seda. Um sabre curvo reluzia em sua mão, quatro pistoletes faiscavam-lhe no cinto. Durante o combate, emitia gritos roucos e desarticulados, que pareciam não pertencer à língua humana e, não obstante, exprimiam vontades, pois a esses gritos seus homens obedeciam, lançando-se rente ao chão para evitar os disparos de nossos soldados, erguendo-se para abrirem fogo, abatendo os que permaneciam de pé, liquidando os feridos e transformando, por fim, o combate em carnificina.

Eu vira cair, um após o outro, dois terços de meus defensores. Quatro ainda permaneciam de pé, cerrando fileiras à minha volta, sem pedir clemência, que tinham certeza de não obter, e só desejando uma coisa: vender suas vidas o mais caro possível.

Então o jovem chefe lançou um grito mais expressivo, apontando o sabre em nossa direção. Sem dúvida era uma ordem para que envolvessem num círculo de ferro aquele último grupo e nos fuzilassem todos de uma vez, pois os longos mosquetões moldávios assestaram a mira simultaneamente. Compreendi que era chegada nossa hora. Ergui olhos e mãos para o céu, numa última prece, e esperei a morte.

Naquele momento vi não descer, mas precipitar-se, saltar de pedra em pedra, um rapaz. Ele parou de pé sobre uma rocha que dominava toda a cena, feito uma estátua no pedestal, e, estendendo a mão sobre o campo de batalha, pronunciou esta única palavra:

— Basta!

A essa voz, todos os olhos se ergueram e pareceram obedecer ao novo senhor. Um único bandido recolocou o fuzil no ombro e desferiu um tiro.

Um de nossos homens deu um grito: a bala quebrara-lhe o braço esquerdo.

Voltou-se imediatamente para investir contra o homem que o atingira, mas, antes que seu cavalo desse quatro passos, um clarão brilhou acima de nossas cabeças e o bandido rebelde rolou no chão, a cabeça arrebentada por uma bala.

Tantas e tão díspares emoções haviam exaurido minha forças, e desmaiei.

Quanto voltei a mim, estava deitada na relva, com a cabeça no colo de um homem do qual eu só via a mão branca e coberta de anéis enlaçando minha cintura, enquanto, à minha frente, de pé, de braços cruzados e com um sabre entre eles, estava o jovem chefe moldávio que liderara o ataque contra nós.

— Kostaki — disse em francês, e com um tom de autoridade na voz, aquele que me sustentava —, vá agora mesmo retirar seus homens e deixe-me cuidar da jovem mulher.

Ele parou de pé sobre uma rocha que dominava toda a cena, feito uma estátua no pedestal, e, estendendo a mão sobre o campo de batalha, pronunciou esta única palavra: "Basta!"

— Meu irmão, meu irmão — respondeu aquele a quem tais palavras eram dirigidas e que mal parecia conter-se —, não abuse de minha paciência: deixo-lhe o castelo, deixe-me a floresta. No castelo, você é soberano, mas aqui sou todo-poderoso. Aqui, basta-me uma palavra para obrigá-lo a me obedecer.

— Kostaki, sou o mais velho, isso significa que sou soberano em toda parte, na floresta e no castelo, lá e aqui. Oh, como você, tenho sangue dos Brancovan,[112] sangue real acostumado a mandar, e estou mandando.

112. Os Brancovan eram uma família nobre da Valáquia, a qual gerou uma dinastia de príncipes, o mais famosos deles sendo Constantino Brancovan (1654-1714), que morreu decapitado após ser derrotado por Dimitri Cantemir (1623-73), príncipe da Moldávia.

— Você pode mandar em seus lacaios, Gregoriska; em meus soldados, não.

— Seus soldados são bandoleiros, Kostaki... bandoleiros que, se não me obedecerem imediatamente, mandarei enforcar nas ameias de nossas torres.

— Muito bem! Tente então fazê-los obedecer.

Senti que o homem que me sustentava ia retirando seu joelho e pousando minha cabeça delicadamente sobre uma pedra. Meu olhar seguiu-o com ansiedade e identifiquei-o como o jovem que caíra do céu, por assim dizer, no meio da refrega, o qual antes eu pudera apenas entrever, tendo desmaiado justamente enquanto ele começara a falar.

Era um rapaz de vinte e quatro anos, alto, com grandes olhos azuis, nos quais se lia uma determinação e firmeza singulares. Seus cabelos compridos e louros, marca da raça eslava, caíam sobre seus ombros como os do arcanjo Miguel, emoldurando faces jovens e cheias de vida. Seus lábios eram realçados por um sorriso desdenhoso e revelavam uma dupla arcada de pérolas. Seu olhar era penetrante, como se pudesse atravessar uma águia com um raio. Vestia uma espécie de túnica de veludo negro, e um pequeno gorro semelhante ao de Rafael,[113] adornado com uma pena de águia, cobria-lhe a cabeça. Usava uma calça justa e botas bordadas. No cinturão, uma grande faca de caça e, a tiracolo, uma pequena carabina de dois tiros, cuja precisão um dos bandidos pudera apreciar.

Ele estendeu a mão, e aquela mão estendida parecia dar ordens ao próprio irmão.

Pronunciou algumas palavras em língua moldávia.

Essas palavras pareceram causar uma profunda impressão nos bandidos.

Então, na mesma língua, o jovem chefe falou por sua vez, e percebi que suas palavras eram um misto de ameaças e imprecações.

Porém, diante daquele discurso longo e fogoso, o mais velho dos irmãos respondeu com uma única palavra.

Os bandidos inclinaram-se.

Fez um gesto, os bandidos posicionaram-se atrás de nós.

— Pois bem, seja, Gregoriska — disse Kostaki, voltando à língua francesa. — Essa mulher não irá para meu abrigo nas montanhas, mas nem por isso deixará de ser minha. Julgo-a bela, conquistei-a e a quero.

E, dizendo essas palavras, lançou-se sobre mim e me ergueu nos braços.

— Essa mulher será conduzida ao castelo e entregue à minha mãe. Não a abandonarei daqui até lá — respondeu meu protetor.

— Meu cavalo! — gritou Kostaki em língua moldávia.

Dez bandidos correram para obedecer e trouxeram para seu chefe o cavalo que ele pedia.

113. Rafael Sanzio (1483-1520), pintor italiano renascentista, usava um gorro peculiar, como mostra seu autorretrato de 1506, exposto no palácio Uffizi, em Florença.

Mesmo comigo nos braços, Kostaki montou tão ligeiramente quanto o irmão e partiu a galope.

Gregoriska olhou à sua volta, agarrou pela rédea um cavalo sem dono e saltou sobre ele sem ao menos tocar nos estribos.

Mesmo comigo nos braços, Kostaki montou tão ligeiramente quanto o irmão e partiu a galope.

O cavalo de Gregoriska pareceu ter recebido o mesmo impulso e veio emparelhar cabeça e flanco com o cavalo de Kostaki.

Era curioso ver aqueles dois cavaleiros voando lado a lado, sombrios, silenciosos, sem se perderem de vista um instante, sem parecerem olhar-se, abandonando-se a seus cavalos, cuja carreira desenfreada os transportava através de bosques, rochedos e precipícios. Com a cabeça reclinada, pude ver melhor os belos olhos de Gregoriska fixados nos meus. Kostaki percebeu, levantou minha cabeça e passei a ver apenas seu olhar soturno me devorando. Abaixei as pálpebras, mas foi em vão. Através delas, continuei a ver aquele olhar lancinante penetrando até o fundo de meu peito e me trespassando o coração. Nesse momento, tive uma estranha alucinação. Pareceu-me ser a Leonora da balada de Bürger,[114] carregada por um cavalo e um cavaleiro fantasmas, e, quando senti que parávamos, abri os olhos com terror, de tal forma estava convencida de que não veria à minha volta senão cruzes quebradas e túmulos abertos. O que vi não era nada alegre: era o pátio interno de um castelo moldávio, construído no século XIV.

114. Trata-se de uma balada de Gottfried August Bürger (1747-94), objeto de duas traduções na França, uma em prosa (1829), outra em versos (1830), ambas realizadas pelo escritor e poeta Gérard de Nerval (1808-55). A balada descreve a cavalgada de uma adolescente na garupa de um misterioso cavaleiro, que ela julga ser seu noivo de volta da guerra, mas que no fim revela-se seu fantasma, que a carrega junto com ele de volta para o túmulo. Essa obra marcou fortemente o romantismo europeu.

13. *O castelo dos Brancovan*

Kostaki deixou que eu escorregasse de seus braços para o solo e, quase simultaneamente, apeou ao meu lado, mas, por mais rápido que houvesse executado seu movimento, ele apenas imitara o de Gregoriska.

Como dissera Gregoriska, no castelo ele era de fato o senhor.

Vendo chegar os dois rapazes e a forasteira que traziam, os criados acorreram, mas, embora as atenções fossem divididas entre Kostaki e Gregoriska, era visível que as maiores solicitudes e os respeitos mais profundos iam para este último.

Duas mulheres se aproximaram. Gregoriska deu-lhes uma ordem em língua moldávia e me fez um sinal com a mão para que as seguisse.

Havia tanta autoridade no olhar que acompanhava aquele sinal que não hesitei. Cinco minutos depois, estava num quarto que, embora pudesse parecer precário e inabitável para o homem menos perspicaz, era sem dúvida o mais bonito do castelo.

Era um grande aposento quadrado, com uma espécie de divã de sarja verde: assento de dia, cama à noite. Cinco ou seis grandes poltronas de carvalho, um amplo baú e, num dos cantos do quarto, um pálio esculpido em madeira, que lembrava uma grande e magnífica estala de igreja.

Cortinas nas janelas, cortinas na cama nem haviam sido cogitadas.

Subia-se a esse quarto por uma escada ao longo da qual, em nichos, viam-se de pé, maiores que o tamanho natural, três estátuas dos Brancovan.

As bagagens, em meio às quais estavam meus baús, logo chegaram a esse quarto. As mulheres ofereceram-me seus préstimos. Porém, enquanto eu reparava os estragos que os últimos acontecimentos haviam provocado em minha toalete, conservei minha roupa de montaria, traje mais afinado com o de meus anfitriões do que qualquer outro que pudesse escolher.

Tomadas essas pequenas providências, ouvi baterem de leve na porta.

— Entre — eu disse, naturalmente em francês, pois o francês é para nós, poloneses, como os senhores sabem, uma língua quase materna.

Gregoriska entrou.

— Ah, senhorita, fico feliz que fale francês.

— Eu também, senhor — respondi-lhe —, alegra-me falar essa língua, uma vez que pude, graças a esse dom, apreciar sua generosa conduta para comigo. Foi nessa língua que me defendeu contra os desígnios de seu irmão, é nessa língua que lhe ofereço a expressão de meu mais sincero agradecimento.

— Obrigado, senhorita. Era mais que natural que eu me interessasse por uma mulher em sua situação. Estava caçando na montanha quando ouvi detonações irregulares e contínuas. Compreendi que se tratava de algum ataque à mão armada e fui em direção ao fogo, como dizemos em termos militares. Cheguei a tempo, mas permita-me saber o que leva uma mulher distinta como a senhorita a se aventurar por nossas montanhas?

— Sou polonesa, senhor — respondi —, meus dois irmãos acabam de ser mortos na guerra contra a Rússia. Meu pai, que deixei a postos para defender nosso castelo contra o inimigo, sem dúvida juntou-se a eles a essa hora. Eu, por ordens dele, fugindo de todos os massacres, vim procurar refúgio no mosteiro de Sarrastro, onde minha mãe, em sua juventude e em circunstâncias similares, encontrou proteção.

— É inimiga dos russos? Melhor ainda! — exclamou o rapaz. — Esse fato será um trunfo poderoso no castelo e precisamos de todas as nossas forças para travar a luta que se prepara. Em primeiro lugar, agora que já sei quem é a senhorita, saiba quem somos: o nome Brancovan não deve ser estranho aos seus ouvidos...

Eu assenti.

— Minha mãe é a última princesa do nome, a última descendente do ilustre chefe que matou os Cantemir, os miseráveis cortesãos de Pedro I.[115] Minha mãe casou-se em primeiras núpcias com meu pai, Serban Waivady, príncipe como ela, porém de linhagem menos ilustre.

Meu pai foi criado em Viena. Lá, pôde apreciar as vantagens da civilização e resolveu fazer de mim um europeu. Viajamos pela França, Itália, Espanha e Alemanha.

Não cabe a um filho, bem sei, expor o que vou lhe contar, mas como, para a nossa segurança, é preciso que nos conheça direito, a senhorita entenderá os motivos dessa revelação. Minha mãe, durante as primeiras viagens de meu pai, quando eu ainda era menino, tivera relações escusas com um chefe

115. Cantemir: dinastia reinante na Moldávia, inimiga dos Brancovan. Ver também nota 112. Pedro I (1672-1725): czar que imprimiu um caráter expansionista à política russa.

de insurgentes, é assim — acrescentou Gregoriska sorrindo — que chamamos neste país os homens que a atacaram. Então, como eu dizia, minha mãe, que tivera relações condenáveis com um certo conde Giordaki Koproli, meio grego, meio moldávio, escreveu a meu pai para lhe contar tudo e pedir o divórcio, baseando-se, para essa demanda, no fato de que não queria, ela, uma Brancovan, continuar mulher de um homem que se tornava a cada dia mais alheio ao seu país. Ai de mim! Meu pai não precisou dar seu consentimento a tal pedido, que pode lhe parecer estranho, mas que, para nós, é a coisa mais comum e natural. Meu pai acabava de morrer de um aneurisma crônico e fui eu quem recebeu a carta.

Não me restava outra coisa a fazer a não ser desejar sinceros votos de felicidade a minha mãe. Esses votos foram transmitidos numa carta na qual eu lhe participava sua recente viuvez.

Nessa mesma carta eu lhe pedia autorização para continuar minhas viagens, autorização que me foi concedida.

Com a firme intenção de não me ver perante um homem que me detestava e que eu não podia amar, isto é, o marido de minha mãe, eu pretendia me estabelecer na França ou na Alemanha. Então, subitamente, chegou a notícia de que o conde Giordaki Koproli acabara de ser assassinado, segundo os boatos, pelos antigos cossacos de meu pai.

Voltei às pressas, pois amava minha mãe. Compreendia seu isolamento, sua necessidade de ter junto a si, naquela hora, pessoas confiáveis. Embora ela nunca houvesse demonstrado grande afeição por mim, eu era seu filho. Certa manhã, retornei inesperadamente ao castelo de nossos antepassados.

Lá, encontrei um rapaz que a princípio tomei por estrangeiro e que, em seguida, soube ser meu irmão.

Era Kostaki, filho do adultério, que um segundo casamento legitimara. Kostaki, a criatura indomável que a senhorita conheceu, cuja única lei são as paixões, que nada considera sagrado neste mundo a não ser sua mãe, a quem obedece como o tigre obedece ao braço que o domou, mas com um eterno rugido, alimentado pela vaga esperança de um dia me devorar. No interior do castelo, na morada dos Brancovan e dos Waivady, continuo soberano, mas, fora dessas dependências, em campo aberto, ele volta a ser a criança selvagem dos bosques e montes, que deseja subjugar tudo à sua vontade de ferro. Por que hoje ele teria cedido, por que seus homens cederam? Não faço ideia: um velho hábito, um resquício de respeito. Mas não pretendo me arriscar a nova catástrofe. Se permanecer aqui, nos limites desse quarto, desse pátio, no perímetro dos muros, em suma, eu garanto sua segurança; dê um passo fora do castelo, não garanto mais nada a não ser me deixar matar em sua defesa.

— Não poderei então, de acordo com os desejos de meu pai, seguir viagem para o convento de Sarrastro?

— Faça, tente, ordene, conte comigo; mas eu ficarei na estrada e a senhorita, bem... a senhorita não chegará a seu destino.

"Certa manhã, retornei inesperadamente ao castelo de nossos antepassados."

— O que fazer então?

— Permanecer aqui, esperar, aconselhar-se com os fatos, tirar proveito das circunstâncias. Imagine que caiu num covil de bandidos e que sua coragem é seu último recurso, que seu sangue-frio é sua tábua de salvação. Minha mãe, apesar de sua preferência por Kostaki, filho de seu amor, é boa e generosa. Além do mais, é uma Brancovan, isto é, uma princesa de verdade. Irá conhecê-la. Ela a defenderá das paixões brutais de Kostaki. Busque sua proteção, a senhorita é bela, ela a estimará. Aliás — e ele fitou-me com uma expressão indefinível —, quem poderia vê-la e não amá-la? Vamos agora à sala de jantar, onde ela nos espera. Não mostre acanhamento nem desconfiança, fale em polonês: ninguém conhece essa língua por aqui. Traduzirei suas palavras para minha mãe e, não se preocupe, só direi o que for conveniente dizer. Sobretudo, nenhuma palavra sobre o que acabo de lhe revelar, ninguém deve suspeitar de nosso entendimento. A senhorita ainda ignora a astúcia e a dissimulação do mais sincero de nós. Venha.

Segui-o pela escada, à luz de tochas de resina fervente, assentadas em mãos de ferro que saíam das paredes.

Era evidente que, por minha causa, haviam instalado aquela iluminação pouco usual.

Chegamos à sala de jantar.

Tão logo Gregoriska abriu a porta e pronunciou, em moldávio, uma palavra que eu soube depois significar "estrangeira", uma mulher alta avançou em nossa direção.

Era a princesa Brancovan.

Ela usava seus cabelos brancos numa trança, cingindo-lhe a cabeça, e uma touquinha de marta-zibelina adornada pela plumagem símbolo de sua origem real. Vestia uma espécie de túnica bordada com fios de ouro, cuja parte superior era cravejada de pedras preciosas, sobre um longo vestido de tecido turco, forrado com uma pele igual à da touca.

Rolava nervosamente entre os dedos um terço de contas de âmbar.

Ao seu lado estava Kostaki, usando a esplêndida e majestosa indumentária magiar, traje no qual me pareceu ainda mais estranho.

O traje consistia numa bata de veludo verde, com mangas largas, caindo abaixo do joelho, calças de caxemira vermelha, chinelas de marroquim bordadas a ouro. Não usava chapéu, e seus longos cabelos, azuis de tão pretos, caíam-lhe sobre o pescoço, apenas sugerido pelo sutil pespontado branco de uma camisa de seda.

Cumprimentou-me de um modo canhestro e pronunciou algumas palavras em moldávio que soaram ininteligíveis para mim.

— Pode falar francês, meu irmão — disse Gregoriska —, a dama é polonesa e entende essa língua.

Kostaki então pronunciou em francês algumas palavras quase tão ininteligíveis para mim quanto as que pronunciara em moldávio, mas sua mãe, estendendo gravemente o braço, interrompeu-os. Estava claro para mim que declarava a ambos que era a ela que cabia me receber.

Então iniciou um discurso de boas-vindas em moldávio, cujo sentido sua fisionomia tornava fácil compreender. Em seguida, apontou a mesa, ofereceu-me um assento ao seu lado, designou com um gesto a casa inteira, como se para me dizer que era minha e, instalando-se com uma dignidade benevolente, fez um sinal da cruz e começou uma oração.

Ao seu lado estava Kostaki, usando a esplêndida e majestosa indumentária magiar.

Cada um tomou seu lugar, que fora determinado pela etiqueta: Gregoriska ao meu lado. Eu era a estrangeira e, por conseguinte, criava um lugar de honra para Kostaki, junto a Esmeranda.

Era este o nome da princesa.

Gregoriska também mudara de roupa. Como o irmão, usava uma túnica magiar, mas a sua era de veludo grená e as calças, de caxemira azul. Um magnífico adorno pendia em seu peito: era o Nichan do sultão Mahmud.[116]

116. Nichan: ordem honorífica otomana. Mahmud (1696-1754): sultão do Império Otomano a partir de 1730.

O resto dos comensais do castelo fazia as refeições na mesma mesa, cada um no lugar que lhe conferia sua posição, entre os amigos ou entre os criados.

O jantar foi triste. Kostaki não me dirigiu a palavra sequer uma vez, embora seu irmão tivesse sempre a amabilidade de se dirigir a mim em francês. Quanto a Esmeranda, ofereceu-me de tudo pessoalmente com o ar solene que nunca a abandonava. Gregoriska dissera a verdade, era uma verdadeira princesa.

Após o jantar, Gregoriska dirigiu-lhe a palavra, explicando, em língua moldávia, a necessidade que eu devia sentir de ficar a sós e repousar após as emoções daquele dia. Esmeranda fez com a cabeça um sinal de aprovação, estendeu-me a mão, beijou-me a testa como teria feito com uma filha e me desejou uma boa noite em sua residência.

Gregoriska não se enganara: eu ansiava por aquele momento de solidão. Portanto, agradeci à princesa, quando ela me acompanhou até a porta. Lá esperavam as duas mulheres que me haviam conduzido anteriormente até o quarto.

Cumprimentei-a, bem como a seus dois filhos, e voltei para o mesmo aposento de onde eu saíra uma hora antes.

O sofá transformara-se em cama. Foi a única mudança executada.

Agradeci às mulheres. Fiz-lhes sinal de que me despiria sozinha. Saíram prontamente, demonstrando tanta subserviência que pareciam ter ordens para me obedecer em tudo.

Naquele quarto imenso, minha lamparina, ao se deslocar, só iluminava a área que eu percorria, jamais o conjunto. Singular jogo de luz, que estabelecia uma luta entre o brilho da vela e os raios do luar que atravessavam minha janela sem cortinas.

Além da porta pela qual eu entrara, e que dava na escada, outras duas se abriam para o meu quarto, mas enormes ferrolhos, instalados nessas portas e que corriam lateralmente, bastavam para me tranquilizar.

Fui até a porta de entrada, que vistoriei e que, como as demais, tinha trancas poderosas.

Abri minha janela: dava para um precipício.

Compreendi que Gregoriska não escolhera à toa aquele quarto.

Por fim, voltando ao divã, encontrei uma mesinha instalada à minha cabeceira e, sobre ela, um pequeno bilhete dobrado.

Abri-o, e li em polonês:

> Durma tranquila, nada tem a temer enquanto permanecer no interior do castelo.
>
> GREGORISKA

Segui o conselho recebido e, o cansaço vencendo minhas preocupações, deitei-me e dormi.

14. *Os dois irmãos*

A partir daquele momento fui incorporada ao castelo e, simultaneamente, começou o drama que irei narrar.

Os dois irmãos apaixonaram-se por mim, cada um com as nuances de seu caráter.

Logo no dia seguinte, Kostaki declarou me amar, afirmando que eu seria dele e de nenhum outro e que preferia me matar a ver-me com quem quer que fosse.

Gregoriska não reagiu, mas passou a me cercar de cuidados e atenções. Todos os recursos de uma educação brilhante, todas as lembranças de uma juventude vivida nas cortes mais nobres da Europa foram empregados para me agradar. Ai de mim! Não era difícil: ao primeiro som de sua voz, eu sentira minha alma acariciada; ao primeiro relance de seus olhos, eu sentira meu coração golpeado.

No fim de três meses, Kostaki havia repetido centenas de vezes que me amava, enquanto eu o odiava; no fim de três meses, Gregoriska ainda não me dirigira uma única palavra de amor e eu sentia que, no momento em que ele exigisse, eu seria plenamente sua.

Kostaki desistira de suas expedições. Não abandonava mais o castelo. Abdicara momentaneamente em favor de uma espécie de lugar-tenente, que, de tempos em tempos, vinha pedir-lhe ordens e desaparecia.

Esmeranda também me dedicava uma amizade apaixonada, que se manifestava de uma forma que me dava medo. Visivelmente, protegia Kostaki e parecia ter mais ciúme de mim do que ele próprio. Embora não entendesse polonês nem francês, e eu não compreendesse o moldávio, sendo-lhe impossível defender explicitamente o filho junto a mim, aprendera a dizer em francês três palavras que repetia sempre que seus lábios pousavam em minha testa:

— Kostaki ama Hedwige.

Um dia recebi uma notícia terrível que veio agravar o meu infortúnio: os quatro sobreviventes do combate haviam sido soltos e retornado à Polônia, prometendo que um deles voltaria antes de três meses para me dar notícias de meu pai.

Com efeito, um deles reapareceu certa manhã. Nosso castelo fora tomado, incendiado e arrasado. Meu pai fora morto em combate.

Agora eu estava sozinha no mundo.

Kostaki intensificou o assédio e Esmeranda, a ternura, mas aleguei estar de luto pelo meu pai. Kostaki insistiu, afirmando que, quanto mais sozinha no mundo, mais eu precisava de um braço forte. Sua mãe insistiu como ele e junto com ele, mais que ele talvez.

Gregoriska me falara do autocontrole dos moldávios quando não querem deixar transparecer seus sentimentos. Ele era um exemplo vivo disso. Impossível alguém ter mais certeza do amor de um homem do que eu tinha do seu, e, não obstante, se houvessem me perguntado em que provas se baseava tal certeza, eu não saberia responder. Ninguém no castelo vira sua mão tocar a minha, seus olhos buscarem os meus. Apenas o ciúme podia alertar Kostaki sobre aquela rivalidade, assim como apenas meu amor me alertava sobre esse amor.

No entanto, admito, preocupava-me aquela impenetrabilidade de Gregoriska. Eu decerto acreditava, mas não era o bastante; precisava de uma prova. Então, certa noite, de volta ao quarto, ouvi baterem discretamente numa das duas portas que, como eu disse, trancavam por dentro. Pela maneira como batiam, presumi ser o chamado de um amigo. Aproximei-me e perguntei quem era.

— Gregoriska! — respondeu-me uma voz que não dava margem a dúvida.

— O que deseja de mim? — perguntei-lhe, toda trêmula.

— Se confia em mim — disse Gregoriska —, se me julga um homem honrado, conceda-me um pedido!

— E qual é?

— Apague a luz como se estivesse dormindo e, daqui a meia hora, abra a porta para mim.

— Volte daqui a meia hora — foi minha única resposta.

Apaguei a luz e esperei.

Meu coração batia com força, pois era evidente que alguma coisa importante havia acontecido.

Meia hora depois, ouvi baterem ainda mais suavemente do que da primeira vez. Não esperei, puxei os ferrolhos, não me restando outra coisa a fazer senão abrir a porta.

Gregoriska entrou e, sem precisar que me instruísse, empurrei a porta atrás dele e passei novamente os ferrolhos.

Ele permaneceu mudo e imóvel por um instante, impondo-me silêncio com gestos. Certificando-se de que nenhum perigo iminente nos ameaçava, levou-me até o meio do vasto quarto e, sentindo pelo meu tremor que eu não conseguiria ficar de pé, ofereceu-me uma cadeira.

Sentei-me, ou melhor, deixei-me cair no assento.

— Oh, meu Deus — perguntei —, o que houve e por que tantas precauções?

— Porque minha vida, o que seria o de menos, e talvez também a sua dependem da conversa que teremos.

Peguei sua mão, assustadíssima.

Enquanto levava minha mão até seus lábios, ele me fitou pedindo perdão pela audácia.

Abaixei os olhos: era consentir.

— Amo-a — ele me disse, em sua voz melodiosa como um canto. — Você me ama?

— Sim — respondi-lhe.

— Aceitaria ser minha mulher?

— Sim.

Ele passou a mão na testa, com uma profunda respiração de felicidade.

— Então não se recusa a me acompanhar?

— Eu o seguirei até onde quiser!

— Pois a senhorita compreende — ele continuou — que não podemos ser felizes a não ser fugindo.

— Oh, sim — exclamei —, fujamos!

— Silêncio! — ele ordenou, estremecendo. — Silêncio!

— Tem razão.

E me aproximei dele, toda trêmula.

— Eis o que fiz — ele disse. — Eis o que explica minha demora em lhe confessar meu amor: eu queria, confirmado o seu amor por mim, que nada pudesse impedir nossa união. Sou rico, Hedwige, imensamente rico, mas à maneira dos grão-senhores moldávios: rico de terras, de rebanhos, de servos. Pois bem! Vendi ao mosteiro de Hango, por um milhão, terras, rebanhos e aldeias. Pagaram por tudo trezentos mil francos em pedras preciosas, cem mil em ouro e o restante em letras de câmbio para Viena. Um milhão é o bastante para si?

Apertei sua mão.

— Seu amor me teria bastado, Gregoriska, julgue.

— Esplêndido! Agora ouça. Amanhã, irei ao mosteiro de Hango para acertar os últimos detalhes com o superior. Ele arreou cavalos, que estarão à nossa disposição a partir das nove horas, escondidos a cem passos do castelo. Depois do jantar, a senhorita sobe como hoje; como hoje, apaga a lamparina; como hoje, entro em seus aposentos. Amanhã, porém, em vez de sair sozinha, a senhorita me seguirá, alcançaremos a porta que dá para o campo, encontraremos nossos cavalos, montaremos e, depois de amanhã, teremos feito cento e vinte quilômetros.

— Pena que ainda não seja depois de amanhã!

— Querida Hedwige!

Gregoriska me apertou contra seu peito, nossos lábios se encontraram. Oh, ele estava certo: fora para um homem honrado que eu abrira a porta do meu quarto. Mas agora já não havia como duvidar: se eu não lhe pertencia de corpo, pertencia-lhe de alma.

Passei a noite sem conciliar um minuto de sono. Via-me fugindo com Gregoriska, sentia-me carregada por ele como o fora por Kostaki. Entretanto, dessa vez, aquela carreira terrível, assustadora, fúnebre, transformava-se num doce e arrebatador enlace ao qual a velocidade imprimia volúpia, pois a velocidade também possui uma intrínseca volúpia.

Amanheceu. Desci. Pareceu-me perceber alguma coisa ainda mais sombria que de costume na maneira como Kostaki me cumprimentou. Seu sorriso deixara de ser irônico, transformara-se numa ameaça. Quanto a Esmeranda, pareceu-me a mesma de sempre.

Durante o almoço, Gregoriska ordenou que preparassem seus cavalos. Kostaki pareceu não dar a mínima para aquela ordem.

Por volta das onze horas, Gregoriska veio se despedir, anunciando seu retorno apenas para a noite e pedindo à mãe que não o aguardasse para o jantar. Em seguida, voltando-se para mim, pediu-me igualmente que aceitasse suas desculpas.

Então partiu. O olho do irmão seguiu-o até que ele deixasse o aposento e, naquele instante, saiu desse olho um raio de tamanho ódio que me deu calafrios.

O dia se passou em meio a inquietudes que os senhores podem imaginar. Eu não confidenciara nossos planos a ninguém. Mesmo em minhas preces, mal ousara mencioná-los a Deus. Parecia-me serem do conhecimento de todos e que os olhares de todos, ao pousarem sobre mim, penetravam e liam no fundo do meu coração.

O almoço foi um suplício. Melancólico e taciturno, Kostaki raramente falava. Dessa vez, limitou-se a dirigir duas ou três palavras à sua mãe, em moldávio, e em todas elas o tom de sua voz me fez estremecer.

Quando me levantei para subir ao quarto, Esmeranda, como sempre, me beijou e, ao me beijar, repetiu a frase, que, há uma semana, eu não ouvia sair de sua boca:

— Kostaki ama Hedwige!

Essa frase me perseguiu como uma ameaça. Sozinha no quarto, pareceu-me que uma voz fatal murmurava ao meu ouvido:

"Kostaki ama Hedwige!"

Ora, o amor de Kostaki, Gregoriska me havia dito, significava a morte.

Por volta das sete horas da noite, quando o dia começava a cair, vi Kostaki atravessar o pátio. Ele se voltou para olhar na direção do meu quarto, e eu pulei para trás a fim de que não pudesse me ver.

E se afastou a galope, na direção do mosteiro de Hango.

Fiquei preocupada, pois, enquanto minha posição na janela me permitiu segui-lo com a vista, eu o vira dirigindo-se às estrebarias. Atrevi-me a puxar os ferrolhos da porta e a me esgueirar até o quarto vizinho, de onde podia acompanhar seus movimentos.

Com efeito, era para as estrebarias que se dirigia. Lá chegando, pegou pessoalmente seu cavalo favorito e, com a minúcia do homem que dá grande importância aos pequenos detalhes, selou-o com as próprias mãos. Usava o mesmo traje com o qual eu o vira da primeira vez. À guisa de armamento, contudo, levava apenas o sabre.

Selado o cavalo, ele dirigiu novamente o olhar para a janela do meu quarto. Não me vendo lá, pulou na sela, mandou que abrissem a mesma porta pela qual seu irmão saíra e deveria voltar, e se afastou a galope, na direção do mosteiro de Hango.

Apavorada, um pressentimento fatal me dizia que Kostaki partia ao encontro do irmão.

Permaneci na janela enquanto pude distinguir a estrada, que, a um quilômetro do castelo, fazia uma curva brusca e se perdia na orla da floresta. Mas a noite descia cada vez mais densa e a estrada terminou por desaparecer completamente. Continuei ali. No fim, minha inquietude, em virtude de seu próprio excesso, devolveu-me forças e, como era obviamente no rés do chão que eu devia ter as primeiras notícias de um ou outro dos dois irmãos, desci.

Meu primeiro olhar foi para Esmeranda. Pela serenidade de seu rosto, vi que não sentia nenhuma apreensão. Dava suas ordens rotineiras para o jantar, e os talheres dos dois irmãos estavam no lugar.

Não ousei interrogar ninguém. Aliás, a quem teria interrogado? Ninguém no castelo, exceto Kostaki e Gregoriska, falava nenhuma das duas línguas que eu dominava.

Ao menor ruído, eu estremecia.

Era normalmente às nove horas que se ia para a mesa de jantar. Às oito e meia eu já havia descido. Acompanhava com os olhos o ponteiro dos minutos, cuja marcha era quase palpável no vasto mostrador do relógio.

O ponteiro viajante transpôs a distância que o separava do quarto de hora. O quarto de hora soou. A vibração reverberou, sombria e triste, depois o ponteiro retomou sua marcha silenciosa e o vi novamente percorrer a distância com regularidade e lentidão.

Poucos minutos antes das nove horas, pareceu-me ouvir o galope de um cavalo no pátio. Esmeranda também ouvira, pois voltou a cabeça para o lado da janela. A escuridão da noite, contudo, tornara-se impenetrável ao olhar.

Oh, se Esmeranda voltasse os olhos para mim naquele momento, decerto teria adivinhado o que se passava em meu coração! Ouvia-se o trote de apenas um cavalo, e tudo estava dito. Eu sabia muito bem que somente um cavaleiro retornaria.

Mas qual deles?

Passos ressoaram na antecâmara, passos lentos e que pareciam hesitantes, pesando como chumbo no meu coração.

A porta se abriu. Vi uma sombra desenhar-se na penumbra e deter-se à porta momentaneamente. Meu coração parou de bater.

A sombra avançou e, à medida que entrava no círculo de luz, eu voltava a respirar.

Reconheci Gregoriska. Mais um instante de dúvida, e meu coração explodiria.

Reconheci Gregoriska, no entanto ele estava pálido como um cadáver. Pela sua fisionomia, via-se que alguma coisa terrível acabara de acontecer.

— É você, Kostaki? — perguntou Esmeranda.

— Não, minha mãe — respondeu Gregoriska, com uma voz rouca.

— Ah, é você! — disse ela. — E desde quando sua mãe deve esperá-lo?

— Mãe — disse Gregoriska, com um olhar até o relógio de parede —, são apenas nove horas.

E, ao mesmo tempo, com efeito, soaram nove horas.

— É verdade — disse Esmeranda. — Onde está seu irmão?

Num reflexo, ocorreu-me ser essa a mesma pergunta que Deus fizera a Caim.[117]

Gregoriska não respondeu.

— Ninguém viu Kostaki? — inquiriu Esmeranda.

O *vatar*, ou mordomo, informou-se à sua volta.

— Por volta das sete horas — disse ele —, o conde esteve nas estrebarias, selou pessoalmente seu cavalo e tomou a estrada de Hango.

Nesse momento, meus olhos encontraram os olhos de Gregoriska. Não sei se realidade ou alucinação, julguei ver uma gota de sangue no meio de sua testa.

Levei lentamente meu dedo à minha própria testa, indicando o lugar onde julguei perceber a mancha.

Gregoriska compreendeu, sacou um lenço e se limpou.

— Sim, sim — murmurou Esmeranda —, ele deve ter topado com algum urso ou lobo, divertindo-se em persegui-lo. Coisa de filho para fazer a mãe esperar. Onde o deixou, Gregoriska? Fale.

— Mãe — respondeu Gregoriska, com uma voz comovida, porém firme —, meu irmão e eu não saímos juntos.

— Pois então muito bem! — decidiu Esmeranda. — Podem servir. Passemos para a mesa. As portas serão fechadas e os que estiverem do lado de fora lá dormirão.

As duas primeiras partes dessa ordem foram executadas ao pé da letra. Esmeranda ocupou seu lugar, Gregoriska sentou-se à sua direita e eu à sua esquerda.

Em seguida, os criados saíram para cumprir a terceira, isto é, fechar as portas do castelo.

Nesse momento, ouviu-se um tropel no pátio e um valete transtornado adentrou a sala, exclamando:

— Princesa, o cavalo do conde Kostaki acaba de entrar no pátio, sozinho e coberto de sangue!

— Oh — murmurou Esmeranda, erguendo-se, pálida e ameaçadora —, foi assim que o cavalo de seu pai regressou uma noite.

117. Gênesis, 4, 9.

Voltei os olhos para Gregoriska. Ele não estava mais pálido, estava lívido.

Com efeito, uma noite o cavalo do conde Kropoli chegara ao pátio do castelo todo ensanguentado e, uma hora depois, os criados o encontraram e recolheram seu corpo coberto de ferimentos.

Esmeranda arrancou a tocha da mão de um dos criados, foi até a porta, abriu-a e desceu ao pátio.

O cavalo, assustado, ia sendo a muito custo contido por três ou quatro serviçais que uniam forças para aquietá-lo.

— Kostaki foi morto de frente — ela disse —, em duelo e por um único inimigo. Procurem seu corpo, rapazes, mais tarde procuraremos seu assassino.

Como o cavalo retornara pela porta de Hango, todos os criados precipitaram-se por ela e, assim como numa linda noite de verão vemos os vaga-lumes cintilarem nas planícies de Nice e Pisa, vimos suas tochas se perderem no campo e se embrenharem na floresta.

Esmeranda, parecendo convicta de que a busca não seria longa, esperou de pé à porta. Nenhuma lágrima escorria dos olhos daquela mãe consternada. Contudo, era possível sentir um rugido de desespero no fundo de seu coração.

Gregoriska mantinha-se atrás dela; eu, atrás de Gregoriska.

Por um instante, ao deixarmos a sala, ele teve a intenção de me oferecer o braço, mas não ousara.

Ao cabo de quinze minutos, vimos reaparecerem na curva do caminho uma tocha, depois duas, depois todas as tochas.

Só que, agora, em vez de se espalharem pelo campo, estavam agrupadas em torno de um centro comum.

Não demoramos a constatar que o centro compunha-se de uma padiola e de um homem estendido sobre ela.

O cortejo funéreo avançava lentamente, mas avançava. Ao fim de dez minutos, chegou à porta. Percebendo a mãe viva à espera do filho morto, os que o carregavam tiraram instintivamente os chapéus e entraram silenciosos no pátio.

Esmeranda posicionou-se atrás deles e nós a seguimos até o grande salão, onde o corpo foi depositado.

Então, fazendo um gesto de suprema majestade, Esmeranda abriu caminho e, aproximando-se do cadáver, pôs um joelho no chão à sua frente, afastou os cabelos que formavam um véu em seu rosto e contemplou-o demoradamente, os olhos sempre secos. Em seguida, abrindo a túnica moldávia, rasgou a camisa ensanguentada.

O ferimento localizava-se no lado direito do peito. Fora produzido por uma lâmina reta e de dois gumes.

Lembrei-me de ter visto ao lado de Gregoriska, naquele mesmo dia, o comprido facão de caça que usava como baioneta em sua carabina.

Esmeranda pediu água, embebeu seu lenço e lavou a chaga.

Um sangue fresco e puro veio avermelhar os lábios do ferimento.

"Kostaki foi morto de frente, em duelo e por um único inimigo."

O espetáculo que se desenrolava à minha frente exprimia algo de atroz e sublime ao mesmo tempo. Aquele vasto aposento, enfumaçado pelas tochas de resina, os rostos bárbaros, os olhos brilhando de ferocidade, as roupas estranhas, aquela mãe que calculava, diante do sangue ainda quente, há quanto tempo a morte lhe roubara o filho, o completo silêncio, apenas interrompido pelos soluços dos bandoleiros chefiados por Kostaki, tudo isso, repito, era atroz e sublime de ver.

Por fim, Esmeranda aproximou os lábios da testa do filho e, levantando-se e jogando para trás suas longas tranças, de cabelos brancos que se haviam desenrolado, disse:

— Gregoriska?

Gregoriska estremeceu, sacudiu a cabeça e, saindo de sua atonia, respondeu:

— O que foi, mãe?

— Venha aqui, filho, e me ouça.

Gregoriska obedeceu, tremendo, mas obedeceu.

À medida que se aproximou do corpo, o sangue, mais abundante e carmim, foi saindo do ferimento. Felizmente, Esmeranda deixara de olhar para ele, pois, se percebesse aquela denúncia sanguinolenta, não precisaria mais procurar pelo assassino.

— Gregoriska — ela disse —, sei muito bem que Kostaki e você não se gostavam. Sei muito bem que você, por parte de pai, é um Waivady, enquanto ele é um Koproli. No entanto, por parte de mãe, vocês dois são Brancovan. Sei que você é um homem das cidades do Ocidente e ele, um filho das montanhas orientais. No entanto, como um só ventre os engendrou, vocês são irmãos. Pois bem! Gregoriska, quero saber se levaremos meu filho para junto do pai sem que o juramento de vingança tenha sido pronunciado, ou se posso ao menos chorar tranquila, encarregando-o, isto é, a um homem, da punição?

— Aponte o assassino de meu irmão, senhora, e ordene. Se exigir, juro que daqui a uma hora ele terá deixado de viver.

— Continue a jurar, Gregoriska, jure, sob pena de maldição, está ouvindo, meu filho? Jure que o assassino morrerá, que você não deixará pedra sobre pedra de sua casa, que sua mãe, seus filhos, seus irmãos, sua mulher ou sua noiva perecerão pela sua mão. Jure e, jurando, atraia para si a cólera dos céus caso não cumpra esse juramento sagrado. Se não cumpri-lo, curve-se à miséria, à execração de seus amigos, à maldição de sua mãe!

Gregoriska estendeu a mão sobre o cadáver.

— Juro que o assassino morrerá! — proferiu.

Durante esse estranho juramento, cujo verdadeiro sentido talvez apenas eu e o morto fôssemos capazes de compreender, vi realizar-se, ou julguei ver, um prodígio assustador. Os olhos do cadáver se reabriram e me fitaram, mais vivos do que eu jamais os vira, e senti, como se aquele raio duplo fosse palpável, um fogo ardente a incendiar o meu coração.

Aquilo foi demais para mim, e desmaiei.

15. *O mosteiro de Hango*

Quando acordei, estava em meu quarto, deitada na cama. Uma das servas cuidava de mim.

Perguntei por Esmeranda. Responderam-me que velava o corpo do filho.

Perguntei por Gregoriska. Responderam-me que estava no mosteiro de Hango.

Não fazia mais sentido fugir. Kostaki não estava morto? Muito menos casar. Poderia eu casar com o fratricida?

Três dias e três noites passaram-se em meio a sonhos estranhos. Em minha vigília ou em meu sono, via sempre aqueles dois olhos vivos no meio do rosto morto: era uma visão horrível.

Na manhã do terceiro dia, quando deveria acontecer o enterro de Kostaki, trouxeram-me, da parte de Esmeranda, um traje completo de viúva. Vesti-me e desci.

O castelo parecia vazio. Estavam todos na capela.

Dirigi-me ao local da cerimônia. Na entrada, Esmeranda, que fazia três dias eu não via, veio em minha direção.

Era a imagem da Dor. Com um movimento lento como o de uma estátua, pousou seus lábios gelados na minha testa e, com uma voz que parecia já vir do túmulo, pronunciou as mesmas palavras:

— Kostaki ama Hedwige.

Os senhores não podem fazer ideia do efeito que tais palavras produziram em mim. Aquela declaração de amor feita no presente em vez de no passado; aquele *a ama*, em vez de *a amava*; aquele amor de além-túmulo, imiscuindo-se no mundo dos vivos, causou-me uma impressão terrível.

Ao mesmo tempo, uma estranha sensação se apoderava de mim, como se eu tivesse sido efetivamente esposa do defunto, e não noiva do que ainda vivia. Aquele caixão me atraía, contra a minha vontade, dolorosamente, como a serpente atrai o pássaro que ela fascina. Procurei Gregoriska com os olhos. Avistei-o, pálido e de pé, recostado numa coluna. Seus olhos estavam longe. Não posso dizer se me viu.

Os monges do convento de Hango rodeavam o corpo, entoando cânticos do ritual grego, às vezes tão harmoniosos, em geral tão monótonos. Eu também queria rezar, mas a prece morria em meus lábios. Estava de tal forma abalada que me parecia assistir antes a uma assembleia de demônios que a uma reunião de padres.

No momento em que levaram o corpo, fiz menção de segui-lo, mas minhas forças recusaram-se a me obedecer. Senti minhas pernas faltarem e me apoiei na porta. Esmeranda veio em minha direção e fez um sinal para Gregoriska.

Gregoriska obedeceu e se aproximou.

Esmeranda dirigiu-se a mim em língua moldávia.

— Minha mãe me ordena que lhe repita palavra por palavra de seu pronunciamento — disse Gregoriska.

Esmeranda retomou a palavra. Quando ela terminou, ele disse:

— Eis as palavras de minha mãe: "Você chora meu filho, Hedwige, você o ama, não é verdade? Sou-lhe grata por suas lágrimas e seu amor. Doravante você é minha filha como se Kostaki tivesse sido seu esposo. Agora você tem pátria, mãe e família. Vertamos a soma de lágrimas que devemos aos mortos e voltemos ambas a ser dignas daquele que não existe mais... eu, sua mãe, você sua mulher! Adeus, volte para nossa casa. Seguirei meu filho à sua última morada. Quando retornar, me trancarei com a minha dor e só me verá quando a houver vencido. Não se preocupe, irei matá-la, pois não desejo que ela me mate."

Não pude responder a essas palavras de Esmeranda, traduzidas por Gregoriska, senão com um gemido.

Subi ao meu quarto, o comboio se afastou. Vi-o desaparecer na curva do caminho. Embora o convento de Hango distasse apenas dois quilômetros do castelo em linha reta, os acidentes do solo obrigavam a estrada a desviar, demandando cerca de duas horas para alcançá-lo.

Estávamos no mês de novembro. Os dias tornavam a ser mais curtos e frios. Às cinco da tarde, era noite fechada.

Por volta das sete horas, vi as tochas reaparecerem. Era o cortejo fúnebre que retornava. O cadáver repousava no túmulo de seus antepassados. Estava tudo dito.

Já lhes falei da estranha obsessão que me atormentava desde o fatal e pesaroso acontecimento e, sobretudo, desde que eu vira reabertos e fixos em mim os olhos que a morte fechara. Aquela noite, prostrada pelas emoções do dia, eu estava ainda mais triste. Escutava soarem as diferentes horas no relógio do castelo, entristecendo à medida que o tempo transcorrido me aproximava do provável instante em que Kostaki morrera.

O relógio tocou, eram quinze para as nove.

Foi quando uma sensação estranha se apoderou de mim. Era um terror de arrepiar que percorria todo o meu corpo, congelando-o. E esse mesmo terror inspirava alguma coisa como um sono invencível, que entorpecia meus sentidos. Meu peito ficou apertado, meus olhos se embaçaram, estendi os braços e fui recuando até cair na cama.

Contudo, meus sentidos ainda bastaram para eu perceber o que me pareceu serem passos se aproximando de minha porta. Em seguida, julguei ver a porta se abrindo. Então não vi nem ouvi mais nada.

Senti apenas uma dor lancinante no pescoço.

Mergulhei instantaneamente numa letargia absoluta.

À meia-noite, despertei, minha lamparina ainda ardia. Quis me levantar, mas estava tão fraca que não consegui da primeira vez. Terminei por vencer a fraqueza, mas como, desperta, eu continuava a sentir no pescoço a mesma dor que sentira dormindo, arrastei-me até o espelho, apoiando-me na parede, e me examinei.

Algo parecido com uma espetadela de alfinete marcava a artéria de meu pescoço.

Supus que algum inseto me houvesse mordido durante o sono. Como estava morta de cansaço, deitei e dormi.

No dia seguinte, acordei normalmente. Como de costume, quis me levantar tão logo meus olhos se abriram, mas senti uma fraqueza que só sentira uma vez na vida: no dia seguinte àquele em que eu fora submetida a uma sangria.[118]

Fui ao espelho e fiquei impressionada com minha palidez.

O dia transcorreu triste e melancólico. Era uma sensação estranha: onde eu estava, precisava ficar; qualquer deslocamento era um sacrifício.

Anoiteceu, trouxeram-me uma lamparina. Minhas servas, ao menos foi o que depreendi de seus gestos, ofereciam-me companhia. Agradeci; elas saíram.

Na mesma hora da véspera, senti os mesmos sintomas. Quis me levantar, chamar por socorro, mas não consegui alcançar a porta. Ouvi vagamente o timbre do relógio dando quinze para as nove, os passos ressoaram, a porta se abriu. Mas eu não via nem ouvia mais nada. Como na véspera, desabei completamente na cama.

Como na véspera, senti uma dor aguda no mesmo lugar.

Como na véspera, acordei à meia-noite, porém mais fraca e mais pálida.

No dia seguinte, a horrível obsessão se repetiu.

118. A sangria é terapia antiga, consistindo em retirar determinada quantidade de sangue do corpo do paciente por meio de ventosas ou sanguessugas.

Eu estava decidida a descer para junto de Esmeranda, por mais fraca que me sentisse, quando uma das mulheres entrou no quarto e pronunciou o nome de Gregoriska.

Gregoriska vinha atrás dela.

Quis me levantar para recebê-lo, mas caí novamente na poltrona.

Ao me ver, ele deu um grito e fez menção de correr para mim, mas tive forças para estender-lhe o braço.

— O que vem fazer aqui? — perguntei.

— Que tristeza! — ele exclamou. — Vinha lhe dizer adeus! Vinha lhe dizer que deixo este mundo, pois ele me é insuportável sem o seu amor e sem a sua presença. Vinha lhe dizer que me retiro para o mosteiro de Hango.

— Minha presença lhe foi subtraída, Gregoriska — respondi —, mas meu amor, não. Ai! Continuo a amá-lo, e minha grande dor é que agora esse amor seja quase um crime.

— Posso então ter esperanças de que rezará por mim, Hedwige?

— Sim, mas não rezarei por muito tempo — acrescentei, com um sorriso.

— O que há com você, e por que essa palidez?

— Eu... Deus tenha piedade de mim, sem dúvida ele me chama!

Gregoriska aproximou-se, pegou uma de minhas mãos, que não tive forças para lhe negar e, olhando-me fixamente, disse:

— Essa palidez não é natural, Hedwige. De onde ela vem? Fale.

— Se eu falasse, Gregoriska, você acharia que enlouqueci.

— Não, não, fale, Hedwige, eu lhe suplico. Este é um país diferente de todos os outros, esta é uma família diferente de todas as outras. Fale, fale tudo, eu lhe suplico.

Contei-lhe tudo: aquela estranha alucinação que me arrebatava precisamente na hora provável da morte de Kostaki; aquele terror, o torpor, o frio de gelo, a prostração que me prendia na cama, o barulho que eu julgava ouvir, a porta que eu julgava ver se abrindo, finalmente a dor aguda seguida por uma palidez e uma fraqueza cada vez maiores.

Eu julgara que Gregoriska veria meu relato como um início de loucura, e por isso ia terminando-o com certa timidez, quando, ao contrário, percebi que ele lhe dedicava uma atenção profunda.

Quando parei de falar, ele refletiu por um instante.

— Quer dizer — ele perguntou — que você dorme todas as noites às quinze para as nove?

— Sim, por mais que me esforce para ficar acordada.

— Pensa ver a porta se abrindo?

— Sim, embora eu a tranque com o ferrolho.

— E sente uma dor aguda no pescoço?

— Sim, embora meu pescoço mal conserve marca de ferimento.

— Permite que eu veja? — ele perguntou.

Deitei a cabeça de lado.

Ele examinou a cicatriz.

— Hedwige — ele disse após um instante —, confia em mim?

— Ainda uma pergunta? — respondi.

— Acredita na minha palavra?

— Como nos santos Evangelhos.

— Pois bem! Acredite em mim, Hedwige, juro que não tem oito dias de vida se não consentir em fazer, hoje mesmo, o que lhe direi.

— E se consentir?

— Se consentir, talvez tenha salvação.

— Talvez?

Ele se calou.

— Aconteça o que acontecer, Gregoriska — prossegui —, farei o que me ordenar.

— Ótimo! Escute e, sobretudo, não se assuste. Em seu país, como na Hungria, como na nossa Romênia, vigora uma tradição.

Senti um calafrio, pois aquela tradição me voltara à memória.

— Ah! — ele percebeu. — Sabe do que estou falando?

— Sim — respondi —, na Polônia vi pessoas submetidas a essa horrível fatalidade.

— Refere-se a vampiros, não é?

— Sim, na minha infância, no cemitério de uma aldeia pertencente a meu pai, assisti à exumação de quarenta pessoas, mortas num intervalo de quinze dias sem que se pudesse determinar a causa. Dentre esses mortos, dezessete apresentaram todos os sinais de vampirismo, isto é, foram encontrados frios, vermelhos e parecendo estar vivos. Os demais eram aqueles a quem haviam atacado.

— E o que foi feito para libertar a região?

— Cravaram uma estaca no coração deles todos e depois os queimaram.

— É, é assim que agimos normalmente. Mas, em nosso caso, isso não basta. Para libertá-la de um vampiro, primeiro tenho de saber quem ele é, e, juro por Deus!, eu saberei. Sim, e se for preciso, lutarei corpo a corpo com ele, seja quem for.

— Oh, Gregoriska! — exclamei, assustada.

— Eu disse: seja quem for, e repito-o. Porém, para levar a bom termo essa terrível aventura, terá de cumprir todas as minhas exigências.

— Fale.

— Esteja pronta às sete horas, desça até a capela, desça sozinha. Tente vencer a fraqueza, Hedwige, é preciso. Lá receberemos a bênção nupcial. Consinta, minha bem-amada. Para defendê-la, é necessário que, perante Deus e os homens, eu tenha o direito de protegê-la. Então, voltaremos para cá e veremos.

— Oh, Gregoriska — exclamei —, se for ele, ele o matará!

— Nada tema, querida Hedwige. Apenas consinta.

— Sabe muito bem que farei tudo que desejar, Gregoriska.

— Até a noite, então.

— Sim, faça o que desejar de sua parte, e eu darei o melhor de mim para apoiá-lo. Vá.

Ele saiu. Quinze minutos depois, vi um cavaleiro a trotar pela estrada do mosteiro, era ele!

Mal o perdi de vista, caí de joelhos e rezei, como não se reza mais nos países descrentes dos senhores, e esperei as sete horas, oferecendo a Deus e aos santos o holocausto de meus pensamentos. Só me reergui ao toque das sete horas.

Sentia-me fraca como uma moribunda, pálida como uma morta. Envolvi minha cabeça num grande véu negro, desci a escada, escorando-me nas paredes, e me dirigi à capela, sem encontrar ninguém pelo caminho.

Gregoriska me esperava com o padre Basílio, superior do convento de Hango. Trazia na cintura uma espada sagrada, relíquia de um velho cruzado que conquistara Constantinopla com Villehardouin e Balduíno de Flandres.[119]

— Hedwige — disse ele, batendo com a mão na espada —, com a ajuda de Deus, eis quem irá quebrar o feitiço que ameaça sua vida. Aproxime-se com determinação, aqui está o santo homem que, após ouvir minha confissão, receberá nossos juramentos.

A cerimônia teve início. Talvez nunca tenha existido outra tão simples e solene. Ninguém auxiliava o pope.[120] Ele mesmo pôs em nossas cabeças as tiaras nupciais. Ambos trajando luto, demos a volta no altar com um círio nas mãos. Em seguida, tendo pronunciado as palavras sagradas, o religioso acrescentou:

— Agora vão, meus filhos, e que Deus lhes dê força e coragem para lutar contra o inimigo do gênero humano. Suas armas são a inocência e a justiça: vocês vencerão o demônio. Vão, e que Deus os abençoe.

Beijamos os livros sagrados e saímos da capela.

Então, pela primeira vez, apoiei-me no braço de Gregoriska e, ao tocá-lo, ao sentir aquele braço valente, ao entrar em contato com aquele nobre coração, pareceu-me que a vida retornava às minhas veias. Julguei ter certeza de um triunfo, pois Gregoriska estava comigo. Subimos ao meu quarto.

O toque das oito e meia soou.

119. Godofredo de Villehardouin (c.1148-c.1213) participou da Quarta Cruzada (1202-04), e portanto da tomada de Constantinopla, capital do Império Bizantino. A conquista e saque da cidade, em 1204, foi o acontecimento mais marcante daquela cruzada e deu início ao chamado Império Latino (1204-61). Godofredo foi nomeado marechal do novo império. Aparentemente morreu por volta de 1213, quando seu nome desaparece das fontes da época. Balduíno I de Constantinopla (1172-1205), Balduíno IX da Flandres, imperador em 1204-05.

120. Pope: sacerdote da religião ortodoxa russa.

— Hedwige — disse-me então Gregoriska —, não temos tempo a perder. Você gostaria de dormir como sempre, e que tudo aconteça durante o seu sono, ou de permanecer acordada e a tudo assistir?

— Ao seu lado, nada temo, desejo permanecer acordada e ver tudo.

Gregoriska tirou de seu peito um ramo de buxo, ainda úmido de água benta, entregando-o a mim.

— Pegue esse ramo — ele me instruiu —, deite-se na cama, recite suas preces à Virgem e espere sem medo. Deus está conosco. É imperioso que não deixe o ramo cair. Com ele, o próprio inferno obedecerá à sua autoridade. Não chame ninguém, não grite. Reze, não perca a esperança e aguarde.

Deitei-me na cama. Cruzei as mãos sobre o peito, apertando meu ramo bento.

Gregoriska escondeu-se atrás do pálio de madeira que mencionei anteriormente e que cobria um dos ângulos do quarto.

Contei os minutos e Gregoriska, sem dúvida, também os contava do seu lado.

Enfim soou o toque de quinze para as nove.

A reverberação do martelo ainda ecoava quando senti o mesmo torpor, o mesmo terror, o mesmo frio glacial. Aproximando o ramo bento de meus lábios, essa primeira sensação se dissipou.

Ouvi então, muito distintamente, ecoando na escada e se aproximando da porta, o rumor daquele passo lento e cadenciado.

Em seguida, a porta se abriu lenta, silenciosamente, como se empurrada por uma força sobrenatural. Foi quando...

A voz da narradora emudeceu como se estrangulada na garganta.

— Foi quando — ela continuou com um esforço — percebi Kostaki, pálido como eu o vira na padiola. Seus longos cabelos pretos, espalhados sobre os ombros, gotejavam sangue. Usava seu traje de sempre, salvo que estava aberto no peito, revelando a chaga vermelha.

Tudo era morte, tudo era cadavérico... a carne, as roupas, o andar... apenas os olhos, aqueles olhos terríveis, estavam vivos.

Diante de tal visão, coisa estranha!, em vez de sentir terror redobrado, senti minha coragem aumentando. Era sem dúvida uma graça de Deus, para que eu pudesse avaliar minha situação e me defender contra o inferno. Ao primeiro passo que o vampiro deu na direção da cama, eu temerariamente cruzei meu olhar com o seu, de chumbo, e mostrei-lhe o ramo abençoado.

O espectro tentou avançar, mas um poder mais forte que o seu pregou-o no lugar. Ele estacou:

— Oh — murmurou —, ela não está dormindo, ela sabe de tudo.

Embora ele falasse em moldávio, eu ouvia suas palavras como se pronunciadas numa língua que eu compreendesse.

Eu e o vampiro nos encarávamos sem que meus olhos pudessem se desprender dos seus, quando então vi, sem necessidade de virar a cabeça para o lado, Gregoriska sair da estala de madeira qual o anjo exterminador empunhando sua espada. Ele fez o sinal da cruz com a mão esquerda e avançou lentamente apontando a espada para o vampiro. Este, reagindo ao aspecto ameaçador do irmão, puxou seu sabre, soltando uma terrível gargalhada, mas, tão logo o sabre tocou o ferro abençoado, o braço do vampiro interrompeu a luta e ficou inerte junto a seu corpo.

Kostaki soltou o ar em seu peito, cheio de luta e desespero.

— O que você quer? — perguntou ao irmão.

— Em nome de Deus — disse Gregoriska —, intimo-o a responder.

— Fale — disse o vampiro, rilhando os dentes.

— Fui eu que o esperei?

— Não.

— Fui eu que o ataquei?

— Não.

— Fui eu que o golpeei?

— Não.

— Você se atirou sobre a minha espada, eis a verdade. Logo, aos olhos de Deus e dos homens, não sou culpado do crime de fratricídio. Logo, você não recebeu uma missão divina, mas infernal. Logo, você saiu do túmulo não como uma sombra sagrada, mas como um espectro maldito, e para lá retornará.

— Junto com ela, sim! — bradou Kostaki, fazendo um esforço supremo para me agarrar.

— Sozinho — gritou por sua vez Gregoriska. — Esta mulher me pertence.

E, pronunciando estas palavras, tocou a chaga viva com a ponta do ferro abençoado.

Kostaki deu um grito como se um gládio de fogo o tivesse golpeado. Levando a mão esquerda ao peito, deu um passo atrás.

Ao mesmo tempo, e com um movimento que parecia encadeado ao seu, Gregoriska deu um passo à frente. Então, olhos nos olhos com o morto, a espada no peito do irmão, teve início uma marcha lenta, terrível, solene. Algo que evocava a passagem de don Juan e o comendador:[121] o espectro recuando diante do gládio sagrado, da vontade irresistível do paladino de Deus, enquanto este seguia-o passo a passo sem pronunciar palavra, ambos ofegantes, ambos lívidos, o vivo empurrando o morto à sua frente e obrigando-o a trocar o castelo que fora sua morada no passado pelo túmulo que seria sua morada no futuro.

121. Referência ao drama *Don Juan de Tenorio*, de José Zorilla (1817-93), em cujo segundo ato o espectro do comendador, pai da noiva de don Juan e por ele assassinado, aparece para conduzi-lo ao inferno.

Algo que evocava a passagem de don Juan e o comendador: o espectro recuando diante do gládio sagrado, da vontade irresistível do paladino de Deus.

Oh, era terrível de ver, juro.

E, contudo, movida por uma força superior, invisível, desconhecida, sem me dar conta do que fazia, levantei-me e segui-os. Descemos a escada, iluminados apenas pelas pupilas ardentes de Kostaki. Passamos a galeria e o pátio. Transpusemos a porta no mesmo passo cadenciado, o espectro recuando de costas, Gregoriska com o braço estendido, e eu atrás.

A incursão fantástica durou uma hora. Era preciso reconduzir o morto a seu túmulo. Porém, em vez de tomarem o caminho de costume, Kostaki e Gregoriska haviam atravessado o terreno numa linha reta, pouco se preocupando com os obstáculos, que haviam deixado de existir. Sob seus pés o solo se aplainava, as torrentes secavam, as árvores recuavam, as rochas se abriam. O mesmo milagre operava-se comigo, com a diferença de que todo o céu parecia-me coberto por uma fumaça negra, a lua e as estrelas haviam desaparecido e eu continuava a ver brilhar na noite apenas os olhos de fogo do vampiro.

Chegamos assim a Hango e atravessamos a sebe de arbustos que protegia o cemitério. Tão logo entrei, discerni na penumbra o túmulo de Kostaki instalado ao lado do de seu pai. Eu ignorava sua localização, mas o reconheci.

Naquela noite eu sabia tudo.

À beira da sepultura aberta, Gregoriska se deteve.

— Kostaki — disse ele —, nem tudo terminou para você, e uma voz do céu me diz que será perdoado caso se arrependa. Promete voltar ao túmulo, promete não tornar a sair, promete, enfim, dedicar a Deus o culto que dedicou ao inferno?

— Não! — desafiou Kostaki.

— Arrepende-se? — perguntou Gregoriska.

— Não!

— Pela última vez, Kostaki!

— Não!

— Muito bem! Invoque Satanás em seu auxílio, eu invocarei Deus, e veremos a quem caberá a vitória!

Dois gritos ressoaram ao mesmo tempo. Os ferros cruzaram-se, produzindo faíscas, e o combate durou um minuto que me pareceu um século.

Kostaki caiu. Vi erguer-se a espada terrível, vi-a penetrar em seu corpo e cravá-lo na terra recém-revolvida.

Um grito supremo, que nada tinha de humano, atravessou os ares.

Acorri.

Gregoriska permanecera de pé, vacilante.

Arrojei-me e o escorei pelos braços.

— Está ferido? — perguntei, com ansiedade.

— Não — ele respondeu —, mas num duelo desse tipo, querida Hedwige, não é o ferimento que mata, é a luta. Lutei com a morte, à morte pertenço.

— Querido! Querido! — exclamei. — Afaste-se, deixe este lugar, a vida talvez lhe renasça.

— Não — ele disse —, eis o meu túmulo, Hedwige. Mas não percamos tempo. Pegue um pouco dessa terra impregnada do meu sangue e aplique-a sobre a mordida que ele lhe deu. É o único meio de protegê-la de seu horrível amor no futuro.

Obedeci, trêmula. Abaixei para recolher a terra ensanguentada e, ao me abaixar, vi o cadáver pregado no solo. A espada abençoada varava-lhe o cora-

"Um beijo! O último, o único, Hedwige! Estou morrendo."

ção e um sangue negro e abundante saía do ferimento, como se ele acabasse de morrer naquele instante.

Modelei um pouco de terra com sangue e apliquei o medonho talismã no ferimento.

— Agora, adorada Hedwige — disse Gregoriska, com uma voz enfraquecida —, ouça bem minhas últimas instruções: deixe o país assim que puder. A distância é sua única segurança. O padre Basílio recebeu hoje minhas vontades supremas e as fará cumprir. Hedwige! Um beijo! O último, o único, Hedwige! Estou morrendo.

E, dizendo tais palavras, Gregoriska tombou ao lado do irmão.

Em qualquer outra circunstância, junto àquela sepultura aberta, com aqueles dois cadáveres deitados lado a lado, eu teria enlouquecido, mas, já lhes disse, Deus infundira em mim uma força igual à dos acontecimentos dos quais me fazia não apenas testemunha, mas também protagonista.

No momento em que eu observava à minha volta, procurando algum socorro, vi a porta do claustro abrir-se e os monges, encabeçados pelo padre Basílio, avançarem dois a dois, carregando tochas acesas e cantando as preces dos mortos.

O padre Basílio acabava de chegar ao mosteiro. Previra o que havia acontecido e, à frente de toda a comunidade, dirigia-se ao cemitério.

Encontrou-me viva junto aos dois mortos.

Kostaki apresentava o rosto desfigurado por uma última convulsão.

Gregoriska, ao contrário, estava calmo e quase sorrindo.

Segundo suas recomendações, foi enterrado ao lado do irmão, o cristão protegendo o maldito.

Esmeranda, ao saber daquele novo infortúnio e do papel que nele eu representara, quis estar comigo. Veio encontrar-me no convento de Hango e soube de minha boca tudo que acontecera naquela noite terrível.

Narrei-lhe em todos os detalhes a fantástica história, mas ela escutou como Gregoriska me escutara, sem espanto, sem susto.

— Hedwige — respondeu ela, após um momento de silêncio —, por mais estranho que seja o que acaba de me contar, você disse apenas a verdade pura. A raça dos Brancovan foi amaldiçoada até a terceira e quarta gerações, e isso desde que um Brancovan matou um padre. Mas o fim da maldição chegou, pois, embora esposa, você é virgem, e comigo a linhagem se extingue. Se meu filho lhe deu um milhão, aceite-o. Quando eu morrer, afora os legados piedosos que pretendo fazer, você herdará o resto de minha fortuna. Agora siga o conselho de seu esposo e volte o mais rápido possível para aqueles países onde Deus não permite que esses terríveis prodígios aconteçam. Não preciso de ninguém para chorar meus filhos comigo. Minha dor exige solidão. Adeus, não pergunte por mim. Meu destino pertence apenas a mim e a Deus.

Beijando-me na testa como de costume, despediu-se e foi se enclausurar no castelo de Brancovan.

Uma semana depois, parti para a França. Como Gregoriska previra, minhas noites deixaram de ser frequentadas pelo terrível fantasma. Minha saúde também se restabeleceu e, do episódio, preservei apenas a palidez mortal que acompanha até o túmulo toda criatura humana que recebeu o beijo do vampiro.

A dama se calou, a meia-noite soou e eu quase ousaria dizer que o mais corajoso de nós estremeceu ao som do pêndulo.

Era hora de encerrar a reunião. Despedimo-nos do sr. Ledru. Um ano depois, esse excelente homem morreu.

É a primeira vez desde sua morte que me é dada a oportunidade de pagar tributo ao bom cidadão, ao cientista modesto e, sobretudo, ao homem de caráter. Apresso-me a fazê-lo.

Nunca mais voltei a Fontenay-aux-Roses.

Mas a lembrança dessa jornada deixou impressão tão profunda em minha vida, essas histórias estranhas, que se haviam acumulado numa única noite, escavaram um sulco tão profundo em minha memória, que, esperando despertar nos outros o interesse que eu mesmo sentira, recolhi nos diferentes países que venho percorrendo há dezoito anos, isto é, Suíça, Alemanha, Itália, Espanha, Sicília, Grécia e Inglaterra, todas as tradições do gênero que os relatos dos diferentes povos ressuscitaram no meu ouvido. Com elas compus esta coletânea, que entrego aos meus fiéis leitores sob o título: *1001 fantasmas.*

A MULHER DA GARGANTILHA DE VELUDO

1. *A família Hoffmann*

Dentre as incontáveis e deslumbrantes cidades que se alinham às margens do Reno, feito as contas de um rosário cujo cordão é o rio, devemos incluir Mannheim, segunda capital do grão-ducado de Baden; Mannheim, segunda residência do grão-duque.

Hoje, quando os barcos a vapor sobem e descem o Reno passando por Mannheim, quando uma ferrovia chega até lá, quando a cidade, em meio ao crepitar do tiroteio, com os cabelos desgrenhados e a túnica manchada de sangue, desfraldou o estandarte da rebelião[1] contra seu grão-duque, hoje não sei mais como é Mannheim. Na época em que começa esta história, porém, já se vão quase cinquenta e seis anos, vou lhes dizer como era.

Era a cidade alemã por excelência, sossegada e política ao mesmo tempo, um pouco triste, ou melhor, sonhadora: era a cidade dos romances de August Lafontaine e dos poemas de Goethe, de Henriette Bellmann e de Werther.[2]

Com efeito, bastava um relance em Mannheim para no mesmo instante — vendo suas casas honestamente enfileiradas, sua divisão em quatro bairros, suas ruas largas e bonitas onde a relva viceja, sua fonte mitológica, seu passeio sombreado por um duplo renque de acácias, que o atravessa ponta a ponta — julgar quão doce e fácil seria a

1. "o estandarte da rebelião": a propagação de fortes correntes liberais por toda a Alemanha, na primeira metade do séc.XIX, culminará, em 1848, num levante em Berlim (que fracassa) e distúrbios políticos por todo o país. Em Mannheim, é formada uma assembleia de democratas.

2. August Lafontaine (1758-1831): romancista alemão, prolífico autor de romances sentimentais, entre os quais *Henriette Bellmann*. Johann Wolfgang von Goethe (1749-1832): maior escritor alemão romântico, autor do *Fausto* e de *Os sofrimentos do jovem Werther*.

vida nesse paraíso, isto se, vez por outra, lá não surgissem paixões amorosas ou políticas que colocassem uma pistola na mão de Werther ou um punhal na de Sand.[3]

Uma praça destaca-se pelo caráter bastante peculiar. Nela estão situados tanto a igreja quanto o teatro.

Ambos devem ter sido construídos simultaneamente, decerto pelo mesmo arquiteto; decerto ainda em meados do outro século, quando os caprichos de uma favorita influenciavam a arte a ponto de toda uma vertente artística ganhar o seu nome, desde a igreja até a *garçonnière*, desde a estátua de bronze de seis metros até a miniatura de porcelana da Saxônia.

A igreja e o teatro de Mannheim pertencem, portanto, ao estilo Pompadour.

A igreja possui dois nichos externos: num deles está uma Minerva, no outro uma Hebe.[4]

A porta do teatro é encimada por duas esfinges, uma representando a Comédia, a outra, a Tragédia.

A primeira dessas esfinges tem uma máscara sob a pata, a segunda, um punhal. Ambas ostentam na cabeça um coque rígido e anguloso, o qual concorre maravilhosamente para seu aspecto egípcio.

Enfim, toda a praça, casas elegantes, árvores agitadas, muros festonados, possui o mesmo caráter e forma um conjunto agradabilíssimo.

Pois bem, é a um quarto situado no primeiro andar de uma dessas casas, a com janelas dando de viés para o portão da igreja dos Jesuítas, que vamos conduzir nossos leitores, não obstante advertindo-os de que os remoçamos mais de meio século e que nos encontramos no ano da graça, ou da desgraça, de 1793, e no domingo, dia 10 de maio. Tudo, devido à primavera, está desabrochando: as algas na margem do rio, as margaridas na campina, as pilriteiras nas cercas, a rosa nos jardins, o amor nos corações.

Acrescentemos ainda o seguinte: um dos corações batendo mais ardorosamente na cidade de Mannheim, e em seus arredores, era o do rapaz que morava nesse quartinho recém-mencionado, cujas janelas davam diagonalmente para o portão da igreja dos Jesuítas.

O quarto e o rapaz merecem descrições individuais.

3. "uma pistola na mão de Werther...": na novela epistolar *Os sofrimentos do jovem Werther* (1774), de Goethe, o herói, apaixonado pela noiva de seu melhor amigo, suicida-se com uma pistola. Quanto a Sand, em 1819, o estudante Karl Ludwig Sand (1795-1820) assassinou o político e dramaturgo August von Kotzebue (1761-1819), espião do czar e inimigo da onda liberalizante que varria a Alemanha. Preso, foi decapitado. Dumas, de passagem por Mannheim vinte anos depois, faz uma visita ao carrasco, que lhe conta em detalhe seus últimos momentos.

4. Minerva, ou Palas-Atena para os gregos, é a deusa romana da inteligência, e Hebe, ou Juventas para os romanos, a deusa grega da juventude.

O quarto era certamente o de uma pessoa inconstante e pitoresca ao mesmo tempo, combinando ateliê de pintura, loja de música e gabinete de estudo.

Havia uma paleta, pincéis e um cavalete e, sobre esse cavalete, um croqui iniciado.

Havia uma guitarra, uma viola d'amore e um cravo; sobre esse cravo, a partitura aberta de uma sonata.

Havia pena, tinta e papel e, sobre esse papel, um esboço de poema de amor.

Ao longo das paredes, arcos, flechas, balestras do século XV, gravuras do XVI, instrumentos musicais do XVII, baús de todas as épocas, copos de todas as formas, ânforas de todas as espécies, sem falar nos colares de contas de vidro, leques de plumas, lagartos empalhados, flores secas, todo um mundo, enfim, mas todo um mundo que não valia vinte e cinco táleres[5] de boa prata.

O morador desse quarto era pintor, músico ou poeta? Ignoramos.

Fumante ele era, com certeza, pois, em meio a todos aqueles apetrechos, a coleção mais completa, mais à vista, a que ocupava o lugar de honra e raiava como um sol acima de um velho sofá, ao alcance da mão, era uma coleção de cachimbos.

Porém, independentemente do que fosse, poeta, músico, pintor ou fumante, no momento ele não fumava, não pintava, não escrevia, não compunha.

Não; ele olhava.

Olhava, imóvel, de pé, recostado na parede, prendendo a respiração. Olhava pela janela aberta, depois de armar uma proteção com a cortina, para ver sem ser visto. Olhava como olhamos quando os olhos não passam da luneta do coração!

Mas o que ele tanto olhava?

Um lugar, por enquanto, completamente deserto: o portão da igreja dos Jesuítas.

Nada mais natural, estava deserto porque a igreja estava cheia.

Agora, que aspecto tinha o morador desse quarto, aquele que olhava por trás da cortina, cujo coração tanto palpitava ao olhar?

Era um rapaz de dezoito anos no máximo, estatura baixa, corpo magro, aspecto selvagem. Seus longos cabelos negros caíam-lhe sobre a fronte, tapando-lhe a visão quando ele não os afastava com a mão, e, através do véu de cabelos, seu olhar brilhava fixo e feroz, como o olhar de um homem cujas faculdades mentais não costumam manter-se em perfeito equilíbrio.

Esse rapaz não era nem poeta, nem pintor, nem músico: era uma mistura de tudo isso, era a pintura, a música e a poesia reunidas, um todo bizarro, ex-

5. Táler: moeda de prata alemã, existente desde 1518. Seu nome deu origem a "dólar".

travagante, bom e mau, corajoso e tímido, dinâmico e indolente. Resumindo, esse rapaz era Ernst Theodor Wilhelm Hoffmann.[6]

Nascera durante uma severa noite de inverno, em 1776, quando o vento batia, quando a neve caía, quando tudo que não era rico sofria. Viera ao mundo em Königsberg,[7] nos ermos da Velha Prússia. Nascido tão fraco, franzino e de compleição tão singela, a exiguidade de sua pessoa fizera com que todos julgassem muito mais urgente encomendar-lhe um túmulo do que comprar-lhe um berço. Isso aconteceu no mesmo ano em que Schiller,[8] ao escrever o drama dos *Salteadores*, assinava "Schiller, escravo de Klopstock".[9] Pertencia a uma daquelas velhas famílias burguesas, como tínhamos na França na época da Fronda, como ainda há na Alemanha, mas como logo não haverá mais em lugar algum. Sua mãe, embora de temperamento enfermiço, demonstrava uma profunda resignação, o que dava a sua pessoa doente um aspecto de adorável melancolia. Seu pai, de atitude e espírito severos, era advogado criminal e comissário de justiça junto ao Tribunal Superior Provincial. Em torno dessa mãe e desse pai, havia tios juízes, tios morgados, tios burgomestres, tias ainda jovens, ainda bonitas, ainda vaidosas. Tios e tias, todos eles músicos, artistas, repletos de seiva e alegria. Hoffmann afirmava tê-los conhecido, lembrava-se deles executando estranhos concertos à sua volta, criança de seis, oito e dez anos, nos quais tocavam velhos instrumentos cujos nomes hoje sequer lembramos: tímpanos, rabecas, cítaras, cistres, violas *d'amore*, violas da gamba. Bem verdade que ninguém mais, a não ser Hoffmann, chegara a ver esses tios e tias musicistas; e também que esses tios e tias, após apagarem, na saída, a luz que ardia sobre suas estantes de partituras, haviam se retirado sucessivamente como espectros.

6. Ernst Theodor Wilhelm Hoffmann (1776-1822): escritor, compositor e desenhista da escola romântica. Advogado por formação, serviu na administração prussiana de 1796 a 1806 e de 1814 até sua morte. Como desenhista e pintor, sua independência e sua propensão à sátira lhe causaram sérios aborrecimentos junto a seus superiores hierárquicos, os quais ele não hesitava caricaturar. Fanático por música, trocou seu terceiro prenome, "Wilhelm", por "Amadeus", em homenagem a Mozart, seu ídolo, investindo na carreira de crítico musical, depois na de compositor. Compôs diversas óperas, entre elas *Ondina*, bem como obras vocais e instrumentais. Hoffmann, porém, é conhecido sobretudo pela produção literária. Assinando-se "E.T.A. Hoffmann", escreveu inúmeros contos (*Märchen*), entre os quais "O homem da areia", e romances, tornando-se, nos anos 1820, uma das figuras ilustres do romantismo alemão e inspirando diversos artistas, na Europa e no resto do mundo.

7. Atual Kaliningrado, na Rússia.

8. Friedrich von Schiller (1759-1805): escritor e dramaturgo, expoente do romantismo alemão. Seu drama em versos *Os salteadores* é uma das obras emblemáticas do movimento literário Sturm und Drang (Tempestade e Ímpeto), precursor do romantismo. Em 1792, ganhou cidadania francesa pelos textos que escrevera contra os tiranos.

9. Friedrich Gottlieb Klopstock (1724-1803): poeta romântico alemão, autor de dramas épicos inspirados em mitos germânicos, em especial o de Arminius (Hermann), vencedor das legiões romanas.

Olhava como olhamos quando os olhos não passam da luneta do coração!

De todos esses tios, entretanto, restava um. De todas essas tias, entretanto, restava uma.

Essa tia era uma das lembranças preferidas de Hoffmann.

Na casa onde ele passara a juventude, morava uma irmã de sua mãe, moça de olhares meigos que penetravam no fundo da alma. Moça delicada, inteligente e elegante, a qual, no menino que todos tomavam por louco, maníaco e lunático, via um espírito eminente, o qual ela era a única a defender, além de sua mãe, é claro, vaticinando-lhe talento e glória, previsão que em mais de uma oportunidade fez brotarem lágrimas nos olhos da mãe de Hoffmann, mesmo ela sabendo o quanto a desgraça é companheira inseparável do talento e da glória.

Essa era a tia Sophie.

Musicista como toda a família, tocava alaúde. Quando Hoffmann acordava no berço, acordava inundado por uma vibrante harmonia. Quando abria os

Tios e tias, todos eles músicos, artistas, repletos de seiva e alegria.

olhos, via a forma graciosa da moça, casada com seu instrumento. Usava quase sempre um vestido verde-água, com laçarotes cor-de-rosa; era invariavelmente acompanhada por um velho músico de pernas tortas e peruca branca, que tocava um contrabaixo maior do que ele, ao qual ele se agarrava, subindo e descendo como lagartixa na coluna da lareira. Nessa torrente de harmonia, que caía como uma cachoeira de pérolas dos dedos da bela Euterpe,[10] Hoffmann sorvera o filtro mágico capaz de também transformá-lo em músico.

Sendo assim, natural que a tia Sophie fosse uma das lembranças preferidas de Hoffmann.

10. Uma das nove Musas gregas, justamente a da música.

Não se dava o mesmo com relação ao tio.

A morte do pai de Hoffmann e a doença de sua mãe fizeram-no cair nas mãos desse tio.

Era um homem tão rigoroso quanto o pobre Hoffmann era mal-ajambrado, tão organizado quanto o pobre Hoffmann era estranhamente distraído. Seu espírito de ordem e exatidão impusera-se ao sobrinho desde a infância, embora sempre tão inutilmente quanto o espírito do imperador Carlos V sobre seus pêndulos:[11] o tio enxugava gelo, as horas favoreciam a imaginação do sobrinho, jamais a sua.

No fundo, porém, e a despeito de sua severidade e método, esse tio de Hoffmann não era um inimigo encarniçado das artes e da imaginação. Chegava a tolerar a música, a poesia e a pintura, ressalvando que um homem sensato não deveria entregar-se a tais fraquezas senão depois do jantar, para não dificultar a digestão. Fora alicerçado nesse argumento que organizara a vida de Hoffmann: tantas horas para o sono, tantas horas para os estudos jurídicos, tantas horas para a refeição, tantos minutos para a música, tantos minutos para a pintura, tantos minutos para a poesia.

O desejo de Hoffmann era virar tudo aquilo de ponta-cabeça e dizer: tantos minutos para o direito, tantas horas para a poesia, a pintura e a música, mas Hoffmann não tinha esse poder. Daí resultara seu horror ao direito e ao tio e, um belo dia, sua fuga de Königsberg com um punhado de táleres no bolso, rumo a Heidelberg. Lá faria uma rápida escala, pois, considerando de segunda categoria a música apresentada no teatro, não quis ficar.

Consequentemente, de Heidelberg fora para Mannheim, cujo teatro, nas proximidades do qual ele se hospedara, como vimos, tinha fama de rivalizar com as cenas líricas da França e da Itália. Dizemos da França e da Itália porque não esquecemos que, apenas onze ou doze anos antes da época à qual nos referimos, acontecera, na Real Academia de Música, o grande embate entre Gluck e Piccinni.[12]

11. O imperador do Sacro Império Romano-Germânico Carlos V (1500-58) foi um aficcionado pela arte da relojoaria, tendo, inclusive, no fim da vida, se dedicado à fabricação de vários e sofisticados modelos.

12. O alemão Christoph von Gluck (1714-87) e o italiano Niccolò Piccinni (1728-1800) foram compositores de óperas do período clássico (1750-1820), protagonizando a "querela entre gluckistas e piccinnistas", que opôs os partidários da música alemã (ou francesa), para os quais a música subordinava-se ao texto e à dramaturgia, aos da música italiana, que defendiam a primazia da melodia. Em 1779, os dois rivais, que se admiravam reciprocamente, lançaram-se um desafio: cada um comporia uma *Ifigênia em Táurida* e o público escolheria a melhor. A ópera de Gluck, levada ao palco em 1779, foi ovacionada pelo público e desde logo considerada a vencedora, tanto mais que a de Piccinni, um fiasco, só veio a ser encenada dois anos depois.

Hoffmann achava-se então em Mannheim, onde se hospedava próximo ao teatro e vivia do produto de sua pintura, de sua música e de sua poesia, além de uns parcos fredericos de ouro[13] que sua mãe volta e meia lhe mandava entregar, no momento em que, arrogando-nos o privilégio do *Diabo coxo*,[14] acabamos de levantar o telhado de seu quarto e de mostrar o jovem rapaz a nossos leitores, de pé, recostado na parede, imóvel atrás de sua cortina, arfante, olhos cravados no portão da igreja dos Jesuítas.

13. Frederico: moeda de ouro, com a efígie do imperador Frederico II o Grande (1712-86), da Prússia, modelo do "déspota esclarecido".

14. *O diabo coxo*: alusão ao romance de Alain-René Lessage (1668-1747), na realidade uma imitação da obra homônima espanhola, de Luís Vélez de Guevara (1799-1644). Asmodeu, o diabo coxo, introduz o jovem Don Cleofas na intimidade das casas de Madri, cujos telhados ergue a fim de surpreender os segredos de seus habitantes.

2. Um apaixonado e um louco

No momento em que algumas pessoas deixavam a igreja dos Jesuítas, embora a celebração da missa ainda estivesse pela metade, e para elas estava voltada toda a atenção de Hoffmann, bateram na sua porta.

O rapaz balançou a cabeça e bateu o pé numa reação de impaciência, mas não respondeu.

Bateram novamente.

Um olhar iracundo foi fulminar o indiscreto através da porta.

Bateram uma terceira vez.

Dessa vez, o rapaz imobilizou-se por completo. Estava visivelmente decidido a não abrir.

Porém, em vez de se obstinar em bater, o visitante contentou-se em pronunciar um dos prenomes de Hoffmann:

— Theodor... — disse ele.

— Ah, é você, Zacharias Werner[15] — murmurou Hoffmann.

— Sim, sou eu. Faz questão de ficar sozinho?

— Não, espere.

E Hoffmann foi abrir.

Um rapaz alto e pálido, magro e louro, um pouco atordoado, entrou. Podia ter três ou quatro anos a mais que Hoffmann. Quando a porta se abriu, ele pôs a mão em seu ombro e os lábios em sua testa, como poderia ter feito um irmão mais velho.

15. Zacharias Werner (1768-1823), escritor romântico alemão, autor de dramas marcados pelo misticismo, como *Martinho Lutero* ou *A consagração da força* (1808), *Átila* (1808) e *O 24 de fevereiro* (1809). Talvez procurando expiar os pecados cometidos pelo personagem criado por Dumas, o verdadeiro Werner converteu-se ao catolicismo, em 1810, tornando-se pregador quatro anos mais tarde. As famílias Hoffmann e Werner eram vizinhas em Königsberg e Hoffmann (ver nota 6) teve como padrinho o pai de Zacharias.

Zacharias Werner.

Era, com efeito, um verdadeiro irmão para Hoffmann. Nascido na mesma casa que ele, Zacharias Werner, futuro autor de *Martinho Lutero*, *Átila*, *O 24 de fevereiro* e *Cruz do Báltico*, crescera sob a dupla proteção de sua mãe e da mãe de Hoffmann.

As duas mulheres, ambas acometidas por uma doença nervosa que terminou em loucura, haviam transmitido aos filhos a enfermidade, que, atenuada pela transmissão, traduzia-se numa imaginação fantástica em Hoffmann e numa tendência à melancolia em Zacharias. A mãe deste último, a exemplo da Virgem, julgava-se incumbida de uma missão divina. Seu filho, seu Zacharias, deveria ser o novo Cristo, o futuro Siloé[16] prometido pelas Escrituras. Enquanto ele dormia, ela lhe tecia coroas de miosótis, com as quais cingia sua fronte. Ajoelhava-se diante dele, cantando, com sua voz doce e harmoniosa, os mais belos cânticos de Lutero, esperando a cada versículo ver a coroa de miosótis transformar-se em auréola.

Os dois meninos foram criados juntos. Tinha sido principalmente porque Zacharias morava em Heidelberg, onde estudava, que Hoffmann fugira da casa de seu tio, e Zacharias, por sua vez, pagando-lhe amizade com amizade, fora encontrá-lo em Mannheim, quando este lá procurava uma música melhor do que a encontrada em Heidelberg.

Porém, uma vez reunidos, uma vez em Mannheim, longe da autoridade de mãe tão meiga, os dois rapazes haviam tomado gosto pelas viagens, esse complemento indispensável da educação do estudante alemão, e resolveram visitar Paris.

Werner, por causa do estranho espetáculo oferecido pela capital da França em meio ao período de terror que atravessava; Hoffmann, a fim de comparar a música francesa com a italiana e, sobretudo, para estudar os recursos do grande teatro da ópera francesa, no tocante à direção e aos cenários. Hoffmann cultivava, desde essa época, a ideia que alimentou a vida inteira: ser diretor de teatro.

Além disso, Werner, libertino por temperamento, apesar de religioso por criação, tinha grandes esperanças de usufruir, para deleite próprio, da peculiar liberdade de costumes a que se chegara em 1793, e da qual um de seus amigos, recém-chegado de uma viagem a Paris, fizera descrição tão sedutora que virara a cabeça do voluptuoso estudante.

Hoffmann pretendia visitar museus, a respeito dos quais ouvira maravilhas, e, ainda vacilante em seu estilo, comparar a pintura italiana à alemã.

Aliás, quaisquer que fossem os motivos secretos que impeliam os dois amigos, o desejo de visitar a França era igual em ambos.

Para realizarem tal desejo, só lhes faltava uma coisa: dinheiro.

Contudo, por uma singular coincidência, o acaso quisera que Zacharias e Hoffmann recebessem no mesmo dia cinco fredericos de ouro de suas mães.

Dez fredericos de ouro perfaziam quase duzentas libras. Era uma bela soma para dois estudantes que viviam hospedados, aquecidos e alimentados a cinco táleres por mês. Mas era uma quantia muito aquém da necessária para realizarem a famosa viagem planejada.

Ocorrera uma ideia aos dois rapazes, e, como a ideia ocorrera simultaneamente a ambos, tomaram-na por uma inspiração celestial: era ir jogar e arriscar cada um seus cinco fredericos de ouro.

16. Nome bíblico significando "Enviado".

Com aqueles dez fredericos, nenhuma viagem era possível. Arriscando-os, poderiam ganhar soma suficiente para uma volta ao mundo.

Dito e feito: a estação das águas se aproximava e desde 1º de maio as casas de jogo estavam abertas. Werner e Hoffmann entraram numa delas.

Werner foi o primeiro a tentar a sorte, perdendo, em cinco tentativas, seus cinco fredericos de ouro.

Chegara a vez de Hoffmann.

Tremendo, Hoffmann arriscou seu primeiro frederico de ouro e ganhou.

Animado com aquele início, dobrou a aposta. Hoffmann estava num dia de sorte, ganhando quatro rodadas em cinco, e, como era daqueles que depositavam toda a confiança no destino, em vez de hesitar foi em frente, dobrando suas apostas a cada jogada. Era como se um poder sobrenatural o assessorasse. Sem nada planejado, sem cálculo algum, apostava seu ouro numa carta e seu ouro duplicava, triplicava, quintuplicava. Zacharias, mais trêmulo que uma pessoa com febre, mais pálido que um espectro, murmurava: "Chega, Theodor, chega", mas o jogador zombava daquela timidez pueril. Ouro sucedia a ouro, que engendrava ouro. Soaram finalmente as duas horas da manhã, horário de fechamento do cassino, o jogo foi interrompido. Os dois rapazes pegaram sem contar seus pacotes de ouro. Zacharias, mal conseguindo acreditar que toda aquela fortuna lhe pertencia, foi o primeiro a sair; Hoffmann ia segui-lo, quando um velho oficial, que não o perdera de vista durante todo o tempo em que jogara, interpelou-o quando estava na porta.

— Moço — disse ele, pousando-lhe a mão no ombro e olhando-o fixamente —, se continuasse nesse ritmo, iria estourar a banca, concordo, mas, quando isso acontecer, o senhor não passará de um alvo ainda mais fácil para o diabo.

E, sem esperar pela resposta de Hoffmann, desapareceu. Hoffmann saiu, por sua vez, porém não era mais o mesmo. A profecia do velho soldado fora um banho de água fria, e aquele ouro, abarrotando seus bolsos, pesou-lhe. Sentia-se carregando um fardo de iniquidades.

Werner esperava-o, animadíssimo. Voltaram juntos para a casa de Hoffmann, um rindo, dançando e cantando; o outro, pensativo, quase triste. O que ria, dançava e cantava era Werner; o que se mostrava pensativo e quase triste era Hoffmann. Mesmo assim, resolveram partir na noite seguinte para a França. Despediram-se com um abraço.

Ficando a sós, Hoffmann contou seu ouro.

Tinha cinco mil táleres, isto é, vinte e três ou vinte e quatro mil francos.

Refletiu longamente e pareceu tomar uma decisão difícil.

Enquanto refletia, à luz da lamparina de cobre que iluminava o quarto, seu rosto estava pálido e sua testa, banhada de suor.

A cada rumor à sua volta, mesmo que impalpável qual o frêmito da asa de um besouro, Hoffmann estremecia, voltando-se e olhando com terror à sua volta.

"Moço", disse ele, pousando-lhe a mão no ombro e olhando-o fixamente.

A profecia do oficial voltava-lhe à mente, ele sussurrava versos do *Fausto* e parecia-lhe ver, no umbral da porta, o rato roedor e, no canto do quarto, o mastim negro.[17]

Terminou por se decidir.

Separou mil táleres, o que julgava dar e sobrar para a viagem, fez um embrulho com os outros quatro mil, colou com cera um cartão e nele escreveu:

17. No *Fausto*, de Goethe, Mefistófeles assume a forma de um cão preto, da raça mastim, para entrar no quarto de Fausto, e é um rato quem o ajuda a sair.

Ao sr. burgomestre de Königsberg, para ser distribuído entre as famílias mais pobres da cidade.

Em seguida, satisfeito com a vitória que acabava de obter sobre si mesmo, revigorado com o seu feito, despiu-se, deitou-se e dormiu de um estirão até as sete horas da manhã do dia seguinte.

Acordou às sete horas e seu primeiro olhar foi para seus mil táleres e os quatro mil táleres embrulhados. Pensou ter sonhado.

A visão do dinheiro certificou-o da realidade do que acontecera na véspera.

Mas o que era mais real, sobretudo para Hoffmann, embora ali não houvesse nada para lembrá-lo disso, era a profecia do velho oficial.

Assim, foi sem arrependimento algum que se vestiu como de costume e, sobraçando seus quatro mil táleres, foi levá-los pessoalmente até a diligência com destino a Königsberg, não, contudo, sem ter o cuidado de trancar os mil táleres restantes em sua gaveta.

Todos se lembram que os dois amigos haviam combinado de partir aquela mesma noite para a França. Hoffmann começou seus preparativos de viagem.

Enquanto ia e vinha, enquanto espanava um paletó, dobrava uma camisa, combinava dois lenços, Hoffmann voltou os olhos para a rua e estacou.

Uma moça de dezesseis, dezessete anos, encantadora, muito certamente forasteira na cidade de Mannheim, uma vez que Hoffmann não a conhecia, vinha da extremidade oposta da rua e caminhava em direção à igreja.

Em seus sonhos de poeta, pintor e músico, Hoffmann nunca vira nada igual.

Era algo que superava não apenas tudo que vira, como tudo que esperava ver.

E, contudo, da distância em que se achava, via apenas um conjunto deslumbrante. Os detalhes lhe escapavam.

A moça estava acompanhada de uma velha criada.

Ambas subiram lentamente os degraus da igreja dos Jesuítas e desapareceram sob o pórtico.

Hoffmann largou seu baú pela metade, um terno borra de vinho passado pela metade, seu redingote com brandemburgos dobrado pela metade e posicionou-se atrás da cortina.

Foi ali que o encontramos, aguardando a saída daquela a quem vira entrar.

Temia apenas uma coisa: que fosse um anjo e, em vez de usar a porta, saísse voando pela janela para subir novamente aos céus.

Foi nessa situação que o flagramos e que seu amigo Zacharias Werner veio flagrá-lo em seguida.

Como dissemos, o recém-chegado encostou ao mesmo tempo a mão no ombro e os lábios na testa do amigo.

Deu então um enorme suspiro.

Embora Zacharias Werner já fosse muito pálido por natureza, estava ainda mais pálido do que era.

— O que há com você? — perguntou Hoffmann, efetivamente preocupado.

— Ah, meu amigo! — exclamou Werner. — Sou um bandido! Um miserável! Mereço a morte... rache minha cabeça com um machado... trespasse meu coração com uma flecha... Não sou mais digno de ver a luz do céu.

— Não faça drama — retrucou Hoffmann, com o plácido alheamento do homem feliz —, o que pode ter acontecido de tão grave, caro amigo?

— Aconteceu... o que aconteceu, não é... está me perguntando o que aconteceu...? Pois bem, amigo, o diabo me tentou!

— O que está querendo dizer?

— Que quando vi todo o meu ouro essa manhã, havia tanto, que julguei ser um sonho.

— Como assim? Um sonho?

— Havia uma mesa cheia, toda coberta — continuou Werner. — Pois bem, meu amigo, quando vi aquilo, uma verdadeira fortuna, mil fredericos de ouro, quando de cada moeda vi irradiar-se um raio, fui tomado pela fúria, não consegui resistir, peguei um terço do meu ouro e fui jogar.

— E perdeu?

— Até o último *kreutzer*.[18]

— Que remédio... Um mal menor, visto restarem-lhe ainda dois terços.

— Ah, claro, os dois terços! Voltei para pegar mais um terço e...

— E perdeu-o como o primeiro?

— Em menos tempo, meu amigo, menos tempo.

— E voltou para pegar o último terço?

— Não voltei, voei. Peguei os mil e quinhentos táleres restantes e joguei tudo no vermelho.

— Deu preto, estou certo? — adivinhou Hoffmann.

— Ah, meu amigo, preto, o horrível preto, sem hesitação, sem remorso, como se não estivesse matando minha última esperança! Deu, meu amigo, deu preto.

— E só lamenta os mil fredericos por causa da viagem?

— Por mais nada. Ah, se pelo menos eu tivesse separado quinhentos táleres para ir a Paris!

— Isso o consolaria pela perda do restante?

— Num piscar de olhos.

18. Moeda de prata em uso no Império Austro-Húngaro entre 1754 e 1892, a sexagésima parte do florim.

— Então não seja por isso, querido Zacharias — disse Hoffmann, conduzindo-o até sua gaveta. — Pronto, aqui estão os quinhentos táleres, vá.

— Como, vá?! — exclamou Werner. — E você?

— Oh, não irei mais.

— Como, não irá mais?

— Exatamente, pelo menos não neste momento.

— Mas por quê? Por que razão? O que o impede de partir? O que o prende em Mannheim?

Hoffmann arrastou impetuosamente o amigo até a janela. Era a saída da igreja, a missa terminara.

— Veja, olhe, olhe — disse, apontando com o dedo e assim mostrando alguém a Werner.

Com efeito, a moça desconhecida surgia no pórtico, descendo lentamente os degraus da igreja, missal apertado contra o peito, cabeça baixa, modesta e pensativa como a Margarida de Goethe.[19]

— Está vendo — murmurava Hoffmann —, está vendo?

— Claro que estou vendo.

— E o que me diz?

— Digo que não existe mulher no mundo que valha sacrificar uma viagem a Paris, nem a bela Antônia, nem a filha do velho Gottlieb Murr,[20] o novo maestro do teatro de Mannheim.

— Então a conhece?

— Naturalmente.

— Seu pai também, suponho?

— Era regente no teatro de Frankfurt.

— E poderia me dar uma carta de apresentação?

— Que dúvida!

— Então sente-se aqui e escreva, Zacharias.

Zacharias sentou-se à mesa e escreveu.

De partida para a França, recomendava o jovem amigo Theodor Hoffmann a seu velho amigo Gottlieb Murr.

19. Heroína do *Fausto*, Margarida, moça simples e modesta, é seduzida e abandonada pelo personagem-título, com a ajuda de Mefistófeles. Devido a esse caso amoroso, perde a mãe, envenenada, e o irmão, morto em duelo pelo amante. Consumida pela culpa, afoga o filho nascido de sua união com Fausto. Ao final da história, é absolvida de seus pecados por "uma voz do alto".

20. Murr: nome tirado do último e inacabado romance de Hoffmann, *O gato Murr* (1820-21). Nele, descrito como um "bichano inteligente, culto, filósofo e poeta", o personagem-título conta sua vida, na realidade a do mestre de capela Johann Kreisler, personagem fictício que, neste e em outros dois romances do escritor — *Kreisleriana* (1814) e *Os sofrimentos musicais do mestre de capela Johann Kreisler* (1810) —, funciona como seu alter ego.

Hoffmann deu a Zacharias justo o tempo de terminar a carta, apor sua assinatura, para tomá-la de suas mãos e, beijando o amigo, arrojar-se para fora do quarto.

— Está bem — berrou pela última vez Zacharias Werner —, verá que não existe mulher, por mais bela que seja, capaz de fazê-lo esquecer Paris.

Hoffmann ouviu as palavras do amigo, mas sequer julgou conveniente responder-lhe, fosse com um sinal de aprovação ou de desaprovação.

Quanto a Zacharias Werner, ele meteu seus quinhentos táleres no bolso e, para não ser mais tentado pelo demônio do jogo, correu desabalado até o ponto final das diligências, enquanto Hoffmann fazia o mesmo até a casa do velho maestro.

Hoffmann bateu à porta de mestre Gottlieb Murr no preciso instante em que Zacharias Werner embarcava na diligência de Estrasburgo.

3. *Mestre Gottlieb Murr*

Foi o maestro em pessoa quem veio abrir para Hoffmann.

Hoffmann nunca vira mestre Gottlieb e, não obstante, o reconheceu.

Por mais bizarro que fosse, só podia ser um artista, e, mais que isso, um grande artista.

Era um velhote entre cinquenta e cinco e sessenta anos, com uma perna torta e, a despeito disso, não manquejando muito dessa perna, que parecia um saca-rolha. Quando andava, ou melhor, saltitava, e seu saltito lembrava bastante o de um passarinho, quando saltitava e ultrapassava as pessoas que introduzia em sua casa, ele parava, fazia um corrupio sobre sua perna torta, parecendo cravar um prego no chão, e seguia adiante.

Enquanto o seguia, Hoffmann examinava-o e gravava no espírito um dos retratos fantásticos e maravilhosos de que nos forneceu, em suas obras, tão completa galeria.

O rosto do velho expressava entusiasmo, ao mesmo tempo malicioso e inteligente, forrado por uma pele de pergaminho, mosqueada de vermelho e preto como uma partitura de cantochão. No centro dessa estranha figura brilhavam dois olhos penetrantes, cuja intensidade ficava ainda mais nítida quando os óculos que usava, e jamais tirava, nem dormindo, eram erguidos sobre a testa ou descidos até a ponta do nariz, o que ele fazia constantemente. Mas apenas quando tocava violino, levantando a cabeça e olhando ao longe, realmente fazia uso do pequeno apetrecho, que em sua casa parecia antes um objeto de luxo do que de necessidade.

Calvo, nunca se desfazia de uma touca preta, que se tornara parte integrante de sua pessoa. Fosse dia, fosse noite, mestre Gottlieb recebia suas visitas de touca. Só ao sair admitia cobri-la com uma

O rosto do velho expressava entusiasmo, ao mesmo tempo malicioso e inteligente...

pequena peruca *à la* Jean-Jacques,[21] o que fazia com que a touca se espremesse entre o crânio e a peruca. Escusado dizer que mestre Gottlieb nunca deu a mínima para o pedaço de veludo que aparecia sob seus cabelos falsos, os quais, combinando mais com a touca do que com a cabeça, acompanhavam-na em sua excursão aérea todas as vezes que mestre Gottlieb cumprimentava uma pessoa.

21. Referência ao filósofo e escritor genebrino Jean-Jacques Rousseau (1712-78), que, embora de peruca em seu retrato mais famoso, pintado por Quentin de Latour (1704-88), foi um dos primeiros a abandonar seu uso.

Hoffmann olhou ao redor e não viu ninguém.

Seguiu então mestre Gottlieb aonde mestre Gottlieb (que, como dissemos, caminhava à sua frente) houve por bem levá-lo.

O maestro Gottlieb deteve-se num amplo gabinete repleto de partituras empilhadas e pautas espalhadas. Sobre a mesa, dez ou doze caixas mais ou menos ornamentadas, todas com um formato diante do qual o músico não se engana, isto é, o de estojos de violino.

Naquele momento, mestre Gottlieb estava produzindo uma ópera para o teatro de Mannheim, arriscando-se a usar como libreto *Il matrimonio segreto*, de Cimarosa.[22]

Um arco, um sabre de madeira, atravessava o seu cinto, ou melhor, achava-se preso numa algibeira abotoada de sua calça. Uma pena apontava insolentemente atrás de sua orelha, e seus dedos estavam todos manchados de tinta.

Com esses dedos, ele pegou a carta que Hoffmann lhe apresentava e, dando uma espiada para ver o remetente, reconhecendo a letra, divagou:

— Ah, Zacharias Werner, poeta, poeta sim, mas jogador.

Depois, como se a qualidade corrigisse um pouco o defeito, acrescentou:

— Jogador, jogador sim, mas poeta.

Em seguida, abrindo a carta, perguntou:

— Ele viajou, não viajou?

— Está de partida neste momento, senhor.

— Deus o ilumine — suspirou Gottlieb, erguendo os olhos para o céu, como se para recomendar o amigo ao Todo-Poderoso. — Mas ele fez bem em partir. As viagens formam a mocidade. Se eu não tivesse viajado, não teria conhecido o imortal Paisiello,[23] o divino Cimarosa...

— Ora — atalhou Hoffmann —, nem por isso conheceria menos suas obras, mestre Gottlieb.

— Sim, as obras certamente. Mas o que é conhecer a obra sem o artista? É conhecer a alma sem o corpo. A obra é o espectro, a aparição, é o que resta de nós após a morte. Mas, note bem, o corpo é o que viveu. Você jamais compreenderá inteiramente a obra de um homem se não conhecer o próprio homem.

Com a cabeça, Hoffmann assentiu.

— É verdade — concordou —, tanto que só vim a gostar de Mozart depois de conhecer o próprio Mozart.[24]

22. Domenico Cimarosa (1749-1801), compositor italiano de várias óperas-bufas, entre elas *Il matrimonio segreto* (O casamento secreto), que data de 1792.

23. Giovanni Paisiello (1740-1816): compositor italiano, grande rival de Cimarosa, autor de óperas-bufas como *O barbeiro de Sevilha* (1782) e *La Molinara* (1786).

24. É duvidoso que Hoffmann tenha estado com Wolfgang Amadeus Mozart (1756-91), falecido quando Hoffmann tinha quinze anos. Os libretos de ópera citados por Murr são da autoria de Lorenzo Da Ponte (1749-1838).

— Sim, sim — exclamou Gottlieb —, Mozart tem coisas boas, mas por que tem coisas boas? Porque viajou à Itália. A música alemã, rapaz, é a música dos homens, mas a música italiana, guarde bem isto, é a música dos deuses.

— Contudo — rebateu Hoffmann, sorrindo —, não foi na Itália que Mozart fez *As bodas de Fígaro* e *Don Giovanni*, já que uma foi feita em Viena para o imperador e a outra em Praga para o Teatro Italiano.

— É verdade, rapaz, é verdade, e me agrada ver o espírito nacional sair em defesa de Mozart. Não resta dúvida, se o pobre-diabo tivesse tido tempo para mais uma ou duas viagens à Itália, ele seria um mestre, um grande mestre. Mas esse *Don Giovanni* e essas *Bodas de Fígaro* que você menciona, foram compostas a partir do quê? A partir de libretos italianos, versos italianos, à luz do sol de Bolonha, Roma ou Nápoles. Creia-me, rapaz, esse sol, é preciso tê-lo visto e sentido para apreciá-lo em seu justo valor. Eu, por exemplo, faz quatro anos que não vou à Itália; pois faz quatro anos que tirito de frio, exceto quando penso na Itália. Só o pensamento da Itália me aquece. Não preciso de sobretudo quando penso na Itália, não preciso de paletó, nem de touca preciso. A lembrança me ressuscita: ó música de Bolonha, ó sol de Nápoles!

E o semblante do velhinho exprimiu, por um momento, uma beatitude suprema, e todo o seu corpo pareceu estremecer num gozo infinito, como se as torrentes do sol meridional, ainda irrigando sua cabeça, corressem de sua fronte calva para os seus ombros e de seus ombros para toda a sua pessoa.

Hoffmann, naturalmente, evitou arrancá-lo daquele êxtase, aproveitando para observar à sua volta, ainda esperançoso de ver Antônia. Mas as portas estavam fechadas e, atrás delas, não se ouvia nenhum barulho que indicasse a presença de um ser vivo.

Foi obrigado então a voltar-se para mestre Gottlieb, cujo êxtase aplacava-se gradualmente e que terminou por sair dele com uma espécie de sacudidela.

— Brrrrr! Você dizia, meu rapaz...? — interpelou-o.

Hoffmann sentiu um calafrio.

— Eu dizia, mestre Gottlieb, que venho da parte de meu amigo Zacharias Werner, que me falou de sua bondade para com os jovens, e como sou músico...

— Ah, é músico?

E Gottlieb reergueu-se, levantou a cabeça, jogou-a para trás e, através de seus óculos, momentaneamente pousados nos últimos confins do nariz, olhou para Hoffmann.

— Sim, sim — acrescentou —, cabeça de músico, testa de músico, olho de músico... E faz o quê? É compositor ou instrumentista?

— Ambos, mestre Gottlieb.

— Ambos! — repetiu mestre Gottlieb. — Ambos! Esses moços não têm juízo. Seria preciso a vida inteira de um homem, de dois homens, de três homens, para alguém ser um ou outro, e eles são um e outro.

E executou o seu corrupio, levantando os braços para o céu e parecendo estar furando o assoalho com o saca-rolha de sua perna direita.

Terminada a pirueta e parando diante de Hoffmann, inquiriu-o:

— Vejamos, jovem presunçoso, o que realizou em matéria de composição?

— Ora, sonatas, cânticos sagrados, quintetos.[25]

— Sonatas depois de Sebastian Bach! Cânticos sagrados depois de Pergolese! Quintetos depois de Joseph Haydn![26] Ah, mocidade, mocidade!

Com um sentimento de profunda piedade, prosseguiu:

— E como instrumentista, como instrumentista? Qual é o seu instrumento?

— Praticamente todos, desde a rabeca até o cravo, desde a viola *d'amore* até a tiorba,[27] mas o instrumento a que mais venho me dedicando é o violino.

— Quer dizer — zombou mestre Gottlieb — que você resolveu prestar essa homenagem ao violino? Nossa, que sorte a do pobre violino! Por acaso — acrescentou, indo na direção de Hoffmann, saltitando sobre uma única perna para chegar mais rápido — sabe o que é o violino, infeliz? O violino! — e mestre Gottlieb equilibrou o corpo sobre aquela perna única de que falamos, a outra permanecendo suspensa como a de uma ave pernalta —, o violino! Ora, é o instrumento mais difícil de todos, o violino foi inventado pelo próprio Satã para levar o homem à danação, e isso quando ele já havia esgotado sua reserva de invenções. Com o violino, veja, Satã desencaminhou mais almas do que com os sete pecados capitais juntos. Basta ver o imortal Tartini,[28] Tartini, meu mestre, meu herói, meu deus, basta vê-lo, o único a atingir a perfeição no violino. Mas só ele sabe o que lhe custou neste mundo, e no outro, haver tocado uma noite inteira com o violino do próprio diabo e lhe surripiado o arco. Oh, violino! Sabe, infeliz profana-

25. De fato, Hoffmann compôs pelo menos oito sonatas, um quinteto, coros, duas missas e um *miserere*.

26. Johann Sebastian Bach (1685-1750): compositor alemão, deixou mais de mil peças em todos os gêneros musicais (exceto a ópera); é considerado não só o mestre do barroco, como um dos maiores compositores de todos os tempos. Giovanni Battista Pergolese (1710-36): compositor italiano, autor da ópera-bufa *La serva padrona* (1733) e do famoso *Stabat mater* (ver nota 53), terminado logo antes de sua morte. Franz Joseph Haydn (1732-1809): compositor austríaco que, além de compor inúmeras peças de câmara e música sacra, estabeleceu a forma definitiva da sinfonia.

27. Tiorba: espécie de alaúde com dois braços, suplantado progressivamente pela guitarra ao longo do séc.XVII.

28. Giuseppe Tartini (1692-1770), violinista virtuose e compositor italiano, autor da sonata em sol menor *Il trillo del diavolo* (O trilo do diabo).

dor, que sob sua simplicidade quase miserável esse instrumento esconde os mais inesgotáveis tesouros de harmonia que o homem pode beber na taça dos deuses? Estudou essa madeira, essas cordas, esse arco, essa crina, sobretudo a crina? Porventura espera reunir, combinar, domar sob seus dedos esse conjunto maravilhoso, que há dois séculos resiste às investidas dos mais sagazes, que se queixa, que geme, que se lamenta sob seus dedos e que jamais cantou senão sob os dedos do imortal Tartini, meu mestre? Quando empunhou um violino pela primeira vez, pensou no que fazia, rapaz? Mas você não é o primeiro — acrescentou Gottlieb, com um suspiro arrancado do fundo das entranhas —, nem será o último que o violino terá consumido, violino, eterno tentador! Outros além de você julgaram-se predestinados e desperdiçaram suas vidas maltratando suas cordas, você só irá aumentar o número de infelizes, já tão numerosos, tão inúteis à sociedade, tão insuportáveis para seus semelhantes.

Então, de repente e sem transição, agarrando um violino e um arco como um mestre de esgrima agarra dois floretes, apresentando-os a Hoffmann, exclamando com ares de desafio:

— Pois muito bem, toque alguma coisa! Vamos, toque e lhe direi em que pé está e, se ainda houver tempo de puxá-lo do precipício, assim farei, como fiz com o desventurado Zacharias Werner. Ele também tocava violino, tocava com furor, com raiva. Sonhava milagres, mas chamei-o à razão. Ele espatifou o violino e tocou fogo. Aninhei então um contrabaixo em suas mãos e consegui acalmá-lo. Ali havia espaço para seus dedos compridos e magros. No começo, ele suou, mas agora, agora toca suficientemente bem para adular o tio, ao passo que, se houvesse insistido com o violino, estaria adulando o diabo. Vamos, vamos, rapaz, eis um violino, mostre o que sabe.

Hoffmann pegou o violino e o examinou.

— Sim, sim — disse mestre Gottlieb —, está se perguntando por sua procedência, como o gourmet cheira o vinho a ser bebido. Belisque uma corda, uma só, e, se o ouvido não lhe soprar o nome de quem fez o violino, você não é digno de tocá-lo.

Hoffmann puxou uma corda, a qual devolveu um som vibrante, prolongado, fremente.

— É um Antonio Stradivarius[29] — afirmou.

— Nada mal, mas de que época da vida de Stradivarius? Vamos parar para pensar, ele fez muitos violinos entre 1698 e 1728.

29. Antonio Stradivari, vulgo Stradivarius (1644-1737): célebre *luthier* italiano de Cremona, cujos violinos ainda são considerados os melhores de todos os tempos. Aprendeu o ofício com Nicolò Amati (1596-1684) e fabricou seu primeiro violino em 1666. Entre 1680 e 1690, sua produção divergiu do estilo do mestre e sua fama espalhou-se para além de Cremona. Por volta de 1715, seus instrumentos atingiram o auge da perfeição, tanto no aspecto visual (seu verniz ganhou a famosa coloração marrom-alaranjada) quanto no sonoro.

"Vamos, vamos, rapaz, eis um violino, mostre o que sabe."

— Ah, quanto a isso — admitiu Hoffmann —, confesso minha ignorância e me parece impossível…

— Impossível, herege, impossível!? É como se me declarasse, infeliz, ser impossível conhecer a idade do vinho ao prová-lo. Preste atenção: tão verdade quanto hoje é dia 10 de maio de 1793, este violino foi fabricado durante a viagem que o imortal Antonio fez de Cremona a Mântua em 1705, deixando a oficina nas mãos de seu primeiro aluno. Portanto, como pode ver, este Stradivarius, sinto-me bem à vontade para afirmar, é simplesmente de terceira categoria. Muito receio, porém, que ainda seja bom demais para um criançola como você. Ande, toque!

Hoffmann apoiou o violino no ombro e, não sem um aperto no coração, executou algumas variações sobre o tema de *Don Giovanni*.

La ci darem' la mano.[30]

Mestre Gottlieb manteve-se de pé, diante de Hoffmann, marcando o andamento simultaneamente com a cabeça e com a ponta do pé de sua perna torta. À medida que Hoffmann tocava, seu rosto ganhava vida, seus olhos brilhavam, seu maxilar superior comprimia o lábio inferior, e, de ambos os lados do beiço achatado, saíam dois dentes, que na posição normal ele estava destinado a esconder mas que, no momento, apontavam como duas presas de javali. Por fim, um *allegro*,[31] no qual Hoffmann saiu-se muito bem, fez com que mestre Gottlieb mexesse ligeiramente a cabeça, quase sugerindo um sinal de aprovação.

Hoffmann concluiu com um *démanché*[32] que julgava dos mais brilhantes, mas que, longe de satisfazer o velho músico, suscitou-lhe uma careta medonha.

Em todo caso, sua fisionomia foi resserenando e, batendo no ombro do rapaz, ele concedeu:

— Pensando bem, é menos ruim do que eu esperava. Quando esquecer tudo o que aprendeu, quando não der mais esses pulinhos na moda, quando refrear esses arroubos saltitantes e esses *démanchés* estridentes, faremos alguma coisa de você.

Esse elogio, vindo de homem tão difícil como o velho músico, deixou Hoffmann radiante. E ele não esquecia, por afogado que estivesse no oceano musical, que mestre Gottlieb era o pai da bela Antônia.

Então, agarrando no ar as palavras que acabavam de brotar da boca do velho:

— E quem se encarregará de fazer alguma coisa de mim? — perguntou — É o senhor, mestre Gottlieb?

— Por que não, rapaz, por que não, caso se disponha a escutar o velho Murr?

— É o que farei, mestre, e o quanto quiser.

— Oh — murmurou o velhinho com certa melancolia, pois seu olhar se projetava no passado, pois sua memória retrocedia a outros tempos —, o que conheci de virtuoses! Conheci Corelli,[33] por tradição, é verdade. Foi ele quem inaugurou a estrada, quem abriu o caminho. Ou se toca à maneira de Tartini

30. Em italiano, "lá, eu te darei a mão", famoso dueto do primeiro ato de *Don Giovanni*, de Mozart, ópera que estreou em 1787.

31. Termo italiano que designa trecho ou movimento musical impetuoso e animado.

32. Em francês,"deslocado", termo que designa o deslocamento da mão esquerda em direção aos agudos, nos instrumentos das famílias do violino e do alaúde.

33. Archangelo Corelli (1653-1713), compositor italiano, fundador da escola clássica de violino e primeiro a alcançar fama exclusivamente com a música instrumental.

ou melhor desistir. Ele foi o primeiro a vislumbrar que o violino era, se não um deus, pelo menos o templo de onde um deus podia sair. Depois dele, vem Pugnani,[34] violino aceitável, inteligente, mas frouxo, muito frouxo, sobretudo em alguns *appogiamenti*.[35] Depois, Geminiani,[36] este, vigoroso, mas vigoroso aos arrancos, sem transições. Fui a Paris expressamente para vê-lo, assim como você quer ir a Paris para ver o teatro da Ópera. Um maníaco, meu amigo, um sonâmbulo, minha criança, um homem que gesticulava sonhando, especialista no *tempo rubato*,[37] fatal *tempo rubato*, que mata mais instrumentistas que a varíola, que a febre amarela, que a peste. Então eu tocava para ele minhas sonatas no estilo do imortal Tartini, meu mestre, e foi quando ele admitiu seu erro. Infelizmente, o aluno estava enfiado até o pescoço no método. Ele tinha setenta e um anos, a pobre criança! Quarenta anos antes, eu o teria salvado, como fiz com Giardini.[38] Este, eu peguei a tempo, mas, infelizmente, ele era incorrigível. O diabo em pessoa se apossara de sua mão esquerda e então ele ia, ia, ia num ritmo tão veloz que sua mão direita não conseguia acompanhá-lo. Eram extravagâncias, pulinhos, *démanchés* de dar epilepsia num holandês. Por exemplo, num dia em que na presença de Jommelli[39] ele assassinava um trecho magnífico, o bom Jommelli, que era o homem mais valente do mundo, desfechou-lhe uma bofetada tão rude que Giardini ficou um mês com a bochecha inflamada e Jommelli, três semanas com uma luxação no pulso. É, como Lulli, um louco, um verdadeiro louco, um dançarino de corda bamba, um acrobata intrépido, um equilibrista sem vara, cujas mãos deveriam manejar não um arco, mas uma vara. Ai de mim — exclamou tristemente o velhinho —, digo sem nenhuma esperança: com Nardini e comigo extingue-se a refinada arte de tocar violino, arte que Orfeu, o mestre de todos, praticava para atrair animais, mover pedras e construir cidades. Ao invés de construir como o celestial violino, nós demolimos como as trombetas malditas. Se um dia os franceses entrarem na Alemanha e quiserem derrubar as muralhas de Philipsburg que tantas vezes

34. Gaetano Pugnani (1731-98), compositor italiano e um dos mais requisitados violinistas do séc.XVIII, foi professor de Viotti (ver nota 40).

35. Em italiano, "sustentação", ornamento melódico que consiste na produção de notas acen tuadas, antes ou depois de outras mais fracas.

36. Francesco Geminiani (1687-1762): violinista, compositor e teórico italiano. Estudou em Roma com Corelli (ver nota 33) e Domenico Scarlatti (1685-1757), e, em 1711, radicou-se em Londres, onde fez brilhante carreira como virtuose do violino.

37. Expressão italiana que significa "compasso roubado". Diz-se do andamento ampliado além do matematicamente disponível, logo, retardado ou estendido.

38. Felice de Giardini (1716-96), violinista e compositor italiano, passou grande parte da vida em Londres, onde foi primeiro violino de orquestra.

39. Nicolò Jommelli (1714-74), compositor italiano, autor de cerca de cem obras cênicas, entre óperas e operetas.

assediaram, bastarão quatro violinistas conhecidos meus, mandados para executar, diante dessas portas, um simples concerto.

O velho tomou fôlego e acrescentou num tom mais suave:

— Sei muito bem que há Viotti,[40] um aluno meu, menino cheio de boas intenções, mas impaciente, desavergonhado, sem método. Quanto a Giarnowicki, trata-se de um presunçoso, de um ignorante, e a primeira coisa que determinei à minha velha Lisbeth, se algum dia ouvisse aquele nome pronunciado à minha porta, foi que a fechasse sem hesitar. Há trinta anos Lisbeth está comigo! Pois bem, preste atenção, rapaz, eu expulso Lisbeth se ela permitir que Giarnowicki entre aqui em casa. Um sármata, um *welche*,[41] que se atreveu a falar mal do mestre dos mestres, do imortal Tartini. Oh, àquele que me trouxer a cabeça de Giarnowicki prometo as aulas e conselhos que quiser. Quanto a você, garoto — continuou o velho, voltando a Hoffmann —, você não é forte, é verdade, mas Rode e Kreutzer,[42] meus alunos, não o superavam nesse quesito. Quanto a você, eu dizia, ao vir procurar mestre Gottlieb, ao se dirigir a mestre Gottlieb, ao se fazer recomendar a ele por um homem que o conhece e aprecia, pelo desatinado Zacharias Werner, você prova que nesse peito bate um coração de artista. Portanto, rapaz, veja que agora não é mais um Antonio Stradivarius que desejo colocar em suas mãos, não, tampouco é um Granuelo,[43] esse velho mestre que o imortal Tartini estimava tanto que não admitia outro em suas mãos. Não, é num Antonio Amati,[44] é no antepassado, é no ancestral, é no primeiro caule de todos os violinos já fabricados, é no instrumento que será o dote de minha filha Antônia que desejo ouvi-lo, é no arco de Ulisses, veja, e quem for capaz de retesar o arco de Ulisses será digno de Penélope.[45]

40. Giovanni Battista Viotti (1755-1824): violinista e compositor italiano radicado na França que, num desafio musical em 1792, enfrentou seu colega francês, de origem croata, Giovanni Giarnowicki, ou Giorvanichi (1745-1804), que o suplantou.

41. "Um sármata, um *welche*": tratamento pejorativo dado pelos alemães aos estrangeiros. Os sármatas eram um povo nômade que percorria a vastidão das estepes eslavas, da Ucrânia à república do Altai, passando pelo Cazaquistão. A expressão interrogativa alemã "welche" significa qual, quem, qualquer.

42. Pierre Rode (1774-1830), violinista e compositor francês, assim como Rodolphe Kreutzer (1766-1831), a quem Beethoven dedicou uma célebre sonata para piano e violino.

43. Granuelo, *luthier* desconhecido, citado por Hoffmann em seu conto "O barão de B.".

44. Antonio Amati (c.1540-?), da célebre família de *luthiers* de Cremona, Itália, aperfeiçoou o design do violino com o irmão, Girolamo (1561-1630).

45. Alusão ao canto 21 da *Odisseia*, poema épico de Homero (sécs.X-IX a.C.). Penélope, esposa de Ulisses (Odisseu, em grego), assediada por uma chusma de pretendentes enquanto o marido lutava em Troia, propõe-lhes um desafio: aquele que retesar o arco de Ulisses a terá como esposa. Todos fracassam. Ulisses, porém, disfarçado de mendigo, apodera-se do arco, estica sua corda e, junto com o filho Telêmaco, liquida os interesseiros candidatos a noivo.

E então o velho abriu o estojo de veludo decorado em ouro e dele retirou um violino que fazia parecer nunca haverem existido violinos e que Hoffmann só se lembrava de ter visto, se é que viu, nos concertos fantásticos de seus tios e tias.

Curvando-se diante do venerável instrumento e mostrando-o a Hoffmann, disse-lhe:

— Tome e trate de merecê-lo.

Hoffmann inclinou-se, pegou o instrumento com respeito e esboçou um velho estudo de Bach.

— Bach, Bach — murmurou Gottlieb. — No órgão, vá lá, mas de violino ele não entendia nada. Não importa.

Ao primeiro som que extraíra do instrumento, Hoffmann estremecera, pois, eminente músico, compreendia o tesouro de harmonia que acabavam de colocar em suas mãos.

O arco, semelhante a uma cimitarra de tão curvo, permitia ao instrumentista atacar as quatro cordas ao mesmo tempo, e a última corda alcançava tonalidades celestiais, tão maravilhosas que jamais Hoffmann pudera sonhar que a mão humana produzisse som tão divino.

Enquanto isso, o velho não lhe saía do lado. Com a cabeça jogada para trás e os olhos piscando, incentivava-o:

— Nada mal, rapaz, nada mal. A direita, a direita, a mão esquerda é apenas o movimento, a direita é a alma. Vamos, alma, alma, alma!

Hoffmann percebia claramente que o velho Gottlieb estava com a razão e que, como dissera no primeiro teste, ele teria de desaprender tudo que sabia. Fazendo então uma transição imperceptível, mas consistente e crescente, passou do pianíssimo ao fortíssimo, da carícia à ameaça, do trovão ao raio, e perdeu-se numa torrente de harmonia que ele erguia como uma nuvem e deixava cair novamente em cachoeiras murmurantes, em pérolas líquidas, em poeira úmida. Achava-se sob a influência de uma situação inédita, de um estado limítrofe do êxtase, quando subitamente sua mão esquerda descansou sobre as cordas, o arco morreu em sua mão, o violino deslizou de seu peito e seus olhos quedaram-se fixos e ardentes.

A porta acabava de se abrir e, no espelho diante do qual se apresentava, Hoffmann vira aparecer, qual uma sombra evocada por uma harmonia celestial, a bela Antônia, boquiaberta, peito opresso, olho úmido.

Hoffmann deixou escapar um grito de prazer, não restando a mestre Gottlieb outra saída senão salvar o venerável Antonio Amati, que ia caindo das mãos do jovem instrumentista.

4. *Antônia*

Antônia pareceu mil vezes mais bonita a Hoffmann quando abriu a porta e atravessou o umbral do que quando descera os degraus da igreja.

No espelho que acabava de refletir a imagem da moça, a apenas dois passos dele, Hoffmann pudera captar num relance todas as belezas que lhe haviam escapado a distância.

Antônia tinha apenas dezessete anos. Era de estatura média, mais para alta, porém tão esguia sem magreza, e flexível sem fraqueza, que todas as comparações de lírios balançando-se em ramagens ou palmas vergando ao vento teriam sido insuficientes para descrever aquela *morbidezza* italiana, única palavra da língua a exprimir razoavelmente a ideia de suave languidez sugerida por seu aspecto. Sua mãe, como Julieta,[46] era uma das mais belas flores da primavera de Verona, e viam-se em Antônia, não diluídas mas em contraste, fazendo o encanto da moça, os trunfos das duas raças que disputam os louros da beleza. A delicadeza da pele das mulheres do Norte convivia com a pele fosca das mulheres do Sul; seus cabelos louros, volumosos e leves ao mesmo tempo, flutuando à menor brisa qual um vapor dourado, deixavam na sombra olhos e sobrancelhas de veludo negro. E, fato ainda mais inusitado, era sobretudo em sua voz que a mistura harmoniosa das duas línguas tornava-se perceptível. Desse modo, quando Antônia falava alemão, a suavidade da formosa língua em que, nas palavras de Dante, ressoa o *sim*, vinha amenizar a aspereza do sotaque germânico.[47] Ao

46. Personagem da clássica tragédia *Romeu e Julieta*, de William Shakespeare (1564-1616), ambientada na cidade de Verona, na Itália.

47. Alusão à obra *De vulgari eloquentia*, do italiano Dante Alighieri (1265-1321), tratado de retórica poética no qual ele busca fixar as normas para o uso da língua vulgar, consagrando dessa forma seu valor e legitimidade como expressão artística.

Antônia pareceu mil vezes mais bonita a Hoffmann.

contrário, quando falava italiano, a língua um tanto frouxa de Metastásio e Goldoni[48] adquiria a firmeza proporcionada pela poderosa dicção da língua de Schiller e Goethe.

Mas não apenas no aspecto físico podia-se notar esse amálgama. No aspecto moral, Antônia dava um exemplo maravilhoso e raro daquilo que poesias antagônicas, o sol da Itália e as brumas da Alemanha, são capazes de

48. Pietro Trapassi, vulgo Metastásio (1698-1782): poeta, dramaturgo e libretista de ópera italiano, responsável, por exemplo, por *La clemenza di Tito*, de Mozart. Carlo Goldoni (1707-93): dramaturgo, fez o teatro italiano evoluir da farsa para a comédia de costumes.

reunir. Era ao mesmo tempo uma musa e uma fada, a Lorelei da balada e a Beatrice da *Divina comédia*.[49]

É que Antônia, artista por excelência, era filha de uma grande artista. Sua mãe, acostumada à musica italiana, vira-se um dia arrebatada pela música alemã. A partitura da *Alceste* de Gluck[50] caíra-lhe nas mãos e ela pedira ao marido, mestre Gottlieb, que lhe mandasse traduzir o poema em italiano; traduzido o poema em italiano, fora cantá-lo em Viena. Mas superestimara suas forças, ou melhor, a admirável cantora não conhecia os limites da própria sensibilidade. Na terceira récita da ópera, que fizera o maior sucesso, na admirável ária de Alceste:

Divindades do Estige,[51] ministros da morte,
Não invocarei sua piedade cruel.
Poupo a um terno esposo sua funesta sorte,
Mas entrego-lhe uma esposa fiel.

Quando alcançou o *ré* e tomou fôlego, empalideceu, vacilou, desmaiou: um vaso rompera-se naquele peito tão generoso. O sacrifício aos deuses infernais consumara-se na realidade: a mãe de Antônia morrera.

O pobre mestre Gottlieb, regendo a orquestra de sua poltrona, viu vacilar, empalidecer, tombar aquela a quem amava acima de todas as coisas. Mais que isso, ao ouvir romper-se em seu peito a fibra na qual a vida estava presa, lançou um grito que se misturou ao último suspiro da virtuose.

Daí talvez o ódio que mestre Gottlieb votava aos mestres alemães; o cavaleiro Gluck,[52] muito inocentemente, matara sua Teresa, o que não era motivo para odiá-lo menos. Mortalmente abatido por aquela dor profunda, só pudera aplacá-la à medida que retransmitira a Antônia, enquanto a menina crescia, todo o amor que dedicara à mãe.

49. Lorelei: criatura fantástica do rio Reno, sereia que enfeitiçava os marinheiros e causava sua perdição. Foi um tema bastante explorado durante o romantismo alemão, cantado sobretudo pelos poetas Clemens Brentano (1778-1842), em *Godwi ou A estátua da mãe*, e Heinrich Heine (1797-1856). Beatrice: Na *Divina comédia*, poema narrativo de Dante Alighieri (ver nota 47), Beatrice guia o autor através das nove esferas do Paraíso. Beatrice Portinari, que existiu na vida real e foi a musa de Dante, também foi cantada em sua coletânea de poemas *Vita nuova*.

50. Alceste, personagem-título de uma ópera de Gluck (ver nota 12) cujo enredo traz que o rei Admeto morrerá, a menos que encontre alguém que se sacrifique e assuma o seu lugar nos Infernos. Todos os seus amigos se recusam, exceto sua esposa, Alceste, que morre no lugar dele, antes de ser retirada dos Infernos por Héracles.

51. Na mitologia grega, Estige pode ser uma oceânida, isto é, uma das filhas de Oceano e Tétis, ou, como no caso da ária citada, um dos rios do Hades, reino dos mortos.

52. Alusão ao conto de Hoffmann "O cavaleiro Gluck" (1809). Para mais sobre Gluck, ver nota 12.

Agora, aos dezessete anos, a moça representava tudo para o velho. Ele vivia para Antônia, respirava por Antônia. Jamais a ideia da morte de Antônia lhe passara pela cabeça, e, caso houvesse passado, não teria se preocupado muito, visto que mal lhe ocorria sobreviver a ela.

Não foi com um sentimento menos entusiasta, embora esse sentimento fosse mais puro ainda, que Hoffmann viu surgir Antônia na soleira do gabinete.

A jovem avançou lentamente. Duas lágrimas brilhavam em sua pálpebra e, dando três passos em direção a Hoffmann, ela estendeu-lhe a mão.

Depois, num tom de casta intimidade, e como se conhecesse o rapaz há dez anos, cumprimentou:

— Bom dia, irmão.

Mestre Gottlieb, mal se viu na presença da filha, emudeceu e se imobilizou. Sua alma, como sempre, deixara seu corpo e, esvoaçando, cantava ao ouvido de Antônia todas as melodias de amor e felicidade que canta um pai diante da filha bem-amada.

Descansara então seu querido Antonio Amati sobre a mesa e, juntando ambas as mãos como teria feito perante a Virgem, contemplava a chegada de sua criança.

Quanto a Hoffmann, não sabia se estava acordado ou dormindo, se estava na terra ou no céu, se era uma mulher que vinha em sua direção ou um anjo que lhe aparecia.

Assim, quase deu um passo para trás quando viu Antônia aproximar-se e estender-lhe a mão, chamando-o irmão. Exclamou, quase engasgando:

— A senhorita, minha irmã!

— Sim — disse Antônia —, não é o sangue que faz a família, é a alma. Todas as flores são irmãs no perfume, todos os artistas são irmãos na arte. Nunca o vi, é verdade, mas o conheço. Seu arco acaba de me contar sua vida. O senhor é um poeta, com uma pitada de loucura, pobre amigo. Ai! É essa centelha ardente que Deus aprisiona em nossa cabeça ou nosso peito, que nos queima o cérebro ou consome o coração.

Depois, voltando-se para mestre Gottlieb:

— Bom dia, pai, por que ainda não beijou sua Antônia? Ah, já entendi, *Il matrimonio segreto*, o *Stabat mater*, Cimarosa, Pergolese, Porpora, o que é Antônia ao lado desses grandes gênios?[53] Uma pobre criança que o ama, mas que o senhor esquece por eles.

— Eu, esquecê-la! — exclamou Gottlieb. — O velho Murr esquecer Antônia! O pai esquecer a filha! Pelo quê? Por algumas míseras notas musicais, por

53. Expressão latina que significa "Estava a mãe [do Salvador]"; refere-se a poema do séc. XIII, de autoria incerta, que passou a integrar a liturgia romana no final do séc.XV. No séc. XVIII, era geralmente musicado para solistas, com ou sem coro, e orquestra. Cimarosa e Pergolese: ver notas 22 e 26, respectivamente. Nicolò Porpora (1686-1768): compositor italiano, autor de óperas, motetos e madrigais.

uma mixórdia de semibreves e semínimas, de pretas e brancas, de sustenidos e bemóis! Tem razão! Veja como a esqueço.

E, girando sobre sua perna torta com uma agilidade espantosa, com a outra perna e as duas mãos o velho fez voar as partes de orquestração do *Matrimonio segreto*, prontinhas para serem distribuídas aos músicos da orquestra.

— Papai! Papai! — suplicava Antônia.

— Fogo! Fogo! — gritou mestre Gottlieb. — Fogo, para que eu queime tudo isso. Fogo, para queimar Pergolese! Fogo, para queimar Cimarosa! Fogo, para queimar Paisiello! Fogo, para queimar meus Stradivarius! Meus Granuelo![54] Fogo, para o meu Antonio Amati! Minha filha, minha Antônia, não declarou que eu preferia as cordas, a madeira e o papel à minha carne e ao meu sangue? Fogo! Fogo! Fogo!!!

E o velho se agitava como um louco, saltitando sobre sua perna como o diabo coxo, movendo os braços como um moinho de vento.

Antônia observava a loucura do pai com um doce sorriso de orgulho filial satisfeito. Ela, que apenas se mostrara vaidosa diante dele, sabia perfeitamente que governava o velho, que seu coração era um reino onde ela era soberana. Interrompeu-o então no meio de suas evoluções e, atraindo-o para si, aplicou-lhe um singelo beijo na testa.

O velho deu um grito de alegria, tomou a filha nos braços, agarrou-a como faria com um passarinho e foi cair, após três ou quatro giros, sobre um grande sofá, onde começou a niná-la como faz a mãe com o bebê.

No início, Hoffmann olhara mestre Gottlieb com terror. Vendo-o lançar as partituras para cima e tomar a filha nos braços, julgara-o um louco furioso, um possuído. Contudo, diante do sorriso tranquilo de Antônia, acalmara-se imediatamente e, juntando com respeito as partituras espalhadas, recolocou-as sobre as mesas e estantes de música, ao mesmo tempo em que observava furtivamente a estranha dupla, na qual o próprio velho não deixava de ter sua poesia.

De repente alguma coisa doce, suave, etérea atravessou o ar. Era um vapor, uma melodia, alguma coisa ainda mais divina, era a voz de Antônia, que vestia a fantasia de artista e atacava a composição de Stradella que por um milagre salvara a vida de seu autor, a *Pietà, Signore*.[55]

Às primeiras vibrações daquela voz de anjo, Hoffmann permaneceu imóvel, enquanto o velho Gottlieb, soerguendo lentamente a filha do colo, depositou-a, deitada como ela se achava, no sofá. Em seguida, correndo até

54. Ver nota 43.

55. Alessandro Stradella (1644-82), cantor e compositor italiano, autor de óperas, motetos, madrigais e do oratório *S. Giovanni Batista*, onde aparece a ária "*Pietà, Signore*".

seu Antonio Amati e fazendo coincidir o acompanhamento com os versos, passou a sublinhar o canto de Antônia com a harmonia de seu arco e a sustentá-lo como o anjo sustenta a alma a caminho do céu.

A voz de Antônia era soprano, possuindo toda a extensão que a prodigalidade divina é capaz de emprestar não a uma voz de mulher, mas a uma voz de anjo. Antônia percorria as cinco oitavas e meia. Emitia, com a mesma facilidade, o *dó* de peito, nota divina que parece não pertencer senão aos concertos celestes, e o da quinta oitava das notas graves. Nunca Hoffmann ouvira nada tão aveludado como aqueles quatro primeiros compassos cantados sem acompanhamento, "*Pietà, Signore, di me dolene*".[56] Essa aspiração a Deus por parte da alma sofredora, prece ardente ao Senhor rogando piedade para o sofrimento que chora, ganhava na boca de Antônia um sentimento de respeito divino semelhante ao terror. Por sua vez, o acompanhamento, que recebera a frase flutuando entre o céu e a terra, que a houvera, por assim dizer, tomado nos braços, após o *lá* expirado, e que, *piano, piano*,[57] repetia como que um eco da queixa, o acompanhamento era em tudo digno da voz lastimosa e dorida. Exprimia-se não em italiano, não em alemão, não em francês, mas nessa língua universal chamada música:

> *Piedade, Senhor, piedade de mim, infeliz; piedade, Senhor, e se minha prece chegar a ti, que teu rigor se desarme e que teus olhares, menos severos e mais clementes, voltem-se para mim.*

E não obstante, apesar de seguir e perseguir a voz, o acompanhamento permitia-lhe toda a liberdade, toda a extensão. Era uma carícia, não um abraço, um apoio, não um estorvo. E, quando no primeiro *sforzando*,[58] quando, no *ré* e nos dois *fás*, a voz alçou-se como se para tentar subir ao céu, o acompanhamento pareceu temer então pesar-lhe como uma coisa terrena e quase a abandonou às asas da fé, para voltar a sustentá-la apenas no *mi* bequadro, isto é, no *diminuendo*,[59] isto é, quando, cansada do esforço, a voz voltou a cair como que enlanguescida, igual à madona de Canova,[60] de joelhos, sentada em seu colo, na qual tudo se recolhe, alma e corpo, esmagado por essa dúvida terrível: será que a misericórdia do Criador é grande o bastante para fazer esquecer o erro da criatura?

56. Em italiano, "Piedade, Senhor, pelo meu sofrimento".

57. Em italiano, "suave". Indicação para o instrumentista executar a nota ou trecho musical "com pouco volume sonoro", o oposto de "*forte*".

58. Em italiano, "forçando". Nota fortemente acentuada, passando do *piano* ao *forte*.

59. Em italiano,"diminuindo". Instrução para reduzir gradualmente a intensidade sonora.

60. Antônio Canova (1757-1822): escultor italiano, a princípio influenciado pelo barroco e, mais tarde, um defensor do neoclassicismo. Foi o escultor oficial de Napoleão Bonaparte.

E, quando ela prosseguiu com a voz trêmula: "*Que jamais eu venha a ser amaldiçoada e precipitada no grande fogo eterno de teu rigor, ó grande Deus!*", então o acompanhamento atreveu-se a misturar sua voz igualmente angustiada, a qual, vislumbrando as chamas eternas, rogava ao Senhor que as afastasse. E o violino rogou por sua vez, suplicou, gemeu, subiu com ela até o *fá* e desceu até o *dó*, amparando-a na fraqueza, sustentando-a no terror. Enquanto a voz morria nas profundezas do peito de Antônia, arfante e sem forças, o acompanhamento prolongou-se após a voz extinta, assim como, depois da alma enlevada e já a caminho do céu, continuam murmurantes e queixosas as preces dos sobreviventes.

Às súplicas do violino de mestre Gottlieb, começou então a se misturar uma harmonia inesperada, suave e poderosa ao mesmo tempo, quase celestial. Antônia soergueu-se sobre o cotovelo, mestre Gottlieb voltou-se pela metade e permaneceu com o arco suspenso sobre as cordas do violino. Hoffmann, a princípio atônito, embriagado, em delírio, compreendeu logo que os arroubos daquela alma precisavam de um pouco de esperança, ela se desintegraria se um raio divino não lhe apontasse o céu, e então precipitou-se para o órgão e estendeu seus dez dedos sobre as teclas ansiosas, e o instrumento, suspirando profundamente, veio misturar-se ao violino de Gottlieb e à voz de Antônia.

Foi então maravilhoso o retorno do motivo *Pietà, Signore*, acompanhado por aquela voz que, perseguida pelo terror na primeira parte, recuperara a esperança. E, quando, transbordante de fé, tanto em seu talento como em sua prece, Antônia atacou vigorosamente o *fá* do *Volgi*,[61] um calafrio percorreu as veias do velho Gottlieb e um grito escapou da boca de Hoffmann, que, esmagando o Antonio Amati sob as torrentes de harmonia que escapavam do órgão, prolongou a voz de Antônia após ela ter expirado e, sobre as asas não mais de um anjo, mas de um furacão, pareceu conduzir o último suspiro daquela alma aos pés do Senhor todo-poderoso e misericordioso.

Fez-se então um momento de silêncio. Os três entreolharam-se e, com as almas comungando a mesma harmonia, suas mãos juntaram-se num enlace fraternal.

A partir desse momento, não apenas Antônia chamava Hoffmann de irmão, como o velho Gottlieb Murr passou a chamá-lo de filho!

61. *Volgi*: primeira palavra do verso "*volgi i tuoi sguardi sopra di me*", ou "volte teus olhares para mim", da ária que está sendo executada.

5. *O juramento*

Talvez o leitor se pergunte, quer dizer, nos pergunte, como, tendo a mãe de Antônia morrido cantando, mestre Gottlieb Murr permitia que a filha, isto é, aquela alma de sua alma, se expusesse ao mesmo perigo que fizera a mãe sucumbir.

No começo, quando ouvira Antônia balbuciar suas primeiras notas, o pobre pai tremera como a folha junto à qual o passarinho canta. Mas Antônia era um passarinho e o velho músico logo percebeu que o canto era sua língua de origem. Assim, ao emprestar à sua voz um alcance como talvez não houvesse igual no mundo, Deus indicara que mestre Gottlieb nada tinha a temer nesse sentido. Com efeito, quando ao dom natural do canto juntara-se o estudo da música, quando as dificuldades mais árduas do solfejo foram apresentadas à moça e vencidas prontamente com uma facilidade estarrecedora, sem esgares, sem piscadelas, sem esforço, sem tensionar uma veia de seu pescoço, ele compreendera a perfeição do instrumento e, como ao cantar os trechos anotados para as vozes mais altas Antônia permanecia sempre aquém de seu limite, ele se convencera de que não havia perigo algum em permitir que o doce rouxinol seguisse sua maviosa vocação.

Mestre Gottlieb, entretanto, esquecera-se de que a corda musical não é a única a ressoar no coração das moças, havendo outra muito mais frágil, muito mais vibrante, muito mais mortal: a corda do amor!

Esta havia se manifestado na pobre criança quando ela ouviu o som do arco de Hoffmann. Curvada sobre um bordado no quarto contíguo àquele onde se encontravam o rapaz e o velho, Antônia levantara a cabeça assim que o primeiro trinado varou o ar. Pusera-se então a escutar. Aos poucos uma sensação estranha penetrara em sua alma, percorrendo suas veias em calafrios desconhecidos. Ela ergueu-se lentamente, apoiando uma das mãos na cadeira, enquanto a outra deixava escapar o bordado dos dedos entreabertos. Ficou imóvel por um instante e avançou, cautelosamente, até a porta, como relatamos, sombra sonhada da vida material, até aparecer, poética visão, à porta do gabinete de mestre Gottlieb Murr.

Vimos como a música diluíra, em sua retorta incandescente, aquelas três almas numa só, e como, ao fim do concerto, Hoffmann transformara-se num comensal da casa.

Era a hora em que o velho Gottlieb costumava pôr-se à mesa. Ele convidou Hoffmann para jantar, convite que o rapaz aceitou com a mesma cordialidade com que fora feito.

Então, por alguns instantes, a bela e poética virgem dos cânticos divinos transformou-se em singela dona de casa. Antônia serviu chá como Clarisse Harlowe, preparou torradas com manteiga como Charlotte[62] e terminou por se instalar igualmente à mesa e comer feito uma simples mortal.

Os alemães não entendem a poesia como a entendemos. Em nossa sociedade afetada, a mulher que come e bebe perde a poesia. Se uma mulher jovem e bonita acha-se à mesa é para presidir à refeição. Se tem um copo à sua frente, é para nele depositar suas luvas, se é que deve tirá-las. Se tem um prato, é para nele beliscar, no fim da refeição, uma uva, da qual a imaterial criatura consente às vezes em sorver os grãos mais dourados, como faz a abelha com uma flor.

Nada mais natural, pela acolhida que tivera na casa de mestre Gottlieb, que Hoffmann lá voltasse no dia seguinte, no outro e nos subsequentes. No que se refere a mestre Gottlieb, aquela assiduidade das visitas de Hoffmann não parecia preocupá-lo em nada. Antônia era por demais pura, casta e obediente ao pai para que o velho suspeitasse de uma indignidade de sua parte. Sua filha era santa Cecília,[63] era a Virgem Maria, era um anjo dos céus. Nela, a essência divina prevalecia de tal forma sobre a matéria terrena que o velho nunca julgara apropriado ensinar-lhe sobre o perigo maior existente no contato de dois corpos do que na união de duas almas.

Hoffmann, portanto, estava feliz, isto é, tão feliz quanto é permitido a uma criatura mortal. O sol da alegria nunca ilumina completamente o coração do homem; sempre há, em certos pontos desse coração, uma mancha escura lembrando que a felicidade completa não existe neste mundo, mas apenas no céu.

62. Clarisse Harlowe: heroína do romance homônimo de Samuel Richardson (1689-1761), no qual uma moça virtuosa apaixona-se por um devasso. Charlotte: alusão à heroína de *Os sofrimentos do jovem Werther* (1774), de Goethe (ver notas 2 e 3).

63. Santa Cecília, que teria vivido nos primeiros tempos do cristianismo, morreu depois de um longo martírio, o qual ela suportou entoando hinos cristãos. É a padroeira da música sacra.

Hoffmann, no entanto, levava uma vantagem sobre o comum da espécie. Um homem quase nunca é capaz de explicar a causa da dor que fustiga o seu bem-estar, da sombra que, obscura e negra, se projeta sobre sua radiosa felicidade.

Hoffmann sabia o que o deixava infeliz.

Era a promessa feita a Zacharias Werner de ir encontrar-se com ele em Paris. Era o estranho desejo de visitar a França, que se eclipsava tão logo ele se achava na presença de Antônia, mas voltava a raiar quando ficava a sós. Mas não era só isso: à medida que o tempo passava e as cartas de Zacharias, invocando a palavra do amigo, tornavam-se mais enfáticas, Hoffmann mergulhava na tristeza.

Com efeito, a presença da moça não era mais suficiente para expulsar o fantasma que agora o perseguia. Mesmo ao seu lado, Hoffmann caía em devaneios profundos. Com que sonhava? Com Zacharias Werner, cuja voz parecia ouvir. Muitas vezes, seu olho, distraído no início, terminava por se fixar num ponto do horizonte. O que via aquele olho, ou melhor, julgava ver? A estrada de Paris. Depois, numa das curvas dessa estrada, Zacharias caminhando na frente e fazendo-lhe sinal para que o seguisse.

Aos poucos o fantasma, que antes aparecia para Hoffmann em intervalos raros e desiguais, passou a visitá-lo com maior regularidade, terminando por persegui-lo obstinadamente.

Seu amor por Antônia só fez aumentar. Contudo, mesmo sabendo que ela era necessária à sua vida e à felicidade de seu futuro, Hoffmann sentia que, antes de se lançar naquela felicidade e para que tal felicidade fosse duradoura, precisava realizar a peregrinação planejada ou, caso contrário, o desejo encerrado em seu coração, por mais estranho que fosse, iria devorá-lo aos poucos.

Um dia, quando, sentado perto de Antônia, enquanto mestre Gottlieb copiava em seu gabinete o *Stabat* de Pergolese, que pretendia apresentar na Sociedade Filarmônica de Frankfurt, Hoffmann caíra num daqueles devaneios habituais, Antônia, após observá-lo demoradamente, tomou-lhe as mãos.

— Você deve ir, querido — disse.

Hoffmann olhou-a, perplexo.

— Ir? — repetiu. — E para onde?

— Para a França, até Paris.

— E quem lhe revelou, Antônia, esse desejo secreto do meu coração, que a mim mesmo não ouso confessar?

— Eu poderia me atribuir o dom de uma fada, Theodor, e declarar: "Li no seu pensamento, li nos seus olhos, li em seu coração", mas estaria mentindo. Não, apenas me lembrei, só isso.

— E do que se lembrou, querida Antônia?

— Ora, na véspera do dia em que você foi à casa de meu pai, Zacharias Werner lá estivera e nos falara desse plano de viagem, de seu desejo ardente de ver Paris, desejo acalentado durante quase um ano e prestes a se realizar. Mais tarde, você me contou o que o impedira de partir, como, ao me ver pela primeira vez, foi tomado pelo mesmo sentimento irresistível que me arrebatou ao ouvi-lo, e agora só lhe resta me dizer que me ama da mesma forma.

Hoffmann esboçou um gesto.

— Não se dê esse trabalho: eu sei — continuou Antônia. — Porém existe alguma coisa cujo poder supera esse amor, é o desejo de ir à França, de encontrar Zacharias, de ver Paris, enfim.

— Antônia! — exclamou Hoffmann. — O que acaba de dizer é tudo verdade, exceto num ponto: ao acreditar em alguma coisa no mundo mais forte que o meu amor! Não, juro-lhe, Antônia, esse desejo, tão estranho que me foge ao controle, eu o teria sepultado em meu coração se você mesma não o houvesse arrancado de lá. Mas você está certa. Sim, há uma voz que me chama a Paris, uma voz mais forte que a minha vontade. Contudo, repito, à qual eu não teria obedecido. Essa voz é a do destino!

— Seja. Cumpramos nosso destino, meu querido. Você partirá amanhã. Quanto tempo precisa?

— Um mês, Antônia. Dentro de um mês, estarei de volta.

— Um mês não lhe bastará, Theodor. Em um mês não terá visto nada. Dou-lhe dois, dou-lhe três: dou-lhe o tempo que quiser, enfim, mas exijo uma coisa, ou melhor, duas coisas de você.

— Quais são, querida Antônia, quais? Não hesite em dizer.

— Amanhã é domingo, dia de missa. Olhe pela janela como olhou no dia da partida de Zacharias Werner e, como naquele dia, querido, somente um pouco mais triste, me verá subir os degraus da igreja. Venha então juntar-se a mim no lugar de costume, sente-se então ao meu lado e, no momento em que o padre estiver consagrando o sangue de Nosso Senhor, faça-me dois juramentos: ser fiel a mim e não jogar.

— Oh, tudo que quiser, agora mesmo, querida Antônia, eu juro.

— Fale baixo, Theodor, amanhã.

— Antônia, Antônia, você é um anjo.

— E agora, que vamos nos despedir, não teria alguma coisa a dizer a meu pai?

— Sim, tem razão. Mas, na verdade, confesso-lhe, Antônia, hesito, tremo. Meu Deus! Quem sou eu para ousar ter a esperança de...?

— Você é o homem que eu amo, Theodor. Vá procurar meu pai, vá.

E, fazendo a Hoffmann um sinal com a mão, abriu a porta de um quartinho transformado por ela em oratório.

Hoffmann não tirou os olhos da moça até que a porta se fechasse e, através da porta, enviou-lhe, junto com todos os beijos de sua boca, todo o fervor de seu coração.

Entrou em seguida no gabinete de mestre Gottlieb.

O velho habituara-se de tal modo ao passo de Hoffmann que sequer ergueu os olhos de sua mesa, onde copiava o *Stabat*. O rapaz entrou e permaneceu de pé atrás dele.

No fim de um instante, não ouvindo mais nada, sequer a respiração do rapaz, mestre Gottlieb se mexeu.

— Ah, é você, rapaz — constatou, girando a cabeça a fim de enxergar Hoffmann através dos óculos. — Veio me dizer alguma coisa?

Hoffmann abriu a boca, mas fechou-a sem articular um som.

— Ficou mudo? — perguntou o velho. — Ora, seria um grande azar! Um rapagão como você, tão desinibido quando quer, não pode perder a língua assim, a menos que seja castigo por ter abusado dela!

— Não, mestre Gottlieb, não, não perdi a língua, graças a Deus. Porém, o que tenho a lhe dizer...

— E então?

— E então!... é coisa difícil.

— Que bobagem! Será então muito difícil dizer: "Mestre Gottlieb, amo sua filha"?

— O senhor já sabia, mestre Gottlieb?

— Como não? E seria completamente louco, ou muito tolo, se não houvesse percebido seu amor.

— E mesmo assim permitiu que eu continuasse a amá-la.

— Por que não, visto que ela também o ama?

— Mas, mestre Gottlieb, o senhor sabe que não possuo fortuna.

— Ora, os passarinhos possuem alguma fortuna? Eles piam, acasalam-se, constroem um ninho e Deus os alimenta. Nós, artistas, somos muito parecidos com os passarinhos. Nós cantamos e Deus vem em nossa ajuda. Quando o canto não bastar, você será pintor; quando a pintura for insuficiente, você será músico. Eu não era mais rico que você quando me casei com minha desventurada Teresa. Pois bem, nunca nos faltaram nem pão nem teto. Sempre precisei de dinheiro, mas ele nunca me faltou. Você é rico de amor? É tudo que lhe pergunto. Merece o tesouro que ambiciona? É tudo que desejo saber. Ama Antônia, mais que sua vida, mais que sua alma? Então estou tranquilo, a Antônia nunca nada faltará. Não a ama tanto assim? A coisa muda de figura: mesmo com cem mil libras de renda, sempre lhe faltaria tudo.

Hoffmann estava quase de joelhos diante daquela adorável filosofia do artista. Inclinou-se diante da mão do velho, que o puxou para si e o abraçou.

— Vamos, vamos — disse-lhe. — Já acertamos tudo. Faça sua viagem, uma vez que a ânsia de ouvir aquela música medonha dos srs. Méhul e Dalayrac[64] o atormenta. É uma doença de juventude, da qual logo se verá curado.

64. Étienne Méhul (1763-1817): compositor francês de ópera, além de autor do *Canto da despedida* (1794), canção revolucionária considerada "irmã da *Marselhesa*". Nicolas Dalayrac (1753-1809): compositor francês de óperas-cômicas.

Estou tranquilo; faça essa viagem, meu amigo, volte e aqui reencontrará Mozart, Beethoven, Cimarosa, Pergolese, Paisiello, Porpora e, de quebra, mestre Gottlieb e sua filha, isto é, um pai e uma esposa. Vá, mocinho, vá.

E mestre Gottlieb beijou Hoffmann novamente, o qual, percebendo que anoitecia, julgou não ter mais tempo a perder e foi para o hotel onde fixara residência, a fim de preparar-se para a viagem.

Logo na manhã do dia seguinte, Hoffmann posicionou-se em sua janela. À medida que se aproximava o momento de deixar Antônia, a separação lhe parecia cada vez mais impossível. Todo o fascinante período de sua vida que mal terminara, aqueles sete meses que haviam passado como um dia e que ressurgiam em sua memória, ora como um vasto horizonte que ele abraçava num relance, ora como uma série de dias alegres e ininterruptos, uns depois dos outros, sorridentes e coroados de flores, os cantos maviosos de Antônia, que o haviam cercado de uma atmosfera repleta de doces melodias — todos esses eram atrativos tão poderosos que ele parecia estar em luta com um desconhecido e maravilhoso feiticeiro que traz para junto de si os corações mais fortes e as almas mais frias.

Às dez horas, Antônia apareceu na esquina da rua onde, àquela mesma hora, sete meses antes, Hoffmann a vira pela primeira vez. A boa Lisbeth, sua velha criada, a seguia como de costume. Ambas subiram os degraus da igreja. Ao chegar ao último degrau, Antônia voltou-se, avistou Hoffmann, chamou-o com a mão e entrou na igreja.

Hoffmann se lançou para fora de casa e entrou atrás dela na igreja.

Antônia já estava ajoelhada e em oração.

Hoffmann era protestante e, embora cânticos em outra língua sempre lhe houvessem parecido assaz ridículos, ao ouvir Antônia entoar aquele hino de igreja tão doce e grandioso ao mesmo tempo, lamentou não saber os versos para misturar sua voz à de Antônia, suavizada mais ainda pela profunda melancolia que a envolvia.

Durante todo o tempo que durou o santo sacrifício, ela cantou com a mesma voz com que os anjos devem cantar no céu. Então, finalmente, quando a sineta do coroinha anunciou a consagração da hóstia, no momento em que os fiéis curvavam-se perante o Deus que, nas mãos do padre, eleva-se acima de suas cabeças, apenas Antônia ergueu a fronte.

— Jure — disse ela.

— Juro — obedeceu Hoffmann, com uma voz trêmula. — Juro abandonar o jogo.

— É o único juramento que pretende fazer, querido?

— Oh, não, espere! Juro ser-lhe fiel de coração e espírito, de corpo e alma.

— E jura em nome de...?

— Oh! — exclamou Hoffmann, no auge da exaltação. — Em nome do que há de mais caro, do que tenho de mais sagrado, pela sua vida!

— Obrigada — exclamou Antônia por sua vez —, pois, se não cumprir com sua palavra, morrerei.

Hoffmann estremeceu, um calafrio percorreu seu corpo de cima a baixo. Não se arrependeu, teve apenas medo.

O padre descia os degraus do altar, transportando o Santo Sacramento para a sacristia.

No momento em que o corpo divino de Nosso Senhor passava, Antônia agarrou a mão de Hoffmann e proferiu:

— Ouviu esse juramento, meu Deus?

Hoffmann quis falar.

— Silêncio, silêncio, por favor: quero que as palavras de seu juramento, as últimas que terei escutado de sua boca, sussurrem eternamente em meus ouvidos. Até breve, querido, até breve.

E, escapando ligeira como uma sombra, a moça deixou um camafeu na mão do noivo.

Hoffmann viu-a afastar-se como Orfeu deve ter visto Eurídice em fuga.[65] Quando Antônia saiu, ele abriu o camafeu.

Este continha o retrato de Antônia, radiosa de juventude e beleza.

Duas horas depois, Hoffmann ocupava seu lugar na mesma diligência que Zacharias Werner ocupara, repetindo:

— Não se preocupe, Antônia, oh, não! Não vou jogar, e, sim!, eu serei fiel!

65. Na mitologia grega, Orfeu, filho da musa Calíope e do deus Apolo, é um músico sublime e dotado de uma voz sedutora. Ao tentar resgatar sua amada Eurídice do mundo dos mortos, usou sua voz e sua lira para subjugar todos os monstros que encontrou pelo caminho, até chegar ao deus dos infernos, Hades. Este, igualmente cativado pela arte de Orfeu, permitiu que Eurídice o acompanhasse, com a condição de que ele não se voltasse para trás e olhasse para ela. No limiar entre o mundo dos mortos e o dos vivos, Orfeu não resistiu e, virando-se para certificar-se de que Eurídice o estava seguindo, cruzou seu olhar com o dela, que morreu definitivamente.

6. Uma barreira de Paris em 1793

Foi bastante triste a viagem do rapaz por aquela França tão ansiada. Não por ter de enfrentar, ao aproximar-se do centro, as mesmas dificuldades experimentadas na fronteira; não, a República francesa dava melhor acolhida aos que chegavam do que aos que partiam.

Apesar disso, um indivíduo só era admitido na felicidade de saborear aquela insubstituível forma de governo após cumprir certo número de formalidades inimaginavelmente rigorosas.

Embora tenha sido a época em que os franceses menos souberam escrever, foi quando mais escreveram. Parecia conveniente então, a todos os novos funcionários, abandonar suas ocupações domésticas ou artísticas para assinar passaportes, apresentar denúncias, conceder vistos, fazer recomendações, em suma, ocupar-se de tudo que concerne ao estado de patriota.

A burocracia nunca evoluiu tanto como nessa época. Ao enxertar-se no terrorismo, essa doença endêmica da administração francesa produziu as mais belas amostras de garranchos de que já se ouvira falar até aquele dia.

O passaporte de Hoffmann era de uma exiguidade notável. Era a época das exiguidades: jornais, livros, prospectos, tudo se limitava ao simples *in-octavo*,[66] e olhe lá. Desde a Alsácia,[67] o passaporte do nosso viajante, como dizíamos, foi invadido por assinaturas de funcionários que às vezes lembravam zigue-zagues de beberrões atravessando de lado as ruas e esbarrando num muro aqui e noutro acolá.

66. *In-octavo*: volume em pequeno formato, cujas folhas de impressão são dobradas três vezes, gerando oito folhas, isto é, dezesseis páginas.

67. Região historicamente disputada entre a França e a Alemanha, localizada na fronteira entre os dois países, que aderiu maciçamente ao movimento de derrubada da monarquia francesa.

Hoffmann, portanto, viu-se obrigado a acrescentar uma folha ao seu passaporte e depois outra na Lorena,[68] onde as assinaturas ganharam proporções especialmente colossais. Ali, o patriotismo era mais ardoroso e os escribas, mais simplórios. Houve um prefeito que usou duas páginas, frente e verso, para dar a Hoffmann um autógrafo assim concebido: "Ófiman, jovi allemao, hamigo da libredade, indu a pé pra Paris. Açinado, Golier."

Munido desse admirável documento certificando sua pátria, sua idade, seus princípios, sua destinação e seus meios de transporte, Hoffmann tratou apenas de costurar todos aqueles retalhos cívicos, cabendo a nós dizer que, em sua chegada a Paris, possuía um belíssimo volume, o qual, segundo ele, mandaria encapar em metal se um dia voltasse a se aventurar em nova viagem, pois, de tanto manuseio, as folhas corriam grande risco estando encadernadas em simples papelão.

Em toda parte lhe repetiam:

— Meu caro forasteiro, a província continua habitável, mas Paris segue tumultuada. Desconfie, cidadão, há uma polícia bastante meticulosa em Paris e, na sua qualidade de alemão, poderia não ser tratado como bom francês.

Ao que Hoffmann respondia com um sorriso altivo, reminiscência dos orgulhos espartanos de quando os espiões da Tessália procuravam engrossar as forças de Xerxes, rei dos persas.[69]

Chegou às portas de Paris. Era noite, as barreiras estavam fechadas.

Hoffmann falava bem a língua francesa, mas ou um homem é alemão ou não é. Quando não é, tem um sotaque que se assemelha ao linguajar de uma de nossas províncias; quando é, de pronto acaba identificado como alemão.

Convém detalhar a vigilância nas barreiras.

A princípio, elas ficavam fechadas. Em seguida, sete ou oito seccionários,[70] gente ociosa e esbanjando inteligência, Lavaters amadores,[71] rondavam em

68. Região francesa colada na Alsácia, a única que faz fronteira com três países ao mesmo tempo: Bélgica, Luxemburgo e Alemanha.

69. Segundo o historiador Heródoto (ver nota 20 de *O Arsenal*) em sua *História* (livro VII, 130), por ocasião das segundas guerras medas, que opuseram mais uma vez gregos e persas, a Tessália, região do nordeste da Grécia, vendeu-se aos inimigos, enquanto Esparta manteve-se fiel ao povo helênico. A esquadra persa foi derrotada na batalha de Salamina (480 a.C.), decretando o fim da guerra.

70. A Revolução de 1789 dividiu Paris em 48 seções (circunscrições administrativas), cada uma delas comportando uma assembleia de "seccionários" que, a partir de 1792, vai ganhando cada vez mais importância na vida política. Em 1792, por exemplo, os seccionários votam em massa pela destituição do rei. Em 10 de agosto do mesmo ano, formam na prefeitura de Paris uma comuna insurgente. Até sua supressão, em 1795, as assembleias de seção participam de todas as revoltas populares parisienses. As seções servirão de base para a criação dos "*quartiers*" (bairros) de Paris.

71. O suíço Johann Kaspar Lavater (1741-1801) foi o criador da fisiognomonia, teoria que pretendia desvendar o caráter do indivíduo pela análise de seus traços faciais.

destacamentos, fumando seus cachimbos, em torno de dois ou três agentes da polícia municipal.

Essa brava gente, que, de missão em missão, terminou por assombrar todas as salas de clubes, todos os escritórios distritais, todos os lugares onde a política se esgueirara de forma ativa ou passiva, essa gente que vira delatados na Assembleia Nacional ou na Convenção[72] todos os deputados; nas tribunas, todos os aristocratas machos e fêmeas; nas calçadas, todos os elegantes; nos teatros, todas as celebridades suspeitas; nas revistas de tropa, todos os oficiais; e vira ainda, nos tribunais, todos os réus mais ou menos inocentados; nas prisões, todos os padres poupados — esses dignos patriotas conheciam tão bem sua Paris que todo rosto, se muito marcante, devia dizer-lhes alguma coisa, e na verdade quase sempre dizia.

Não era fácil passar despercebido nessa época: muita riqueza na roupa chamava a atenção, muita simplicidade despertava a suspeita. Como a sujeira era um dos sinais de civismo mais difundidos, todo carvoeiro, aguadeiro ou cozinheiro podia esconder um aristocrata. E a mão branca de belas unhas, como a dissimular completamente? E o andar aristocrático, ausente agora em nossos dias, e que entretanto fazia os mais humildes parecerem estar calçando os saltos mais altos, como escondê-lo a vinte pares de olhos, aguçados como nem os de um sabujo em ação ficariam?

Tão logo chegava, portanto, o forasteiro era revistado, interrogado, despido moralmente com a sem-cerimônia instalada pelo hábito e a liberdade permitida... pela liberdade.

Hoffmann compareceu perante esse tribunal por volta das seis horas da tarde do dia 7 de dezembro. O céu estava cinza, hostil, misturando neblina e granizo. Mas os gorros de urso e de lontra que aprisionavam as cabeças patriotas deixavam-lhes sangue quente suficiente, no cerebelo e nos ouvidos, para que conservassem toda a presença de espírito e suas preciosas faculdades de investigação.

Hoffmann foi detido por certa mão, delicadamente encostada em seu peito.

O jovem forasteiro vestia um paletó cinza-chumbo, um grosso redingote e botas alemãs lhe desenhavam uma perna bastante graciosa, limpa por não ter encontrado lama desde a última escala, quando o avanço do coche foi interrompido pela geada, e brilhante graças à umidade na estrada ligeiramente salpicada pela neve dura, ao longo da qual Hoffmann andara por vinte e quatro quilômetros.

---

72. A Assembleia Nacional Legislativa, eleita em agosto e setembro de 1791, promulgou uma Constituição que estabelecia a monarquia constitucional como regime de governo. Com a derrubada e a prisão de Luís XVI, foi sucedida pela Convenção Nacional, a qual governou a França entre 1792 e 1795, e logo em sua primeira sessão aboliu o poder real.

"Aonde vai desse jeito, cidadão, com essas botas reluzentes?"

— Aonde vai desse jeito, cidadão, com essas botas reluzentes? — perguntou um agente ao rapaz.

— A Paris, cidadão.

— Não tem vergonha, jovem pru*sssss*iano? — replicou o seccionário, pronunciando o epíteto "prussiano" com uma prodigalidade de "s" que fez com que dez curiosos rodeassem o forasteiro.

Os prussianos naquele momento não eram menos inimigos da França do que os filisteus dos compatriotas de Sansão, o israelita.[73]

73. Os filisteus, de origem egeia, estão entre os povos do mar que invadiram o Mediterrâneo oriental após o colapso da civilização micênica, fixando-se na faixa litorânea do sudoeste

— Pois bem, sim, sou pruziano — respondeu Hoffmann, disfarçando o sotaque e trocando os cinco "s" do seccionário por um "z". — Algum problema?

— Ora, se é prussiano, com certeza também é um espiãozinho de Pitt e Cobourg.[74] Hein?

— Leia meu passaporte — respondeu Hoffmann, exibindo seu livreto a um dos alfabetizados da barreira.

— Venha — replicou este, girando nos calcanhares para levar o estrangeiro ao corpo de guarda.

Absolutamente calmo, Hoffmann acompanhou seu guia.

Quando, à luz das lamparinas enfumaçadas, os patriotas viram aquele rapaz arisco, de olhar firme, cabelos desalinhados, mastigando seu francês com o máximo de consciência possível, um deles exclamou:

— Este não negará que é aristocrata, ele tem mãos e pés!

— Você é *uma* tolo, cidadão — rebateu Hoffmann. — Sou tão patriota quanto vocês e, além de tudo, sou *uma* artista.

Dizendo tais palavras, tirou do bolso um daqueles cachimbos assustadores, cujo fundo apenas um nadador alemão é capaz de alcançar.

O cachimbo teve um efeito extraordinário nos seccionários, que saboreavam o tabaco em modestos pitos.

Puseram-se todos a contemplar o rapazola, que amassava no bojo do cachimbo, com habilidade fruto de grande prática, a provisão de tabaco de uma semana inteira.

Em seguida, ele sentou-se, acendeu metodicamente o fumo, até que o fornilho apresentasse uma ampla crosta incandescente na superfície, e, em intervalos regulares, aspirou nuvens de fumaça que saíram em colunas azuladas e esbeltas de seu nariz e lábios.

— Ele fuma bem — disse um dos seccionários.

— Parece que é famoso — comentou outro. — Aqui estão suas certidões.

— O que veio fazer em Paris? — perguntou um terceiro.

— Estudar a ciência da liberdade — replicou Hoffmann.

— E o que mais? — acrescentou o francês, pouco impressionado com o heroísmo de tal frase, provavelmente por ela ter virado lugar-comum.

— A arte da pintura — acrescentou Hoffmann.

de Canaã em c.1190 a.C. Sansão, décimo segundo e último juiz de Israel, dono de uma força descomunal, guerreou incessantemente os filisteus e teria morrido ao derrubar as colunas do templo sobre si mesmo e seus inimigos.

74. William Pitt (1759-1806): primeiro-ministro da Grã-Bretanha, financiou os exércitos da coalizão europeia contra a Revolução Francesa. Duque Frédéric de Saxe-Cobourg (1737-1815): comandante do exército austríaco que, em coalizão com a Prússia, invadiu a França em 1792, sendo rechaçado por ocasião da batalha de Valmy, em 14 de outubro do mesmo ano.

— Ah, é pintor como o cidadão David?[75]

— Exatamente.

— Sabe, como ele, fazer patriotas romanos nus em pelo?

— Faço-os todos vestidos — respondeu Hoffmann.

— É menos bonito.

— Isso depende — replicou Hoffmann, com imperturbável sangue-frio.

— Faça então o meu retrato — disse o seccionário, com admiração.

— Será um prazer.

Hoffmann pegou um tição na estufa, limitando-se a apagar sua ponta rutilante, e, na parede caiada de branco, desenhou um dos rostos mais feios que jamais desonraram a capital do mundo civilizado.

O gorro peludo com cauda de raposa, os cantos da boca cheios de espuma, as suíças grossas, o cachimbo curto e o queixo fugidio foram imitados com tão rara precisão de verdade em sua caricatura que todos os guardas pediram ao rapaz o favor de ser *dezenhado* por ele.

Hoffmann obedeceu de bom grado e esboçou na parede uma série de patriotas tão bem elaborados quanto os burgueses da *Ronda noturna* de Rembrandt,[76] apesar de menos nobres, logicamente.

Com os patriotas de bom humor, terminaram as suspeitas e o alemão foi naturalizado parisiense. Ofereceram-lhe uma cerveja de boas-vindas e ele, moço perspicaz, ofereceu a seus anfitriões vinho da Borgonha, que os cidadãos aceitaram de coração aberto.

Foi então que um deles, mais esperto que os demais, agarrou seu próprio e grosso nariz fazendo um gancho com o indicador, e questionou-o, piscando o olho esquerdo.

— Confesse uma coisa, cidadão alemão!

— O quê, amigo?

— O objetivo de sua missão.

— Já lhe disse: política e pintura.

— Não, não, outra coisa.

— Tem minha palavra, cidadão.

— Veja bem que não o estamos acusando. Simpatizamos com você e o protegeremos. Mas aqui estão dois delegados do clube dos Capuchinhos e

75. Jacques-Louis David (1748-1825): pintor neoclássico francês, foi deputado na Convenção (ver nota 72). Autor do célebre quadro *Marat assassinado* (1793), mais tarde será o pintor oficial do Império.

76. *Ronda noturna*: nome pelo qual é conhecido um dos quadros mais famosos do pintor holandês Rembrandt (1606-60), que entretanto não representa uma cena noturna como o título sugere, mas vespertina; o adjetivo "noturna" decorre do escurecimento provocado pelo verniz aplicado sobre a tela. O título original da pintura é *A companhia de milícia do capitão Frans Banning Cocq e do tenente Willen van Ruytenburch.*

Desenhou um dos rostos mais feios que jamais desonraram a capital do mundo civilizado.

dois jacobinos. Quanto a mim, sou do Irmãos e Amigos.[77] Escolha a qual desses clubes você prestará sua homenagem.

— Que homenagem? — indagou Hoffmann, surpreso.

— Oh, não procure esconder, é tão bonito que deveria se pavonear por isso.

— Sério, cidadão, você me deixa sem graça, explique-se.

77. Sobre o clube dos Capuchinhos, ver nota 51 em *1001 fantasmas*. Jacobinos: assim eram denominados, durante a Revolução Francesa, os membros da Sociedade dos Amigos da Constituição, ou clube dos Jacobinos, pois sua sede ficava no convento dos Jacobinos, à rua Saint-Honoré, em Paris. Agregou diversas tendências políticas revolucionárias e exerceu grande pressão sobre as Assembleias, chegando a possuir mais de 150 filiais na província. A partir de 1793, o clube sofreu uma cisão, nele permanecendo somente os mais radicais. O clube dos Irmãos e Amigos constituiu igualmente uma associação importante.

— Preste atenção e veja se não adivinhei — desafiou o patriota.

Abrindo o registro dos passaportes, apontou com o dedo adiposo uma página na qual, sob a rubrica Estrasburgo, liam-se as seguintes linhas:

"Hoffmann, viajante, procedente de Mannheim, despachou em Estrasburgo uma caixa assim etiquetada: 'Frágil.'"

— É verdade — disse Hoffmann.

— Pois bem, o que contém essa caixa?

— Fiz minha declaração à alfândega de Estrasburgo.

— Vejamos, cidadãos, o que esse malandro bem-intencionado traz aqui... Lembram-se da remessa de nossos patriotas de Auxerre?

— Sim — disse um deles —, uma caixa de toucinho.

— Para fazer o quê? — perguntou Hoffmann.

— Para lubrificar a guilhotina! — exclamou um coro de vozes satisfeitas.

— Ora — assustou-se Hoffmann, empalidecendo um pouco —, que relação pode haver entre minha caixa e a remessa dos patriotas de Auxerre?

— Leia — disse o parisiense, mostrando-lhe seu passaporte —, leia, rapaz: "Viajando pela política e pela arte." Está escrito!

— Ó República! — murmurou Hoffmann para si mesmo.

— Confesse, portanto, jovem amigo da liberdade — intimou seu protetor.

— Fazê-lo seria me gabar de uma ideia que não tive — admitiu Hoffmann. — Longe de mim vangloriar-me. Não, a caixa que despachei em Estrasburgo e que chegará pela transportadora contém apenas um violino, uma caixa de tintas e algumas telas enroladas.

Essas palavras reduziram em muito a estima que alguns haviam concebido por Hoffmann. Devolveram-lhe seus papéis, aceitaram sua bebida, mas deixaram de vê-lo como um salvador dos povos escravos.

Um dos patriotas chegou a acrescentar:

— Ele se parece com Saint-Just,[78] prefiro Saint-Just.

Hoffmann, novamente mergulhado em seu devaneio, aquecido pela estufa, o tabaco e o vinho da Borgonha, permaneceu um tempo em silêncio. Bruscamente, porém, ergueu a cabeça e perguntou:

— Guilhotina-se muito por aqui?

— Dá para o gasto, dá para o gasto. A quantidade diminuiu um pouco depois dos brissotinos,[79] mas ainda é satisfatória.

— Sabem onde posso encontrar uma boa pousada, amigos?

78. Louis-Antoine de Saint-Just (1767-94), um dos mais jovens eleitos para a Convenção Nacional (ver nota 72), eloquente e radical, apoiou Robespierre até o fim, sendo ambos guilhotinados no 10 Termidor (28 de julho de 1794).

79. Deputados alinhados com o chefe da Gironda (ver nota 45 de *1001 fantasmas*), Jacques-Pierre Brissot (1754-93). Eleito para a Convenção Nacional (ver nota 72), votou pela execução do rei, terminando igualmente guilhotinado.

— Em qualquer lugar.
— Mas e para ver todo o espetáculo?
— Ah, hospede-se então para o lado do cais das Flores.
— Ótimo.
— Sabe onde fica o cais das Flores?
— Não, mas a palavra "flores" me agrada. Já me vejo instalado no cais das Flores. Como chego lá?
— Desça em linha reta a rua do Inferno e chegará ao cais.
— Quer dizer que fica realmente junto da água! — exclamou Hoffmann.
— Exatamente.
— E a água é o Sena?
— É o Sena.
— O cais das Flores fica então na beira do Sena?
— Conhece Paris melhor do que nós, cidadão alemão.
— Obrigado. Adeus. Posso passar?
— Tem apenas mais uma formalidade a cumprir.
— Fale.
— Deve passar no comissário de polícia e providenciar um visto.
— Ótimo! Adeus.
— Espere um pouco. Com essa autorização, você irá à polícia.
— Ora, ora!
— E fornecerá o endereço do seu hotel.
— Muito bem. Terminou?
— Não, você se apresentará à seção.
— Para fazer o quê?
— Para provar que tem recursos.
— Farei tudo isso, mas então terei terminado?
— Ainda não, faltará fazer doações patrióticas.
— De bom grado.
— E jurar ódio aos tiranos franceses e estrangeiros.
— De todo o coração. Obrigado por essas valiosas informações.
— E depois não deve se esquecer de escrever nome e sobrenome bem legíveis na tabuleta de sua porta.
— Será feito.
— Vá, cidadão, está atrapalhando nosso serviço.
As garrafas estavam vazias.
— Adeus, cidadãos, muito grato pela polidez.
E Hoffmann partiu, sempre na companhia de seu cachimbo, mais aceso do que nunca.
Eis como ele fez sua entrada na capital da França republicana.
Aquele nome encantador, cais das Flores, abrira-lhe o apetite. Já se imaginava num quartinho cuja sacada desse para aquele maravilhoso cais.

Esquecia-se de dezembro e dos ventos do norte, esquecia-se da neve e da morte temporária de toda a natureza. As flores acabavam de desabrochar em sua imaginação em meio ao vapor de seus lábios. Apesar dos esgotos da periferia, não via mais senão jasmins e rosas.

Eram nove horas em ponto quando chegou ao cais das Flores, o qual se achava deserto e na mais completa escuridão, como são no inverno os cais do norte. Aquela noite, contudo, a solidão era mais escura e perceptível do que em outros quadrantes.

Hoffmann sentia tanta fome e frio que não conseguia filosofar enquanto andava, mas não havia hotéis no cais.

Erguendo os olhos, percebeu finalmente na esquina com a rua da Barricada uma grande lanterna vermelha, em cujos vidros tremulava uma luz baça.

Aquele facho luminoso pendia e balançava na ponta de uma barra de ferro, bastante apropriada, naqueles tempos de revolta, para enforcar um inimigo político.

Hoffmann viu apenas estes dizeres, em letras verdes, sobre o vidro vermelho: "Alojamentos para forasteiros a pé. Quartos e banheiros mobiliados."

Bateu apressadamente na porta, que se abriu para um corredor. Entrou às apalpadelas.

Uma voz rude gritou-lhe:

— Feche a porta!

E um cachorro grande, latindo, pareceu completar:

— Cuidado com as pernas.

Preço combinado com uma hoteleira bastante atraente, quarto escolhido, Hoffmann viu-se dono de quatro metros de comprimento por dois e meio de largura, formando juntos um dormitório e um banheiro, mediante trinta soldos por dia, a serem pagos a cada manhã, ao levantar.

Hoffmann estava tão alegre que pagou quinze dias adiantado com medo de que lhe viessem contestar a posse do precioso alojamento.

Feito isso, deitou-se numa cama toda úmida, mas qualquer cama é cama para um viajante de dezoito anos. E depois, como ser exigente quando se tem a felicidade de estar hospedado no cais das Flores?

Hoffmann, aliás, invocou a lembrança de Antônia. O Paraíso não está sempre ali onde invocamos os anjos?

7. *Porque os museus e bibliotecas estavam fechados e a praça da Revolução, aberta*

O quarto que seria por quinze dias o paraíso terrestre para Hoffmann continha uma cama, já a conhecemos, uma mesa e duas cadeiras.

Havia uma lareira enfeitada por dois vasos de vidro azul, cheios de flores artificiais. Um confeito de açúcar representando a figura da Liberdade desabrochava sob uma campânula de cristal, nela refletindo a bandeira tricolor e o barrete vermelho.

Um castiçal de cobre, um móvel em velho pau-rosa no canto, uma tapeçaria do século XII à guisa de cortina, eis toda a mobília tal como se apresentou ao raiar do dia.

A tapeçaria mostrava Orfeu tocando violino para reconquistar Eurídice e o violino, naturalmente, fez com que Hoffmann se lembrasse de Zacharias Werner.

"Querido amigo", pensou nosso viajante, "ele está em Paris, eu também. Estamos juntos e o verei hoje ou amanhã no mais tardar. Por onde começar? Como agir para não desperdiçar o tempo do bom Deus e ver tudo na França? Há dias só vejo cenas tenebrosas. Vamos ao salão do Louvre, casa do ex-tirano, lá verei todos os belos quadros que ele possuía, os Rubens, os Poussin.[80] Ande logo."

Enquanto isso, levantou-se para ter uma panorâmica de seu bairro.

Um céu cinza, fosco, lama escura sob árvores brancas, uma população atarefada e apressada e um barulho peculiar, igual ao murmúrio da água correndo — foi tudo que lhe apareceu.

Flores, havia poucas. Hoffmann fechou a janela, tomou café e saiu, planejando encontrar o amigo Zacharias Werner.

80. Nicolas Poussin (1594-1665): mestre da pintura clássica francesa. Sobre Rubens, ver nota 67 em *1001 fantasmas*.

Quando se viu na rua, contudo, lembrou que Werner nunca lhe dera seu endereço, sem o qual seria difícil encontrá-lo.

O que foi um desapontamento e tanto para Hoffmann.

No mesmo instante, ele pensou:

"Que pateta eu sou: Zacharias gosta das mesmas coisas que eu. Apetece-me contemplar alguns quadros, ele quererá o mesmo. Encontrarei ou ele ou seu rastro no Louvre. Vamos ao Louvre."

Do parapeito da janela no hotel, via-se o Louvre. Hoffmann dirigiu-se em linha reta até o monumento.

Na porta do museu, entretanto, teve o dissabor de ouvir que os franceses, uma vez libertos, não se rebaixavam mais diante da pintura de escravos. Por outro lado, admitindo, algo improvável, que a Comuna de Paris ainda não houvesse incinerado toda aquela arte vagabunda para acender o forno dos armamentos, os franceses fariam de tudo para não alimentar, com o óleo daquelas tintas, ratos destinados ao repasto dos patriotas, se um dia os prussianos viessem sitiar Paris.[81]

A testa de Hoffmann suava. O homem que explicava aquilo tinha uma maneira de se exprimir que sugeria certa importância. Cumprimentavam efusivamente o falastrão.

Um dos presentes deu a saber a Hoffmann que ele tivera a honra de falar com o cidadão Simon,[82] governador dos *filhos de França* e curador dos museus reais.

"Não verei nenhum quadro", suspirou Hoffmann, "que lástima! Pois, já que não temos pintura, irei à biblioteca do finado rei e lá verei estampas, medalhas e manuscritos, sem falar na tumba de Quilderico, pai de Clóvis, e nos globos celeste e terrestre do padre Coronelli."[83]

81. A Prússia, Estado fortemente militarizado, entrará em guerra contra a França em 1792. Adversária ferrenha da Revolução, sofrerá diversas derrotas, terminando por triunfar apenas na batalha de Waterloo, em 1815, quando, aliada da Inglaterra, venceu os exércitos de Napoleão.

82. Antoine Simon (1736-94), frade capuchinho, membro do conselho geral da Comuna (governo revolucionário de Paris após a tomada da Bastilha, em 1789), cuidou de Luís XVII (1785-1795), então com doze anos de idade, durante o cativeiro de seus pais, Luís XVI e Maria Antonieta, na prisão do Temple. Próximo de Robespierre, foi guilhotinado no 10 Termidor (28 de julho de 1794).

83. "biblioteca do finado rei": após a abolição da monarquia, futura Biblioteca Nacional de Paris, acrescida de todos os acervos confiscados das bibliotecas dos mosteiros. Quilderico I (?-451): rei dos francos sálios, povo que ocupava as margens do Reno na fronteira com o Império Romano, inaugurou a dinastia merovíngia. Seu filho Clóvis I (c.466-511) expandiu as fronteiras do território, sendo considerado o primeiro rei do que viria a se consolidar como "a França". Vincenzo Maria Coronelli (1650-1718): religioso e geógrafo italiano, fabricava globos terrestres e elaborou verbetes para a *Enciclopédia*.

O cidadão Simon.

Ao chegar, Hoffmann sofreu nova decepção, pois tomou conhecimento de que, considerando a ciência e a literatura uma fonte de corrupção e falta de civismo, a nação francesa fechara todas as instituições nas quais pretensos cientistas e literatos conspiravam, e tudo por uma questão de humanidade, a fim de poupar-se o trabalho de guilhotinar aqueles pobres-diabos. Aliás, mesmo sob o reinado do tirano, a biblioteca abria apenas duas vezes na semana.

Hoffmann foi obrigado a retirar-se sem nada ter visto, esquecendo-se inclusive de pedir notícias do amigo Zacharias.

Contudo, como era teimoso, perseverou e quis visitar o Museu Sainte-Avoye.[84]

Disseram-lhe então que o proprietário havia sido guilhotinado na antevéspera.

Foi até o Luxemburgo,[85] mas o palácio fora transformado em prisão.

No fim de suas forças e desanimado, tomou de volta o caminho do hotel, pensando em descansar um pouco as pernas, sonhar com Antônia, com Zacharias e fumar na solidão umas duas horas de um bom cachimbo.

Mas, ó prodígio, o cais das Flores, tão calmo e deserto, achava-se tomado por uma multidão que se agitava e vociferava de maneira desarmoniosa.

Hoffmann, que não era alto, nada conseguia enxergar por cima dos ombros de toda aquela gente. Apressando-se, furou a multidão com seus cotovelos pontudos e retornou ao seu quarto.

Pôs-se à janela.

Todos os olhares voltaram-se imediatamente para ele, que, notando poucas janelas abertas, ficou momentaneamente encabulado. Entretanto, a curiosidade dos espectadores logo se dirigiu para outro ponto, além da janela de Hoffmann, e o rapaz imitou os curiosos, mirando o portão de um grande prédio escuro, com telhados agudos, cujo campanário coroava uma robusta torre quadrada.

Hoffmann chamou a hoteleira.

— Cidadã — disse ele —, que edifício é esse, por favor?

— O Palácio, cidadão.

— E o que se faz no Palácio?

— No Palácio da Justiça, cidadão? Julga-se.

— Eu pensava que não houvesse mais tribunais.

— Como não? Há o tribunal revolucionário.

— Ah, é verdade... e toda essa boa gente?

— Espera a chegada das carroças.

— Como assim, das carroças? Desculpe, não entendo muito bem, sou estrangeiro.

— Cidadão, as carroças são uma espécie de papa-defuntos dos que vão morrer.

— Ah, meu Deus!

— Pois é, e pela manhã chegam os prisioneiros a serem julgados pelo tribunal revolucionário.

— Percebo.

84. Situado à rua Sainte-Avoye, era na realidade uma sociedade erudita de divulgação científica, criada em 1781.

85. Um museu havia sido criado em 1750 na ala leste do Palácio do Luxemburgo, expondo quadros retirados do gabinete do rei. Porém, após a adoção da lei sobre os suspeitos, em 17 de setembro de 1793, que criou os Tribunais Revolucionários para o julgamento de suspeitos de traição contra a República, o palácio passa a ser um "presídio nacional".

O Palácio da Justiça.

— Às quatro horas, todos os prisioneiros são julgados e postos nas carroças que o cidadão Fouquier requereu para esse fim.

— Quem é esse cidadão Fouquier?

— O promotor público.

— Muito bem, e depois?

— E depois as carroças avançam lentamente em direção à praça da Revolução, onde a guilhotina tem lugar cativo.

— É verdade?!

— O quê! Saiu e não viu a guilhotina! É a primeira coisa que os estrangeiros visitam ao chegar. Parece que nós, franceses, somos os únicos a ter guilhotinas.

— Meus parabéns, senhora.

— Fale *cidadã.*

— Perdão.

— Veja, as carroças estão chegando...

— Vai retirar-se, cidadã?

— Vou, perdi o gosto pela coisa.

E a hoteleira fez menção de retirar-se.

Hoffmann reteve-a delicadamente pelo braço.

— Desculpe se lhe faço uma pergunta — disse ele.

— Faça.

— Por que disse que *perdeu* o gosto? Eu teria dito simplesmente "não gosto".

— Eis a história, cidadão. No começo, guilhotinavam-se os aristocratas, que diziam malvadíssimos. Estes mostravam-se tão altivos, insolentes e provocadores que a piedade não vinha molhar nossos olhos com facilidade. Assistíamos então prazerosamente. Era um belo espetáculo, a luta dos corajosos inimigos da nação contra a morte. Mas eis que um dia vejo subir na carroça um velhinho cuja cabeça batia nas grades do veículo. Foi doloroso. No dia seguinte, religiosas. Noutro dia, uma criança de catorze anos, e terminei vendo uma adolescente numa carroça e a mãe noutra, as duas pobres mulheres enviando-se beijos sem trocarem uma palavra. Estavam tão pálidas, tinham o olhar tão triste, um sorriso tão fatal nos lábios, com os dedos tão trêmulos e calejados mexendo-se sozinhos para modelar o beijo em suas bocas que jamais esquecerei aquele horrível espetáculo e jurei nunca mais me arriscar a vê-lo de novo.

— Percebo, percebo! — disse Hoffmann, afastando-se da janela. — Então é assim?

— É, cidadão. E agora, o que está fazendo?

— Fechando a janela, cidadã.

— Para quê?

— Para não ver.

— O senhor! Um homem!

— Preste atenção, cidadã, estou em Paris para estudar arte e respirar liberdade. Pois bem! Se por infelicidade eu presenciasse um desses espetáculos que acaba de mencionar, se visse, cidadã, uma adolescente ou uma mulher com saudade da vida sendo arrastada para a morte, eu pensaria em minha noiva, a quem amo e que, talvez... Não, cidadã, não ficarei por muito mais tempo neste quarto. Há algum nos fundos da casa?

— Schhh!, infeliz, está falando alto. Se meus assessores ouvirem...

— Seus assessores! O que é isso, um assessor?

— É o sinônimo republicano de lacaio.

— Muito bem! Se os seus lacaios me ouvirem, o que acontecerá?

— Acontecerá que, dentro de três ou quatro dias, eu poderei vê-lo, dessa mesma janela, numa das carroças às quatro da tarde.

Falando com ares de mistério, a boa senhora desceu precipitadamente e Hoffmann imitou-a.

Esgueirou-se para fora de casa, decidido a tudo para evitar o espetáculo popular.

Chegando à esquina do cais, o sabre dos gendarmes brilhou, estourou um tumulto, a multidão gritou e acorreu.

Hoffmann disparou em direção à rua Saint-Denis, na qual entrou feito louco. Como uma corça, ziguezagueou por várias ruelas e desapareceu naquele dédalo inextricável entre o cais do Ferro-Velho e Les Halles.

Respirou finalmente vendo-se na rua dos Ferreiros, na qual, com a sensibilidade do poeta e do pintor, reconheceu a famosa praça, local do assassinato de Henrique IV.[86]

Em seguida, sempre caminhando, sempre procurando, viu-se em plena rua Saint-Honoré, onde as lojas foram se fechando conforme ele passava. Hoffmann admirava a tranquilidade do bairro. As lojas não se fechavam sozinhas, as janelas de algumas casas eram vedadas num determinado ritmo, como se houvessem recebido um sinal.

Hoffmann não demorou a entender a manobra. Viu os fiacres desviarem e tomarem as ruas laterais. Ouviu um galope de cavalos e reconheceu policiais. Atrás deles, na primeira névoa da noite, percebeu uma confusão terrível de andrajos, braços erguidos, chuços brandidos e olhos flamejantes.

Dominando tudo, uma carroça.

Do turbilhão que o alcançava, sem que ele pudesse se esconder ou fugir, Hoffmann ouviu saírem gritos tão agudos, tão dolorosos, que nada que ouvira na vida, por mais pavoroso, chegara perto.

Na carroça estava uma mulher vestida de branco. Aqueles gritos emanavam dos lábios, da alma, de todo o seu corpo amotinado.

Hoffmann sentiu as pernas fraquejarem. Aqueles gritos haviam rompido suas fibras nervosas. Ele se apoiou em um marco da rua, com a cabeça recostada nas persianas entreabertas de uma loja fechada às pressas.

A carroça alcançou o centro de sua escolta de bandidos e mulheres medonhas, os satélites de sempre. Porém, estranho, toda aquela borra não fervilhava, todos aqueles répteis não coaxavam, apenas a vítima contorcia-se nos braços de dois homens, implorando socorro a céu, terra, homens e coisas.

86. Henrique IV (1553-1610) foi assassinado por François Ravaillac (1577-1610), um católico fanático. Ver também nota 66 em *1001 fantasmas*.

Hoffmann ouviu subitamente, pela fresta da persiana, estas palavras tristemente pronunciadas por uma voz jovem:

— Pobre du Barry![87] Quem diria!

— A sra. du Barry! — exclamou Hoffmann. — É ela, é ela que está passando na carroça!

— Sim, senhor — respondeu a voz grave e dolente no ouvido do viajante, tão próxima que, através das persianas, ele sentia o bafejo quente do interlocutor.

A pobre du Barry mantinha-se ereta e agarrada aos caibros trepidantes da carroça. Os cabelos castanhos, ponto alto de sua beleza, embora tonsurados na nuca, caíam sobre suas têmporas em longas mechas inundadas de suor. Bela, com seus olhos grandes e perplexos, a boca pequena, muito pequena para os terríveis gritos que emitia, a infeliz mulher às vezes sacudia a cabeça num movimento convulsivo, a fim de desvencilhar seu rosto dos cabelos que o encobriam.

Quando passou defronte ao marco no qual Hoffman caíra sentado, ela gritou: "Socorro! Salvem-me! Eu não fiz mal a ninguém! Socorro!" Quase derrubou o assistente do carrasco que a ajudava a se equilibrar.

"Socorro!", repetiu aos gritos, em meio ao mais profundo silêncio dos espectadores. Aquelas fúrias, acostumadas a insultar os bravos condenados, sentiam-se tocadas diante do irreprimível acesso de pavor de uma mulher, percebendo que seus impropérios não seriam capazes de cobrir todos os gemidos daquela febre que beirava a loucura e atingia o sublime do terrível.

Hoffmann levantou-se, não sentindo mais o coração no peito. Pôs-se a correr atrás da carroça como os demais, nova sombra acrescentada à procissão de espectros, derradeira escolta de uma favorita do rei.

A sra. du Barry, encarando-o, ainda gritou:

— A vida! A vida...! Lego todo o meu patrimônio à nação! Cavalheiro...! Salve-me!

"Oh!" pensou o rapaz. "Ela falou comigo! Pobre mulher, cujos olhares custaram tão caro, cujas palavras não tinham preço. Ela falou comigo!"

Deteve-se. A carroça acabava de chegar à praça da Revolução.[88] Na penumbra, adensada por uma chuva fria, Hoffmann distinguia apenas duas silhuetas: uma branca, da vítima; a outra vermelha, do cadafalso.

87. Jeanne Bécu, condessa du Barry (1743-93), amante de Luís XV a partir de 1768. Com a morte do rei, retirou-se para o seu castelo de Louveciennes. Sob a Revolução, aderiu aos movimentos de restauração da monarquia, trabalhando como intermediária entre Paris e Londres. Denunciada e presa, foi executada em 8 de dezembro de 1793.

88. Antiga praça Luís XV, depois batizada como praça de la Concorde (ou da Concórdia), depois praça da Revolução, e finalmente outra vez de la Concorde, seu nome atual. A primeira execução por meio da guilhotina aconteceu na praça de Grève, em 25 de abril de 1792. Todos os condenados seriam executados neste local, até o cadafalso ser transportado para a praça du Carroussel, onde permaneceu até maio de 1793. A guilhotina foi então deslocada para a praça de la Concorde ("da Revolução", na época em que se desenrola a trama). Após a execução de Robespierre, volta à praça de Grève.

Viu os carrascos arrastarem a túnica branca pela escada. Viu aquela forma atormentada vergando-se para resistir. E, subitamente, em meio a gritos horrendos, viu a pobre mulher perder o equilíbrio e desabar sobre a báscula.

Hoffmann ouviu-a gritar: "Misericórdia, sr. carrasco, apenas mais um minuto, sr. carrasco..."[89] E isso foi tudo. O cutelo escorregou, fazendo respingar um fulgor roxo.

Cambaleante, Hoffmann alcançou o fosso que contornava a praça.

Era um belo quadro para um artista que vinha à França atrás de impressões e ideias.

Deus acabava de lhe mostrar o crudelíssimo castigo daquela que contribuíra para a derrocada da monarquia.

Hoffmann considerou aquela execução covarde de du Barry como a absolvição da pobre mulher. Ela jamais tivera orgulho, uma vez que sequer sabia morrer! Na época, lamentavelmente, saber morrer foi a virtude suprema dos que nunca haviam conhecido o vício.

Nesse dia, Hoffmann refletiu que, se viera à França para ver coisas extraordinárias, não perdera a viagem.

Um pouco consolado pela filosofia da história, ruminou:

"Resta o teatro, vamos ao teatro. Sei perfeitamente que, depois da atriz que acabo de ver, as da ópera ou da tragédia não me impressionarão, mas serei indulgente. Não convém exigir muito de mulheres que só morrem no palco. Em todo caso, vou prestar bastante atenção nesta praça para nunca mais pôr os pés aqui."

---

89. Foram estas, com efeito, as últimas palavras da condessa du Barry.

8. *O julgamento de Páris*

Hoffmann era o homem das mudanças bruscas. Depois da praça da Revolução e do povo ululante cercando o cadafalso, do céu escuro e do sangue, ansiava pelo brilho dos lustres, da multidão alegre, das flores, da vida, enfim. Não tinha muita certeza se o espetáculo que presenciara sumiria-lhe da mente por tal artifício, mas queria ao menos distrair os olhos e comprovar que ainda havia pessoas vivendo e rindo no mundo.

Dirigiu-se então à Ópera. Chegou por instinto, sem saber como. Sua determinação tomara a dianteira e ele a seguira como um cego o seu cão, enquanto seu espírito viajava por um caminho oposto e através de impressões diametralmente opostas.

Assim como na praça da Revolução, uma multidão se aglomerava no bulevar onde, nessa época, ficava o teatro da Ópera, hoje teatro da Porte Saint-Martin.

Hoffmann parou diante daquela multidão e olhou o cartaz.

Encenava-se *O julgamento de Páris*, balé-pantomima em três atos do sr. Gardel Júnior, filho do mestre-coreógrafo de Maria Antonieta que mais tarde veio a ser mestre-coreógrafo do imperador.[90]

"*O julgamento de Páris*?" murmurou o poeta, olhando fixamente o cartaz como se para gravar no espírito, com a ajuda dos olhos e do ouvido, a significação destas quatro palavras: *O julgamento de Páris*!

---

90. *O julgamento de Páris*: nesse conhecido episódio da mitologia grega, o pastor troiano Páris (na realidade, filho do rei Príamo) é abordado por três deusas (Hera, Afrodite e Palas-Atena) e encarregado de apontar a mais bela das três. Ele escolhe Afrodite, que em troca lhe promete o amor da mais bela das mortais, Helena, rainha de Esparta, o que irá deflagrar a guerra de Troia. Essa peça foi de fato encenada no teatro da Ópera em 1793. Balé-pantomima: gênero híbrido que mistura dança e ação dramática, bastante em voga sob a Revolução. Gardel Júnior: Pierre Gardel (1758-1840) sucede ao irmão Maximilien (1741-87) como coreógrafo da Ópera, posto que ocupa até 1829.

Em vão repetia as sílabas que compunham o título do balé, pareciam-lhe vazias de sentido, de tal forma seu pensamento pelejava para expulsar as terríveis lembranças que o ocupavam e ceder lugar à obra extraída da *Ilíada* de Homero pelo sr. Gardel Júnior.

Estranha época essa, quando num mesmo dia era possível assistir a uma condenação pela manhã, a uma execução às quatro horas, a um balé à noite e ainda se corria o risco de ser preso depois de todas essas emoções!

Hoffmann compreendeu que, se outra pessoa não lhe dissesse o que estavam encenando, ele ficaria sem saber e talvez enlouquecesse diante do cartaz.

Aproximou-se de um senhor gordo que estava na fila com a esposa, já que em todos os tempos os homens gordos cismam de ficar na fila com as esposas, e indagou:

— O que temos esta noite, cavalheiro?

— Como vê no cartaz à sua frente, cavalheiro — respondeu o homem gordo —, temos *O julgamento de Páris.*

— O julgamento de Páris... — repetiu Hoffmann. — Ah, sim, o julgamento de Páris, sei do que se trata.

O senhor gordo olhou para aquele estranho perguntador e deu de ombros, manifestando o mais profundo desprezo por um rapaz que, em plena época mitológica, era capaz de esquecer por um segundo a história do julgamento de Páris.

— Quer a explicação do balé, cidadão? — perguntou o vendedor de libretos, aproximando-se de Hoffmann.

— Sim, dê-me um.

Era, para nosso herói, uma prova a mais de que ia ao espetáculo, e ele precisava de uma.

Abriu o libreto e examinou-o.

Era impresso com esmero num belo papel branco, enriquecia-o um prefácio do autor.

"Que coisa maravilhosa é o homem", pensou Hoffmann, percorrendo as poucas linhas daquele prefácio, linhas que ainda não lera, mas que leria, "e como, ao mesmo tempo em que faz parte da massa comum dos homens, ele caminha sozinho, solitário, egoísta e indiferente rumo a seus interesses e ambições! Por exemplo, eis um homem, o sr. Gardel Júnior, que apresentou este balé em 5 de março de 1793, isto é, seis semanas após a morte do rei, isto é, seis semanas após um dos maiores acontecimentos do mundo. Pois bem, no dia em que esse balé foi apresentado, irromperam emoções particulares dentro das emoções gerais. Seu coração exultou quando aplaudiram, e, naquele momento, se lhe viessem falar do acontecimento que ainda sacudia o mundo e mencionassem o nome do rei Luís XVI, ele teria exclamado: 'Luís XVI, quem é?' Depois, a partir do dia em que entregara seu balé ao público, como se a terra inteira não devesse mais se preocupar senão com aquele evento coreográfico, fez um prefácio à explicação de sua pantomima. Essa é boa! Leiamos seu prefácio e vejamos se, esquecendo a data em que foi escrito, encontro nele algum vestígio das coisas em meio às quais ele vinha à luz."

Hoffmann pôs os cotovelos sobre a balaustrada do teatro e eis o que leu.

> Sempre notei, nos balés de ação, que o efeito dos cenários e dos divertimentos variados e agradáveis era o que mais atraía a multidão e os aplausos frenéticos.

"Cumpre admitir que se trata de um homem perspicaz", pensou Hoffmann, incapaz de reprimir um sorriso à leitura daquela primeira ingenuidade. "Como! Ele notou que o que atrai nos balés são os efeitos de cenários e os divertimentos variados e agradáveis... Que lisonja para os srs. Haydn, Pleyel e Méhul,[91] que compuseram a música do *Julgamento de Páris*! Vamos em frente."

> A partir dessa observação, procurei um tema capaz de valorizar os talentosos bailarinos que só a Ópera de Paris possui e que me permitisse expor as ideias que o acaso pudesse me oferecer. A história poética é o terreno inesgotável a ser cultivado pelo mestre-coreógrafo. Esse terreno não é sem espinhos, mas devemos saber afastá-los para colher a rosa.

"Que horror! Eis uma frase digna de ser emoldurada a ouro!" exclamou Hoffmann. "Só na França para escreverem coisas desse gênero!"

E pôs-se a olhar para o libreto, preparando-se para continuar aquela interessante leitura que começava a distraí-lo. Seu espírito, porém, desviado da verdadeira preocupação, a ela retornava gradativamente. Os caracteres foram se embaralhando sob os olhos do sonhador, que, deixando pender a mão que segurava *O julgamento de Páris*, olhou fixamente para o chão e murmurou:

— Pobre mulher!

Era a sombra da sra. du Barry voltando a atormentá-lo.

Ele então sacudiu a cabeça, como se para expulsar vigorosamente a sombria realidade. Após guardar no bolso o libreto do sr. Gardel Júnior, comprou um ingresso e entrou no teatro.

A sala estava lotada e rutilante de flores, joias, sedas e ombros nus. Um intenso burburinho, o de mulheres perfumadas e frases frívolas, o zumbido de mil moscas esvoaçando dentro de uma caixa de sapato, feito de palavras tão indeléveis quanto a marca das asas das borboletas nos dedos das crianças que as capturam e que, dois minutos depois, não sabendo mais o que fazer com elas, erguem as mãos para os céus e as devolvem à liberdade.

91. A música dos balés-pantomimas é uma espécie de pot-pourri de músicas conhecidas de diferentes compositores.

Hoffmann ocupou um lugar próximo à orquestra e, por um instante, fascinado pela atmosfera efusiva que reinava na sala de espetáculo, foi capaz de acreditar que estava ali desde a manhã e que o espectro da morte que teimava em assombrá-lo era um pesadelo e não uma realidade. Então sua memória, dona, como a de todos os homens, de duas lentes refletoras, uma no coração, outra na razão, percorrendo a gradação natural das impressões alegres, voltou-se imperceptivelmente para a linda jovem que ele deixara tão distante e cujo medalhão sentia bater, como se outro coração, junto ao seu. Examinou todas as mulheres que o cercavam, todos aqueles ombros alvos, todos aqueles cabelos louros e castanhos, todos aqueles braços sinuosos, todas aquelas mãos brincando com hastes de leque ou retocando vaidosamente flores de um penteado, e sorriu consigo mesmo pronunciando o nome Antônia, como se ele sozinho bastasse para superar qualquer comparação entre sua dona e as mulheres que ali se achavam, transportando-o a um mundo de lembranças mil vezes mais encantadoras que toda aquela realidade, por mais bela que fosse. Depois, como se não fora o bastante, como temesse apenas ver se apagar o retrato que, através da distância, seu pensamento redesenhava no ideal que o emoldurava, Hoffman enfiou lentamente a mão no peito e agarrou o medalhão como uma menina amedrontada agarra um passarinho no ninho. Certificando-se de que ninguém podia vê-lo e embaçando com um olhar a doce imagem que tinha nas mãos, trouxe lentamente o retrato da moça à altura da vista, adorou-o por um instante e, após tê-lo pousado devotamente nos lábios, voltou a guardá-lo junto ao coração, sem que ninguém pudesse presumir a alegria que acabava de ter, imitando o gesto do homem que endireita o colete, aquele jovem espectador de cabelos pretos e tez pálida.

Nesse momento, tocou o sinal e as primeiras notas da abertura começaram a correr alegremente pela orquestra, como pintassilgos trinando num bosque.

Hoffmann sentou-se e, tratando de voltar a ser um homem como os demais, isto é, um espectador atento, abriu seus dois ouvidos para a música.

Ao cabo de cinco minutos, contudo, não escutava mais e não queria mais escutar. Não era com aquela música que prendiam a atenção de Hoffmann, ainda mais que ele a escutava duas vezes, já que um vizinho de plateia, sem dúvida frequentador da Ópera e admirador dos srs. Haydn, Pleyel e Méhul, acompanhava em semitom, com uma vozinha de falsete e com precisão milimétrica, as diferentes melodias desses três senhores. O diletante juntava outro acompanhamento ao da boca, este com os dedos, batendo suas unhas compridas e afiladas, no ritmo e com admirável destreza, na caixinha de rapé que segurava na mão esquerda.

Hoffmann, com a curiosidade natural que é manifestamente a primeira qualidade de todos os observadores, pôs-se a examinar aquele personagem que produzia uma orquestra particular enxertada na orquestra geral.

Imaginem um homenzinho de paletó, colete e calça pretos, camisa e gravata brancas...

O personagem, aliás, merece descrição.

Imaginem um homenzinho de paletó, colete e calça pretos, camisa e gravata brancas, de um branco mais que o branco, quase tão cansativo aos olhos quanto o reflexo prateado da neve. Na parte das mãos desse homenzinho, mãos magras, transparentes como cera e se destacando sobre a calça preta, como se fossem iluminadas por dentro, coloque punhos de fina casimira, dobrados com grande esmero e flexíveis como folhas de lírio, e terão o conjunto do corpo. Agora observem a cabeça, e observem-na como fazia Hoffmann, isto é, com um misto de curiosidade e espanto. Imaginem um rosto oval, com a testa luzidia feito marfim e ralos cabelos cor de abóbora, brotando de quando em quando como touceiras numa planície. Suprimam as sobrancelhas e, abaixo do lugar onde elas deveriam estar, abram dois buracos dentro dos quais vocês instalarão um olho frio como vidro, quase sempre estático e a princípio sem vida aparente, tanto que em vão se procuraria neles o ponto luminoso implantado por Deus no olho como a centelha do núcleo vital. Esses olhos são azuis como a safira, sem doçura, sem dureza. Veem, isto é certo, mas não enxergam. Um nariz seco, fino, comprido e pontudo; uma boca pequena, de lábios entreabertos sobre dentes não brancos, porém da mesma cor de cera que a pele, como se tingidos com uma ligeira infiltração de sangue pálido; um queixo pontudo, severamente escanhoado; maçãs do rosto salientes, ambas as faces carcomidas por uma cavidade em que cabia uma noz; tais eram os traços característicos do espectador sentado ao lado de Hoffmann.

Esse homem podia ter cinquenta anos, ou trinta. Tivesse oitenta, não teria sido nenhum espanto. Tivesse apenas doze, ainda assim não teria sido de todo inverossímil. Parecia que viera ao mundo já com aquela figura. Sem dúvida, nunca fora jovem, e possivelmente parecia mais velho.

Era provável que, tocando sua pele, sentíssemos a mesma sensação de frio que sentiríamos tocando a pele de uma serpente ou de um cadáver.

Mas ora vejam só, ele gostava muito de música.

De tempos em tempos, sua boca se esgarçava um pouco mais, sob a pressão da voluptuosidade melômana, e três pequenas rugas, idênticas de ambos os lados, descreviam um semicírculo na extremidade dos lábios e ali permaneciam gravadas por cinco minutos, apagando-se depois gradualmente, como os círculos desenhados por uma pedra jogada na água, que vão se alargando sempre, até se confundirem por completo com a superfície imóvel.

Hoffmann não se cansava de olhar tal sujeito, e ele, embora sentindo-se examinado, nem por isso esboçou um movimento que fosse. Sua imobilidade era tão completa que nosso poeta, naquela época já detentor da semente imaginativa que viria a engendrar Coppelius,[92] apertou as suas duas mãos no encosto da poltrona que tinha diante de si, debruçou o corpo e, voltando a cabeça para a direita, tentou ver de frente o que até então vira apenas de perfil.

O homenzinho fitou Hoffmann sem espanto, sorriu, fez-lhe uma pequena saudação amistosa e continuou a fixar os olhos no mesmo ponto, invisível para qualquer outro além dele, acompanhando a orquestra.

— Estranho — disse Hoffmann, sentando-se novamente —, eu teria apostado que ele não vivia.

92. Nome do pai da boneca Olímpia, personagens de *O homem da areia*, conto mais famoso de Hoffmann.

E como se, a despeito de ter visto a cabeça do vizinho se mexer, o rapaz não estivesse inteiramente convencido de que o resto do corpo tinha vida, voltou mais uma vez os olhos para as mãos do personagem. Uma coisa lhe chamou a atenção: sobre a caixinha de rapé com a qual brincavam aquelas mãos, feita de ébano, refulgia uma pequena caveira de diamante.

Naquele dia, tudo assumiria tons fantásticos aos olhos de Hoffmann, mas ele estava mais do que resolvido a alcançar seus fins e, debruçando-se para baixo como fizera para a frente, grudou os olhos na caixinha de rapé, a ponto de seus lábios quase tocarem as mãos de quem a manuseava.

O homem assim examinado, vendo que sua caixinha despertava tamanho interesse no rapaz, passou-a silenciosamente para ele a fim de que a pudesse contemplar mais à vontade.

Hoffmann pegou-a, girou-a, revirou-a vinte vezes, depois a abriu.

Dentro, havia rapé!

9. *Arsène*

Após ter examinado detidamente a caixinha de rapé, Hoffmann devolveu-a ao dono, agradecendo-lhe com um sinal silencioso da cabeça, retribuído com outro igualmente cortês, e no entanto, se é que é possível, mais silencioso ainda.

"Vejamos agora se ele fala", perguntou-se Hoffmann, e, voltando-se para o vizinho, puxou conversa:

— Peço que me desculpe a indiscrição, cavalheiro, mas essa pequena caveira de diamante que adorna sua caixinha de rapé me impressionou desde o início, pois é um ornamento raro numa caixa dessa natureza.

— Com efeito, creio que é a única no gênero — replicou o desconhecido com uma voz metálica, cujos sons imitavam perfeitamente o barulho de moedas de prata empilhadas umas sobre as outras. — Ganhei de uns herdeiros agradecidos, cujo pai foi meu paciente.

— O senhor é médico?

— Sim, senhor.

— Havia curado o pai desses jovens?

— Ao contrário, cavalheiro, tivemos a infelicidade de perdê-lo.

— Tento entender o motivo da gratidão.

O médico pôs-se a rir.

Suas respostas não o impediam de continuar cantarolando, e ainda cantarolando replicou:

— É, acho que matei mesmo aquele velho.

— Como assim, matou?

— Testei nele um remédio novo. Oh, meu Deus, ele bateu as botas apenas uma hora depois. Foi realmente muito esquisito.

E tornou a cantarolar.

— Parece gostar de música, cavalheiro... — reiniciou Hoffmann.

— Principalmente desta, sim, senhor.

"Que diabos!" pensou Hoffmann. "Eis um homem que se engana tanto na música quanto na medicina."

Nesse instante, as cortinas se ergueram.

O estranho médico aspirou uma pitada de rapé e se recostou o mais comodamente possível na poltrona, como um homem que não quer perder nada do espetáculo diante de si.

Enquanto se recostava, perguntou a Hoffmann, como que por instinto:

— O senhor é alemão, cavalheiro?

— Perfeitamente.

— Reconheci pelo sotaque. Lindo país, horrendo sotaque.

Hoffmann assentiu diante daquela frase, misto de elogio e crítica.

— E por que veio à França?

— Para ver.

— E o que já viu?

— Vi guilhotinarem alguém, senhor.

— Estava hoje na praça da Revolução?

— Estava.

— Então assistiu à morte da sra. du Barry.

— Sim — respondeu Hoffmann, com um suspiro.

— Conheci-a profundamente — continuou o médico lançando-lhe um olhar de cumplicidade, imprimindo à palavra "conheci" toda a força de sua significação. — Bela mulher, por sinal.

— E cuidou dela também?

— Não, mas cuidei de seu negro, Zamora.

— Aquele miserável! Contaram-me que foi ele quem denunciou a ama.

— Pois é, grande patriota aquele negrinho.

— Deveria ter feito com ele o que fez com o velho, o senhor sabe, o da caixinha de rapé.

— Para quê? Ele não tinha herdeiros.

E a risada do médico tilintou novamente.

— E o senhor, não assistiu à execução? — continuou Hoffmann, que se via tomado por uma irresistível ânsia de falar da pobre criatura, cuja imagem sangrenta não o abandonava.

— Não. Ela estava emagrecida?

— Quem?

— A condessa.

— Não sei dizer, cavalheiro.

— E por quê?

— Porque a primeira vez que a vi foi naquela carroça.

— Que pena. Fiquei curioso, pois a conheci bem obesa. Mas amanhã irei ver o corpo. Ah, pronto, olhe!

O médico apontou para o palco, onde, naquele exato momento Vestris, que fazia o papel de Páris, aparecia no monte Ida e fazia todo tipo de galanteio à ninfa Enona.[93]

Hoffmann olhou para onde apontava seu vizinho, porém só depois de certificar-se de que o soturno médico realmente prestava atenção no palco, e que o tema daquela conversa parecia-lhe absolutamente banal.

"Seria curioso ver esse homem chorar", pensou Hoffmann.

— Conhece o enredo da peça? — voltou a perguntar o médico, após o silêncio de alguns minutos.

— Não, senhor.

— Oh, é interessantíssimo. Há inclusive situações comovedoras. Um de meus amigos e eu sentimos lágrimas nos olhos da outra vez.

"Um de seus amigos!" ruminou o poeta. "Quem pode ser amigo desse homem? Só se for um coveiro."

— Ah, bravo, bravo, Vestris — vibrou o homenzinho, batendo as mãos.

O médico escolhera para manifestar sua admiração o momento em que Páris, como dizia o libreto que Hoffmann comprara na porta, apanha sua aljava e corre em auxílio dos pastores, que, aterrorizados, fogem de um leão terrível.

— Não sou curioso, mas gostaria de ter visto o leão.

Assim terminava o primeiro ato.

Então o médico levantou-se, voltou-se, apoiou-se na poltrona em frente à sua e, substituindo a caixinha de rapé por um pequeno binóculo, passou a espiar as mulheres da plateia.

Hoffmann seguia mecanicamente a direção do binóculo, observando com espanto que a pessoa sobre a qual ele se fixava estremecia instantaneamente e logo voltava os olhos para aquele que a espiava, como se a isso fosse obrigada por uma força invisível, que a imobilizava nessa posição até o médico parar de examiná-la.

— Por acaso também recebeu esse binóculo de herança, cavalheiro? — perguntou Hoffmann.

— Não, foi um presente do sr. de Voltaire.[94]

— Quer dizer que também o conheceu?

— Muito, éramos muito ligados.

93. Marie-Jean-Auguste Vestris (1760-1842): ingressa no corpo de baile da Ópera de Paris em 1776, sendo promovido a primeiro bailarino em 1779. Sua grande popularidade no período da Revolução (aparecera no palco em trajes de *sans-culotte*, ver nota 49) não será arranhada com o advento do Império. "Enona": na mitologia grega, a ninfa namorada de Páris, antes de ele apaixonar-se por Helena.

94. Pseudônimo de François-Marie Arouet (1694-1778), escritor, poeta, dramaturgo e filósofo francês, um dos maiores, se não o maior, nome do Iluminismo europeu. Irreverente, foi um ferrenho adversário da "infâmia" (como chamava a Igreja católica), pregando a tolerância e a liberdade.

— Era médico dele?

— Ele não acreditava na medicina. É bem verdade que não acreditava em muita coisa.

— É fato que morreu se confessando?

— Ele, cavalheiro, ele! Arouet![95] Ora, vamos! Não apenas não se confessou, como recebeu cinicamente o padre que tentou assisti-lo! Posso falar disso com conhecimento de causa, pois estava presente.

— O que aconteceu então?

— Arouet está para morrer. Tersac, o vigário, chega e lhe pergunta, antes de mais nada, como homem que não tem tempo a perder:

"Cavalheiro, reconhece a trindade de Jesus Cristo?"

"Cavalheiro, permita que eu morra sossegado, por favor", responde-lhe Voltaire."

"Entretanto", continua Tersac, "preciso saber se reconhece Jesus Cristo como filho de Deus."

"Em nome do diabo", exclama Voltaire, "não me fale mais desse homem" — e, reunindo o pouco de forças que lhe resta, dá um soco na cabeça do vigário e morre. Como eu ri, meu Deus, como eu ri!

— Realmente, deve ter sido engraçado — disse Hoffmann, com uma voz desdenhosa —, não há melhor maneira de morrer para o autor de *A donzela de Orléans*.[96]

— Ah, sim, *A donzela*! — exclamou o sinistro homem. — Que obra-prima! Admirável! Só conheço um livro capaz de rivalizar com este.

— Qual?

— *Justine*, do sr. de Sade. Conhece *Justine*?[97]

— Não, senhor.

— E o marquês de Sade?

— Tampouco.

— Veja, cavalheiro — entusiasmou-se o médico —, *Justine* é tudo que se pode ler de mais imoral, é Crébillon filho[98] nu em pelo, é maravilhoso. Cuidei de uma adolescente que leu.

95. "Voltaire" seria um anagrama de "Arouet L(e) J(eune)" [Arouet o Jovem], no qual u=v e j=i; a partícula "de" (sr. de Voltaire"), denotativa de nobreza, foi acrescentada pelo próprio.

96. Poema heroico-cômico de Voltaire, de inspiração resolutamente anticlerical e tratando burlescamente a vida de Joana d'Arc (c.1412-1531), causou escândalo na época de sua publicação.

97. *Justine ou Os infortúnios da virtude*, romance do marquês de Sade (1740-1814), primeiro publicado em vida do autor, em 1791, um ano após este ser libertado da Bastilha.

98. Claude-Prosper Jolyot de Crébillon (1707-77): escritor e *chansonnier* francês, autor de romances licenciosos, contrastava com o pai, Prosper Jolyot de Crébillon (1674-1762), acadêmico respeitável.

— E ela morreu, como o seu velhinho?

— Morreu, mas morreu feliz.

E o olho do médico, à evocação das causas daquela morte, cintilou de satisfação.

Soou o toque para o segundo ato.

O que não aborreceu Hoffmann, seu vizinho o assustava.

— Ah! — disse o médico, ajeitando-se na poltrona com um sorriso extasiado. — Vamos ver Arsène.

— Quem é Arsène?

— Não conhece?

— Não, senhor.

— Que coisa! Então não conhece nada, rapaz! Arsène é Arsène, isso diz tudo. Aliás, verá.

E, antes que a orquestra desse a primeira nota, o médico voltou a cantarolar a introdução do segundo ato.

A cortina se abriu.

O pano de fundo representava um campo de flores e relva, atravessando um riacho que nascia no sopé de um rochedo.

Hoffmann deixou a cabeça cair nas mãos.

Decididamente, o que ele via e ouvia não conseguia distraí-lo do pensamento doloroso e da lembrança lúgubre que o haviam deixado naquele estado.

"O que isso teria mudado...?" pensou, mergulhando bruscamente nas impressões do dia. "O que teria mudado no mundo se tivessem deixado aquela infeliz mulher viver? Que mal resultaria se aquele coração tivesse continuado a bater, aquela boca a respirar? Que desgraça causaria? Por que interromper bruscamente tudo aquilo? Com que direito ceifar a vida no meio de seu impulso? Ela estaria tranquilamente no meio de todas essas mulheres, ao passo que, neste momento, seu pobre corpo, o corpo que foi amado por um rei, jaz na lama de um cemitério, sem flores, sem cruz, sem cabeça. Como ela gritava, meu Deus, como gritava! Depois, de repente..."

Hoffmann escondeu a testa nas mãos.

"O que faço aqui?" perguntou a si mesmo. "Oh, tenho de ir."

E talvez de fato ele estivesse saindo quando, ao erguer a cabeça, viu no palco uma bailarina ausente no primeiro ato e cuja dança a plateia inteira contemplava sem fazer um movimento, sem exalar um sopro.

— Oh, que beleza de mulher! — exclamou Hoffmann, alto o suficiente para que seus vizinhos e a própria bailarina o ouvissem.

A responsável por tal admiração súbita olhou para o rapaz que, num rompante, dirigira-lhe a exclamação, e Hoffmann julgou ver um agradecimento em seu olhar.

Ele corou e estremeceu, como se tocado por uma faísca elétrica.

Arsène, pois era ela, quer dizer, aquela bailarina cujo nome o velhinho pronunciara, era realmente uma criatura impressionante, e de uma beleza que nada tinha de tradicional.

Era alta, maravilhosamente bem-feita e exibia uma palidez transparente sob o ruge que cobria suas faces. Os pés eram minúsculos, e quando os aterrissava no assoalho do teatro, era como se a ponta de cada um deles pousasse sobre uma nuvem, pois não se ouvia qualquer ruído. Sua compleição era tão magra, tão flexível, que uma cobra não teria se contorcido como ela fazia. Toda vez, vergando-se por inteiro, inclinava-se para trás, parecendo que seu espartilho iria arrebentar, e adivinhava-se, na energia de sua dança e na segurança de seu corpo, a convicção de uma beleza completa e a alma fogosa que, como a da Messalina[99] arcaica, se às vezes enlanguesce, jamais se sacia. Não sorria como sorriem normalmente as bailarinas, seus lábios de púrpura quase nunca se abriam; não que tivessem dentes feios a esconder, não, pois no sorriso que dirigira a Hoffmann, quando ele muito ingenuamente a elogiara de modo tão expansivo, nosso poeta pudera ver uma dupla fileira de pérolas, brancas e puras, que Arsène com certeza escondia para que o ar não as manchasse. Em seus cabelos negros e brilhantes, com reflexos azuis, enrolavam-se largas folhas de acanto, das quais pendiam cachos de uva, cuja sombra percorria seus ombros nus. Quanto aos olhos, eram grandes, límpidos, pretos, cintilantes, a ponto de iluminarem tudo à sua volta. Ainda que dançasse no meio da noite, Arsène teria iluminado seu palco. A garota tornava-se ainda mais original porque, sem razão nenhuma, usava nesse papel de ninfa — pois representava, ou melhor, dançava uma ninfa —, ela usava, dizíamos, uma pequena gargantilha de veludo negro, rematada por um fecho, era ao menos um objeto que parecia ter a forma de um fecho, o qual, feito de diamantes, lançava fulgores radiosos.

O médico olhava aquela mulher avidamente, e sua alma, a alma que lhe era possível ter, parecia voar junto com ela. Era mais que evidente: enquanto ela dançava, ele não respirava.

Hoffmann então observou uma coisa curiosa: fosse Arsène para a direita ou para a esquerda, para trás ou para a frente, seus olhos nunca saíam do campo de visão do médico, como se estabelecendo uma corrente entre os dois olhares. Mais que isso, Hoffmann via nitidamente os raios lançados pelo fecho da gargantilha de Arsène, e os lançados pela caveira do médico, chocarem-se, repelirem-se e ricochetearem num mesmo feixe composto por milhares de faíscas brancas, vermelhas e douradas.

— Faria a gentileza de me emprestar seu binóculo, senhor? — pediu Hoffmann, arfante e sem mover a cabeça, pois era-lhe igualmente impossível desviar os olhos de Arsène.

99. Mulher do imperador Cláudio (?25-48), seu nome virou sinônimo de "mulher dissoluta".

O médico estendeu a mão para Hoffmann, com a cabeça também imóvel, de modo que as mãos dos dois espectadores buscaram-se por alguns instantes no vazio antes de se encontrarem.

Alcançando enfim o binóculo, Hoffmann grudou-o nos olhos.

— É estranho... — murmurou.

— O quê? — perguntou o médico.

— Nada, nada — respondeu Hoffmann, que desejava concentrar-se exclusivamente no que via. E, de fato, era estranho.

O binóculo aproximava de tal forma os objetos de seus olhos que, por duas ou três vezes, ele estendeu a mão julgando tocar Arsène. Ela parecia não mais estar na ponta da lente que a refletia, mas entre as duas lentes do binóculo. Portanto, nosso alemão não perdia nenhum detalhe da beleza da bailarina, e aqueles olhares, de longe já tão brilhantes, cingiam sua fronte em um círculo de fogo, faziam o sangue ferver nas veias de suas têmporas.

A alma do rapaz fazia um som terrível dentro dele.

— Que mulher é essa? — exclamou, com uma voz fraca, sem largar o binóculo e sem se mexer.

— É Arsène, como eu disse — repetiu o médico, em quem apenas os lábios pareciam vivos e cujo olhar imóvel varava a bailarina.

— Essa mulher certamente tem um namorado...

— Certamente.

— E ela o ama?

— É o que dizem.

— E ele é rico?

— Riquíssimo.

— Quem é?

— Olhe à esquerda, no camarote principal.

— Não consigo mexer a cabeça.

— Vale o sacrifício.

Hoffmann fez um esforço tão intenso que soltou um grito, como se os nervos de seu pescoço se houvessem petrificado e pulverizado naquele momento.

Olhou para o camarote indicado.

Nele, havia apenas um homem, o qual, porém, acocorado como um leão na balaustrada de veludo, parecia preencher sozinho todo o espaço.

Era um homem entre trinta e dois, trinta e três anos, um rosto esculpido pelas paixões. Era como se, não a varíola, mas uma erupção vulcânica houvesse escavado os vales cujas profundezas entrecruzavam-se naquela carne convulsionada. Seus olhos deviam ter sido pequenos em outros tempos, mas haviam se dilatado por uma espécie de dilaceramento da alma. Ora mostravam-se átonos e vazios, como uma cratera extinta, ora expeliam chamas como uma cratera rutilante. Não aplaudia aproximando as mãos, mas socando a balaustrada, e a cada aplauso parecia sacudir a sala.

— Oh — fez Hoffmann —, é um homem que vejo ali?

— Sim, sim, é um homem — respondeu o homenzinho sinistro. — Sim, é um homem, e um homem selvagem, eu diria.

— Como se chama?

— Não conhece?

— Naturalmente que não, cheguei ontem.

— Pois muito bem! É Danton.[100]

— Danton! — reagiu Hoffmann, estremecendo. — Oh, oh! E é ele o namorado de Arsène?

— Ele mesmo.

— E decerto a ama...

— Loucamente. Morre de ciúme dela.

Contudo, por mais interessante que fosse contemplar Danton, Hoffmann já voltara os olhos para Arsène, cuja dança silenciosa tinha uma aparência fantástica.

— Mais uma informação, cavalheiro.

— Fale.

— Qual é a forma do broche que fecha sua gargantilha?

— É uma guilhotina.

— Uma guilhotina!

— Sim. Andam confeccionando umas réplicas encantadoras e todas as nossas elegantes usam pelo menos uma. A de Arsène foi presente de Danton.

— Uma guilhotina, uma guilhotina no pescoço de uma bailarina — repetiu Hoffmann, que sentia o cérebro inchar —, por que uma guilhotina...?

Arriscando ser tomado por louco, o alemão esticava os braços à frente, como se para tocar um corpo, pois, em virtude de um curioso efeito de óptica, a distância que o separava de Arsène desaparecia por instantes e ele julgava sentir o hálito da bailarina em seu rosto e ouvir a fogosa respiração daquele peito, cujos seios, seminus, arfavam como se abraçados pelo prazer. Hoffmann achava-se no estado de exaltação em que julgamos respirar fogo e tememos que os sentidos estilhassem nosso corpo.

— Basta! Basta! — dizia.

Mas a dança continuava, e a alucinação fora num tamanho crescendo que, confundindo suas duas impressões mais fortes do dia, o espírito de Hoffmann misturava à cena que assistia a lembrança da praça da Revolução e julgava ver ora a sra. Du Barry, pálida e decapitada, dançar no lugar de Arsène, ora Arsène chegando para bailar ao pé da guilhotina e às mãos do carrasco.

Forjava-se, na imaginação exaltada do rapaz, um buquê de flores e sangue, de dança e agonia, de vida e morte.

100. Sobre Danton, ver nota 46 em *1001 fantasmas*.

O que predominava, contudo, era a atração elétrica que o impelia para aquela mulher. A cada vez que as duas pernas esguias passavam-lhe diante dos olhos e a saia transparente esvoaçava, um frêmito percorria-o da cabeça aos pés, seu lábio ficava seco, seu bafejo, ardente, e o desejo entrava nele como entra num homem de vinte anos.

Nesse estado de exaltação, Hoffmann só via um refúgio, era o retrato de Antônia, o camafeu que carregava no peito, o amor puro a ser oposto ao amor sensual, a força da casta lembrança para deter a realidade concreta.

Pegou o retrato e o levou aos lábios, porém, mal esboçara o gesto, ouviu a risadinha aguda do homem ao seu lado e percebeu seu olhar escarninho.

Então, com o rosto vermelho, guardou novamente o camafeu onde o pegara e, levantando-se como se por uma mola, exclamou:

— Deixem-me sair! Deixem-me sair, impossível ficar aqui por mais tempo!

E, feito um louco, deixou a plateia, pisando nos pés e tropeçando nas pernas dos pacíficos espectadores, que resmungavam contra aquele excêntrico dominado pelo capricho de, sem mais nem menos, sair no meio de um balé.

10. *Segunda récita de* O julgamento de Páris

Mas o impulso de Hoffmann não o levou muito longe. Na esquina da rua Saint-Martin, parou.

Seu peito ofegante, a testa suando.

Passou a mão esquerda na raiz dos cabelos, comprimiu o peito com a direita e respirou.

Nesse momento, tocaram-lhe no ombro.

Estremeceu.

— Não acredito, é ele! — disse uma voz.

Voltou-se e deixou escapar um grito.

Era seu amigo Zacharias Werner.

Os dois rapazes atiraram-se nos braços um do outro.

Duas perguntas cruzaram-se no ar:

— O que faz por aqui?

— Aonde vai?

— Cheguei ontem — contou Hoffmann —, vi a sra. du Barry sendo guilhotinada e, para me distrair, vim à Ópera.

— Pois eu cheguei há seis meses, faz cinco que vejo guilhotinarem vinte ou vinte e cinco indivíduos diariamente e, para me distrair, vou ao cassino.

— Oh!

— Me acompanha?

— Não, obrigado.

— Erro seu, sinto-me inspirado. Com a sua sorte, você faria uma fortuna. E, considerando sua formação musical, você deve se aborrecer terrivelmente na Ópera. Venha comigo e farei com que ouça música de verdade.

— Música?

— Sim, a música do ouro, sem falar que lá onde frequento todos os prazeres se reúnem: mulheres encantadoras, ceias deliciosas e uma jogatina feroz!

— Obrigado, meu amigo, impossível! Prometi, mais que isso, jurei!

— A quem?

— A Antônia.

— Então conheceu-a?

— Amo-a, meu amigo, adoro-a.

— Ah, compreendo, foi isso que o atrasou! E você lhe jurou...?

— Jurei parar de jogar e...

Hoffmann hesitou.

— E o que mais?

— E ser-lhe fiel — balbuciou.

— Então não deve ir ao 113.

— O que é o 113?

— É a casa que acabei de sugerir. Pois eu, como nada jurei, para lá irei. Adeus, Theodor.

— Adeus, Zacharias.

E Werner se afastou, enquanto Hoffmann permanecia pregado no lugar.

Quando Werner distanciou-se uns cem passos, Hoffmann percebeu que havia se esquecido de pedir-lhe o endereço, e o único endereço que Zacharias lhe dera fora o do cassino.

Ora, esse estava gravado no cérebro de Hoffmann, como na porta da casa fatal, em números de fogo!

Entretanto, o que acabava de acontecer enfraquecera um pouco os pruridos de Hoffmann. Assim é feita a natureza humana, sempre indulgente consigo mesma, ainda que tal indulgência não passe de egoísmo. Acabava de renunciar ao jogo por Antônia, e julgava-se quite com seu juramento, mas esquecia que, se continuava pregado na esquina do bulevar com a rua Saint-Martin, o motivo não era outro senão o fato de estar à beira de descumprir a metade mais importante desse juramento.

Mas, eu repito, sua resistência diante de Werner fizera-o indulgente diante de Arsène. Adotou um meio-termo e, ao invés de retornar à sala de espetáculos, ação à qual seu demônio tentador o impelia com todas as forças, resolveu esperá-la na saída dos atores.

Hoffmann conhecia a topografia dos teatros na palma da mão e não teve dificuldade em encontrar a porta certa. Na rua de Bondy, entreviu um longo corredor, iluminado, sujo e úmido, pelo qual passavam, como sombras, homens com roupas sórdidas, e compreendeu que era por aquela porta que entravam e saíam os pobres mortais que o vermelho, o branco, o azul, a gaze, a seda e as lantejoulas transformavam em deuses e deusas.

O tempo escoava, a neve caía, mas Hoffmann, perturbadíssimo ante aquela estranha aparição, que tinha alguma coisa de sobrenatural, nem sentia o frio intenso que parecia perseguir os transeuntes. Em vão condensava em vapores quase palpáveis o bafejo que lhe saía da boca, suas mãos continuavam em brasa, sua testa continuava úmida. Apesar disso, ali deixou-se ficar, recostado num muro, olhos fixos no corredor. A neve, que caía em flocos cada vez mais grossos, ia, portanto, amortalhando-o lentamente, transformando o jovem estudante, com seu gorro na cabeça e enfiado num redingote alemão, quase numa estátua de mármore. Por fim, começaram a sair por aquele ralo os primeiros a terminar o trabalho, isto é, a guarda da noite, depois os contrarregras, depois todo esse mundo sem nome que vive do teatro, depois os artistas homens, menos demorados para se vestir que as mulheres, depois, as mulheres, depois, por fim, a bela bailarina, que Hoffmann reconheceu não apenas pelo lindo rosto, não apenas pelo meneio único de quadris, como também pela gargantilha de veludo que lhe apertava o pescoço e na qual cintilava a estranha joia que o Terror acabara de pôr na moda.[101]

Mal Arsène surgiu no umbral da porta, antes mesmo que Hoffmann tivesse tempo de esboçar um gesto, um coche avançou rapidamente, uma portinhola se abriu e a moça, leve como se ainda voasse no palco, atirou-se em seu interior. Uma sombra apareceu através dos vidros, a qual Hoffmann julgou identificar como pertencente ao homem do camarote, sombra que recebeu a bela ninfa nos braços. Em seguida, sem que nenhuma voz precisasse especificar o destino ao cocheiro, o coche afastou-se a galope.

Tudo que acabamos de narrar em quinze ou vinte linhas deu-se na velocidade do raio.

Vendo o coche se afastar, Hoffmann deu uma espécie de grito, desprendeu-se do muro, qual uma estátua saltando do nicho, e, sacudindo a neve que cobria seu corpo, pôs-se a persegui-lo.

O coche, no entanto, era puxado por dois cavalos tão vigorosos que o rapaz, por mais rápida a sua carreira irrefletida, nunca seria capaz de alcançá-los.

Enquanto seguiu pelo bulevar, tudo correu bem; até mesmo enquanto seguiu pela rua do Bourbon-Villeneuve, que acabava de ser desbatizada para ganhar o nome de rua "Nova Igualdade", tudo ainda correu bem; porém, quando chegou à praça das Vitórias, agora praça da Vitória Nacional, o coche tomou a direita e sumiu da vista de Hoffmann.

Não sendo mais guiada nem pelo barulho nem pela visão, a corrida do rapaz perdeu o ímpeto. Ele parou por um instante na esquina da rua Neuve-Eustache, apoiou-se no muro para tomar fôlego, e depois, não vendo mais nada, não ouvindo mais nada, orientou-se, julgando ser hora de retornar ao hotel.

101. Na época, a guilhotina inspirou bibelôs de todo tipo, bem como cortadores de frutas, trinchantes de frangos, brinquedos etc. Charles Nodier chegou a observar que, até no teatro infantil, Polichinelo não enforcava mais os vilões, e sim decapitava-os na famigerada máquina. Em 1793, a fachada do teatro dos Sans-Culottes anunciava a peça *A guilhotina do amor*.

Não foi nada fácil para Hoffmann localizar-se naquele dédalo de ruas, formando uma rede quase inextricável, da Pointe Saint-Eustaque ao cais do Ferro-Velho. No fim, graças às numerosas patrulhas que circulavam pelas ruas, graças a seu passaporte perfeitamente em regra, graças à prova de que chegara apenas na véspera, a qual o visto da barreira permitia-lhe fornecer, obteve da milícia cidadã informações tão precisas que conseguiu retornar ao hotel e reencontrar seu modesto quarto, onde se fechou aparentemente sozinho, mas em realidade na companhia da lembrança viva do que se passara.

Daí em diante, Hoffmann viu-se eminentemente às voltas com duas visões, uma das quais se apagava gradualmente, enquanto a outra ganhava cada vez mais consistência.

A visão que se apagava era a figura pálida e desgrenhada da du Barry, arrastada da Conciergerie[102] para a carroça, da carroça para o cadafalso.

A visão que ganhava realidade era a figura cheia de vida e sorridente da bela bailarina saltando do fundo da ribalta em direção a um e a outro camarote.

Hoffmann fez de tudo para se ver livre daquela imagem. Tirou os pincéis do baú e pintou; tirou o violino da caixa e tocou; pediu pena e tinta e fez versos. Mas os versos que compunha eram em louvor de Arsène. A melodia que tocava era a música que sublinhara sua aparição, cujas notas irrequietas alçavam-na, como se tivessem asas. Por fim, os croquis que fazia eram seu retrato com aquela mesma gargantilha de veludo, estranho adorno preso ao pescoço de Arsène por um fecho ainda mais estranho.

Durante toda a noite, durante todo o dia seguinte, durante toda a noite e todo o dia do outro dia, Hoffmann só viu uma coisa, ou melhor, duas coisas: de um lado, a fantástica bailarina; do outro, o não menos fantástico doutor. Havia entre as duas criaturas tamanha correlação! Hoffmann não compreendia uma sem a outra. E isso não se devia à alucinação que lhe oferecia Arsène, sempre saltitante no palco, nem à orquestra que zumbia em seus ouvidos. Não, devia-se ao cantarolar do médico, ao sutil tamborilar de seus dedos na caixinha preta de rapé. De tempos em tempos, um relâmpago ofuscava seus olhos, cegando-o com faíscas dardejantes; era o duplo raio que se lançava da caixinha do médico e da gargantilha da bailarina; era a simpatia mútua entre a guilhotina de diamantes e a caveira de diamantes; era, em suma, a fixidez dos olhos do médico, que a seu bel-prazer pareciam atrair e repelir a encantadora bailarina, como o olho da serpente atrai e repele o pássaro que ela fascina.

Vinte, cem, mil vezes Hoffmann cogitou voltar à Ópera, mas enquanto a hora não chegava, ele jurara não ceder à tentação. Aliás, lutara contra essa tentação de todas as formas, primeiro recorrendo a seu camafeu, em seguida

102. Antigo Palácio Municipal, residência e sede da monarquia francesa do séc.X ao séc. XIV, foi transformada em prisão do Estado em 1370. Durante o Terror, era considerada "a antecâmara da morte". Maria Antonieta lá esteve, em 1793.

tentando escrever a Antônia, mas o retrato da jovem agora estampava uma fisionomia tão triste que Hoffmann fechava-o imediatamente tão logo o abria. As primeiras linhas de cada carta que começava saíam tão constrangidas que ele rasgou dez cartas antes de encher um terço da primeira página.

Finalmente, aquele malfadado dia terminou, a abertura do teatro se aproximou, soaram sete horas e, a esse último chamado, Hoffmann, levantando-se como num passe de mágica, desceu correndo a escada e lançou-se na direção da rua Saint-Martin.

Dessa vez, em menos de quinze minutos, sem precisar perguntar o caminho a ninguém, como se um guia invisível lhe tivesse mostrado o trajeto, em menos de dez minutos chegou à porta da Ópera.

Mas, estranhamente, os portões do teatro não se achavam, como dois dias antes, apinhados de espectadores, fosse porque um incidente desconhecido de Hoffmann havia tornado o espetáculo menos atraente, fosse porque os espectadores já estavam lá.

Hoffmann atirou uma moeda de seis libras para a bilheteira, recebeu o ingresso e arrojou-se para dentro da sala de espetáculos.

Mas o lugar parecia muito diferente. Primeiro, estava cheia só pela metade; depois, no lugar das mulheres encantadoras e homens elegantes que planejara rever, encontrou apenas mulheres de avental e homens de carmanhola.[103] Nenhuma joia, nenhuma flor, nenhum colo nu subindo e descendo sob aquela atmosfera voluptuosa dos teatros aristocráticos. Barretes redondos e barretes vermelhos, tudo enfeitado com enormes cocardas[104] nacionais. Cores escuras nos trajes, uma nuvem triste pairando sobre as pessoas. Além disso, de ambos os lados da sala, dois bustos horrendos, duas cabeças fazendo careta, uma, o Riso, a outra, o Sofrimento — bustos de Voltaire e Marat,[105] para resumir.

Por fim, no camarote principal, um buraco mal-iluminado, um desvão escuro e vazio. A caverna subsistia, mas agora sem leão.

Na parte da plateia próxima à orquestra havia dois lugares vazios, um ao lado do outro. Hoffmann alcançou um deles, o que havia ocupado na outra noite.

O outro havia pertencido ao médico, mas, como dissemos, agora encontrava-se vazio.

O primeiro ato desenrolou-se sem que Hoffmann prestasse atenção na orquestra ou se concentrasse nos atores.

Conhecia a orquestra, apreciara-a na audição anterior.

Os atores pouco lhe importavam, não viera por eles, viera por Arsène.

103. Carmanhola: paletó curto e estreito usado pelos revolucionários.

104. Cocarda: ver nota 55 de *1001 fantasmas*.

105. Sobre Marat, ver notas 37 e 45 de *1001 fantasmas*.

O pano se abriu para o segundo ato e o balé teve início.

Toda a inteligência, toda a alma, todo o coração do rapaz entraram em compasso de espera.

Ele aguardava a entrada de Arsène.

De repente, soltou um grito.

Não era mais Arsène quem fazia o papel de Flora.

A mulher que surgiu no palco era uma mulher estranha, uma mulher como qualquer outra.

Todas as fibras do corpo tensionado de Hoffmann se distenderam. Ele se fechou em si mesmo, suspirando profundamente e olhando à sua volta.

O homenzinho sinistro estava sentado a seu lado! Agora, porém, sem as fivelas de diamante no sapato, os anéis de diamante, a cadavérica caixinha de rapé incrustada de diamantes.

As fivelas eram de cobre, seus anéis, de prata dourada, sua caixinha de rapé, de prata fosca.

Não cantarolava mais, não marcava o ritmo.

Como se dera tal aparição? Hoffmann não fazia ideia: não o vira chegar, não o sentira passar.

— Cavalheiro! — exclamou Hoffmann.

— Fale "cidadão", meu jovem amigo, e pode me chamar de você... se puder — respondeu o homenzinho —, ou terei a cabeça cortada, e você também.

— Onde ela está? — perguntou Hoffmann.

— A minha..., ah, entendi... Onde *ela* está? Bem, parece que o rei da selva, que não desgruda os olhos da moça, percebeu que anteontem ela se correspondeu por sinais com um jovem dessa parte da plateia. Parece que esse jovem correu atrás do coche dele, de maneira que desde ontem rompeu com Arsène e Arsène saiu do teatro.

— E como o diretor reagiu...?

— Meu jovem amigo, o diretor faz questão de conservar a cabeça sobre os ombros, embora seja uma cabeça muito feia. Finge que está acostumado com ela e que a troca por outra, embora mais bela, pode não funcionar.

— Oh, meu Deus! Então por isso o teatro está tão triste! — exclamou Hoffmann. — Por isso não há mais flores, diamantes ou joias. Por isso o senhor não tem mais suas fivelas de diamante, seus anéis de diamante, sua caixinha de rapé de diamante. Por isso, afinal de contas, que, nas laterais do palco, em vez dos bustos de Apolo e Terpsícore,[106] estão esses dois bustos hediondos. *Ierkt!*

— Ei, de onde tirou tudo isso? — perguntou o médico. — E onde viu a sala que descreveu? Onde viu anéis de diamante, caixinhas de rapé de dia-

106. Na mitologia grega, Apolo é o deus da música, do canto e da poesia e Terpsícore é a ninfa da dança.

mante? Onde, fale de uma vez, viu os bustos de Apolo e Terpsícore? Ora, faz dois anos que as flores deixaram de desabrochar, que os diamantes transformaram-se em *assignats*[107] e que as joias foram derretidas no altar da pátria. Quanto a mim, graças a Deus, nunca tive outras fivelas senão essas de cobre, outros anéis senão esse horrível anel de estanho, e outra caixa de rapé senão essa de prata. Quanto aos bustos de Apolo e Terpsícore — Deus me perdoe! —, estiveram ali em outros tempos, de fato, mas os amigos da humanidade depredaram o busto de Apolo e o substituíram pelo do apóstolo Voltaire; mas os amigos do povo depredaram o busto de Terpsícore e o substituíram pelo de Nosso Senhor Marat.

— Oh! — exclamou Hoffmann. — Isso é impossível. Repito que anteontem vi uma sala perfumada de flores, resplandecente de trajes suntuosos, radiosa de diamantes, e homens elegantes em vez dessas matracas de avental e desses pedreiros de carmanhola. Repito que o senhor usava fivelas de diamante em seus sapatos, anéis de diamante em seus dedos, uma caveira de diamante em sua caixa de rapé. Repito...

— E eu, rapaz, por minha vez afirmo — rebateu o homenzinho sinistro — que anteontem ela estava ali, que sua presença iluminava tudo, que sua respiração fazia as rosas nascerem, as joias reluzirem e os diamantes de sua imaginação faiscarem. Afirmo que está apaixonado por ela, rapaz, e que viu a sala pelo prisma da paixão. Arsène não está mais aqui, seu coração está morto, seus olhos perderam a magia, e o que o senhor vê é moletom, brim, lona, barretes vermelhos, mãos sujas e cabelos sebentos. O que o senhor vê, enfim, é o mundo tal como é, as coisas tal como são.

— Oh, meu Deus! — exclamou Hoffmann, deixando a cabeça cair nas mãos —, é verdade tudo isso, será que estou enlouquecendo?

107. *Assignat*: originalmente um título de empréstimo emitido pelo Tesouro em 1789, cujo valor era lastreado pelos bens nacionais (bens da Igreja e dos nobres confiscados). Transformou-se em moeda corrente em 1791 e, devido a reiteradas emissões, perdeu o valor, provocando forte inflação. Foi suprimido em 1797.

11. *A birosca*

Hoffmann só venceu o espanto quando sentiu uma mão pousar em seu ombro.

Ergueu a cabeça. Tudo estava escuro e apagado à sua volta. O teatro, sem luz, aparecia-lhe como o cadáver do teatro que ele antes conhecera vivo. O soldado de guarda passeava por ali só e silencioso como o guardião da morte. Não havia mais lustres, orquestra, raios, ruídos.

Apenas uma voz, murmurando ao seu ouvido:

— Mas cidadão, cidadão, o que está fazendo? Estamos na Ópera, cidadão. Aqui se dorme, é verdade, mas não se deita.

Hoffmann olhou finalmente para o lado e viu uma velhinha puxando-o pela gola de seu redingote.

Era a funcionária responsável pela plateia, que, desconhecendo as intenções daquele espectador obstinado, não queria ir embora sem antes despachá-lo.

De todo modo, uma vez arrancado do sono, Hoffmann não opôs resistência. Deu um suspiro e se levantou, murmurando a palavra:

— Arsène!

— Ah, Arsène! — lamentou a velhinha. — Arsène! O mocinho, claro, está apaixonado como todo mundo. É uma grande perda para a Ópera e, principalmente, para nós, recepcionistas de plateia.

— Para vocês, recepcionistas? — perguntou Hoffmann, feliz por encontrar alguém disposto a falar da bailarina. — E de que maneira é uma perda para a senhora o fato de Arsène estar ou não estar mais no teatro?

— Ora essa! Facílimo de entender. Em primeiro lugar, todas as noites em que ela dançava, a sala ficava lotada. Surgia então um comércio de tamboretes, cadeiras e banquinhos. Na Ópera, tudo é pago, inclusive banquinhos, cadeiras e tamboretes extras, que eram nossos pequenos lucros. Digo pequenos — acrescentou a velha, com um ar travesso — porque, além deles, cidadão, o senhor compreende, havia os grandes.

— Grandes lucros?

— É.

E a velha piscou o olho.

— E que lucros seriam esses, minha boa mulher?

— Os grandes lucros vinham dos que solicitavam informações sobre ela, ou queriam saber seu endereço, ou lhe passavam bilhetes. Havia preço para tudo, o senhor compreende: tanto para as informações quanto para o endereço e o bilhete. Fazíamos nosso comerciozinho, enfim, e vivíamos honestamente.

E a velha deu um suspiro que não ficou nada a dever ao de Hoffmann no começo do diálogo que acabamos de narrar.

— Ah, ah! — fez ele. — A senhora se encarregava de passar as informações, de indicar o endereço, de entregar os bilhetes. Continua nessa função?

— Infelizmente, senhor, as informações que eu lhe daria seriam inúteis agora. Ninguém sabe mais o endereço de Arsène e o bilhete que me passasse não a encontraria. Se quiser para alguma outra, a Vestris, a Bigottini, a...[108]

— Obrigado, minha boa mulher, obrigado. Não desejo saber nada a não ser sobre a srta. Arsène.

E, tirando uma moedinha do bolso, disse-lhe:

— Tome, é pelo sofrimento para o qual tentou me alertar.

E, despedindo-se da velha, retornou num passo lento ao bulevar, com a intenção de percorrer o mesmo caminho que percorrera na antevéspera, pois o instinto que o guiara na vinda não existia mais.

Suas impressões, contudo, eram bem diferentes e seu andar exprimia dessa defasagem. Na outra noite, avançava como um homem que viu passar a Esperança e corre atrás dela, sem atinar que Deus lhe deu grandes asas azuis, para que os homens nunca a alcançassem. Estava com a boca aberta e ofegante, cabeça em pé, os braços estendidos; agora, ao contrário, quase se arrastava, como se, após tê-la perseguido inutilmente, acabasse de perdê-la de vista. Sua boca estava contrita; sua fronte, abatida; seus braços, arriados. Da outra vez, levara cinco minutos, se tanto, para ir da porta Saint-Martin à rua Montmartre, agora levara mais de uma hora, e mais de uma hora da rua Montmartre ao seu hotel, pois, no abatimento em que caíra, pouco lhe importava chegar cedo ou tarde; no fundo, pouco lhe importava chegar.

Dizem que há um Deus para os bêbados e os apaixonados. Sem dúvida esse Deus velava por Hoffmann, pois fez com que evitasse as patrulhas, en-

108. "a Vestris": Anne-Catherine Augier (1777-1809) estreou em *O julgamento de Páris*, peça na qual seu marido, Marie-Auguste Vestris (ver nota 93), fazia o papel-título. Émilie Bigottini (1784-1858): bailarina e mímica da Ópera.

contrasse os cais, depois as pontes e depois seu hotel, aonde chegou, para grande escândalo da hoteleira, uma e meia da manhã.

Entretanto, em meio a tudo aquilo, uma luzinha dourada dançava no fundo da imaginação de Hoffmann, como um fogo-fátuo na noite. Segundo o médico, se é que o médico existia, se é que não era uma falsa lembrança, uma alucinação de seu espírito, Arsène fora obrigada a deixar o teatro pelo namorado, depois que esse namorado sentira ciúme de um rapaz instalado na plateia, com o qual Arsène trocara olhares exageradamente ternos. Além disso, acrescentara o médico, o tirano se enfurecera de vez por se tratar do mesmo rapaz visto emboscado na porta de saída dos artistas, emboscado, e depois correndo desesperado atrás do coche. Ora, o tal rapaz, que, da plateia, trocara olhares apaixonados com Arsène, era ele, Hoffmann; o tal rapaz que se emboscara na saída dos artistas, era ele também, Hoffmann. Ora, o tal rapaz que correra desesperadamente atrás do coche era igualmente ele, Hoffmann. Logo, Arsène o notara, uma vez que fora castigada por seu desvio de atenção; logo, Arsène sofria por ele. Entrara na vida da linda bailarina pela porta do sofrimento, mas entrara, isso era o principal: cabia a ele não sair. Mas de que maneira? Por que meios? Por que vias corresponder-se com Arsène, dar-lhe notícias, declarar-lhe seu amor? Se um parisiense puro-sangue já teria muita dificuldade em localizar a bela Arsène, perdida naquela imensa cidade, imaginem Hoffmann, que chegara havia três dias e continuava completamente desorientado.

O rapaz, portanto, nem se deu ao trabalho de procurar. Aceitou que apenas o acaso poderia vir em seu auxílio. Dia sim, dia não, olhava o cartaz da Ópera e, dia sim, dia não, sorria ao ver que Páris dava seu veredito na ausência daquela que, muito mais do que Vênus, merecia o pomo da beleza.

Terminou desistindo de ir à Ópera.

Por um instante, chegou a cogitar em ir à Convenção ou aos Capuchinhos, seguir os passos de Danton e, espionando-o dia e noite, descobrir onde escondera a linda bailarina. Chegou mesmo a ir até a Convenção, e até aos Capuchinhos, mas nada de Danton. Por sete ou oito dias, a mesma coisa. Danton, cansado de dois anos de luta, vencido pelo tédio muito mais que por alguma força maior, parecia ter se retirado da arena política, encontrando-se, diziam, em sua casa de campo. Onde era essa casa de campo? Ninguém fazia ideia. Uns afirmavam ser em Rueil, outros, em Auteuil.

Danton achava-se tão inacessível quanto Arsène.

Seria plausível supor que a ausência de Arsène reconduziria Hoffmann a Antônia, mas, curiosamente, não foi o que sucedeu. Bem que ele procurou voltar seu pensamento para a pobre filha do maestro de Mannheim, e, por um momento, mediante o poder da vontade, todas as suas lembranças concentraram-se no gabinete de mestre Gottlieb Murr. Porém, ao cabo desse momento, partituras amontoadas sobre mesas e teclados, mestre Gottlieb sacudindo-se enquanto regia, Antônia deitada no sofá, tudo desaparecia para dar lugar a uma grande moldura iluminada, dentro da qual a princípio moviam-se sombras, as quais em seguida ganhavam corpos, os quais assumiam formas mitológicas e, no fim, todas essas formas mitológicas, todos esses heróis, todas essas ninfas, todos esses deuses e semideuses desapareciam para dar lugar a uma única deusa, à deusa dos jardins, à bela Flora, isto é, à divina Arsène, à mulher da gargantilha de veludo e do fecho de diamantes. Então Hoffmann caía não em um devaneio, mas num êxtase do qual só conseguia sair atirando-se na vida real, esbarrando nos transeuntes, enredando-se na multidão e no barulho.

Quando a alucinação de Hoffmann ficava muito forte, ele saía, deixava-se levar até a descida do cais, atravessava a Pont Neuf e geralmente só parava na esquina da rua de la Monnaie. Ali, descobrira uma birosca, ponto de encontro dos mais empedernidos fumantes da capital. Ali, imaginava-se em alguma taberna inglesa, ou cantina alemã, ou *music-hall* holandês, de tal forma a fumaça do cachimbo criava uma atmosfera irrespirável para qualquer outro que não um fumante de primeira classe.

Uma vez dentro da birosca da Fraternidade, Hoffmann ocupava uma mesinha situada no canto mais escondido, pedia uma garrafa de cerveja da cervejaria do sr. Santerre[109] — que acabava de se demitir, em prol do sr. Henriot, de sua patente de general da Guarda Nacional de Paris —, enchia até a boca o descomunal cachimbo que já conhecemos e se envolvia por instantes numa nuvem de fumaça tão densa como a que a bela Vênus usava para envolver seu filho, Eneias, sempre que a extremosa mãe julgava urgente subtrair o filho bem-amado da ira de seus inimigos.[110]

Oito ou dez dias se haviam passado desde a aventura de Hoffmann na Ópera, e, por conseguinte, desde o sumiço da bela bailarina. Era uma hora da tarde. Hoffmann, já fazia meia hora mais ou menos, encontrava-se em sua birosca, empenhando-se com toda a força de seus pulmões em estabelecer ao seu redor uma cortina de fumaça que o isolasse dos outros fregueses, quando, através do vapor, pareceu-lhe discernir uma espécie de forma humana dominando todo o barulho e ouvir o duplo som da cantoria e do tamborilar habitual do homenzinho sinistro. Além disso, em meio àquele vapor, pareceu-

109. Antoine-Joseph Santerre (1752-1809), rico cervejeiro do *faubourg* Saint-Antoine, torna-se comandante-geral da Guarda Nacional em 10 de agosto de 1792, após o assassinato de seu antecessor. Foi nessa condição que participou da execução de Luís XVI em 21 de janeiro de 1793, havendo, segundo consta, ordenado que os tambores rufassem para encobrir a voz do rei, que procurava dirigir-se à multidão.

110. Ao longo da epopeia *Eneida*, de Virgílio (70-19 a.C.), a deusa Vênus, mãe do herói Eneias, um sobrevivente da guerra de Troia em viagem à península Itálica, onde virá a ser o fundador de Roma, por algumas vezes protege o filho cobrindo-o, e aos soldados que o seguem, com uma nuvem de fumaça.

lhe que um ponto luminoso lançava faíscas. Reabriu os olhos semicerrados por uma doce sonolência, abriu as pálpebras com dificuldade e, diante dele, sentado num tamborete, reconheceu seu vizinho da Ópera, tanto mais que o fantástico doutor tinha, ou melhor, parecia exibir, suas fivelas de diamante nos sapatos, os anéis de diamante nos dedos e sua caveira na caixinha de rapé.

— Bem — disse Hoffmann —, acho que enlouqueci de novo.

E fechou rapidamente os olhos.

Porém, uma vez fechados os olhos, hermeticamente que fosse, mais Hoffmann ouvia o singelo dueto do cantarolar e do singelo batuque daqueles dedos, e tudo de uma maneira tão distinta, tão distinta que ele compreendeu haver uma dose de realidade naquilo, a questão era saber qual seu tamanho. Isso sim.

Reabriu então um olho, depois do outro. O homenzinho continuava em seu lugar.

— Bom dia, rapaz — cumprimentou-o. — O senhor está dormindo, creio. Aceite uma pitada, para acordar.

Abrindo a caixinha, ofereceu-lhe rapé.

Este, mecanicamente, estendeu a mão, pegou uma pitada e inalou-a.

No mesmo instante, pareceu-lhe que as paredes de seu espírito se iluminaram.

— Ah — exclamou Hoffmann —, é o senhor, caro doutor! Que satisfação revê-lo!

— Se tem satisfação em me reencontrar — perguntou o médico —, por que não me procurou?

— E porventura eu sabia seu endereço?

— Oh, que dificuldade! Bastava perguntar no primeiro cemitério que encontrasse.

— E porventura eu sabia seu nome?

— O médico da caveira, todo mundo me conhece por esse apelido. Isso para não mencionar um lugar onde poderia ter a certeza de me encontrar.

— E que lugar é esse?

— Na Ópera. Sou o médico da Ópera. Sabe disso, me viu lá duas vezes.

— Ah, a Ópera! — disse Hoffmann, sacudindo a cabeça e suspirando.

— Exatamente. Não esteve mais lá?

— Pois é, não estive mais lá.

— Desde que Arsène deixou de fazer o papel de Flora?

— Exatamente. E, enquanto não for ela, não voltarei.

— O senhor a ama, rapaz, o senhor a ama.

— Não sei se a doença que tenho se chama amor, mas sei que, se não contemplá-la novamente, ou morrerei de saudade ou enlouquecerei.

— Não diga isso! É pouco recomendável enlouquecer! Isola! E quanto a morrer, pior ainda. Para a loucura, há poucos remédios; para a morte, nenhum.

— O que fazer então?
— Ora essa! Deve ir ao seu encontro.
— Como assim, ir ao seu encontro?
— Sem dúvida.
— Sabe o jeito?
— Talvez.
— Qual?
— Espere.

E o doutor pôs-se a sonhar, piscando os olhos e tamborilando na caixinha de rapé.

Passado um instante, reabrindo os olhos e deixando seus dedos suspensos sobre o ébano:

— O senhor é pintor, pelo que me disse...
— Sim, pintor, músico e poeta.
— No momento só precisamos da pintura.
— E daí?
— E daí! Arsène me encarregou de contratar um pintor.
— Para quê?
— Para que alguém procura um pintor, santo Deus? Para fazer seu retrato.
— O retrato de Arsène! — exultou Hoffmann, levantando-se. — Eu! Eu!
— Schhh! Não vá estragar minha reputação de homem sério.
— O senhor é meu salvador! — exclamou Hoffmann, atirando os braços no pescoço do sinistro homenzinho.

— Mocidade, mocidade — murmurou este, acompanhando essas duas palavras com a mesma risada que teria dado sua caveira se fosse de tamanho natural.

— Vamos, vamos — adiantou-se Hoffmann.
— Mas o senhor precisa de uma caixa de tintas, pincéis e uma tela.
— Tenho tudo isso no meu quarto, vamos.
— Vamos — concordou o médico.

E os dois saíram da birosca.

12. *O retrato*

Ao sair da birosca, Hoffmann ia acenando para um fiacre, mas o médico bateu suas mãos secas uma contra a outra e, a esse sinal, idêntico ao que teriam feito duas mãos de esqueleto, apresentou-se um coche forrado de preto, atrelado a dois cavalos pretos e conduzido por um cocheiro trajando preto. Onde estivera estacionado? De onde saíra? Teria sido tão difícil para Hoffmann responder quanto para Cinderela de onde vinha a carruagem que a levara ao baile do príncipe Miraflores.[111]

Um pequeno criado, preto tanto nos trajes quanto na pele, abriu a portinhola. Hoffmann e o doutor entraram, sentando-se um ao lado do outro. Sem demora, o coche pôs-se a deslizar silenciosamente em direção à hospedaria de Hoffmann

Ao chegar à porta, Hoffmann hesitou em subir ao quarto. Parecia-lhe que, tão logo virasse as costas, coche, cavalos, médico e seus dois criados desapareceriam como haviam aparecido. Mas, nesse caso, médico, coche e criados teriam se dado ao trabalho de conduzir Hoffmann da birosca da rua de la Monnaie ao cais das Flores? Não fazia qualquer sentido. Hoffmann, serenado pelo simples conforto da lógica, desceu então do coche, entrou na hospedaria, subiu apressadamente a escada, precipitou-se no quarto, pegou paleta, pincéis e caixa de tintas, escolheu a maior de suas telas e voltou a descer no mesmo ritmo que subira.

O coche continuava à porta.

Pincéis, paleta e caixa de tintas foram colocados no interior do veículo. O criado foi incumbido de transportar a tela.

Em seguida, o coche voltou a deslizar com a mesma rapidez e silêncio.

---

111. Alusão ao *vaudeville A pequena Cinderela*, de Marc-Antoine-Madeleine Désaugiers (1772-1827) e Michel-Joseph Gentil de Chavagnac (1769-1846).

Dez minutos mais tarde, parava em frente a uma encantadora pensão situada na rua de Hanôver nº 45.

Hoffmann memorizou a rua e o número a fim de, em caso de necessidade, poder voltar sem a ajuda do médico.

A porta se abriu. O médico decerto era conhecido ali, pois o porteiro sequer perguntou aonde ia. Hoffmann seguiu-o com seus pincéis, sua caixa de tintas, sua paleta, sua tela e toda a sua coragem.

Subiram ao primeiro andar e entraram numa antecâmara que lembrava o vestíbulo da Casa do Poeta, em Pompeia.[112]

Todos se lembram, naquela época a moda era grega. A antecâmara de Arsène era pintada a fresco, decorada com candelabros e estátuas de bronze.

Da antecâmara, o médico e Hoffmann passaram ao salão.

O salão era grego como a antecâmara, forrado com linho de Sedan a setenta francos a peça. Só o tapete custava seis mil libras. O médico apontou o tapete para Hoffmann. Representava a batalha de Arbela,[113] copiada do famoso mosaico de Pompeia.

Hoffmann, fascinado diante do luxo inaudito, não compreendia por que faziam tapetes como aquele para as pessoas pisarem em cima.

Do salão, passaram à alcova. Esta era forrada de *cashmere*. No fundo, num módulo, havia um sofá-cama semelhante àquele em que o sr. Guérin deitou Dido para escutar as aventuras de Eneias.[114] Ali Arsène ordenara que a esperassem.

— Agora, rapaz — alertou o médico —, que chegou até aqui, comporte-se de maneira apropriada. Não preciso dizer que, o namorado titular surpreendendo-o aqui, o senhor está perdido.

— Oh! — exclamou Hoffmann. — Quero apenas revê-la, apenas revê-la, e...

A frase morreu em seus lábios e ele permaneceu de olhos fixos, braços estendidos, ofegante.

Uma porta, escondida no revestimento de madeira, acabava de se abrir e, atrás de um espelho giratório, apareceu Arsène, verdadeira divindade do templo no qual ela se dignava a tornar-se visível para seu adorador.

112. Elegante residência particular, do séc.II a.C., decorada com magníficos afrescos e mosaicos que representam cenas da vida e da mitologia gregas. Seu nome deriva de um mosaico particularmente bem-executado, no qual está representada a encenação de uma tragédia. Não se sabe se o dono da casa era mesmo um poeta.

113. Batalha de Arbela: travada em 331 a.C., coroa a vitória de Alexandre (356-23 a.C.) sobre Dario III (c.380-30 a.C.), rei dos persas. O mosaico em questão encontra-se hoje no museu arqueológico de Nápoles.

114. Pierre-Narcisse Guérin (1774-1833), pintor francês neoclássico, autor de *Dido a escutar as aventuras de Eneias*. Na *Eneida*, de Virgílio (70-19 a.C.), ao fugir de Troia, invadida pelos gregos, Eneias refugia-se em Cartago, na casa da rainha Dido, que se apaixona por ele. A partida de Eneias para a Itália provoca o desespero de Dido, que se suicida.

Eram os trajes de Aspásia[115] em todo o seu luxo antigo, com pérolas nos cabelos, manto púrpura bordado em ouro, peplo branco e comprido, preso na cintura por um simples cordão de pérolas, anéis nos dedos dos pés e das mãos e, em meio a tudo isso, aquele estranho ornamento que parecia indissociável de sua pessoa, aquela gargantilha de veludo, com apenas quatro milímetros de largura, fechada por seu lúgubre agrafo de diamante.

— Ah, é o senhor cidadão, o encarregado de fazer meu retrato? — perguntou Arsène.

— Sim — balbuciou Hoffmann. — Sim, madame, o doutor fez a gentileza de me recomendar.

Hoffmann procurou à sua volta como se para pedir apoio ao médico, mas este desaparecera.

— Mas como?! — exclamou Hoffmann, perturbadíssimo. — Mas como?!

— O que está procurando, o que está perguntando, cidadão?

— Ora, madame, estou procurando, estou perguntando... estou recorrendo ao doutor, à pessoa, enfim, que me trouxe aqui.

— Por que precisa de quem o trouxe — disse Arsène —, se já está onde deveria?

— Mas e o doutor, e o doutor? — insistiu Hoffmann.

— Vamos! — impacientou-se Arsène. — Ou vai desperdiçar seu tempo à procura dele? O doutor tem seus afazeres, tratemos dos nossos.

— Estou às suas ordens, madame — disse Hoffmann, trêmulo.

— Vejamos, aceita então fazer meu retrato?

— Ser escolhido para tal privilégio fez de mim o homem mais feliz do mundo. Mas, confesso, é muita responsabilidade.

— Oh, deixemos a modéstia de lado! Se não acertar, eu chamo outro. Ele quer um retrato meu. Vi que o senhor me olhava como quem devia estar gravando minha aparência na memória e dei-lhe a preferência.

— Obrigado, mil vezes obrigado — exclamou Hoffmann, devorando Arsène com os olhos. — Oh, sim, gravei-a em minha memória: aqui, aqui, aqui.

E apertou o coração com as mãos.

De repente, vacilou e empalideceu.

— O que há? — perguntou Arsène, completamente à vontade.

— Nada — respondeu Hoffmann —, nada. Comecemos.

Ao levar a mão ao coração, ele sentira, entre o peito e a camisa, o camafeu de Antônia.

115. Aspásia (c.470-400), cortesã originária de Mileto, na Ásia Menor (atual Turquia), que, ao se estabelecer em Atenas, tornou-se a companheira do grande político e orador Péricles (c.495-29 a.C.), um dos responsáveis pela idade de ouro da Grécia. Aspásia passou à história como mulher emancipada e culta.

— Sim, comecemos — emendou Arsène. — Mas falar é fácil. Em primeiro lugar, não é em absoluto com essa fantasia que *ele* quer que eu seja retratada.

A palavra "ele", que já aparecera duas vezes, trespassava o coração de Hoffmann, como teria feito uma das agulhas de ouro que sustentavam o penteado da moderna Aspásia.

— E como *ele* quer que seja retratada?

— Como Erígona![116]

— Perfeito. Creio que um penteado com pâmpanos dará um toque especial.

— O senhor acha? — fez Arsène, dengosa. — Mas creio que uma pele de tigre tampouco me enfearia.

Ela tocou uma campainha.

A criada entrou.

— Eucáris — disse Arsène —, traga o tirso, os pâmpanos e a pele de tigre.[117]

Em seguida, arrancando dois ou três grampos que prendiam seu penteado e sacudindo a cabeça, Arsène envolveu-se numa onda de cabelos negros que caiu em cascata sobre seu ombro, resvalou em seus quadris e se espalhou, densa e crespa, até o tapete.

Hoffmann deixou escapar um grito de admiração.

— O que há? — perguntou Arsène.

— O que há — exclamou Hoffmann — é que nunca vi cabelos assim.

— *Ele* também quer que eu tire partido disso, daí *nós* termos escolhido a fantasia de Erígona, que me permite posar com os cabelos soltos.

Dessa vez o *ele* e o *nós* desfecharam no coração de Hoffmann dois golpes em vez de um.

Durante esse tempo, a srta. Eucáris trouxera as uvas, o tirso e a pele de tigre.

— É tudo de que precisamos? — perguntou Arsène.

— Sim, acho que sim — balbuciou Hoffmann.

— Muito bem, deixe-nos a sós e só apareça se eu tocar.

A srta. Eucáris saiu e fechou a porta atrás de si.

— Agora, cidadão — pediu Arsène —, ajude-me um pouco com esse penteado, é assunto de sua competência. Confio muito, para me embelezar, na sensibilidade do pintor.

— E tem razão! — exclamou Hoffmann. — Meu Deus! Meu Deus! Como vai ficar bela!

116. Na mitologia grega, Erígona é objeto do desejo de Dioniso, deus do vinho, que, para seduzi-la transforma-se num cacho de uvas.

117. Eucáris: jovem ninfa. Os prenomes gregos e romanos entram em voga durante a Revolução, o que se explica pelo banimento das referências cristãs e a admiração pelas repúblicas da Antiguidade, promovidas ao status de modelos. Tirso: bastão com um cipó enrolado, um atributo de Dioniso, deus do vinho — assim como as uvas e os pâmpanos, ramos novos de parreira constituídos apenas de folhas.

Pegando a folhagem de parreira, torceu-a ao redor da cabeça de Arsène, com a arte do pintor que valoriza e exalta todas as coisas. Em seguida, tomou nas mãos, todo trêmulo no início, aqueles longos cabelos perfumados, e, com a ponta dos dedos, modelou seu ébano flexível em meio às contas de topázio e às flores outonais de esmeralda e rubi. Como prometera, sob suas mãos, mãos de poeta, pintor e amante, a bailarina ficou tão deslumbrante que, olhando-se no espelho, não conteve um grito de alegria e orgulho.

— Oh, o senhor tem razão! — exclamou Arsène. — Sim, estou muito, muito mais bela. Agora, continuemos.

— Continuemos? Como assim?

— E meus trajes de bacante?

Hoffmann começava a compreender.

— Meu Deus! — agradeceu. — Meu Deus!

Sorrindo, Arsène soltou seu manto púrpura, que permaneceu preso por um único broche, o qual ela em vão tentava alcançar.

— Ora, me ajude! — disse, com impaciência. — Ou terei de chamar Eucáris?

— Não, não! — exclamou Hoffmann. Precipitando-se para Arsène, arrancou o broche rebelde. O manto caiu ao pé da bela grega.

— Pronto — disse ele, tomando ar.

— Oh! — exclamou Arsène. — Acha então que essa pele de tigre vai combinar em cima da túnica de musselina? Pois eu não acho. Além do mais, quero uma bacante de verdade, não como as vemos no teatro, mas como elas são nos quadros dos Carrache e de Albani.[118]

— Mas nos quadros dos Carrache e de Albani — exclamou Hoffmann —, as bacantes estão nuas.

— Isso! *Ele* me quer assim, só com a pele de tigre, que o senhor disporá como quiser, é tarefa sua.

E, dizendo essas palavras, ela desatara o cordão da cintura e abrira o fecho da gola, de maneira que a túnica deslizou ao longo de seu belo corpo e, à medida que descia dos ombros até os pés, foi mostrando-a completamente nua.

— Oh! — disse Hoffmann, caindo de joelhos. — Ela não é mortal, é uma deusa!

Arsène empurrou com o pé o manto e a túnica.

Em seguida, tomando a pele de tigre, disse:

— Vejamos, o que fazer com isso? Ora, ajude-me, cidadão-pintor, não estou habituada a me vestir sozinha.

A ingênua bailarina chamava aquilo de vestir-se.

118. Carrache: célebre família de pintores italianos da Renascença, o mais ilustre deles sendo Annibale Carrache (1560-1609). Francesco Albani (1578-1660): pintor italiano, autor de *A toalete de Vênus*.

Tomou a mão de Arsène e cobriu-a de beijos.

Hoffmann aproximou-se, vacilante, bêbado, fascinado, pegou a pele de tigre, prendeu as unhas de ouro no ombro da bacante e fez com que esta sentasse, ou melhor, deitasse numa cama de *cashmere* vermelha, onde ela teria evocado uma estátua em mármore de Paros[119] se a respiração não lhe houvesse inflado os seios, se o sorriso não lhe houvesse entreaberto os lábios.

— Estou bem assim? — perguntou ela, arredondando o braço acima da cabeça e pegando um cacho de uva, que fingiu esmagar entre os lábios.

119. Mármore de Paros: ver nota 35 em *1001 fantasmas*.

— Oh, sim, bela, bela, bela — murmurou Hoffmann.

Então o amante, sobrepondo-se ao pintor, caiu de joelhos e, num gesto rápido como o pensamento, tomou a mão de Arsène e cobriu-a de beijos.

Arsène puxou-a de volta com mais espanto que raiva.

— O que pensa que está fazendo? — perguntou ao rapaz.

A pergunta lhe saíra com tanta calma e frieza que Hoffmann recuou num pulo, apertando a testa com as duas mãos.

— Nada, nada — balbuciou ele. — Perdoe-me, enlouqueci.

— De fato.

— Vejamos — exclamou Hoffmann. — Para que me chamou? Fale, fale!

— Ora, para fazer meu retrato, não para outra coisa.

— Oh, está bem — resignou-se Hoffmann —, tem razão. Para fazer seu retrato, não para outra coisa.

E, imprimindo um profundo solavanco à sua vontade, Hoffmann prendeu a tela no cavalete, pegou sua paleta, os pincéis, e começou a esboçar o inebriante quadro que tinha diante dos olhos.

Mas o artista superestimara suas forças. Quando viu o voluptuoso modelo posando não apenas em sua palpitante realidade, como, mais que isso, reproduzido pelos mil espelhos da alcova; quando, em lugar de uma Erígona, deparou-se com dez bacantes; quando viu cada espelho repetir aquele sorriso embriagador, reproduzir as ondulações do busto que a unha de ouro do tigre só cobria pela metade, sentiu que se exigia dele algo além da força humana, e, derrubando paleta e pincéis, arrojou-se para a bela bacante e imprimiu em seu ombro um beijo em que se confundiam raiva e amor.

Nesse exato instante, porém, a porta se abriu e a ninfa Eucáris adentrou a alcova, gritando:

— Ele! Ele! Ele!

Imediatamente, um Hoffmann atônito foi empurrado pelas duas mulheres e lançado para fora da alcova, com a porta se fechando atrás dele. Louco dessa vez, de amor, raiva e ciúme, atravessou o salão cambaleando, escorregou pelo corrimão mais do que desceu a escada e, sem saber como chegara ali, achou-se na rua, tendo deixado na alcova de Arsène pincéis, caixa de tintas e paleta, o que não era nada, mas também seu chapéu, que podia ser muito.

13. *O aliciador*

O que tornava ainda mais terrível a situação de Hoffmann, visto que acrescentava humilhação à sua dor, era o fato de não ter sido chamado à casa de Arsène, isso estava claro para ele, por ser o homem que ela notara na plateia da Ópera, mas pura e simplesmente como pintor, uma máquina de fazer retratos, um espelho que reflete os corpos que lhe apresentam. Estava explicada a indiferença de Arsène ao deixar cair na frente dele, uma a uma, todas as peças que vestia; a perplexidade quando ele beijara sua mão; a raiva quando, no meio do amargo beijo com que avermelhara seu ombro, ele declarara seu amor.

E, pensando bem, que loucura a sua, simples estudante alemão, aventurar-se em Paris com trezentos ou quatrocentos táleres, ou seja, com uma soma que não dava para pagar o tapete daquela antecâmara; que loucura aspirar à bailarina da moda, à mulher mantida pelo pródigo e voluptuoso Danton! Não era o som de palavras que comovia aquela mulher, era o som do ouro. Seu amante não era quem a amava mais, mas quem lhe pagava mais. Se Hoffmann tivesse mais dinheiro que Danton, seria Danton o escorraçado quando Hoffmann chegasse.

Seja como for, o certo é que o escorraçado não era Danton, e sim Hoffmann.

Hoffmann voltou mais uma vez para o seu quartinho, mais ressentido e acabrunhado do que nunca. Antes de encontrar-se com Arsène, ainda alimentava alguma esperança, mas o que acabava de ver, aquela indiferença por ele como homem, aquele luxo em meio ao qual encontrara a linda bailarina, constituindo não apenas sua vida física, como sua vida moral, tudo aquilo, a menos que uma soma inaudita lhe caísse nas mãos, tornava impossível para Hoffmann até mesmo a esperança da posse.

Era num estado lamentável, portanto, que Hoffmann chegava ao seu quarto. Até aquele momento, a sensação única que Arsène lhe despertava, sensação toda física, toda feita de atração, na qual o coração não tinha voz, resultara apenas em desejo, irritação e febre.

Agora, desejo, irritação e febre haviam se transformado em profunda depressão.

Restava a Hoffmann uma única esperança: reencontrar o médico sinistro e pedir uma orientação, embora houvesse naquele homem alguma coisa de estranho, de fantástico, de sobre-humano, fazendo crer que, mal se via em sua companhia, saía da vida real para entrar numa espécie de sonho, no qual não era acompanhado pela vontade, e nem pelo livre-arbítrio, tornando-se joguete de um mundo que existia para ele sem existir para os outros.

Na hora de costume, portanto, voltou à birosca da rua de la Monnaie. Mas foi em vão que se posicionou dentro de sua nuvem de fumaça: nenhum rosto semelhante ao do médico apareceu através dela; foi em vão que fechou os olhos: quando os abriu, não havia ninguém sentado no banco que instalara do outro lado da mesa.

Uma semana se passou assim.

No oitavo dia, Hoffmann, impaciente, deixou a birosca da rua de la Monnaie uma hora antes do costume, em torno das quatro da tarde, e, via Saint-Germain Auxerrois e o Louvre, alcançou como um autômato a rua Saint-Honoré.

Tão logo chegou, percebeu um grande alvoroço para as bandas do cemitério dos Inocentes e foi se aproximando da praça do Palais Royal. Lembrou-se do que acontecera no dia seguinte ao de sua entrada em Paris e reconheceu o mesmo fragor, o mesmo estrépito que já o impressionara na execução da sra. du Barry. Com efeito, eram as carroças da Conciergerie que, abarrotadas de condenados, dirigiam-se à praça da Revolução.

Sabemos o horror que Hoffmann sentia por esse tipo de espetáculo. Portanto, como as carroças avançavam velozmente, sua única saída foi refugiar-se num bar na esquina da rua da Lei. Ali, de costas para a rua, fechou os olhos e tapou os ouvidos, pois os gritos da du Barry ainda reverberavam no fundo de seu coração. Em seguida, calculando que as carroças haviam passado, voltou-se e, para seu grande espanto, viu, descendo de uma cadeira na qual subira para ver melhor, seu amigo Zacharias Werner.

— Werner! — exclamou Hoffmann, precipitando-se na direção do rapaz. — Werner!

— Ah, é você — disse o poeta. — Onde se meteu?

— Estou aqui, bem aqui, mas com as mãos nos ouvidos para não ouvir os gritos desses infelizes e os olhos fechados para não vê-los.

— A rigor, caro amigo, você errou — disse Werner —, você é pintor! E o que visse lhe teria fornecido tema para um quadro maravilhoso. Havia na terceira carroça, preste atenção, havia uma mulher, uma beldade, um pescoço, ombros, verdade que os cabelos foram cortados atrás, mas caíam magnificamente de ambos os lados até o chão.

— Ouça — disse Hoffmann —, nesse aspecto, vi o que há de melhor. Quem viu a du Barry, viu tudo. Se um dia eu vier a cogitar um quadro, acredito, esse modelo será suficiente. Aliás, pretendo abandonar os quadros.

— E por que isso? — perguntou Werner.

— Tomei horror à pintura.

— Mais um desapontamento.

— Meu caro Werner, se eu ficar em Paris, enlouquecerei.

— Você enlouquecerá onde quer que esteja, meu caro Hoffmann. Portanto, melhor em Paris que em outras plagas. Em todo caso, conte-me a causa dessa loucura.

— Oh, meu caro Werner, estou apaixonado.

— Por Antônia, sei disso, você me contou.

— Não. Antônia... — gaguejou Hoffmann. — Antônia é diferente, amo-a!

— Diabos! A distinção é sutil. Conte-me isso. Cidadão assessor, cerveja e copos.

Os dois rapazes abasteceram seus cachimbos e, num canto do bar, na mesa mais isolada, sentaram-se um diante do outro.

Ali, Hoffmann contou a Werner tudo que lhe acontecera, desde o dia quando estivera na Ópera e vira Arsène dançar, até o momento em que fora empurrado pelas duas mulheres para fora da alcova.

— Que ótimo! — disse Werner, quando Hoffmann terminou.

— Que ótimo!? — ele repetiu, espantadíssimo que o amigo não se mostrasse tão abatido quanto ele.

— Diga-me — declarou Werner — o que há de desesperador nisso tudo?

— Há, meu caro, agora sabendo que só é possível possuir aquela mulher na base do dinheiro, há que perdi toda esperança.

— E por que perdeu toda esperança?

— Porque jamais terei quinhentos luíses para atirar a seus pés.

— E por que não os teria se eu os tenho, quinhentos luíses, mil luíses, dois mil luíses...?

— E onde eu arranjaria isso, santo Deus! — gritou Hoffmann.

— Ora, no Eldorado de que lhe falei, na nascente do Pactolo, meu caro, no jogo.[120]

120. Eldorado: região mítica da América Sul, fabulosamente rica em ouro. A lenda de sua existência nasceu na Colômbia, na região de Bogotá, e tornou-se conhecida pelos conquistadores espanhóis em torno de 1530, mobilizando daí em diante seu imaginário e sua cobiça. Pactolo: rio da Lídia (Ásia Menor) por cujas águas corriam lantejoulas de ouro e ao qual, segundo a lenda, Creso devia sua riqueza.

— No jogo — exclamou Hoffmann, estremecendo. — Mas você sabe que jurei a Antônia não mais jogar.

— E daí! — zombou Werner. — Também jurou ser-lhe fiel.

Hoffmann suspirou profundamente e apertou o camafeu contra o coração.

— No jogo, meu amigo! — insistiu Werner. — Ah, eis uma banca de verdade! Não é como a de Mannheim ou Homburg, que ameaça estourar com míseras mil libras. Um milhão, meu amigo, um milhão! Montanhas de ouro! É lá que se refugia, creio eu, todo o numerário da França. Nada desses papéis podres, nada desses pobres *assignats* depreciados, que perdem três quartos do valor... belos luíses. Belos luíses, duplos, quádruplos! Quer ver uma amostra?

E Werner tirou do bolso um punhado de luíses, que mostrou a Hoffmann e cujos raios irradiaram-se através do espelho de seus olhos até o fundo de sua consciência.

— Oh, não, não, jamais! — exclamou, lembrando-se ao mesmo tempo da profecia do velho soldado e da prece de Antônia. — Nunca mais voltarei a jogar.

— Pois está errado. Com a sua sorte, quebraria a banca.

— E Antônia! E Antônia!

— Ora, caro amigo, quem irá contar a Antônia que você jogou e ganhou um milhão? Quem lhe dirá que, com vinte e cinco mil libras, você conquistou os encantos de sua linda bailarina? Acredite, volte para Mannheim com novecentos e setenta e cinco mil libras e Antônia não lhe perguntará onde conseguiu suas quarenta e oito mil e quinhentas mil libras de renda, nem o que fez com as vinte e cinco mil que faltam.

E, dizendo estas palavras, Werner levantou-se.

— Aonde você vai? — perguntou Hoffmann.

— Vou encontrar uma garota, uma dama da Comédie Française que me honra com suas bondades e que gratifico com metade de meus lucros. Afinal, sou poeta, vou a um teatro literário; você é músico, escolheu um teatro cantante e dançante. Boa sorte no jogo, caro amigo, todos os meus cumprimentos à srta. Arsène. Não se esqueça do endereço da jogatina, 113. Adeus.

— Oh — murmurou Hoffmann —, você já havia me dito, não esqueci.

E deixou que seu amigo Werner se afastasse, nem cogitando em lhe pedir seu endereço, como fizera quando o encontrara da primeira vez.

Porém, mesmo depois que Werner se foi, Hoffmann não ficou sozinho. Cada palavra do amigo tornara-se, por assim dizer, visível e palpável. Todas elas brilhavam diante de seus olhos, murmuravam aos seus ouvidos.

Com efeito, onde Hoffmann poderia se abastecer de ouro senão na nascente do ouro! O único triunfo possível sobre um desejo impossível não lhe havia sido indicado? Ora, por Deus! Até mesmo Werner constatara: Hoffmann já descumprira uma parte de seu juramento. Que mal haveria se descumprisse a outra?

Depois, segundo Werner, não eram vinte e cinco mil libras, cinquenta mil libras, cem mil libras que ele poderia ganhar. Os horizontes materiais dos campos, bosques e do próprio mar têm fim, ao passo que o horizonte do feltro verde, não. O demônio do jogo é como Satanás, tem o poder de transportar o jogador até a mais alta montanha da terra e de lá apontar-lhe todos os reinos do mundo.[121]

Que felicidade, que alegria, que orgulho quando retornasse à casa de Arsène, à mesma alcova de onde fora escorraçado! Com que supremo desdém esmagaria aquela mulher e seu terrível amante, quando, numa sumária resposta às palavras: "O que vem fazer aqui?", ele lançasse, novo Júpiter, uma chuva de ouro sobre a nova Dânae![122]

E tudo isso deixara de ser uma alucinação de seu espírito, um sonho de sua fantasia, agora era a realidade, era o possível. Tinha tantas probabilidades de ganhar quanto de perder. As de ganhar eram até maiores, pois, como sabemos, Hoffmann tinha sorte no jogo.

Oh! Aquele número 113! Aquele número 113! Com seus algarismos de fogo, como dizia Hoffmann, o guiava, farol infernal, rumo ao abismo onde a vertigem uiva de deleite, numa cama de ouro!

Hoffmann debateu-se uma hora e tanto com a mais explosiva das paixões. Em seguida, percebendo ser impossível resistir por mais tempo, atirou uma moeda de quinze centavos sobre a mesa, deixando o troco de gorjeta para o assessor, e, correndo sem parar, alcançou o cais das Flores, subiu ao seu quarto, pegou os trezentos táleres que lhe restavam e, sem perder tempo com reflexões, pulou dentro de um coche, gritando:

— Ao Palais Égalité![123]

---

121. Referência ao seguinte trecho do *Evangelho de são Lucas* (4, 5-8): "O demônio levou Jesus em seguida a um alto monte, e mostrou-lhe num só momento todos os reinos da terra, dizendo-lhe: 'Dar-te-ei todo este poder e a glória desses reinos, porque me foram dados, e dou-os a quem quero. Portanto, se te prostrares diante de mim, tudo será teu.' Jesus respondeu: 'Está escrito: 'Adorarás o Senhor teu Deus, e somente a ele só servirás.''" (Deuteronômio, 6, 13)

122. Na mitologia grega, o pai de Dânae, Acrísio, advertido por um oráculo de que será assassinado pelo neto, aprisiona a filha numa gaiola de ferro. Mesmo assim, Zeus (Júpiter para os romanos) consegue seduzi-la, sob a forma de uma chuva de ouro. Dessa união, nasce Perseu. Esse mito é narrado, por exemplo, na *Antígona*, de Sófocles (496-406 a.C.).

123. Originalmente Palácio Cardinal, por ter sido ocupado pelo cardeal Richelieu é legado por este último a Luís XIII (ver nota 68), ganhando o nome de Palais Royal. Em 1692, Luís XIV (ver nota 69) doa-o a seu irmão Philippe d'Orléans (1640-1701) e seus descendentes. Às vésperas da Revolução, Philippe constrói alguns prédios em certas áreas do jardim e os aluga para lojistas. A partir de 1789, torna-se um dos principais centros de agitação revolucionária. Philippe, que votara a favor da execução do rei, passa a se chamar Philippe Égalité, o que resulta em outra mudança de nome para o palácio. Em outubro de 1793, o palácio é confiscado e Philippe Égalité, guilhotinado no mês seguinte.

14. *O* 113

O Palais Royal — que naquela época chamava-se Égalité e hoje se chama Palais National,[124] pois em nosso país a primeira coisa que os revolucionários fazem é mudar os nomes de ruas e praças, preparando-as para as futuras restaurações —, o Palais Royal, como eu dizia, afinal é seu nome mais familiar, não era naquela época o que é hoje, mas, em matéria de pitoresco, ou mesmo de estranheza, não lhe ficava nada a dever. Sobretudo à noite, à hora em que Hoffmann lá chegava.

Sua configuração pouco diferia da que vemos agora, salvo que a parte hoje conhecida como galeria de Orléans era ocupada por uma dupla galeria em alpendre, que mais tarde daria lugar a um passeio com seis fileiras de colunas dóricas; salvo que, em vez de tílias, havia castanheiras no jardim; e que, onde hoje é o tanque, erguia-se um circo, vasto galpão protegido por sebes, guarnecido com janelas e cuja cumeeira era coroada por arbustos e flores.

Não vão acreditar que esse circo foi o espetáculo digno desse que chamamos por tal nome. Não, os acrobatas e mágicos que se esgrimiam no circo do Palais Égalité (cuja natureza nada tinha a ver com a daquele acrobata inglês, o sr. Price, que alguns anos antes tanto maravilhara a França e que engendrou os Mazurier e os Auriol) faziam outro gênero.[125]

124. Invadido e saqueado durante os distúrbios de 1848, o Palais Royal, chamado provisoriamente Palais National, foi estatizado.

125. Price: grande dinastia de palhaços ingleses. Dumas faz alusão ao ancestral, James Price (1761-1805), membro da trupe Astley, que, a partir de 1782, ressuscitou o circo na França antes de se fundir com os Franconi. Seus descendentes, John e William Price, também fizeram sucesso na França entre 1858 e 1867. Charles Mazurier: dançarino-acrobata do teatro da Porte Saint-Martin. Jean-Baptiste Auriol (1808-81): célebre palhaço francês que fez sucesso sobretudo no circo Franconi.

Na época, o circo era ocupado pelos Amigos da Verdade,[126] que promoviam sessões a que era possível assistir com a condição de ser assinante do jornal *A Boca de Ferro*. Com seu exemplar matinal, à noite era-se admitido naquele lugar de delícias e ouviam-se discursos de todos os federados, ali reunidos, diziam, com o louvável objetivo de proteger governantes e governados, de *imparcializar* as leis e ir buscar, em qualquer canto do mundo, em qualquer país, de qualquer cor, de qualquer opinião, um amigo da verdade; depois, descoberta a verdade, ela seria ensinada aos homens.

Como veem, sempre houve na França gente convencida de ser a eleita para esclarecer as massas e de que o resto da humanidade não passava de uma populaça absurda.

O que o vento que soprou fez do nome, das ideias e das vaidades dessa gente?

Seja como for, o circo contribuía com seu barulho para o barulho geral e misturava suas buliçosas sessões ao grande concerto que despertava todas as noites no jardim do Palais Égalité.

Pois, convém dizer, naqueles tempos de miséria, exílio, terror e perseguições, o Palais Royal tornara-se o centro para onde a vida, comprimida o dia inteiro nas paixões e nas lutas, rumava, à noite, a fim de procurar o sonho e tentar esquecer a verdade em busca da qual esfalfavam-se os membros do Círculo Social e os sócios do circo. Quando todos os bairros de Paris ficavam desertos e às escuras; quando as sinistras patrulhas, compostas pelos carcereiros do dia e pelos carrascos do dia seguinte, rondavam como bestas-feras procurando uma presa qualquer, quando, ao pé da lareira, privados de um amigo ou de um parente morto ou emigrado, aqueles que haviam permanecido sussurravam tristemente seus temores ou sofrimentos, o Palais Royal cintilava como o deus do mal, acendia suas cento e oitenta arcadas, exibia suas joias nas vitrines das joalherias, lançava, enfim, em meio às carmanholas populares e através da miséria geral, suas filhas perdidas, resplandecentes de diamantes, cobertas de branco e vermelho, vestindo o mínimo necessário, em veludo ou seda, e passeando seu esplêndido impudor sob as árvores e nas galerias. Havia, nesse luxo da prostituição, uma última ironia contra o passado, um último insulto feito à monarquia. Exibir aquelas criaturas com aquelas indumentárias reais era atirar lama, depois sangue, na face da encantadora corte de mulheres acostumadas ao luxo, cuja rainha fora Maria Antonieta e que o furacão revolucionário carregara

126. Amigos da Verdade ou Círculo Social: fundado em 1790, é simultaneamente clube político, salão literário e loja maçônica. Promove reuniões dedicadas à análise do *Contrato social*, de Rousseau (ver nota 21). Um leão de ferro de boca aberta serve de caixa de correio, daí o nome do jornal, *La Bouche de Fer*. Organiza no Circo do Palais Royal reuniões da loja maçônica Amigos da Verdade. De tendência girondina (ver nota 45 de *1001 fantasmas*), o clube é fechado em 1793.

do Trianon para a praça da guilhotina, como um homem bêbado que fosse arrastando na lama o vestido branco de sua noiva.

O luxo fora entregue às mulheres mais vis, restando à virtude caminhar em andrajos.

Esta era uma das verdades descobertas pelo Círculo Social.

Não obstante, o povo que acabava de dar impulso tão violento ao mundo, o povo parisiense ao qual, infelizmente, o raciocínio só ocorre depois do entusiasmo, fazendo com que nunca tenha sangue-frio suficiente senão para lembrar-se das tolices já cometidas, o povo, dizíamos, pobre e malvestido, não entendia muito bem a filosofia dessa contradição e não era com desprezo, mas com inveja, que roçava naquelas rainhas de abjeção, naquelas hediondas majestades do vício. E quando, com os sentidos excitados pelo que via, com os olhos em fogo, ele queria agarrar aqueles corpos que pertenciam a todo mundo, pediam-lhe ouro. Como ele não tinha, era ignominiosamente escorraçado. Assim esboroava-se o grande princípio de igualdade proclamado pelo cutelo, escrito com o sangue e no qual as prostitutas do Palais Royal tinham o direito de, rindo, cuspir.

Em dias como esses, a exacerbação moral era de tal ordem que a realidade exigia estranhas contradições. Não era mais sobre o vulcão, era dentro do vulcão mesmo que se dançava, e os pulmões, habituados ao ar de enxofre e lava, não se contentaram mais com os tépidos perfumes de outros tempos.

Dito isto, o Palais Royal renascia todas as noites, iluminando tudo com sua coroa de fogo. Alcoviteiro de pedra, apregoava acima da grande e monótona cidade:

— Eis a noite, venham! Tenho tudo em mim, fortuna e amor, jogo e mulheres! Faço qualquer negócio, inclusive no ramo do suicídio e do assassinato. Vocês, que não comem desde ontem, que sofrem, que choram, venham a mim. Verão como somos ricos. Verão como rimos. Alguém tem uma consciência ou uma filha para negociar? Venham! Encherão os olhos de ouro e os ouvidos de obscenidades. Andarão chafurdando no vício, na corrupção e no esquecimento. Venham hoje à noite, amanhã talvez estejam mortos.

Era esta a grande razão. Era preciso viver como se morria, num piscar de olhos.

E todos iam.

Naturalmente, centro de tudo, o lugar mais frequentado era o salão de jogo. Era lá que havia o necessário para se ter o resto.

De todos aqueles ardentes respiradouros, era o 113 que mais luz emitia, com sua lanterna vermelha, olho imenso do ciclope ébrio chamado Palais Égalité.

Se o inferno tem um número, este deve ser 113.

Oh, tudo ali estava programado!

No rés do chão, um restaurante; no primeiro andar, o jogo: o peito do estabelecimento encerrava o coração, era mais do que natural; no segundo, havia com que gastar a grande energia absorvida pelo corpo no rés do chão, o dinheiro que o bolso ganhara no andar de baixo.

Tudo estava programado, repetimos, para que o dinheiro não saísse da casa.

E era para essa casa que Hoffmann corria, o poético pretendente de Antônia.

O 113 ficava no mesmo lugar de hoje, a algumas lojas da casa Corcelet.[127]

Mal Hoffmann apeou do coche e pôs os pés na galeria do palácio, foi assediado pelas divindades locais, graças a seu traje de estrangeiro, que, naqueles tempos como hoje, inspirava mais confiança que o traje nacional.

Nunca um país fora tão desprezado por si próprio.

— Onde fica o 113? — perguntou Hoffmann à garota que se pendurara no seu braço.

— Ah, é para lá que você vai... — desdenhou Aspásia. — Ora, queridinho, basta orientar-se por aquela lanterna vermelha. Mas lembre-se de separar dois luíses para gastar no 115.

Hoffmann mergulhou na galeria indicada como Cúrcio no abismo.[128] No minuto seguinte estava no salão de jogo.

Lá, reinava a algazarra de uma hasta pública.

Bem verdade que ali se vendiam muitas coisas.

Os salões irradiavam douraduras, lustres, flores e mulheres mais belas, suntuosas e decotadas que as do andar de baixo.

O barulho que imperava em todos os outros era o barulho do ouro. Mas era lá que pulsava aquele coração imundo.

Hoffmann deixou à sua direita a sala onde partiam o *trente-et-quarante*[129] e penetrou no salão da roleta.

Ao redor de uma grande mesa verde estavam instalados os jogadores, todos eles indivíduos reunidos com o mesmo objetivo, mas cada um com uma fisionomia diferente.

Havia moços e velhos, estes com os cotovelos erodidos pela mesa. E também quem perdera o pai na véspera, ou de manhã, ou até naquela noite. Mas todos os pensamentos concentravam-se na esfera que girava. No jogador, subsiste um único sentimento, é o desejo, e esse sentimento alimenta-se e cresce à custa de todos os outros. O sr. de Bassompierre, a quem foram dizer

---

127. Provavelmente um restaurante.

128. Episódio narrado por Tito Lívio (59-17 d.C.), em sua *História romana*. Em c.393 a.C., um terremoto abriu uma cratera no Fórum. Os áugures (espécie de profetas), consultados, afirmaram que ela só se fecharia se a cidade sepultasse em seu bojo o que constituía sua força. Argumentando que a força de Roma residia em seu exército, um jovem patrício, Marco Cúrcio, ofereceu-se em sacrifício e atirou-se todo armado dentro do abismo, que se fechou sobre ele.

129. Carteado a dinheiro.

justo quando ele começava a dançar com Maria de Médicis:[130] "Sua mãe morreu", e que respondeu: "Minha mãe só morrerá quando eu terminar esta dança", mesmo assim era um filho devoto comparado a um jogador. Um jogador em plena ação, a quem se viesse dizer tal coisa, sequer responderia ao recado: primeiro, porque seria tempo perdido, depois, porque um jogador, quando está jogando, além de não ter coração, não tem alma.

Quando não está jogando, é a mesma coisa, ele pensa em jogar.

O jogador tem todas as virtudes de seu vício. É sóbrio, paciente e incansável. Um jogador que subitamente se desvirtuasse e abraçasse uma paixão honesta, ou um sentimento nobre, com a incrível energia que põe a serviço do jogo, seria um dos maiores homens do mundo. Jamais César, Aníbal ou Napoleão[131] tiveram, nem no calor de seus maiores feitos, força igual à do jogador mais obscuro. A ambição, o amor, os sentidos, o coração, o espírito, o ouvido, o olfato, o tato, todos os recursos vitais do homem, enfim, concentram-se numa única palavra e num único objetivo: jogar. E por favor, não acreditem nessa história de que o jogador joga para ganhar. No início até pode ser, mas ele termina jogando por jogar, para ver cartas, para manusear ouro, para sentir aquelas emoções estranhas, incomparáveis a qualquer outra paixão da vida. Diante do ganho ou da perda, esses dois polos nos quais o jogador ricocheteia com a rapidez do vento, dos quais um queima como fogo e o outro congela como gelo, tais emoções fazem com que seu coração escoiceie no peito, sob o desejo ou a realidade, como um cavalo esporeado, absorva como uma esponja todas as faculdades da alma, as comprima, retenha e, feita a jogada, ejete-as bruscamente em torno dele para readquiri-las com mais força ainda.

O que torna a paixão do jogo a mais forte de todas é que, insaciável, ela nunca pode ser abandonada. É uma amante que se promete sempre e que jamais se dá. Mata, mas não cansa.

A paixão do jogo é a histeria do homem.

Para o jogador, tudo morreu, família, amigos e pátria. Seu horizonte é o baralho e a bolinha. Sua pátria é a cadeira onde ele se instala, é o feltro verde onde se apoia. Se o condenarem à fornalha, como são Lourenço,[132] e permitirem que jogue, aposto que não sentirá o fogo e sequer piscará.

O jogador é silencioso. A palavra não tem serventia alguma para ele. Ele joga, ganha, perde. Não é mais homem, é máquina. Por que falaria?

130. François de Bassompierre (1579-1646): marechal e diplomata francês. Preso na Bastilha de 1631 a 1643, deixou *Memórias*. Sobre Maria de Médicis, ver nota 70 em *1001 fantasmas*.

131. Júlio César (100-44 a.C.), Aníbal (247-183 a.C.) e Napoleão Bonaparte (1769-1821): generais e imperadores, respectivamente romano, cartaginês e francês.

132. São Lourenço (210/220-59) é considerado o protetor dos pobres e teria enfrentado seu martírio sem demonstrar qualquer sinal de sofrimento.

O alvoroço que reinava nos salões não provinha então dos jogadores, mas dos crupiês, que raspavam o ouro e gritavam com uma voz anasalada:

— Façam suas apostas.

Nesse momento, Hoffmann deixava de ser um observador, era um escravo do vício, caso contrário teria ali uma série de estudos curiosos a fazer.

Insinuando-se rapidamente em meio aos jogadores, ele chegou à orla do feltro. Viu-se entre um homem de pé, que vestia uma carmanhola, e um velho sentado, fazendo contas a lápis num papel.

Esse velho, que consumira sua existência atrás da jogada ideal, agora dilapidava seus últimos dias tentando-a e vendo-a fracassar. A jogada ideal é intangível, como a alma.

Entre as cabeças de todos esses homens, sentados e de pé, viam-se cabeças de mulheres, as quais apoiadas nos ombros deles, pegajosamente grudadas no seu ouro e, com uma habilidade rara, davam um jeito de, sem jogar, ganhar sobre o ganho de uns e sobre a perda de outros.

Vendo aqueles copinhos cheios de ouro e aquelas pirâmides de prata, difícil acreditar que a miséria pública fosse tão grande e o ouro custasse tão caro.

O homem de carmanhola lançou um pacote de papéis sobre determinado número.

— Cinquenta libras — disse, para anunciar sua aposta.

— O que é isso? — perguntou o crupiê, recolhendo aqueles papéis com sua raquete e pegando-os com a ponta dos dedos.

— São *assignats* — respondeu o homem.

— Não tem outro dinheiro sem ser este? — perguntou o crupiê.

— Não, cidadão.

— Então pode ceder o lugar a outro.

— Por quê?

— Porque não aceitamos isso.

— É a moeda do governo.

— Tanto melhor para o governo se ele consegue passá-la adiante! Nós é que não queremos isso.

— Ora essa! — desabafou o homem, recolhendo de volta seus *assignats*. — Que dinheiro mais esquisito, não podemos sequer perdê-lo!

E se afastou, amassando os *assignats* nas mãos.

— Façam suas apostas! — gritou o crupiê.

Hoffmann era jogador, já sabemos, mas, dessa vez, não era pelo jogo, era pelo dinheiro que estava ali.

A febre que o queimava fazia sua alma ferver no corpo como água na chaleira.

— Cem táleres no 26 — gritou.

O crupiê examinou a moeda alemã como fizera com os *assignats*.

— Vá trocá-los — disse a Hoffmann. — Só aceitamos dinheiro francês.

Hoffmann desceu como um louco, entrou num cambista que calhava justamente de ser alemão e trocou seus trezentos táleres por ouro, isto é, por algo em torno de quarenta luíses.

A roleta girara três vezes enquanto isso.

— Quinze luíses no 26! — gritou, precipitando-se para a mesa e, com a incrível superstição dos jogadores, aferrando-se ao número que escolhera por acaso e por ser aquele em que o homem dos *assignats* pretendia apostar.

— Apostas encerradas! — gritou o crupiê.

A bolinha girou.

O vizinho de Hoffmann recolheu dois punhados de ouro e os jogou no chapéu que mantinha preso entre as pernas, mas o crupiê raspou os quinze luíses de Hoffmann e de muitos outros.

Saíra o 16.

Hoffmann sentiu um suor frio cobrir-lhe a testa, como uma rede de malhas de aço.

— Quinze luíses no 26! — repetiu.

Outras vozes falaram outros números e a bolinha girou mais uma vez.

Dessa vez, a banca ficou com tudo. A bolinha caíra no zero.

— Dez luíses no 26! — murmurou Hoffmann, com uma voz estrangulada, antes de consertar:

— Não, só nove — e guardou uma moeda de ouro para ter uma última aposta a fazer, uma última esperança a acalentar.

Deu o 30.

O ouro retirou-se do feltro como a maré selvagem durante o refluxo.

Hoffmann, cujo peito arfava e que, através das pulsações de seu cérebro, entrevia o semblante trocista de Arsène e o rosto triste de Antônia, cravou com a mão crispada seu último luís no 26.

As apostas se fizeram rapidamente.

— Apostas encerradas! — gritou o crupiê.

Hoffmann acompanhou com um olho ansioso a bolinha, que girava à sua frente como se fosse sua própria vida.

Subitamente jogou-se para trás, escondendo a cabeça nas duas mãos.

Não apenas perdera, como não tinha mais um centavo, nem em casa.

Uma mulher que estava lá, e que um minuto antes era possível ter por vinte francos, soltou um grito de alegria selvagem e recolheu o punhado de ouro que acabava de ganhar.

Hoffmann teria dado dez anos de sua vida por um dos luíses daquela mulher.

Num gesto instintivo, ainda duvidando da realidade, tateou e vasculhou nos bolsos.

Estavam de fato vazios, mas sentiu alguma coisa arredondada como uma moeda no peito e agarrou-a bruscamente.

Era o camafeu de Antônia que ele esquecera.

— Estou salvo! — gritou.

E, arrancando-o, apostou o camafeu de ouro no 26.

15. *O camafeu*

O crupiê pegou e examinou o camafeu de ouro:

— Cavalheiro — disse a Hoffmann, pois no 113 ainda se usava essa forma de tratamento —, venda-o se quiser, e jogue em dinheiro. Repito, só aceitamos ouro ou prata em dinheiro.

Hoffmann recolheu o camafeu e, sem dizer uma palavra, deixou o salão de jogo.

Durante o tempo necessário para descer a escada, muitos pensamentos, conselhos e pressentimentos zuniram à sua volta, mas ele se fez de surdo a todos esses vagos rumores, entrando abruptamente no cambista, que, um minuto antes, acabava de trocar seus luíses por táleres.

Displicentemente recostado em sua larga poltrona de couro, o bom homem lia, os óculos pousados na ponta do nariz, iluminado por uma pequena lamparina, que emitia uma luz baça, à qual acabava de juntar-se o louco reflexo das moedas de ouro, deitadas em suas bacias de cobre. Ele estava emoldurado por uma fina grade de ferro, recoberta por cortininhas de seda verde e enfeitada com uma portinhola da altura da mesa, portinhola pela qual uma só mão passava.

Hoffmann nunca admirara tanto o ouro.

Como se houvesse entrado num raio de sol, abria olhos ofuscados e, embora tivesse visto mais ouro no jogo do que via ali, não era o mesmo ouro, filosoficamente falando. Havia, entre o ouro ruidoso, ágil e irrequieto do 113 e o ouro tranquilo, grave e mudo do cambista, a diferença que há entre o tagarela oco e sem verve e o pensador transbordante de meditação. Não se pode fazer nada de bom com o ouro da roleta ou das cartas, pois, em vez de pertencer a quem o possui, quem o possui é que lhe pertence. Nascido de fonte corrupta, ele deve desaguar num objeto impuro. Ele carrega a vida dentro de si, mas a vida perversa, e tem pressa de ir embora tal como chegou. Ele só aconselha o vício, não faz o bem, quando o faz, é sem querer. Inspira desejos quatro vezes, vinte vezes maiores que o seu valor e, uma vez conquistado, parece desvalorizado. Em suma, o dinheiro do jogo, ganhado ou ambicionado, perdido ou embolsado, tem um valor sempre fictício. Ora um punhado de ouro não representa nada, ora uma única moeda encerra a vida de um homem. Enquanto o ouro comercial, o ouro do cambista, como o que Hoffmann buscava junto a seu compatriota, vale de fato seu preço de face. Ele sai do cofre, seu ninho de cobre, por um valor igual ou superior ao seu. Não se prostitui ao passar, como uma cortesã, sem pudor, sem preferência, sem amor, de mão em mão. Tem amor-próprio. Uma vez fora da casa de câmbio, pode ser corrompido, pode frequentar a ralé, o que talvez fizesse antes de chegar ali, mas enquanto está ali é respeitável e digno de consideração. Ele é a imagem da necessidade, e não do capricho. É merecido e não dado pela sorte. Não é lançado aleatoriamente como simples fichas pela mão do crupiê, é metodicamente contado moeda por moeda, lentamente, pelo cambista, e com todo o respeito devido. É silencioso, e nisso reside sua grande eloquência. Portanto, Hoffmann, em cuja imaginação uma comparação desse gênero levava apenas um minuto para ir embora, pôs-se a temer que o cambista jamais lhe desse ouro tão real em troca de seu camafeu. Julgou-se então forçado, apesar da perda de tempo que isso representava, a adotar perífrases e circunlóquios para chegar ao que pretendia, ainda mais que não era um negócio, mas um favor que vinha pedir ao cambista.

— Cavalheiro — disse-lhe —, sou eu, aquele que acabou de trocar táleres por ouro.

— Sim, cavalheiro, estou reconhecendo-o — respondeu o cambista.

— É alemão, senhor?

— De Heidelberg.

— Foi lá que fiz meus estudos.

— Cidade encantadora!

— Com efeito.

Enquanto isso, o sangue de Hoffmann fervilhava. Cada minuto dispensado àquela conversa parecia-lhe um ano de vida perdido.

Prosseguiu, então, com um sorriso:

— Achei que, sendo meu compatriota, pudesse me prestar um favor.

— Qual seria? — perguntou o cambista, fechando a cara ao ouvir tal palavra. O cambista não empresta mais que a formiga.[133]

133. Referência à fábula "A cigarra e a formiga", transmitida pelo grego Esopo (séc.VII-VI a.C.). Nela, após cantar durante todo o verão, a cigarra bate à casa da formiga e pede-lhe emprestados alguns víveres para enfrentar o inverno: "Pago com juros", prometeu. "O que você fazia no tempo quente?" inquiriu a formiga. "Cantava para todo mundo", respondeu a cigarra. "Pois então, agora dance!", despachou-a a avarenta.

— Emprestar-me três luíses tendo esse camafeu de ouro como garantia.

E, ao mesmo tempo, Hoffmann passou o camafeu ao comerciante, que, colocando-o numa balança, pesou-o.

— Não prefere vendê-lo? — perguntou o cambista.

— Oh, não! — exclamou Hoffmann. — Não, já é demais penhorá-lo. Eu lhe pediria, inclusive, cavalheiro, se me prestar esse favor, que me fizesse a gentileza de me guardar esse camafeu com o maior cuidado, pois prezo-o mais que a vida. Virei resgatá-lo amanhã. Só uma circunstância como esta em que me encontro para me fazer penhorá-lo.

— Empresto-lhe então três luíses, cavalheiro.

E o cambista, com toda a gravidade que julgava merecer tal atitude, pegou três luíses e alinhou-os diante de Hoffmann.

— Oh, obrigado, cavalheiro, mil vezes obrigado! — exclamou o poeta, apoderando-se das três moedas de ouro e desaparecendo.

O cambista voltou silenciosamente à sua leitura, após ter guardado o medalhão num canto da gaveta.

Não era a esse homem que ocorreria a ideia de ir arriscar seu ouro contra o ouro do 113.

O jogador está tão próximo do sacrilégio que Hoffmann, ao lançar sua primeira moeda de ouro no 26, pois queria arriscá-las uma a uma, pronunciou o nome de Antônia.

Enquanto a bolinha girou, Hoffmann não sentiu nada, alguma coisa lhe dizia que ganharia.

Deu o 26.

Hoffmann, radiante, ganhou trinta e seis luíses.

Separou imediatamente três no bolso do relógio para ter certeza de recuperar o camafeu de sua noiva, a quem, logicamente, devia aquele primeiro êxito. Apostou trinta e três luíses no mesmo número e o mesmo número saiu. Eram então trinta e seis vezes trinta e três luíses que ele ganhava, isto é, mil duzentos e noventa e seis luíses, isto é, mais de vinte e cinco mil francos.

Então Hoffmann, enfiando a mão naquele verdadeiro rio de ouro e pegando-o aos punhados, jogou aleatoriamente, num deslumbramento sem fim. A cada jogada, a pilha de seus ganhos crescia, semelhante a uma montanha que irrompesse subitamente da água.

Tinha ouro nos bolsos, no paletó, no colete, no chapéu, nas mãos, na mesa, em toda parte, enfim. Da mão dos crupiês, ele se esvaía à sua frente como o sangue de uma grande ferida. Hoffmann tornara-se o Júpiter de todas as Dânaes presentes e o caixa de todos os jogadores desafortunados, com o que perdera efetivamente uns vinte mil francos.

Por fim, recolhendo todo o ouro que tinha diante de si, quando julgou ter o suficiente, fugiu, deixando todos os presentes cheios de admiração e inveja, e correu em direção à casa de Arsène.

Era uma hora da manhã, mas pouco lhe importava.

De posse daquela soma, achava que podia chegar a qualquer hora da noite e seria sempre bem-vindo.

Regozijava-se antecipadamente, cobrindo com todo aquele ouro o belo corpo que se desvelara à sua frente e que, petrificado em mármore face ao seu amor, ganharia vida diante de sua riqueza, como a estátua de Prometeu ao encontrar sua verdadeira alma.[134]

Entraria na casa de Arsène, esvaziaria os bolsos até a última moeda e lhe diria: agora, me ame. Então, no dia seguinte, iria embora, a fim de escapar, se é que isso era possível, da lembrança daquele sonho febril e intenso.

Bateu no portão da casa de Arsène como se fosse o dono voltando ao lar.

O portão se abriu.

Hoffmann correu até a escada da entrada.

— Quem é? — perguntou a voz do porteiro.

Hoffmann não respondeu.

— Aonde vai, cidadão? — repetiu a mesma voz, e uma sombra vestida, como as sombras se mostram à noite, saiu da cabine e correu atrás de Hoffmann.

Naquela época, era de bom-tom saber quem saía, e, sobretudo, quem entrava, em sua casa.

— Vou à casa da srta. Arsène — respondeu Hoffmann, lançando ao porteiro três ou quatro luíses pelos quais uma hora antes teria dado a alma em troca.

Essa maneira de se exprimir agradou ao assessor.

— A srta. Arsène não mora mais aqui, senhor — ele respondeu, julgando, com razão, ser aconselhável substituir a palavra "cidadão" pela palavra "senhor" quando se lidava com alguém tão generoso. O homem que pede deve dizer *cidadão*, o que recebe só pode dizer *senhor*.

— Como! — exclamou Hoffmann. — Arsène não mora mais aqui?

— Não, cavalheiro.

— Quer dizer que ela não voltou ontem à noite.

— Quero dizer que não voltará mais.

— Para onde foi, então?

— Não faço ideia.

— Meu Deus! Meu Deus! — desesperou-se Hoffmann.

E agarrou a cabeça com as mãos como se para conter a fuga iminente da razão. Tudo que lhe vinha acontecendo nos últimos tempos era tão estranho que a todo instante ele dizia: "Pronto, agora eu enlouqueço!"

134. São muitas as versões do mito de Prometeu. A mais conhecida, enredo da tragédia *Prometeu acorrentado*, de Ésquilo (c.525-455 a.C.), apresenta-o como o titã que roubou o fogo dos deuses para dá-lo aos homens, sendo, por tal crime, acorrentado nas montanhas do Cáucaso e condenado a ter o fígado devorado diária e eternamente por um abutre. A ele é atribuída, em outras versões do mito, a criação dos homens a partir da argila e da água.

— Não soube então da notícia?

— Que notícia?

— O sr. Danton foi preso.[135]

— Quando?

— Ontem. Foi o sr. Robespierre quem mandou. Que grande homem é o cidadão Robespierre![136]

— E daí?

— E daí! A srta. Arsène foi obrigada a fugir, pois, enquanto amante de Danton, poderia acabar envolvida em toda essa confusão.

— Está certo. Mas como ela fugiu?

— Como alguém foge quando receia ter a cabeça cortada: em linha reta.

— Obrigado, amigo, obrigado — disse Hoffmann.

E, após ter deixado mais algumas moedas na mão do porteiro, saiu.

Na rua, Hoffmann perguntou-se o que seria dele e de que lhe serviria agora todo aquele ouro, pois, como é razoável supor, a ideia de reencontrar Arsène não lhe ocorreu e, tampouco, a de voltar para casa e descansar.

Pôs-se então, por sua vez, a andar em linha reta, fazendo o calçamento das ruas vazias ressoar sob o salto de suas botas e avançando insone dentro de seu sonho doloroso.

A noite estava fria. As árvores descarnadas tremiam ao vento da noite, como doentes em delírio deixando o leito, cujos membros emagrecidos a febre agita.

A geada chicoteava o rosto dos andarilhos noturnos e, apenas de tempos em tempos, nas casas que confundiam seus vultos com o céu escuro, uma janela iluminada perfurava o breu.

Mas o ar frio lhe fazia bem. Sua alma se dissipava pouco a pouco naquela carreira rápida e, se é que podemos dizer, sua efervescência moral se volatilizava. Dentro do quarto, teria sufocado. Além disso, obrigando-se a seguir em frente, talvez reencontrasse Arsène. Quem sabe, ao fugir, ela não tomara o mesmo caminho que ele ao sair de casa?

Assim, como se, na falta dos olhos, que não enxergavam, seus pés reconhecessem por si só o lugar onde estava, ele percorreu o bulevar deserto, atravessando a rua Royale. Levantou a cabeça e parou, percebendo que viera diretamente para a praça da Revolução, aquela praça aonde jurara nunca mais voltar.

---

135. Na realidade, Danton foi preso em 30 de março de 1794 e executado em 5 de abril. Ver nota 46.

136. Maximilien Robespierre (1759-93), advogado e deputado na Assembleia Nacional eleito em 1789, votou pela queda da monarquia e a execução da família real. Alcunhado "o Incorruptível" por suas posições dogmáticas, terminou vítima do Terror, o qual ele contribuíra amplamente para instalar.

Por mais escuro que estivesse o céu, uma silhueta ainda mais escura se destacava no horizonte negro como tinta. Era a silhueta da hedionda máquina, cuja boca úmida de sangue o vento da noite secava e que dormia esperando sua fila cotidiana.

Era durante o dia que Hoffmann não queria mais ver aquele lugar; era por causa do sangue que lá corria que não queria mais se encontrar ali. Porém à noite tudo era diferente. O poeta, desde sempre habitado pela intuição poética, tinha interesse em ver, tocar com o dedo, no silêncio e na penumbra, o sinistro cadafalso, cuja figura sangrenta, àquela hora, devia requentar muitas imaginações.

Que belo contraste, depois da sala ruidosa do jogo, aquela praça deserta, cujo cadafalso era o anfitrião eterno, após o espetáculo da morte, do abandono e da insensibilidade!

Hoffmann, portanto, ia em direção à guilhotina como se atraído por uma força magnética.

Subitamente, e quase sem se dar conta, viu-se cara a cara com ela.

O vento assobiava nas tábuas.

Hoffmann cruzou as mãos no peito e observou.

Quanta coisa não deve ter brotado no espírito daquele homem, que, com os bolsos abarrotados de ouro e ansiando por uma noite de volúpia, passava-a solitariamente diante de um cadafalso!

Em meio a seus pensamentos, pareceu-lhe que uma queixa humana misturava-se às queixas do vento.

Esticou o pescoço e prestou atenção.

O lamento se repetiu, vindo não de longe, mas de baixo.

Hoffmann olhou à sua volta e não viu ninguém.

Porém, um terceiro gemido chegou-lhe aos ouvidos.

"Parece voz de mulher", murmurou, "e parece estar saindo de baixo desse cadafalso."

Então, agachando-se para enxergar melhor, começou a contornar a guilhotina. Quando passava em frente à terrível escada, tropeçou em alguma coisa. Estendeu as mãos e tocou numa criatura toda de preto e de cócoras nos primeiros degraus.

— Quem é você? — perguntou Hoffmann. — Quem é você que pernoita junto a um cadafalso?

E, ao mesmo tempo, ajoelhava-se para ver o rosto daquela a quem se dirigia.

Mas ela não se mexia, e, com os cotovelos nos joelhos, descansava a cabeça nas mãos.

Apesar do frio da noite, tinha os ombros quase inteiramente nus e Hoffmann pôde ver uma linha negra cingindo seu pescoço branco.

"Arsène!", gritou.

Era uma gargantilha de veludo.

— Arsène! — gritou.

— Sim, sim, Arsène — murmurou com uma voz estranha a mulher de cócoras, erguendo a cabeça e fitando Hoffmann.

16. *Um hotel da rua Saint-Honoré*

Hoffmann recuou, aterrado. Apesar da voz e da fisionomia, ainda duvidava. Contudo, ao erguer a cabeça, Arsène deixou cair as mãos sobre os joelhos e, desnudando o colo, deixou à mostra o estranho agrafo de diamante que unia as duas pontas da gargantilha de veludo e resplandecia na noite.

— Arsène, Arsène! — repetiu Hoffmann.

Arsène pôs-se de pé.

— O que faz aqui a esta hora? — perguntou o rapaz. — Vestindo essa túnica cinza! Os ombros nus! Como isso pôde acontecer?!

— Ele foi preso ontem — explicou Arsène. — Vieram prender-me também, fugi do jeito que estava. Hoje à noite, às onze horas, achando meu quarto muito pequeno e minha cama muito fria, saí e vim para cá.

Essas palavras foram pronunciadas num tom estranho, sem gestos, sem inflexões. Saíam de uma boca empalidecida, que se abria e fechava como uma mola, lembrando um autômato falante.

— Mas — exclamou Hoffmann — não pode ficar aqui!

— Aonde eu iria? Ao lugar de onde vim, só quero voltar o mais tarde possível. Senti muito frio.

— Ora, venha comigo! — convidou Hoffmann.

— Com você! — estranhou Arsène.

E pareceu ao rapaz que daquele olho apagado, à luz das estrelas, chegava-lhe um olhar desdenhoso, como o que já o esmagara na encantadora alcova da rua de Hanôver.

— Estou rico, tenho ouro! — gritou Hoffmann.

O olho da bailarina lançou um raio.

— Vamos — ela disse —, mas... para onde?

— Onde?

Com efeito, para onde Hoffmann levaria aquela mulher de luxo e sensualidade, se mesmo fora dos palácios mágicos e dos jardins encantados da Ópera ela estava habituada a pisar em tapetes persas, a se cobrir com *cashmere* indiano?

Não, obviamente, para o seu quartinho de estudante. Lá ela ficaria sem espaço e com frio, como no lugar obscuro ao qual parecia tanto temer voltar.

— Onde, com efeito? — perguntou Hoffmann. — Não conheço nada de Paris.

— Posso guiá-lo — sugeriu Arsène.

— Oh, sim! Sim! — entusiasmou-se Hoffmann.

— Siga-me — disse a moça.

Com o mesmo andar rígido e automático, que em nada lembrava a flexibilidade maravilhosa que Hoffmann admirara na bailarina, ela pôs-se a caminhar diante dele.

Não ocorreu ao rapaz oferecer-lhe o braço: seguiu-a.

Arsène entrou na rua Royale, que à época chamava-se rua da Revolução, virou à direita na rua Saint-Honoré, que na época chamava-se simplesmente Honoré, e então, parando diante da fachada de um magnífico hotel, bateu.

A porta se abriu imediatamente.

O porteiro, perplexo, examinou Arsène.

— Fale — disse ela ao rapaz —, ou eles não permitirão minha entrada e serei obrigada a voltar para junto da guilhotina.

— Meu amigo — começou Hoffmann, interpondo-se afogueado entre a moça e o porteiro —, eu estava atravessando os Champs Élysées quando ouvi gritarem por socorro. Acorri a tempo de impedir que a dama fosse assassinada, porém tarde demais para impedir que fosse roubada. Dê-me, rápido, seu melhor quarto, e mande acender uma bela lareira e servir uma boa ceia. Aqui está um luís.

Um luís era uma bela soma para a época, representando novecentos e vinte e cinco francos em *assignats*.

O porteiro tirou seu barrete encardido e tocou uma campainha. Um menino acorreu ao chamado.

— Depressa! Depressa! O melhor quarto do hotel para o cavalheiro e a dama.

— Para o cavalheiro e a dama? — repetiu o garoto, perplexo, alternando seu olhar entre a roupa modesta de Hoffman e os trajes sumários de Arsène.

— Sim — atalhou Hoffmann —, o melhor, o mais bonito, que seja principalmente bem-aquecido e iluminado, aqui está um luís.

O garoto pareceu sofrer a mesma influência que o porteiro, curvando-se diante do luís e apontando para uma grande escada, iluminada pela metade devido ao adiantado da hora, mas sobre cujos degraus estendia-se, luxo bastante incomum para a época, um tapete.

— Subam — disse ele —, e aguardem à porta do nº 3.

Saiu correndo e desapareceu.

No primeiro degrau da escada, Arsène parou.

Diáfana e delicada, ela parecia sentir uma dificuldade invencível para erguer o pé.

Era como se o seu leve sapato de cetim tivesse solas de chumbo.

Hoffmann ofereceu-lhe o braço.

Arsène apoiou a mão no braço oferecido pelo rapaz e, embora ele não sentisse a pressão do punho da bailarina, sentiu o frio que seu corpo lhe transmitia.

Então, com um esforço violento, Arsène subiu o primeiro degrau e os outros sucessivamente, mas cada um deles arrancava-lhe um suspiro.

— Oh, pobre mulher — murmurou Hoffmann —, como deve ter sofrido!

— Sim, sim, muito... Sofri muito.

Chegaram à porta do nº 3.

Quase junto com eles, chegou o garoto carregando um imenso braseiro. Ele abriu a porta do quarto e num instante a lareira se inflamou e as velas foram acesas.

— Está com fome? — perguntou Hoffmann.

— Não sei — respondeu Arsène.

— A melhor ceia que puderem nos oferecer, menino — comandou Hoffmann.

— Cavalheiro — observou o garoto —, não se diz mais menino, mas assessor. Tirando isso, o cavalheiro paga tão bem que pode falar como quiser.

Em seguida, encantado com a piada, saiu, dizendo:

— Em cinco minutos, a ceia!

Fechada a porta atrás do assessor, Hoffmann dirigiu seus olhos ávidos para Arsène.

Ela tinha tanta urgência de se aproximar do fogo que não tivera tempo de puxar uma poltrona para junto da lareira. Apenas se acocorara no canto do átrio, na mesma posição em que Hoffmann a encontrara diante da guilhotina. Ali, com os cotovelos nos joelhos, parecia preocupada em manter, com ambas as mãos, a cabeça reta sobre os ombros.

— Arsène! Arsène! — chamou o rapaz. — Não lhe falei que estava rico? Olhe e veja se menti.

Hoffmann começou por virar o chapéu em cima da mesa. Este achava-se repleto de luíses simples e duplos, os quais, ao caírem no mármore, fizeram aquele barulho de ouro tão singular e inconfundível.

Depois do chapéu, esvaziou os bolsos, e um atrás do outro seus bolsos regurgitaram o imenso butim que acabava de conquistar no jogo.

Uma montanha de ouro móvel e reluzente formou-se sobre a mesa.

Ouvindo aquele barulho, Arsène pareceu ganhar vida. Voltou a cabeça, e a vista pareceu operar a ressurreição iniciada pela audição.

E mergulhou suas mãos pálidas na montanha de metal.

— Oh — exclamou —, tudo isso lhe pertence?

— A mim, não, Arsène, a você.

— A mim! — exultou a bailarina.

E mergulhou suas mãos pálidas na montanha de metal.

Os braços da moça desapareceram até o cotovelo.

Aquela mulher, cuja vida havia sido o ouro, pareceu ressuscitar em contato com ele.

— A mim! — exclamava. — A mim! — E dizia essas palavras num tom vibrante e metálico que se harmonizava perfeitamente ao tilintar dos luíses.

Dois garotos entraram, trazendo uma ampla refeição, que quase deixaram cair ao perceberem aquele monte de riquezas nas mãos crispadas da moça.

— Ótimo — disse Hoffmann —, agora tragam champanhe, e deixem-nos a sós.

Os garotos trouxeram várias garrafas de champanhe e se retiraram.

Atrás deles, Hoffmann foi empurrar a porta, que fechou com o trinco.

Em seguida, com os olhos inflamados de desejo, aproximou-se novamente de Arsène, a quem encontrou junto à mesa, a sorver a vida não da fonte da Juventude, mas da fonte do Pactolo.

— E então? — perguntou ele.

— Como é belo o ouro! — a jovem respondeu. — Fazia tempo que não o tinha nas mãos.

— Venha! Vamos comer — disse Hoffmann. — Depois, fique completamente à vontade, Dânae, pode tomar um banho de ouro se quiser.

E arrastou-a para a mesa.

— Estou com frio! — ela disse.

Hoffmann olhou à sua volta. As janelas e a cama eram forradas em damasco vermelho. Arrancou uma cortina da janela e passou-a a Arsène.

Arsène envolveu-se na cortina, que pareceu drapejar-se por si só como as pregas de um manto antigo, e, sob aqueles panos vermelhos, seu rosto pálido ganhou nova cor.

Era quase medo o que Hoffmann sentia.

Pôs-se à mesa, serviu-se e bebeu duas ou três taças de champanhe, uma atrás da outra. Pareceu-lhe então que uma leve coloração tingia os olhos de Arsène.

Serviu-lhe, então, e ela, por sua vez, bebeu.

Intimou-a a que comesse, mas ela se recusou. Como Hoffmann insistia, ela disse:

— Não consigo engolir.

— Bebamos, então.

Ela estendeu sua taça.

— Sim, bebamos.

Hoffmann tinha fome e sede ao mesmo tempo. Comeu e bebeu.

Bebeu, sobretudo. Sentia que precisava ser audaz. Não que Arsène, como fizera em sua casa, parecesse disposta a resistir-lhe, fosse pela força, fosse pelo desdém, mas porque alguma coisa gelada emanava do corpo da bela comensal.

À medida que ia bebendo, a seus olhos pelo menos, Arsène ganhava vida. Em contrapartida, quando Arsène esvaziava a taça, algumas gotas rosadas rolavam da parte inferior da gargantilha de veludo sobre seu colo. Hoffmann observava sem compreender, depois, sentindo alguma coisa de terrível e misterioso naquilo, lutou contra os seus arrepios secretos multiplicando os brindes que fazia aos belos olhos, boca e mãos da bailarina.

Ela não ficava atrás, bebendo tanto quanto ele e parecendo revigorar-se não pelo vinho que bebia, mas pelo que Hoffmann bebia.

Subitamente, um tição rolou da lareira.

Hoffmann acompanhou com os olhos a direção do graveto em chamas, que só parou ao esbarrar no pé de Arsène.

Provavelmente para se aquecer, Arsène tirara meias e sapatos. Seu pezinho, branco como o mármore, achava-se pousado no mármore do átrio, tão branco como o pé, com o qual parecia formar uma unidade.

Hoffmann gritou.

— Arsène, Arsène! Cuidado!

— Com o quê? — perguntou a bailarina.

— Com o tição... o tição encostado no seu pé...

E, com efeito, ele cobria metade do pé de Arsène.

— Retire-o — ela disse, tranquilamente.

Hoffmann abaixou-se, retirou o tição e percebeu com pavor que não fora a brasa que queimara o pé da moça, e sim este que a apagara.

— Bebamos! — ele disse.

— Bebamos! — repetiu Arsène, estendendo a taça.

A segunda garrafa foi esvaziada.

Hoffmann, porém, sentia que a embriaguez do vinho não lhe bastava.

Avistou um cravo.

— Esplêndido...! — exultou, percebendo o trunfo que lhe oferecia a embriaguez da música.

Precipitou-se até o instrumento.

Então, espontaneamente, sob seus dedos nasceu a melodia do *pas-de-trois* que Arsène dançava na Ópera de Paris quando a viu pela primeira vez.

De repente, ocorreu a Hoffmann que as cordas do cravo, na verdade, eram de aço. O instrumento sozinho ressoava como uma orquestra inteira.

— Ah! — exclamou ele. — Melhor assim!

Acabava de descobrir na massa sonora a embriaguez que procurava. Arsène, de seu lado, ergueu-se aos primeiros acordes.

Esses acordes, qual uma rede de ferro, envolveram toda a sua pessoa.

Jogando longe a cortina de damasco vermelho, tal como se opera uma mudança mágica no teatro, uma mudança operou-se nela. E, em vez da túnica cinza, em vez dos ombros órfãos de adornos, ela ressurgiu nos trajes de Flora, resplandecente nas flores, esvoaçante na gaze, trêmula na volúpia.

Hoffmann deixou escapar um grito, e, redobrando as energias, pareceu extrair um vigor infernal do corpo do cravo, que reverberou sob as fibras de aço.

Então a mesma miragem voltou a turvar o espírito de Hoffmann. Aquela mulher saltitante, que ressuscitara gradualmente, atraía-o irresistivelmente. Depois de transformar num teatro todo o espaço que separava o cravo da cama, ela se destacava como uma aparição do inferno contra o fundo vermelho da cortina. A cada vez que se aproximava de Hoffmann, Hoffmann soerguia-se da cadeira, a cada vez que se afastava, Hoffmann sentia-se arrastado por seus passos. Finalmente, à revelia do jovem músico, um novo ritmo saiu da ponta de seus dedos. Não tocava mais a melodia que ouvira, foi uma valsa. Era *O desejo*, de Beethoven. Expressando seus desejos, ela brotava de suas mãos. Arsène acompanhara-o, girando primeiramente sobre si mesma e, pouco a pouco, alargando o círculo que desenhava. Foi se aproximando de Hoffmann, o qual, ofegante, sentia sua vinda, sentia sua aproximação. Compreendia que no último círculo iria tocá-lo e que então ele seria obrigado a se levantar e a participar daquela valsa de fogo. Sentia desejo e pavor ao mesmo tempo. Finalmente, ao passar, Arsène estendeu a mão e, com a ponta dos dedos, roçou em Hoffmann. Este, aos gritos e pulando como se tocado por uma faísca elétrica, correu no rastro da bailarina, juntou-se a ela, enlaçou-a nos braços, continuando em pensamento a melodia interrompida na realidade, e apertou contra seu coração aquele corpo novamente elástico, aspirando os olhares de seus olhos, o sopro de sua boca, devorando com suas próprias aspirações aquele pescoço, aqueles ombros, aqueles braços, girando não mais numa melodia respirável, mas num vendaval de chamas que, penetrando até o fundo do peito dos dois valsistas, terminou por lançá-los, arfantes e inconscientizados pelo delírio, na cama que os esperava.

Quando Hoffmann acordou na manhã seguinte, um daqueles dias lívidos dos invernos de Paris acabava de nascer e penetrava até a cama pela cortina arrancada da janela. Ele olhou à sua volta, sem saber onde estava, e sentiu uma massa inerte pesando sobre seu braço esquerdo. Virou-se para o lado dormente próximo ao coração e reconheceu, deitada ao seu lado, não mais a linda bailarina da Ópera, mas a pálida moça da praça da Revolução.

Nesse momento, tudo voltou-lhe à mente. Puxando de sob aquele corpo enrijecido seu braço gelado, e constatando que ela continuava inerte, pegou um candelabro, no qual ainda brilhavam cinco velas, e, à dupla luz do dia e das velas, percebeu que Arsène estava sem movimento, pálida e de olhos fechados.

Seu primeiro pensamento foi que o cansaço havia sido mais forte que o amor, o desejo e a vontade; e que a moça desmaiara. Tomou sua mão, estava gelada. Procurou as batidas de seu coração, este não batia mais.

Ocorreu-lhe então uma ideia horrível. Pendurando-se no cordão da campainha, o qual partiu em suas mãos, lançou-se em direção à porta, abriu-a e precipitou-se pelos degraus, gritando:

— Ajudem! Socorro!

Justamente nesse instante, um homenzinho sinistro subia a escada que Hoffmann descia. O homenzinho levantou a cabeça. Hoffmann gritou. Acabava de reconhecer o médico da Ópera.

— Ah, é o senhor, meu prezado — cumprimentou o médico, por sua vez reconhecendo Hoffmann. — O que aconteceu e por que todo esse barulho?

"Pronto, veja!"

— Oh, venha, venha — chamou Hoffmann, não se dando ao trabalho de explicar ao médico o que esperava dele e torcendo para que a visão de Arsène inanimada surtisse mais efeito do que todas as suas palavras. — Venha!

E arrastou-o quarto adentro.

Enquanto o empurrava com uma das mãos até a cama, com a outra pegou o candelabro, que aproximou do rosto de Arsène:

— Pronto — disse —, veja!

Contudo, longe de parecer assustado, o médico declarou:

— Ah, só você, rapaz! Só você para resgatar esse cadáver, evitando que ele apodreça na vala comum... Muito bem, rapaz, muito bem!

— Esse cadáver... — murmurou Hoffmann — resgatado... a vala comum... O que está querendo dizer? Meu Deus!

— Estou dizendo que a nossa desventurada Arsène, presa ontem às oito da manhã, foi julgada ontem às duas da tarde e executada ontem às quatro.

Hoffmann achou que iria enlouquecer. Agarrou o médico pelo colarinho.

— Executada ontem às quatro! — gritou, estrangulando a si mesmo. — Arsène, executada!

E deu uma gargalhada, mas uma gargalhada tão estranha, tão estridente, tão fora de todas as modulações do riso humano, que o médico fixou sobre ele olhos de perplexidade.

— Duvida disso? — perguntou.

— Como assim! — exclamou Hoffmann. — Se duvido? Acredito piamente. Ceei, valsei, passei a noite com ela.

— Trata-se então de um caso anômalo, que registrarei nos anais da medicina — afirmou o médico. — E o senhor confirmaria a história, não é?

— Ora, não posso confirmar, uma vez que o desminto, uma vez que afirmo que isso é impossível, que isso não é real!

— Ah, afirma que isso não é real — rebateu o médico. — Afirma-o a mim, médico das prisões! A mim, que fiz de tudo para salvá-la e não consegui! A mim, que lhe dei adeus ao pé da carroça! Afirma que não é real! Espere!

Então o médico esticou o braço, apertou a pequena mola de diamante que servia de fecho à gargantilha e puxou o veludo.

O grito de Hoffmann foi terrível. Livre do único elo que a prendia aos ombros, a cabeça da supliciada rolou da cama para o chão, só vindo a parar no sapato de Hoffmann, como o tição só parara no pé de Arsène.

Hoffmann deu um pulo para trás e se precipitou pelas escadas, berrando:

— Estou louco!

17. Um hotel da rua Saint-Honoré
(continuação)

A exclamação de Hoffmann nada tinha de exagerado. O tênue biombo, que em todo poeta, no exercício exacerbado de suas faculdades mentais, separa a imaginação da loucura, de vez em quando ameaça se romper, mas na sua cabeça agora estalava como uma parede rachando.

Nessa época, contudo, ninguém corria muito tempo pelas ruas de Paris sem explicar por que estava correndo. Os parisienses deram para ser muito curiosos no ano da graça de 1793. Todas as vezes que um homem passava correndo, era detido para se averiguar por que estava correndo ou quem estava correndo atrás dele.

Hoffmann, portanto, foi detido quando passava em frente à igreja da Assunção, transformada em corpo de guarda, e conduzido perante o chefe do posto.

Lá, compreendeu o real perigo que corria. Uns o tomavam por aristocrata, correndo a fim de alcançar a fronteira o mais depressa possível, outros gritavam: "Agarrem o agente de Pitt e Cobourg!", e outros: "Ao poste! Ao poste!",[137] o que não era engraçado, e outros ainda: "Ao tribunal revolucionário!", o que era menos engraçado ainda. Do poste, às vezes, voltava-se, como demonstra o abade Maury;[138] do tribunal revolucionário, jamais.

Hoffmann tentou explicar o que acontecera desde a noite da véspera. Contou o jogo, os ganhos. Como, com os bolsos cheios de ouro, correra à rua de Hânover; como a mulher que ele procurava não estava

137. Pitt e Cobourg: ver nota 74. "Ao poste!": referência ao poste de execução.

138. Jean Siffrein Maury (1746-1817), escritor e cardeal francês, lança-se na política em 1789, assumindo a defesa do poder real, o que o leva a ser agredido pelos revolucionários. Ameaçado de ser enforcado no poste defronte à prefeitura, tem a vida salva graças a um chiste: "E quando eu estiver lá, vocês enxergarão melhor?" Mais tarde, partidário de Napoleão Bonaparte, foi perseguido durante o período da Restauração monárquica (1814-30), chegando a ser exilado da França.

mais lá; como, sob a influência da paixão que o queimava, correra pelas ruas de Paris; como, ao passar pela praça da Revolução, encontrara aquela mulher sentada ao pé da guilhotina; como ela o conduzira ao hotel da rua Saint-Honoré; e como, após uma noite na qual sucederam-se todas as delícias da embriaguez, ele encontrara a mulher não apenas morta em seus braços, como também decapitada.

Tudo aquilo era bastante implausível. Logo, o relato de Hoffmann obteve pouca credibilidade. Os mais fanáticos pela verdade gritaram mentira, os mais moderados, loucura.

Nesse ínterim, um dos presentes teve uma ideia luminosa:

— Passou a noite num hotel da rua Saint-Honoré, como afirma?

— Sim.

— Esvaziou seus bolsos cheios de ouro sobre uma mesa?

— Sim.

— Dormiu e ceou com a mulher cuja cabeça, rolando a seus pés, despertou-lhe o grande pavor que exibia quando o detivemos?

— Sim.

— Pois bem, procuremos o hotel e, se não encontrarmos o ouro, pode ser que encontremos a mulher.

— Sim — gritaram todos —, procuremos, procuremos.

Hoffmann bem que não queria procurar, mas viu-se forçado a aceitar a imensa vontade sintetizada na palavra *procuremos*.

Saiu então da igreja e pôs-se a caminho, percorrendo a rua Saint-Honoré e procurando.

Não era grande a distância entre a igreja da Assunção e a rua Royale. Mesmo assim, foi em vão que Hoffmann procurou. Displicentemente a princípio, depois mais atentamente, depois, por fim, com real vontade, ele não encontrou nada parecido com o hotel em que entrara na véspera, passara a noite e do qual acabava de sair. Como os palácios feéricos que evaporam quando o cenógrafo não precisa mais deles, o hotel da rua Saint-Honoré dissolveu-se após a cena infernal que tentamos descrever.

Sua história não comovia os desocupados que haviam escoltado Hoffmann, os quais exigiam uma solução qualquer para aquele contrassenso. Ora, tal solução não podia ser senão a descoberta do cadáver de Arsène ou a prisão de Hoffmann como suspeito.

No entanto, como o cadáver de Arsène não aparecia, a prisão de Hoffmann era mais provável. Foi quando subitamente ele avistou na rua o homenzinho sinistro e pediu ajuda, invocando seu testemunho quanto à verdade do relato que acabava de fazer.

A voz dos médicos sempre exerceu autoridade sobre a massa. Este declinou sua profissão e recebeu autorização para se aproximar de Hoffmann.

— Ah, pobre rapaz — disse ele, pegando sua mão a pretexto de lhe tomar o pulso, mas na realidade a fim de o aconselhar, mediante uma pressão especial, a não desmenti-lo —, pobre rapaz, ele então fugiu!

— Fugiu de onde? Fugiu do quê? — exclamaram vinte vozes ao mesmo tempo.

— Sim, fugiu de onde? — perguntou Hoffmann, que não queria aceitar o caminho de salvação que o médico lhe oferecia e que ele julgava humilhante.

— Ora essa! — disse o médico. — Fugiu do hospício.

— Do hospício! — exclamaram as mesmas vozes. — E de que hospício?

— Do hospício de loucos.

— Ah, doutor, doutor — reagiu Hoffmann. — Sem gracejos.

— Pobre-diabo! — lamentou o médico, que parecia não escutar Hoffmann. — Deve ter perdido no cadafalso alguma mulher amada.

— Oh, sim, sim — disse Hoffmann. — Eu a amava muito, mas, mesmo assim, não como amava Antônia.

— Pobre menino — disseram várias mulheres que se achavam presentes e que começavam a sentir pena de Hoffmann.

— Sim, desde então — continuou o médico — ele anda às voltas com uma alucinação terrível. Acha que está jogando... que está ganhando... Quando joga e ganha, acredita poder possuir a bem-amada. Então corre as ruas com seu ouro e encontra uma mulher ao pé da guilhotina. Leva-a até algum magnífico palácio, em cuja suntuosa hospitalidade passa a noite bebendo, cantando, fazendo música com ela. Depois disso tudo, encontra-a morta. Não foi o que ele disse a vocês?

— Sim, sim — gritou a multidão —, sem tirar nem pôr.

— Está bem, está bem! — exasperou-se Hoffmann, com o olhar faiscante. — Então negará, doutor, que abriu o fecho de diamantes que prendia a gargantilha de veludo? Oh, eu deveria ter desconfiado de alguma coisa quando vi o champanhe escorrer sob a gargantilha, quando vi o tição incandescente rolar até seu pé descalço e seu pé descalço, seu pé de defunta, em vez de ser queimado pelo tição, apagá-lo.

— Estão vendo, estão vendo? — encenou o médico, com os olhos cheios de compaixão e uma voz lastimosa. — A loucura voltou.

— A loucura! — indignou-se Hoffmann. — Como ousa negar a verdade! Como ousa negar que passei a noite com Arsène e que ela foi guilhotinada ontem! Como ousa negar que sua gargantilha de veludo era a única coisa que mantinha sua cabeça sobre os ombros! Como ousa negar que, quando destravou o fecho e tirou o colar, a cabeça rolou no tapete! Ora, vamos, doutor, sabe que falo a verdade.

— E então, amigos, convenceram-se agora?

— Sim, sim — gritaram as cem vozes da massa.

Quando não gritavam, os curiosos balançavam melancolicamente a cabeça, em sinal de adesão.

— Pois então muito bem! — disse o médico. — Chamem um fiacre a fim de que eu o leve de volta.

— Para onde? — gritou Hoffmann. — Para onde pretende me levar?

— E para onde poderia ser? — disse o médico. — Para a casa dos loucos da qual o senhor fugiu, meu bom amigo.

Em seguida, sussurrou-lhe:

— Entre no jogo, por Deus! Ou não respondo por sua segurança. Essas pessoas pensarão que é um farsante e o farão em pedaços.

Hoffmann suspirou e deixou cair os braços.

— Pronto, vejam — disse o médico —, ei-lo manso como um cordeiro. A crise passou… Aqui, meu amigo, aqui…

E o médico pareceu acalmar Hoffmann com a mão, como se acalma um cavalo esquentado ou um cão raivoso.

Nesse ínterim, um fiacre havia sido chamado e levado até ele.

— Entre depressa — disse o médico a Hoffmann.

Hoffmann, exaurido com a luta, obedeceu.

— Para Bicêtre![139] — ordenou o médico em voz alta, entrando atrás de Hoffmann.

Depois, baixinho, ao rapaz:

— Onde quer descer? — perguntou.

— No Palais Égalité — articulou Hoffmann com dificuldade.

— Em frente, cocheiro — gritou o médico.

Em seguida, saudou a massa de gente.

— Viva o doutor! — devolveu a multidão.

Sempre que a multidão se acha sob a influência de uma emoção, grita viva alguém ou morra alguém.

No Palais Égalité, o médico mandou o fiacre parar.

— Adeus, rapaz — disse ele a Hoffmann —, e ouça o que lhe digo: volte para a Alemanha o mais rápido possível, a França não é um bom lugar para homens com uma imaginação como a sua.

E para fora do coche ele empurrou Hoffmann, que, ainda atarantado diante do que lhe acabava de acontecer, teria terminado debaixo de uma carroça vindo na direção inversa do fiacre, se um rapaz que passava não houvesse acorrido e o agarrado no momento em que o carroceiro, por sua vez, fazia um esforço para frear os cavalos.

O fiacre seguiu adiante.

139. Estabelecimento parisiense, construído sob o reinado de Luís XIII, que funcionava como hospício, casa de saúde e prisão.

Os dois rapazes, o que escapara de ser atropelado e o que o salvara, soltaram juntos um único e mesmo grito:

— Hoffmann!

— Werner!

Vendo o estado de atonia em que o amigo se achava, Werner arrastou-o até o jardim do Palais Royal.

Então tudo o que aconteceu voltou mais vivo à lembrança de Hoffmann, inclusive o camafeu de Antônia penhorado no cambista alemão.

Um grito súbito escapou-lhe do peito, ao pensar que esvaziara todos os bolsos na mesa de mármore do hotel, mas, ao mesmo tempo, lembrou-se que havia separado, para tirar o camafeu do prego, três luíses no bolso do relógio.

O bolso guardara fielmente seu depósito. Os três luíses continuavam lá.

Hoffmann desvencilhou-se dos braços de Werner, gritando: "Espere por mim!", e disparou na direção da loja do cambista.

A cada passo que dava, tinha a impressão de estar saindo de um vapor denso e avançando, através de uma nuvem cada vez mais clara, para uma atmosfera pura e resplandecente.

À porta do cambista, parou para respirar. A antiga visão, a visão daquela noite, quase desaparecera.

Recobrou o fôlego por um instante e entrou.

O cambista estava em seu lugar, as bacias de cobre idem.

O barulho fez o cambista erguer a cabeça.

— Ah, ah, é o senhor, jovem compatriota! Confesso que não esperava mais revê-lo.

— Torço para que não esteja dizendo isso porque dispôs do camafeu — exclamou Hoffmann.

— Não, prometi guardá-lo para o senhor, e nem que me houvessem oferecido vinte e cinco luíses em vez de três, como o senhor me deve, o camafeu teria saído de minha loja.

— Aqui estão os três luíses — disse timidamente Hoffmann —, mas confesso que não tenho nada para lhe dar a título de juros.

— Juros de uma noite — disse o cambista —, ora, não me faça rir. Juros de três luíses por uma noite, e para um compatriota! Jamais!

E estendeu-lhe o camafeu.

— Obrigado, senhor — agradeceu Hoffmann. — E agora — continuou, com um suspiro —, preciso conseguir dinheiro para retornar a Mannheim.

— Mannheim? — perguntou o cambista. — Ora, é de Mannheim?

— Não, senhor, não sou de Mannheim, apenas moro lá. Minha noiva está à minha espera e volto para me casar com ela.

— Ah! — fez o cambista.

Quando Hoffmann já estava com a mão na maçaneta da porta, o cambista interpelou-o:

— Conhece, em Mannheim, um velho amigo meu, um velho músico...

— ... chamado Gottlieb Murr? — exclamou Hoffmann.

— Precisamente, conhece-o?

— Se conheço! Claro que conheço, uma vez que é sua filha que é minha noiva.

— Antônia! — exclamou por sua vez o cambista.

— Sim, Antônia — respondeu Hoffmann.

— Quer dizer, rapaz, que é para se casar com Antônia que está voltando a Mannheim?

— Sem dúvida.

— Fique então em Paris, pois fará uma viagem inútil.

— E posso saber por quê?

— Porque eis uma carta de seu pai me comunicando que há uma semana, às três da tarde, Antônia morreu subitamente, tocando harpa.

Era justamente o dia em que Hoffmann fora à casa de Arsène para fazer seu retrato; era justamente a hora em que pousara seus lábios sobre seu ombro nu.

Hoffmann, pálido, trêmulo, aniquilado, abriu o camafeu para trazer a imagem de Antônia aos lábios, mas o marfim, como se ainda virgem do pincel do artista, voltara a ser branco e puro.

Nada de Antônia restava então para Hoffmann, duas vezes infiel a seu juramento, sequer a imagem daquela a quem jurara amor eterno.

Duas horas depois, na companhia de Werner e do bondoso cambista, Hoffmann embarcava no coche de Mannheim, aonde chegou justo a tempo de acompanhar ao cemitério o corpo de Gottlieb Murr, que, ao morrer, recomendara que o enterrassem ao lado de sua querida Antônia.

ANEXOS

Ambas as novelas aqui reunidas foram acrescidas de textos concebidos pelo próprio Alexandre Dumas, que descrevem as circunstâncias de sua criação. Tais adendos, até hoje, muitas vezes não constam das edições francesas. Quando publicados, aparecem em geral como prefácios do autor. Sem querer eliminá-los, mas ao mesmo tempo desejando evitar qualquer adiamento no contato direto entre o leitor e as narrativas propriamente ditas, optou-se por incluí-los ao final do volume, sob a forma de apêndices. Tal opção se justifica, ainda, pelo fato de ambos versarem sobre basicamente o mesmo tema, isto é, a arte da conversação e suas semelhanças com a narrativa ficcional.

"Sobre a arte da conversa"

Ao sr. ***

Meu caro amigo,[1]

Com frequência o senhor afirmou, durante aqueles saraus, atualmente raríssimos, em que todos discorrem à vontade, ou dizem o sonho de seu coração, ou seguem o fio caprichoso de suas ideias, ou desperdiçam o tesouro de suas lembranças, não poucas vezes mesmo o senhor afirmou que, desde Sherazade e depois de Nodier,[2] eu era um dos contadores de histórias mais cativantes que já conheceu.

E então hoje o senhor me escreve afirmando que, enquanto aguarda um alentado romance de minha lavra — sabe a que estou me referindo, um desses romances intermináveis como os que escrevo e nos quais faço caber um século inteiro —, gostaria muito de alguns contos, dois, quatro ou seis volumes no máximo, flores singelas do meu jardim, para despejá-los em meio às preocupações políticas do momento, entre o julgamento de Bourges, por exemplo, e as eleições do mês de maio.[3]

1. "Meu caro amigo": quando *1001 fantasmas* veio a público, sob a forma de folhetim no jornal *Constitutionnel*, em 2 de maio de 1849, lia-se aqui "meu caro Véron", numa referência a Louis-Désiré Véron (1798-1867), médico abastado que criou a *Revue de Paris*, em 1831 e, em 1844, comprou o *Constitutionnel*. Para este jornal, Dumas escreveu ainda a trilogia formada pelos romances *A rainha Margot* (1845), *A dama de Monsoreau* (1845-46) e *Os quarenta e cinco* (1847). No ano de 1849, suas colaborações foram marcadas pelos contos fantásticos e de terror.

2. Sobre Charles Nodier, ver nota 8 no anexo "O Arsenal".

3. O julgamento de Bourges: realizado ao longo de março de 1849 na cidade homônima, teve como réus os principais participantes da jornada de 15 de maio de 1848, data da invasão da Assembleia Nacional pelos republicanos, que entretanto fracassaram em evitar a posse do príncipe imperial Luís Napoleão Bonaparte (1856-79) na presidência da República. Eleições de maio: em maio de 1849, os conservadores obtiveram a maioria das cadeiras na Assembleia Legislativa.

Ai de nós!, amigo, a época é triste, e meus contos, advirto-lhe, tampouco serão alegres. Permita apenas, cansado como estou de assistir aos fatos diários do mundo real, que eu vá pinçar minhas histórias no mundo imaginário. Ai de nós! Tenho forte receio de que os espíritos minimamente elevados, poéticos ou sonhadores, não estejam no momento próximos ao meu, isto é, na busca do ideal, do único refúgio que Deus nos concede ante a realidade.

Por exemplo, vejo-me neste momento com cinquenta volumes abertos ao meu redor, todos sem exceção ligados a uma história da Regência que acabo de terminar e a qual, por favor, se dela vier a se inteirar, intimo-o a não permitir que as mães leiam para as filhas. Pois bem, aqui estou eu, como ia dizendo, e, enquanto lhe escrevo, meus olhos detêm-se numa página das *Memórias* do marquês d'Argenson,[4] e nela, abaixo das palavras: "Sobre a arte da conversa, ontem e hoje", leio:

> Estou convencido de que, na época em que o palacete de Rambouillet[5] dava o tom à boa sociedade, escutava-se bem e raciocinava-se melhor ainda. Cultivavam-se o bom gosto e a inteligência. Ainda cheguei a ver modelos desse gênero de conversa entre os anciãos da corte que frequentei. Tinham sempre a palavra certa, enérgica e sofisticada, algumas antíteses e epítetos que alargavam o sentido, profundos mas não pedantes, entusiasmados e desprovidos de maldade.

Faz exatamente cem anos que o marquês d'Argenson escreveu essas linhas, que copio de seu livro. Nessa época, ele tinha mais ou menos a idade que temos agora e, tal como ele, caro amigo, podemos dizer: "Conhecemos anciãos que eram, pobres de nós, o que deixamos de ser, isto é, homens de conversa fácil."

Nós os vimos, mas nossos filhos não os verão. Eis por que, embora não tenhamos grande valor, nosso valor ainda supera o de nossos filhos.

É bem verdade que todos os dias damos um passo em direção à liberdade, à igualdade e à fraternidade, três palavras grandiosas que a Revolução de 1793,[6] o senhor sabe, a outra, a veneranda, lançou no coração da sociedade moderna, como teria feito com um tigre, um leão e um urso em peles de cor-

4. Trata-se de René Louis d'Argenson (1694-1757), secretário de Estado para os Assuntos Estrangeiros de 1744 a 1747. Um de seus descendentes fundou a biblioteca do Arsenal, importante instituição cultural da época e dirigida por Charles Nodier (ver nota 8 no anexo "O Arsenal").

5. Um dos principais salões literários do séc.XVII, ponto de encontro da corrente preciosa (ver nota 22 de *1001 fantasmas*).

6. Na verdade, uma revolução dentro da Revolução Francesa. Em 1793, a França assistiu, entre outros fatos marcantes, à decapitação de Luís XVI e Maria Antonieta, à instalação do Tribunal Revolucionário e do Comitê de Salvação Pública e à institucionalização do Terror. Dumas provavelmente a qualifica como "a outra, a veneranda" para distingui-la da Revolução de 1848, eclodida um ano antes da publicação de *1001 fantasmas*.

deiro. Palavras vazias, infelizmente, e que líamos através da fumaça de junho[7] em nossos monumentos públicos crivados de balas.

Quanto a mim, avanço como os outros: sou o movimento. De minha parte, Deus me livre pregar a imobilidade! A imobilidade é a morte. Mas avanço como um daqueles homens descritos por Dante, cujos pés vão na frente, é verdade, mas cuja cabeça aponta para o calcanhar.

E o que busco acima de tudo, do que tenho mais saudade, o que meu olhar retrospectivo procura no passado, é a sociedade que se vai, se evapora, que desaparece como um desses fantasmas cuja história contarei.

A sociedade que ditava a vida elegante, a vida cortês, aquela vida, enfim, que valia a pena ser *vivida* (não sendo da Academia, posso me descuidar em redundâncias), essa sociedade morreu ou fomos nós quem a matamos?

Lembro-me, por exemplo, que ainda criança fui levado pelo meu pai à casa da sra. de Montesson.[8] Era uma dama ilustre, mulher literalmente do outro século. Casara-se, já havia quase seis décadas, com o duque de Orléans, antepassado do rei Luís Filipe. E tinha noventa anos. Morava num amplo e dispendioso palacete da Chaussée d'Antin. Napoleão dava-lhe uma pensão de cem mil escudos.

Sabe a que título tal renda era inscrita no livro vermelho do sucessor de Luís XVI?

Não. Pois bem! A sra. de Montesson recebia do imperador uma pensão de cem mil escudos *por ter preservado em seu salão as tradições da boa sociedade da época de Luís XVI e Luís XV*. É exatamente a metade do que a Câmara paga hoje ao sobrinho dele para fazer a França esquecer aquilo que seu tio gostaria que ela se lembrasse.[9] Não vai acreditar, caro amigo, mas essas duas palavras que acabo de cometer a imprudência de pronunciar, "a Câmara", evocam-me diretamente as *Memórias* do marquês d'Argenson.

Como isso se dá?

Ouça o que ele diz:

> Queixamo-nos de que não há mais conversa na França em nossos dias. Sei a razão disso. É que a paciência de escutar diminui dia a dia em nossos contemporâneos. Escuta-se mal, ou melhor, ninguém escuta absolutamente nada. Fiz tal observação junto à melhor sociedade que frequento.

---

7. Alusão às jornadas de junho de 1848. O fechamento dos Ateliês Nacionais, estabelecimentos governamentais destinados a fornecer trabalho aos desempregados, desencadeia motins, impiedosamente reprimidos pela Guarda Nacional. Tais incidentes, refletindo o racha entre os republicanos moderados e o povo parisiense, terão repercussão duradoura no contexto político e literário.

8. Charlotte-Jeanne Béraud de La Haie de Riou (1737-1806), marquesa de Montesson, foi amante do duque de Orléans (1725-85), vindo a desposá-lo secretamente em 1759. Autora de comédias e de diversos outros textos.

9. Alusão ao recém-eleito primeiro presidente da República Francesa, Napoleão III (1808-73), sobrinho do imperador Napoleão Bonaparte.

Ora, caro amigo, qual é a melhor sociedade que podemos frequentar em nossos dias? Com certeza é aquela que oito milhões de leitores julgaram digna de representar os interesses, as opiniões e o gênio da França. Ou seja, é a Câmara.

Pois bem! Entre como quem não quer nada na Câmara, dia e hora de sua escolha. Há cem probabilidades contra uma de que encontrará, na tribuna, um homem falando e, no plenário, de quinhentas a seiscentas pessoas fazendo-lhe apartes, em vez de escutá-lo.

Esta é a absoluta verdade, tanto que há um artigo da Constituição de 1848 proibindo os apartes.

Conte, por exemplo, a quantidade de bofetadas e socos desferidos na Câmara neste quase um ano, desde que ela se reuniu: é inominável!

Sempre, naturalmente, em nome da liberdade, igualdade e fraternidade.

Portanto, caro amigo, como eu lhe dizia, tenho saudades de muitas coisas, não é mesmo? E embora tenha atravessado pouco mais que a metade da vida. Pois bem, do que mais sinto saudades, em tudo que se foi ou se vai, é da mesma coisa que o marquês d'Argenson sentia saudades cem anos atrás: da *cortesia*.

E no entanto, na época do marquês d'Argenson, ninguém ainda cogitava ser chamado de *cidadão*.

Na época em que o marquês d'Argenson escrevia as seguintes palavras —

> Eis a que ponto chegamos na França. Cai o pano. Todo espetáculo desaparece. Apenas vaias e apupos. Em breve não teremos mais elegantes contadores de histórias, nem artes, nem pinturas, nem palácios construídos, e sobrarão apenas invejosos de tudo que é tipo e procedência.

— Se lhe disséssemos, no momento em que ele escrevia essas palavras, que chegaríamos, eu pelo menos, a invejar sua época, certamente teríamos deixado o pobre marquês d'Argenson boquiaberto, não acha? O que faço então? Convivo muito com os mortos e um pouco com os exilados. Tento ressuscitar as sociedades extintas, os homens idos, os que cheiravam a âmbar e não a charuto, que se desferiam estocadas de espada em lugar de socos.

Eis a razão, meu amigo, de o senhor se surpreender com minhas digressões; é que o senhor ouve uma língua que não é mais falada. Eis por que acha que sou um contador de histórias cativante. Eis por que a minha voz, eco do passado, ainda é ouvida no presente, que ouve tão pouco e tão mal.

Em suma, eis por que, assim como os venezianos do século XVIII, a quem as leis suntuárias proibiam de usar outra coisa além de lã crua e burel, gostamos sempre de ver desenrolarem-se a seda, o veludo e os belos brocados de ouro nos quais a realeza cortava as roupas de nossos pais.

Todo seu.
Alexandre Dumas

O Arsenal

No dia 4 de dezembro de 1846, meu navio achando-se ancorado na baía de Túnis desde a véspera, acordei por volta das cinco da manhã com uma dessas sensações de profunda melancolia que deixam, por um dia inteiro, o olho úmido e o peito opresso.

Essa sensação era fruto de um sonho.

Pulei do beliche, enfiei uma calça, subi ao convés e observei o que havia à frente e ao redor de mim.

Minha esperança era que a maravilhosa paisagem aberta sob meus olhos distraísse meu espírito daquela preocupação, tanto mais obstinada quanto menos real sua causa.

À minha frente, ao alcance de um tiro de fuzil, eu via o píer, que se estendia do forte de la Goulette ao forte do Arsenal, deixando uma estreita passagem para os navios que desejassem atravessar do golfo para o lago. Esse lago, de águas azuis como o anil do céu por elas refletido, estava bastante agitado em certos lugares, graças a um grupo de cisnes que batiam suas asas em revoada, enquanto, sobre boias sinalizadoras instaladas aqui e ali para indicar baixas profundidades, mantinha-se imóvel, qual aves de sepulcros, um biguá que, subitamente, deixando-se cair como uma pedra, mergulhava para capturar sua presa, voltava à superfície da água com um peixe atravessado no bico, engolia esse peixe, subia novamente em sua boia e reassumia sua taciturna imobilidade, até que um novo peixe, passando ao seu alcance, despertasse-lhe o apetite e, vencendo sua preguiça, o fizesse desaparecer e reaparecer mais uma vez.

Nesse ínterim, de cinco em cinco minutos, o ar era riscado por uma fila de flamingos cujas asas púrpuras contrastavam com o branco fosco de sua plumagem. Formando um losango, lembravam um baralho composto exclusivamente de ases de ouros voando em fila indiana.

No horizonte avistávamos Túnis, isto é, um aglomerado de casas quadradas, sem janelas, sem aberturas, subindo pela encosta como os teatros da Antiguidade, brancas como giz e se destacando no céu com singular nitidez. À esquerda, elevavam-se, imensa muralha serrilhada, as montanhas de Chumbo, designação que denota sua tonalidade escura. Aos pés da cordilheira estendiam-se o marabuto[1] e a aldeia de Sidi Fathallah. À direita, avistávamos o túmulo de são Luís[2] e as ruínas de Cartago, duas das maiores lembranças incrustadas na história do mundo. Às nossas costas, balançava, ancorada, a *Montezuma*, magnífica fragata a vapor com quatrocentos e cinquenta cavalos-força.

Com certeza tais elementos bastavam para distrair a imaginação mais inquieta. Diante de todas aquelas riquezas, qualquer um teria esquecido o ontem, o hoje e o amanhã. Meu espírito, contudo, a dez anos de distância, concentrava-se obstinadamente num único pensamento, que um sonho havia entranhado em meu cérebro.

Meu olho não se movia. Todo aquele esplêndido panorama apagava-se aos poucos na vacuidade de meu olhar. Logo não enxerguei mais nada do que existia, a realidade desapareceu e, em meio àquele vazio brumoso, como que num passe de mágica, desenhou-se um salão com lambris brancos, em cuja saleta, sentada a um piano pelo qual seus dedos passeavam displicentemente, achava-se uma mulher inspirada e pensativa ao mesmo tempo, uma musa e uma santa. Reconheci essa mulher e murmurei, como se ela pudesse ouvir:

— Ave, Maria,[3] cheia de graça, o Senhor é convosco.

Em seguida, sem mais resistir àquele anjo de asas brancas que me reconduzia aos meus dias de juventude e, como numa visão encantadora, apontava-me aquela casta figura de menina, moça e mãe, deixei-me arrastar na corrente desse rio que chamamos memória, o qual, em vez de descer rumo ao futuro, remonta em direção ao passado.

Vi-me então invadido pelo sentimento, tão egoísta, e consequentemente tão natural ao homem, que o leva a não guardar seu pensamento para si, a intensificar suas sensações comunicando-as e, por fim, a verter noutra alma o doce ou amargo licor que transborda a sua.

Tomei de uma pena e escrevi:

A bordo do *Véloce*,
Diante de Cartago e Túnis, 4 de dezembro de 1846

Senhora,

Ao abrir uma carta datada de Cartago e de Túnis, a senhora se perguntará quem pode lhe escrever de tal lugar, esperando receber um autógrafo de Régulo ou de

1. Marabuto: local sagrado muçulmano nos países da África do Norte.

2. Luís IX (1214-70), rei da França a partir de 1226 e canonizado em 1297, morreu vítima da peste em Túnis durante a oitava cruzada e foi enterrado em Cartago.

3. A saudação dirige-se a Marie Mennessier-Nodier (1811-93), filha de Charles Nodier.

Luís IX.[4] Quem dera! Senhora, aquele que de tão longe coloca sua humilde lembrança a seus pés não é nem herói nem santo, e se algum dia mostrou qualquer semelhança com o bispo de Hipona,[5] cujo túmulo ele visitou três dias atrás, é somente à primeira parte da vida desse grande homem que tal comparação se aplicaria. Verdade que, seguindo seu exemplo, ele pode redimir a primeira parte da vida com a segunda. Contudo, já é tarde para fazer penitência. Segundo toda a probabilidade, ele morrerá como viveu, não ousando sequer deixar confissões, as quais, a rigor, se podem ser contadas, não podem ser lidas.

Decerto já correu à assinatura, não é, senhora, e sabe com quem está a lidar. Sendo assim, agora deve estar se perguntando o que — entre esse magnífico lago que é o túmulo de uma cidade e o pobre monumento que é o sepulcro de um rei — leva o autor dos *Mosqueteiros* e do *Monte Cristo* a escrever-lhe, à senhora justamente, quando, em Paris, à sua porta, ele passa às vezes um ano inteiro sem lhe fazer uma visita.

Em primeiro lugar, senhora, Paris é Paris, ou seja, uma espécie de turbilhão no qual perdemos a memória de todas as coisas, ensurdecidos pelo barulho das gentes ao correr e da Terra a girar. Em Paris, veja, faço como as gentes e a Terra: corro e giro, sem falar que, quando não estou correndo nem girando, escrevo. Mas, nesses momentos, senhora, é diferente, pois, ao escrever, já não me sinto tão afastado de si como imagina, pois a senhora é uma das raras pessoas em quem penso quando escrevo, sendo muito raro eu não ruminar, ao fim de um capítulo que me satisfaz ou de um livro que saiu a contento: "Marie Nodier, aquele espírito raro e encantador, lerá isto", e fico orgulhoso, pois espero que, lendo o que acabo de escrever, eu ainda possa me engrandecer alguns milímetros em seu juízo.

Seja como for, para voltar ao meu assunto, sonhei essa noite, não ouso dizer com a senhora, mas em torno da senhora, esquecendo a maré que sacudia o gigantesco vapor a mim emprestado pelo governo[6] e no qual dou hospitalidade a um de seus amigos e admiradores, Boulanger, e a meu filho, sem contar Giraud, Maquet, Chancel e Desbarolles, que estão entre seus conhecidos.[7] Seja como for,

4. Marco Atílio Régulo (?-c.250 a.C.): general e cônsul romano, feito prisioneiro pelos cartagineses durante a primeira guerra púnica, foi enviado a Roma pelos inimigos a fim de negociar a paz. Bem-sucedido em sua missão e fiel à palavra, retornou a Cartago, onde foi torturado e morto. Luís IX: ver nota 2.

5. Referência a santo Agostinho (354-430), que, antes de ser nomeado bispo de Hipona (hoje Anaba, na Argélia, ex-Bona), vivera uma juventude tempestuosa, como narra em suas *Confissões* (c.400).

6. Convidado pelo duque de Montpensier (1824-90) para o seu casamento com a infanta da Espanha em Madri, Dumas é igualmente encarregado pelo governo francês de uma "missão literária" na Argélia recém-colonizada. A viagem resulta num livro batizado com o nome do navio no qual viajou, *O veloz* (1847), destinado a divulgar esse país e suscitar vocações coloniais.

7. Louis Boulanger (1806-67): pintor romântico, aluno de Eugène Devéria (1805-65). Alexandre Dumas, filho (1824-95): romancista e dramaturgo como o pai, é conhecido sobretu-

dizia eu, dormi sem pensar em nada, e, como estou muito próximo ao país das *Mil e uma noites*, um gênio me visitou e fez entrar num sonho no qual a senhora era a rainha.

O lugar aonde ele me conduziu, ou melhor, reconduziu, madame, era muito melhor que um palácio, muito melhor que um reino, era a boa e excelente casa do Arsenal em seus tempos de alegria e felicidade, quando nosso bem-amado Charles,[8] com toda a franqueza da hospitalidade antiga, e nossa respeitadíssima Marie, com toda a graça da hospitalidade moderna, faziam suas honras.

Ah, creia-me, senhora, ao escrever estas linhas acabo de deixar escapar um belo e alentado suspiro! Aquela foi uma época auspiciosa para mim. Suas maneiras encantadoras estendiam-na a todos e, eventualmente, atrevo-me a dizer, a mim mais que a qualquer outro. Note que é um sentimento egoísta que me aproxima de si. Alguma coisa eu captava de sua adorável alegria, como a pedra do poeta Saadi[9] captava parte do perfume da rosa.

Lembra-se da fantasia de arqueiro de Paul? E dos sapatos amarelos de Francisque Michel? E do meu filho, de estivador? E daquele desvão onde ficava o piano e onde a senhora cantava *Lazzara*,[10] música magnífica cuja partitura me prometeu e que, digo-o sem me queixar, nunca me deu?

Oh, uma vez que invoco essas lembranças, vou ainda mais longe: lembra-se de Fontaney e de Alfred Johannot, figuras apagadas e sempre tristes em meio às nossas risadas, como se houvesse nos homens fadados a morrer jovens um vago pressentimento do túmulo? [11] Lembra-se de Taylor,[12] sentado num canto,

do pela peça *A dama das camélias* (1848). Pierre-François-Eugène Giraud (1806-81): pintor e caricaturista amigo de Dumas. Auguste Maquet (1813-86): historiador por formação, será a partir de 1842 um dos principais colaboradores de Dumas (em especial na trilogia dos *Mosqueteiros*), até brigarem na justiça, por questões autorais, em 1857. Adolphe Desbarolles (1801-86): pintor e litógrafo. Ausone de Chancel (1808-78): poeta romântico que ingressou na administração colonial.

8. "nosso bem-amado Charles": trata-se, naturalmente, de Charles Nodier (1780-1844), autor fecundo, bibliotecário do Arsenal, pai da escola romântico-fantástica francesa. Ver também a Apresentação a este volume.

9. Saadi (c.1213-91), poeta persa. A alusão é aos seguintes versos, em tradução livre: "Um perfumado pedaço de argila, um dia no banho/ Veio da mão de um ser amado para a minha./ Perguntei: 'Você é almíscar ou âmbar cinza?/ Pois seu delicioso perfume intoxica-me.'/ E o objeto respondeu: 'Eu era um desprezível naco de barro;/ Mas por algum tempo acompanhado de uma rosa./ A perfeição de quem me acompanhava tomou conta de mim.'"

10. Paul: Paul-Henri Foucher (1810-75), poeta dramático, cunhado de Victor Hugo (ver nota 15). Francisque Michel (1809-87): professor, especialista em história e literatura medievais. *Lazzara*: canção escrita sobre um poema de Victor Hugo de 1828.

11. Antoine Fontaney (1803-37): escritor e frequentador do Arsenal, apaixonado por Marie Nodier. Rapta Gabrielle Dorval, filha da atriz Marie Dorval, e foge com ela para Londres, antes de voltar para morrer de tuberculose em Paris. Alfred Johannot (1800-37): gravador e pintor de cenas históricas. Irmão de Charles (1798-1825), igualmente gravador, e de Tony (1803-52), um dos mais importantes ilustradores do livro romântico.

12. Isidore-Justin-Séverin, vulgo barão Taylor (1789-1889), escritor e protetor dos escritores e artistas românticos, na época representante do rei junto ao Théâtre Français. Autor, em

imóvel, mudo e ruminando em que viagem nova poderá enriquecer a França com um quadro espanhol, uma frisa grega ou um obelisco egípcio? Lembra-se de de Vigny,[13] que naquela época talvez duvidasse de sua transfiguração, ainda se dignando a misturar-se à multidão dos homens? Lembra-se de Lamartine,[14] de pé diante da lareira, esparramando à nossa frente a harmonia de seus belos versos? Lembra-se de Hugo olhando para ele e escutando-o como Etéocles devia olhar e escutar Polinice,[15] único entre nós com o sorriso da igualdade nos lábios, enquanto a sra. Hugo, jogando com seus belos cabelos, mantinha-se reclinada no sofá como se enfastiada da parte de glória a ela reservada?

E, no centro de tudo isso, sua mãe, tão simples, generosa e delicada; sua tia, a sra. de Tercy, tão inteligente e benevolente; Dauzats,[16] impagável, fanfarrão, cheio de verve; Barye,[17] tão isolado em meio ao vozerio geral que seu pensamento parecia sempre enviado pelo corpo em busca de uma das sete maravilhas do mundo; Boulanger, hoje tão melancólico, amanhã tão alegre, sempre tão grande pintor, sempre tão grande poeta, sempre tão bom amigo na alegria e na tristeza; depois, por fim, aquela garotinha esgueirando-se por entre poetas, pintores, músicos, grandes homens, intelectuais e cientistas, aquela garotinha que eu pegava na concha da mão e lhe oferecia como uma estatueta de Barre ou Pradier?[18] Oh, meu Deus, meu Deus! O que foi feito de tudo isso, senhora?

colaboração com Nodier, de uma série intitulada *Viagens pitorescas e românticas pela antiga França*, incentivou os escritores românticos e produziu a montagem de *Hernani*, de Victor Hugo, em 1830.

13. Alfred de Vigny (1797-1863), típico poeta romântico francês, sua obra caracteriza-se por um pessimismo radical, já contendo os germes da poesia de Baudelaire, Verlaine e Mallarmé.

14. Alphonse de Lamartine (1790-1869), poeta, romancista, dramaturgo e político, grande figura do romantismo francês. Assinou o decreto que abolia a escravatura, em 27 de abril de 1848.

15. Victor Hugo (1802-55): dramaturgo, romancista e poeta maior francês, que dominou a cena literária francesa ao longo do séc.XIX. Participou ativamente da vida política, sendo um defensor ferrenho da República e da abolição da pena de morte. Viveu no exílio, voluntário, os vinte anos do Segundo Império (1851-70), na ilha de Guernsey, entre a França e a Inglaterra, onde recebeu a visita do velho amigo Dumas. Após a derrota dos franceses diante dos prussianos na batalha de Sedan (1870) e a consequente proclamação da República, faz um retorno triunfal à França. Etéocles e Polinice: personagens de diversas tragédias gregas pertencentes ao ciclo tebano (por exemplo *Sete contra Tebas*, de Ésquilo, *Antígona*, de Sófocles), são irmãos de Antígona e Ismênia, todos eles filhos incestuosos de Jocasta com Édipo. Ao disputarem o trono de Tebas, após o exílio dos pais, matam-se um ao outro. Etéocles é enterrado dignamente, o que é negado aos despojos de Polinice, despertando a revolta de Antígona.

16. Adrien Dauzats (1804-68), pintor e cenarista, colaborou com Dumas em *Quinze dias no Sinai* (1838).

17. Antoine-Louis Barye (1795-1868), grande escultor e aquarelista francês romântico, especializado na escultura de animais.

18. Jean-Auguste Barre (1811-96): escultor francês. Jean-Jacques Pradier, vulgo James Pradier (1790-1852): escultor e pintor suíço.

O sopro do Senhor atingiu a pedra angular, o edifício mágico desmoronou. Aqueles que o povoavam fugiram e um deserto ocupa o lugar onde tudo era vivo, desabrochado, florido.

Fontaney e Alfred Johannot estão mortos, Taylor desistiu das viagens, de Vigny tornou-se invisível, Larmatine é deputado, Hugo, par de França, e Boulanger, meu filho e eu estamos em Cartago, de onde a vejo, senhora, enquanto dou esse belo e alentado suspiro do qual lhe falava há pouco e que, a despeito do vento que carrega numa nuvem a fumaça moribunda de nosso navio, jamais resgatará essas lembranças preciosas, carregadas pelo tempo de asas escuras para dentro da névoa cinzenta do passado. Ó primavera, juventude do ano! Ó juventude, primavera da vida!

Pois bem, foi este o mundo evanescido que um sonho me restituiu noite passada, tão brilhante e visível, mas ao mesmo tempo, ai de mim!, tão impalpável quanto esses átomos que dançam num raio de sol infiltrado no quarto escuro pelo vão de uma persiana entreaberta.

Agora, madame, já entende o motivo dessa carta, não é? O presente adernaria incessantemente não fosse mantido em equilíbrio pelo peso da esperança e o contrapeso das lembranças, e, infelizmente ou talvez felizmente, sou daqueles em quem as lembranças prevalecem sobre a esperança.

Hora de mudar de assunto, pois, a tristeza só é permitida com a condição de não ser imposta aos outros. O que anda fazendo meu amigo Boniface?[19] Ah, oito ou dez dias atrás visitei uma cidade que lhe reservará muitos aborrecimentos quando ele encontrar seu nome no livro do cruel agiota conhecido como Salústio. Essa cidade é Constantina, a velha Cirta, maravilha construída no topo de um rochedo, sem dúvida por uma raça de animais fantásticos com asas de águias e mãos de homens, tal como Heródoto e Levaillant, dois grandes viajantes, testemunharam.[20]

Em seguida, fizemos uma escala em Útica e nos deixamos ficar em Bizerta.[21] Nesta última cidade, Giraud fez o retrato de um notário turco, e Boulanger, de um sumo sacerdote. Envio-os para a senhora a fim de que possa compará-los aos notários e aos sumos sacerdotes de Paris. Duvido que estes últimos levem alguma vantagem.

Quanto a mim, caí na água numa caçada a flamingos e cisnes, episódio, que, no Sena, provavelmente congelado a essa hora, poderia ter tido consequências

19. Apelido do filho de Marie Mennessier-Nodier, Emmanuel (1836-96).

20. "Constantina, a velha Cirta": fundada em 202 a.C., na região noroeste da atual Argélia, foi originariamente uma importante cidade fenícia. Destruída em 311, foi reconstruída pelo imperador romano Constantino I (272-337), que lhe deu o nome que perdura até hoje. Heródoto de Halicarnasso (c.484-c.420 a.C.): viajante e historiador grego, considerado o "pai da história". François Levaillant (1753-1824): viajante e naturalista francês, autor de uma *Viagem ao interior da África* (1790).

21. Útica (em cartaginês, "cidade antiga", em oposição a Cartago, "cidade nova") refere-se a uma antiga vila portuária construída pelos fenícios, situada no norte da atual Tunísia, assim como Bizerta, ponto estratégico entre o Mediterrâneo e o lago de Bizerta.

desastrosas, mas que, no lago de Catão,[22] não teve outro inconveniente senão me fazer tomar um banho de roupa e tudo, e isso para grande espanto de Alexandre, de Giraud e do prefeito da cidade, que, do alto de um terraço, acompanhavam nosso barco com os olhos e, sem compreenderem que eu apenas perdera o meu centro de gravidade, atribuíam o incidente a um rasgo teatral de minha parte.

Comportei-me como os biguás de que lhe falava há pouco, senhora; como eles desapareci, como eles voltei à tona. Apenas não tinha, como eles, um peixe no bico.

Cinco minutos depois, já havia esquecido tudo e estava seco como o sr. Valery,[23] de tal forma o sol teve a gentileza de me acariciar.

Oh, onde quer que esteja, senhora, eu gostaria de enviar um raio desse belo sol ao menos para fazer desabrochar um ramo de miosótis em sua janela!

Adeus, perdoe-me a extensa carta. Não tenho o hábito da coisa e, como a criança que se justificava por ter ganhado o mundo, prometo-lhe não reincidir. Mas também, quem mandou o porteiro do céu deixar aberta essa porta de marfim pela qual saem os sonhos dourados?

Queira aceitar, senhora, a homenagem de meus mais respeitosos sentimentos.

Alexandre Dumas

Aperto cordialmente a mão de Jules.[24]

Agora, a que propósito serviu essa carta toda íntima? É que, para contar a meus leitores a história da mulher da gargantilha de veludo, eu precisava abrir-lhes as portas do Arsenal, isto, é da casa de Charles Nodier.

E agora que essa porta foi aberta pela mão de sua filha, dando-nos a certeza de ser bem-vindos: "Quem me ama me segue."

* * *

Nos confins de Paris, dando continuidade ao cais dos Celestinos, encostado na rua Morland e dominando o rio, ergue-se um casarão, escuro e de aspecto triste, conhecido como Arsenal.

Parte do terreno ocupado por esse pesado casarão chamava-se, antes da escavação dos fossos da cidade, Campo de Gesso. Certo dia, quando se pre-

22. Catão de Útica (95 a.C.-46 a.C.): bisneto de Catão o Antigo e adversário ferrenho de Cartago, suicidou-se com um punhal em Útica, após a derrota de Cipião em Tapso, ao sul de Sussa, atual Tunísia. Adepto do estoicismo, pouco antes de se matar teria lido o *Fédon*, diálogo em que Platão aborda a imortalidade da alma.

23. Adolphe de Saint-Valery (1796-1867), colaborador de *La Muse Française*, órgão oficial dos românticos franceses, e bibliotecário. Em sua autobiografia *Minhas memórias*, cap.121, Dumas descreve-o tendo "seis pés e uma polegada de altura".

24. Jules Mennessier (1802-77), com quem Marie Nodier se casa em 1830.

parava para a guerra, a cidade de Paris comprou o terreno e, para nele instalar sua artilharia, empreendeu a construção de paióis. Em 1533, Francisco I[25] constatou que lhe faltavam canhões e planejou fundir alguns. Emprestou um desses paióis de sua generosa cidade, prometendo, naturalmente, terminada a fundição, devolvê-lo. Em seguida, a pretexto de acelerar o trabalho, tomou emprestado um segundo, depois um terceiro, sempre com a mesma promessa. Por fim, inspirando-se no provérbio segundo o qual o que é bom para roubar é bom para guardar, guardou sem-cerimônia os três paióis tomados emprestados.

Vinte anos depois, um incêndio atingiu dez toneladas de pólvora. A explosão foi medonha: Paris tremeu como treme Catânia nos dias em que o Encelado se enfurece.[26] Pedras foram lançadas até a ponta do *faubourg* Saint-Marceau e o fragor desse terrível estrondo chegou a sacudir Melun.[27] Como se estivessem bêbadas, as casas da vizinhança balançaram por um instante, para em seguida virarem pó. Os peixes pereceram no rio, mortos pelo inesperado trauma. Como se não bastasse, trinta pessoas, arrastadas pelo furacão de labaredas, se despedaçaram pelos ares; cento e cinquenta saíram feridas. De onde vinha aquele sinistro? Qual era a causa da tragédia? Isso permaneceu ignorado e, em virtude de tal ignorância, a culpa foi jogada nos protestantes.

Carlos IX[28] mandou reconstruir, em escala maior, os prédios destruídos. Que belo construtor, Carlos IX! Mandou esculpir o Louvre e cinzelar a fonte dos Inocentes por Jean Goujon, que ali foi morto, como todos sabem, por uma bala perdida. Teria decerto completado o trabalho, o grande artista e grande poeta, se Deus, que tinha algumas contas a acertar com ele a respeito de 24 de agosto de 1572, não o tivesse chamado para Si.[29]

Seus sucessores retomaram as construções no ponto em que ele as deixara e as levaram adiante. Em 1584, Henrique III[30] mandou esculpir a porta que dá acesso ao cais dos Celestinos. Ladeada por colunas em forma de canhões, sobre o friso de mármore que a encimava lia-se este dístico de Nicolau Bourbon, que Santeuil dizia valer sozinho o peso de toda a estrutura:[31]

25. Sobre Francisco I, ver nota 75 em *1001 fantasmas*.

26. A cidade siciliana de Catânia estende-se no sopé do vulcão Etna, em cuja cratera, segundo a mitologia grega, Zeus e Palas-Atena enterraram vivo o gigante Encélado.

27. Comuna situada a 40 quilômetros do centro de Paris.

28. Carlos IX (1550-1574), rei da França entre 1560 e 1574. Durante seu reinado ocorreu a noite de São Bartolomeu (ver nota 65).

29. Jean Goujon (c.1510-?), arquiteto renascentista, considerado o Fídias francês. No que parece ser mais uma lenda a seu respeito, teria morrido assassinado no massacre de São Bartolomeu, isto é, na noite de 24 de agosto de 1572 (ver nota 65).

30. Sobre Henrique III, ver nota 36 em *1001 fantasmas*.

31. Nicolau Bourbon (1503-49) e Jean Santeuil (1630-97), poetas franceses medievais.

Œtna hœc Henrico vulcania tela ministrat
Tela giganteos debellatura furores.

O que significa: "Aqui, o Etna prepara os raios com que Henrique deve debelar a ira dos gigantes."

E, com efeito, após ter fulminado os gigantes da Liga, Henrique plantou o belo jardim que vemos nos mapas da época de Luís XIII, quando Sully transferiu seu ministério para lá[32] e mandou pintar e dourar os belos salões que ainda hoje compõem a biblioteca do Arsenal.

Em 1823, Charles Nodier foi convidado a dirigir essa biblioteca e deixou a rua de Choiseul, onde morava, para se estabelecer em sua nova residência.

Era um homem adorável, Nodier, sem um único vício mas cheio de defeitos, desses defeitos encantadores que forjam a originalidade do homem de gênio, pródigo, despreocupado *flâneur*, tão *flâneur* quanto Fígaro era preguiçoso![33] Com prazer.

Nodier sabia praticamente tudo que era dado saber ao homem. Aliás, tinha a prerrogativa do homem de gênio: quando não sabia, inventava, e o que inventava era muito mais engenhoso, muito mais pitoresco, muito mais plausível que a realidade.

Sistemático por excelência, cheio de paradoxos e exaltações, mas nem de longe um sectário, era em si mesmo que Nodier mostrava-se paradoxal, era em si mesmo que Nodier elaborava sistemas. Adotados tais sistemas, reconhecidos tais paradoxos, ele os mudava e imediatamente se obrigava a construir outros.

Nodier era o homem de Terêncio,[34] a quem nada humano é estranho. Amava pela felicidade de amar; amava como o sol brilha, como a água rumoreja, como a flor perfuma. Gostava de tudo que era bom, de tudo que era belo, de tudo que era grande. Até mesmo na maldade, separava o que havia de bom, como, na planta venenosa, o químico, do âmago do próprio veneno, extrai o remédio salutar.

Quantas vezes Nodier amara? Ele próprio teria dificuldade em responder. A propósito, como grande poeta que era, confundia sempre sonho e realidade. Nodier cultivou com tanto amor as fantasias de sua imaginação que terminou por acreditar em sua existência. Para ele, *Thérèse Aubert*, a *Fada*

32. Luís XIII: ver nota 68 em *1001 fantasmas*; Maximilien de Béthune, duque de Sully (1559-1641): ministro do rei Henrique IV, embora protestante, persuadiu-o a se converter ao catolicismo.

33. *Flâneur*: do verbo francês *flâner*, "flanar", caminhar sem destino ou preocupação. Fígaro: personagem de caráter indolente, criado por Beaumarchais (ver nota 20 em *1001 fantasmas*).

34. Públio Terêncio Afro (c.190-59 a.C.): dramaturgo latino nascido em Cartago, autor da famosa réplica, a tantos atribuída: "*Homo sum, humani nihil a me alienun puto*" (Sou homem e nada do que seja humano me é estranho).

dos Farelos e *Inès de la Sierra* existiram.[35] Eram, aliás, suas filhas, como Marie; eram irmãs de Marie, com a ressalva de a sra. Nodier não haver contribuído em nada para engendrá-las. Como Júpiter, Nodier arrancara todas essas Minervas de seu crânio.[36]

Mas não eram apenas a criaturas humanas, não eram apenas às filhas de Eva e filhos de Adão que Nodier concedia a vida com seu sopro criador. Ele inventou um animal e o batizou. Em seguida, invocando sua própria autoridade, indiferente à opinião de Deus, dotou-o de vida eterna.

Esse animal era o taratantaleo.

O quê?! Não conhecem o taratantaleo? Pois eu tampouco, mas Nodier o conhecia. Nodier o sabia de cor. Discorria sobre os hábitos, a rotina, as manias do taratantaleo. Teria discorrido sobre seus amores se, tão logo percebeu que o taratantaleo carregava em si o princípio da vida eterna, não o houvesse condenado ao celibato, a reprodução sendo inútil ali onde há ressurreição.

Como Nodier descobriu o taratantaleo?

Ouçam a história:

Aos dezoito anos, Nodier achava-se às voltas com a entomologia. Sua vida dividiu-se em seis fases distintas:

Primeiro, fez história natural: a *Biblioteca entomológica.*

Depois, linguística: o *Dicionário das onomatopeias.*

Depois, política: a *Napoleone.*

Depois, filosofia religiosa: as *Meditações do claustro.*

Depois, poesia: os *Ensaios de um jovem bardo.*

Depois, romance: *Jean Sbogar, Smarra, Trilby, O pintor de Salzburgo, A senhorita de Marsan, Adèle, O vampiro, O sonho de ouro, Lembranças da mocidade, O rei da Boêmia e seus sete castelos, As fantasias do doutor Neófobo* e mil outras coisas encantadoras que vocês não conhecem, que eu conheço e cujo nome não me ocorre à pena.

Nodier, portanto, achava-se na primeira fase de seus estudos, às voltas com a entomologia. Morava no sexto andar, um acima daquele em que Béranger[37] situa o poeta. Fazia experimentos no microscópio com o infinitamente pequeno e, muito antes de Raspail,[38] descobrira todo um mundo de animálculos invisíveis. Certo dia, após ter examinado a água, o vinho, o vi-

35. *Thérèse Aubert, A fada dos farelos, Inès de la Sierra*: novelas de sucesso de Nodier, datando respectivamente de 1819, 1832 e 1837.

36. Com uma dor de cabeça infernal, Zeus (Júpiter) pede a Hefaísto (Vulcano), deus da forja, que lhe abra o crânio com uma machadada para aliviá-lo, e dele nasce Palas-Atena (Minerva).

37. Pierre-Jean de Béranger (1780-1857), poeta popular e *chansonnier*.

38. François-Vincent Raspail (1794-1878), médico, químico e político francês, autor de um *Ensaio de química microscópica*.

nagre, o queijo, o pão, enfim, substâncias corriqueiras em experimentações, pegou um punhado de areia molhada numa canaleta e o expôs na gaiola de seu microscópio, aplicando em seguida o olho na lente.

Viu então mover-se um animal estranho, com a forma de um velocípede, dotado de duas rodas que agitava rapidamente. Precisava atravessar um rio? Suas rodas funcionavam como as de um barco a vapor. Precisava transpor um terreno seco? Elas funcionavam como as de um cabriolé. Nodier observou-o, detalhou-o, desenhou-o, analisou-o com o máximo de cuidado, até que lembrou-se de um compromisso e saiu às pressas, deixando ali seu microscópio, seu punhado de areia e o taratantaleo do qual ela era o mundo.

Quando Nodier voltou, era tarde. Estava cansado, deitou, dormiu como dormimos aos dezoito anos. Portanto, foi apenas no dia seguinte, abrindo os olhos, que pensou no punhado de areia, no microscópio e no taratantaleo.

Mas que pena! A areia secara durante a noite e o pobre taratantaleo, que sem dúvida dependia de umidade para viver, estava morto. Seu pequeno cadáver estava prostrado, suas rodas, imóveis. O barco a vapor não funcionava mais; o velocípede parara.

Contudo, por mais morto que estivesse, nem por isso o animal deixava de pertencer a uma curiosa variedade dos efêmeros, e seu cadáver merecia ser conservado qual o de um mamute ou um mastodonte. Apenas convinha, obviamente, tomar precauções muito maiores para manipular um animal cem vezes menor que um ácaro do que para deslocar um animal dez vezes mais volumoso, como um elefante.

Foi então com o filete de uma pena que Nodier transportou o punhado de areia da gaiola de seu microscópio para uma caixinha de papelão, preparada para ser o sepulcro do taratantaleo.

Jurou mostrar aquele cadáver ao primeiro cientista que se aventurasse a subir os seis andares até onde morava.

São tantas as coisas em nossa cabeça quando temos dezoito anos que é absolutamente normal nos esquecermos do cadáver de um efêmero. Durante três meses, dez meses, um ano talvez, Nodier se esqueceu do cadáver do taratantaleo.

Um dia, viu-se com a caixa nas mãos. Quis verificar a mudança que um ano produzira em seu animal. O tempo estava encoberto, desabava um temporal. Para ver melhor, ele aproximou o microscópio da janela e esvaziou na esquadria o conteúdo da caixinha.

O cadáver continuava imóvel e deitado na areia. Mas o tempo, que tanto influencia os colossos, parecia haver se esquecido do infinitamente pequeno.

Nodier observava seu efêmero quando, subitamente, um pingo de chuva, soprado pelo vento, caiu na gaiola do microscópio e umedeceu o punhado de areia.

Ao contato daquele frescor vivificante, pareceu a Nodier que seu taratantaleo se reanimou, que mexeu uma antena, depois a outra, que fez girar uma de suas rodas, que fez girar suas duas rodas, que recuperou seu centro de gravidade, que seus movimentos se regularizaram, que viveu, enfim.

O milagre da ressurreição acabara de se operar, e não no intervalo de três dias, mas no de um ano.

Nodier repetiu dez vezes o mesmo teste; dez vezes a areia secou e o taratantaleo morreu, dez vezes a areia foi umedecida e dez vezes o taratantaleo ressuscitou.

Não era um efêmero que Nodier descobrira, era um imortal. Segundo toda a probabilidade, seu taratantaleo assistira ao dilúvio e assistiria ao Juízo Final.

Por um infortúnio, num dia em que Nodier, talvez pela vigésima vez, preparava-se para repetir seu experimento, uma rajada de vento carregou a areia seca e, junto com ela, o cadáver do fenomenal taratantaleo.

Nodier procurou em vários resíduos de areia molhada em sua calha e em outros lugares, mas foi inútil, jamais encontrou o equivalente do que perdera: o taratantaleo era o único de sua espécie e, perdido para todos os homens, não vivia mais senão nas lembranças de Nodier.

Mas também nelas vivia de modo a jamais morrer por completo.

Mencionamos os defeitos de Nodier. O maior deles, pelo menos aos olhos da sra. Nodier, era a bibliomania. Esse defeito, que fazia a felicidade de Nodier, era um desespero para sua mulher.

Afinal, todo o dinheiro que Nodier ganhava ia em livros. Quantas vezes, tendo saído para ir receber dois ou trezentos francos, absolutamente necessários à rotina doméstica, ele não voltou com um volume raro, com um exemplar único!

O dinheiro ficara nos Techener ou na Guillemot.[39]

A sra. Nodier ameaçava se zangar, mas Nodier puxava o volume do bolso, abria-o, fechava-o, acariciava-o, mostrava à mulher um erro de impressão que comprovava a autenticidade do livro...

— Pense bem, querida, arranjarei outros quinhentos francos, já um livro desses, hum!, um livro desses é impossível de encontrar. Pergunte a Pixérécourt.[40]

Pixérécourt era a grande admiração de Nodier, que sempre adorou o melodrama. Nodier chamava Pixérécourt de o Corneille[41] dos bulevares.

39. Jacques-Joseph Techener (1802-73): livreiro e bibliófilo parisiense. Guillemot: livraria que data do séc.XVII.

40. René-Charles-Guilbert de Pixérécourt (1773-1844), mestre do melodrama, cujas obras são representadas nos teatros do bulevar du Temple, em Paris, o famoso "bulevar do crime". Dentre suas mais de 150 peças, as mais conhecidas são *Victor, o filho da floresta* (1798) e *Celina ou A filha do mistério* (1800). Dono de uma fabulosa biblioteca de obras raras, com cerca de 4 mil volumes.

41. Pierre Corneille (1606-84), dramaturgo francês, autor de diversas tragédias e membro da Academia.

Quase todas as manhãs Pixérécourt visitava Nodier.

A manhã, na casa de Nodier, era dedicada às visitas dos bibliófilos. Era lá que se reuniam o marquês de Ganay, o marquês de Château-Girou, o marquês de Chalabre, o conde de Labédoyère, Bérard, o homem dos elzevires, que em seus momentos de ócio, refez a Carta de 1830; o bibliófilo Jacob, o cientista Weiss de Besançon, o universal Peignot de Dijon;[42] enfim, os cientistas estrangeiros que, tão logo botavam os pés em Paris, davam um jeito de se apresentar, ou se apresentavam por iniciativa própria, a esse cenáculo famoso em toda a Europa.

Lá, todos consultavam Nodier, o oráculo da reunião; lá, os livros lhe eram mostrados; lá, pediam-se avaliações; era sua distração favorita. Quanto aos cientistas do Instituto, não davam o ar da graça, pois viam Nodier com inveja. Nodier associava inteligência e poesia à ciência, e este era um erro que a Academia de Ciências perdoava tão pouco quanto a Academia Francesa.

Além disso, Nodier gracejava com frequência, e era ferino de vez em quando. Certo dia, escreveu *O rei da Boêmia e seus sete castelos*, e daquela vez escarneceu cruelmente. Julgava-se Nodier para sempre brigado com o Instituto. Pelo contrário: a Academia de Tombuctu forçou a sua entrada na Academia Francesa.

Não devemos esperar outra coisa de irmãs.

Após duas ou três horas de um trabalho sempre fácil, após cobrir uma média de dez ou doze páginas de papel de quinze centímetros de altura por dez de largura, com uma letra legível, regular e sem rasuras, Nodier saía.

Uma vez na rua, Nodier caminhava ao léu, quase sempre acompanhando a linha dos cais, mas atravessando o rio de um lado para o outro, dependendo da situação topográfica das barracas; em seguida, das barracas ele passava aos livreiros e, dos livreiros, aos encadernadores.

Pois Nodier não era especialista apenas em livros, era-o em encadernações também. As obras-primas de Le Gascon sob Luís XIII, de Du Seuil sob Luís XIV, de Pasdeloup sob Luís XV e de Derome sob Luís XV e Luís XVI, eram-lhe tão familiares que, de olhos fechados, ao simples toque, identificava-as. Fora Nodier quem ressuscitara a encadernação, que sob a Revolução e o Império havia deixado de ser uma arte; foi ele quem incentivou e dirigiu os restaurado-

42. Chalabre e Labédoyère: bibliófilos, amigos de Nodier. Auguste-Simon-Louis Bérard (1783-1859): político, adere à oposição liberal sob a Restauração e desempenha um grande papel na revolução de Julho (ver nota 15 de *1001 fantasmas*). É um dos redatores de uma nova Carta (a "Carta Bérard"), versão amplamente modificada da Constituição de 1814, promulgada por Luís XVIII; bibliófilo, escreveu um *Ensaio bibliográfico sobre as edições dos elzevires* (1822). Elzevir: volume impresso por um membro da dinastia dos Elzevires, tipógrafos holandeses dos sécs.XVI e XVII. Bibliófilo Jacob: ver nota 32 de *1001 fantasmas*. Charles Weiss (1779-1866): literato e bibliógrafo, amigo de infância de Charles Nodier. Étienne-Gabriel Peignot (1767-1849): bibliógrafo e filólogo francês, autor de importantes bibliografias.

res dessa arte, os Thouvenin, os Braudel, os Niedrée, os Bauzonnet e os Legrain. Thouvenin, morrendo de angina, levantara-se de seu leito de agonia para dar uma última espiada nas encardenações que fazia para Nodier.[43]

A incursão de Nodier terminava quase sempre no Crozet ou no Techener, dois cunhados desunidos pela rivalidade e entre os quais seu plácido temperamento vinha se interpor. Lá reuniam-se os bibliófilos; lá as pessoas se encontravam para falar de livros, edições, vendas; lá, efetuavam-se trocas. E, se quando Nodier aparecia, um grito ressoava, mal ele abria a boca, era o silêncio absoluto. Então Nodier discorria, Nodier formulava paradoxos, *de omni re scibili et quibusdam aliis*.[44]

À noite, após o jantar em família, Nodier tinha o hábito de trabalhar na sala de jantar, dispondo ao seu redor três velas em triângulo, nunca mais, nunca menos. Já mencionamos o papel e a qualidade da letra, sempre com penas de ganso. Nodier tinha horror não só a penas de ferro, como, mais genericamente, a todas as novas invenções: o gás deixava-o furibundo, o vapor exasperava-o; na destruição das florestas e no esgotamento das minas de carvão, via, inexorável e próximo, o fim do mundo. Era nesses furores que Nodier mostrava-se exuberante na verve e fulminante no entusiasmo.

Por volta das nove e meia da noite, Nodier saía. Desta feita, não era mais a linha dos cais que ele acompanhava, era a dos bulevares. Entrava no teatro da Porte Saint-Martin, no Ambigu ou no Funambules, no Funambules de preferência. Foi Nodier quem divinizou Deburau, para ele só havia três atores no mundo: Deburau, Potier e Talma.[45] Potier e Talma estavam mortos, restara Deburau, para consolar Nodier da perda dos outros dois.

Nodier vira cem vezes *O boi furioso*.[46]

Aos domingos, Nodier almoçava invariavelmente na casa de Pixérécourt. Lá, encontrava suas visitas: o bibliófilo Jacob, rei até a chegada de Nodier, vice-rei quando Nodier chegava, o marquês de Ganay, o marquês de Chalabre.

43. Le Gascon, Du Seuil, Pasdeloup, Derome, Thouvenin, Bradel, Niedrée, Bauzonnet, Legrain: famosos encadernadores dos séculos XVII, XVIII e XIX. Le Gascon, em especial, encadernou a conhecida *Guirlanda de Julie*; Joseph Thouvenin (1790-1834), muito reputado, era o encadernador pessoal de Louis-Philippe Niedrée e disseminou o uso de dourado na área refilada das páginas.

44. Em latim, "Sobre todas as coisas conhecidas e outras mais". Divisa do teólogo italiano Luigi Pico della Mirandola (1463-94), designando ironicamente um homem que se arvorava a saber tudo.

45. Jean-Gaspard Deburau (1796-1846), acrobata e mímico, grande intérprete de Pierrô no teatro dos Funambules. Charles Potier (1775-1838): ator do teatro da Porte Saint-Martin. François-Joseph Talma (1763-1826): um dos grandes atores da Comédie-Française. Após sua morte, Alexandre Dumas reuniu seus papéis e os publicou sob o título *Memórias de J.-F. Talma escritas por ele mesmo* (1850).

46. "Pantomima-arlequinada" escrita por Charles Nodier sob o pseudônimo Laurent Père.

O marquês de Ganay, espírito volúvel, colecionador maníaco, apaixonado por um livro como um hedonista do tempo da Regência apaixonava-se por uma mulher, com o único objetivo de possuí-la. Então, depois de possuí-lo, era-lhe fiel por um mês — fiel, não, entusiasta: carregava-o consigo, parava os amigos para mostrá-lo, colocava-o debaixo do travesseiro no fim do dia, acordando no meio da noite e acendendo a vela para contemplá-lo, mas sem jamais o ler. Invejava sempre os livros de Pixérécourt, que Pixérécourt se recusava a lhe vender pelo preço que fosse, e vingava-se dessa recusa comprando no leilão da sra. de Castellane[47] um manuscrito que havia dez anos Pixérécourt ambicionava.

— Não tem importância — dizia Pixérécourt, furioso —, ele ainda será meu.

— O quê? — perguntava o marquês de Ganay.

— O seu manuscrito.

— E quando isso vai acontecer?

— Quando você morrer, meu caro!

E Pixérécourt teria cumprido com a palavra, se o marquês de Ganay não houvesse julgado por bem sobreviver a Pixérécourt.

Quanto ao marquês de Chalabre, só ambicionava uma coisa: uma Bíblia que ninguém teria, mas que ele ambicionava ardentemente.

Atormentou de tal forma Nodier pela indicação de um exemplar único que este terminou por fazer melhor ainda, indicando-lhe um exemplar que não existia.

O marquês de Chalabre pôs-se imediatamente à cata desse exemplar.

Nunca Cristóvão Colombo mostrou-se tão obstinado em descobrir a América, nunca Vasco da Gama foi tão persistente em encontrar a Índia, quanto o marquês de Chalabre na caçada à sua Bíblia. A América, contudo, existia entre o grau 70° de latitude norte e os 53° e 54° de latitude sul, enquanto a Índia estendia-se efetivamente aquém e além do Ganges, ao passo que a Bíblia do marquês de Chalabre não existia sob nenhuma latitude e tampouco estendia-se além ou aquém do Sena. Daí resulta que Vasco da Gama encontrou a Índia, Cristóvão Colombo descobriu a América e o marquês procurou, procurou, de norte a sul, de leste a oeste, e não encontrou sua Bíblia.

Quanto mais inacessível, maior a obstinação do marquês em encontrá-la.

Oferecera por ela quinhentos francos, oferecera mil francos, oferecera dois mil, quatro mil, dez mil francos. Os bibliógrafos, sem exceção, não se entendiam a respeito da malfadada Bíblia. Escreveu-se para a Alemanha e a

47. Casada com o conde Esprit Victor Elisabeth Boniface, conde de Castellane (1762-1848), marechal e par de França, Louise Cordélia Eucharis Greffulhe (1796-1847) foi amante do escritor François-René de Chateaubriand (1768-1848), um dos precursores do romantismo e marco na história da literatura francesa. Ainda hoje suas cartas para ela são objeto de cobiça em leilões de manuscritos.

Inglaterra. Nada. Ninguém se esfalfaria de tal maneira baseado apenas numa informação de Chalabre, teriam simplesmente respondido: *Ela não existe*. Mas, sendo de Nodier a informação, a coisa mudava de figura. Se Nodier dissesse: a Bíblia existe, incontestavelmente a Bíblia existia. O papa podia se enganar, Nodier era infalível.

As buscas duraram três anos. Todos os domingos o marquês de Chalabre, almoçando com Nodier na casa de Pixérécourt, perguntava-lhe:

— E então! E essa Bíblia, meu caro Charles?

— Que tem ela?

— Inencontrável!

— *Quaere et invenies*[48] — respondia Nodier.

E, imbuído de um novo ânimo, o bibliômano voltava a procurar, mas não encontrava.

Terminaram por apresentar uma Bíblia ao marquês de Chalabre.

Não era a Bíblia indicada por Nodier, mas na data só havia a diferença de um ano; não era impressa em Kehl, mas em Estrasburgo, distante apenas uma légua; não era única, verdade, mas o único outro exemplar que existia, encontrava-se no Líbano, perdido em um mosteiro druso. O marquês de Chalabre levou a Bíblia a Nodier e pediu-lhe um parecer:

— Ora! — respondeu Nodier, que via o marquês prestes a enlouquecer se não tivesse uma Bíblia qualquer. — Pegue essa, caro amigo, já que é impossível encontrar a outra.

O marquês de Chalabre comprou a Bíblia mediante a soma de dois mil francos, mandou encaderná-la de maneira esplêndida e guardou-a num estojo especial.

Quando morreu, o marquês de Chalabre deixou sua biblioteca para a srta. Mars.[49] A srta. Mars, que era tudo menos bibliômana, pediu a Merlin[50] que classificasse os livros do defunto e os pusesse à venda. Merlin, o homem mais honesto da terra, adentrou um dia a casa da srta. Mars com trinta ou quarenta mil francos em espécie na mão.

Encontrara-os dentro de uma espécie de carteira escondida no interior da magnífica encadernação daquela Bíblia quase única.

— Por que — perguntei a Nodier — pregou essa peça no pobre marquês de Chalabre, logo você, tão pouco amigo das farsas?

— Porque ele estava se arruinando, meu amigo, e porque durante os três anos em que procurou sua Bíblia, não pensou em outra coisa. No fim desses

48. Em latim, "Procura e acharás". *Evangelho de são Lucas*, vulgata latina, 11, 9.

49. Anne-Françoise-Hippolyte Boutet, ou srta. Mars (1799-1847), uma das maiores atrizes francesas do período romântico, destacou-se na Comédie-Française.

50. Possivelmente o dono da livraria e tipografia J.S. Merlin, em Paris.

três anos, queimou dois mil francos; durante esses três anos, teria queimado cinquenta mil.

Agora que já mostramos nosso bem-amado Charles durante a semana e aos domingos de manhã, descrevamos o que ele era aos domingos das seis horas da tarde até a meia-noite.

* * *

Como conheci Nodier?

Como todos conheciam Nodier. Ele me fizera um favor — foi em 1827 —, eu acabava de terminar *Christine*.[51] Não conhecia ninguém nos ministérios, ninguém no teatro. Meu agente, em vez de me ajudar a chegar à Comédie-Française, era uma pedra no meu sapato. Dois ou três dias antes, eu escrevera este último verso, tão apupado e tão aplaudido:

Pois bem...! Serei piedosa, meu pai, matem-no!

Sob esses versos, eu havia escrito a palavra FIM. Não me restava mais nada a fazer senão ler minha peça aos senhores comediantes do rei, e ser aceito ou recusado por eles.

Infelizmente, nessa época, o governo da Comédie-Française era, como o governo de Veneza — republicano, mas aristocrático —, e não era qualquer um que se aproximava dos sereníssimos senhores do comitê.

De fato, havia um examinador encarregado de selecionar obras de jovens inéditos, os quais, por conseguinte, não tinham direito a uma leitura senão após tal parecer. Contavam-se, porém, na tradição dramática, histórias tão lúgubres de manuscritos esperando um, dois anos, até três, por sua leitura que eu, íntimo de Dante e Milton, não ousava enfrentar aqueles limbos, tremendo de medo que minha pobre *Christine* fosse simplesmente aumentar o número de

Questi sciaurati, che mai no fur vivi.[52]

Eu ouvira falar de Nodier como protetor inato de todo poeta no nascedouro. Pedi um bilhete de apresentação junto ao barão Taylor.[53] Ele aceitou fazê-lo. Uma semana depois fui lido no Théâtre Français, e mais ou menos recebido.

Digo mais ou menos porque havia em *Christine*, relativamente ao período em que vivíamos, isto é, o ano da graça de 1827, tais enormidades literárias que os senhores atores ordinários do rei não ousaram me receber de pronto, subordinando sua opinião à do sr. Picard,[54] autor de *A cidadezinha*.

51. Engano de Dumas quanto às datas: a peça é da primavera de 1828. Além disso, em suas *Memórias*, Dumas diz ter conhecido Nodier em 1823, na apresentação de *O vampiro*. Sobre *Christine*, ver também nota 36 de *1001 fantasmas*.

52. Em italiano, "Esses desafortunados que nunca foram vivos", citação da *Divina comédia*, Inferno, canto III, verso 64.

53. Sobre o barão Taylor, ver nota 12 de *A mulher da gargantilha de veludo*.

54. Louis-Benoît Picard (1769-1828), autor bem-sucedido de numerosos *vaudevilles*.

O barão Taylor.

O sr. Picard era um dos oráculos da época.

Firmin[55] me levou à casa dele. O sr. Picard me recebeu numa biblioteca recheada com todas as edições de suas obras e enfeitada com seu busto. Pegou meu manuscrito, marcou encontro comigo para dali a uma semana e se despediu.

Uma semana depois, contada pelas horas, apresentei-me à porta do sr. Picard. Visivelmente, o sr. Picard não me esperava, recebendo-me com o sorriso de Rigobert[56] em *Casa à venda*.

55. Assim era conhecido o ator francês J.B. François Becquerelle (1784-1859).

56. Herói desse *vaudeville* de Nicolas-Marie d'Alayrac (1753-1809).

— Cavalheiro — ele me disse, estendendo-me os originais adequadamente enrolados —, porventura dispõe de meios de subsistência?

Preâmbulo nada animador.

— Sim, senhor — respondi. — Tenho um modesto emprego na casa do sr. duque de Orléans.

— Pois bem, minha criança — aconselhou-me, colocando afetuosamente meu casaco entre suas duas mãos e pegando as minhas ao mesmo tempo —, volte para o seu escritório!

E, encantado por haver se pronunciado, esfregou as mãos, indicando com o gesto que a audiência chegara ao fim.

Nem por isso deixava eu de dever um agradecimento a Nodier. Apresentei-me no Arsenal. Nodier recebeu-me como recebia, com um sorriso também... Mas há sorrisos e sorrisos, alerta Molière.[57]

Talvez um dia eu esqueça o sorrido de Picard, mas nunca esquecerei o de Nodier.

Queria provar a Nodier que não era de forma alguma tão indigno de sua proteção quanto a resposta de Picard poderia tê-lo feito pensar. Deixei meus originais com ele. No dia seguinte, recebi uma carta encantadora que me devolvia toda a coragem e me convidava para os serões do Arsenal.

Estes eram uma coisa mágica, que nenhuma pena será capaz de reproduzir. Aconteciam aos domingos e começavam, na realidade, às seis horas.

Pontualmente às seis, a mesa era posta. Havia os comensais fundadores: Cailleux, Taylor e Francis Wey, a quem Nodier amava como um filho;[58] mais tarde, eventualmente, um ou dois convidados e, depois, quem quisesse.

Uma vez admitido nessa encantadora intimidade, ia-se jantar à casa de Nodier para desfrutar de seu dono. Havia sempre dois ou três lugares à mesa esperando os convidados de última hora. Se os três lugares fossem insuficientes, acrescentava-se um quarto, um quinto, um sexto. Se fosse preciso estender a mesa, ela era estendida. Mas ai do décimo terceiro a chegar! Este jantava impiedosamente a uma mesinha, a menos que um décimo quarto viesse tirá-lo do castigo.

Nodier tinha suas manias: preferia o pão preto ao pão de farinha branca, o estanho à prataria, a lamparina à vela.

Ninguém dava atenção a isso, a não ser a sra. Nodier, que obedecia ao seu gosto.

57. Molière: pseudônimo de Jean-Marie Poquelin (1622-73), comediógrafo, ator e diretor teatral francês, autor de *O doente imaginário*, *O avarento* e *O misantropo*, entre várias outras obras.

58. Alexandre-Achille-Alphonse de Cailloux, vulgo Cailleux (1788-1876): pintor que colabora nas *Viagens pitorescas e românticas na antiga França*, junto com o barão Taylor e Nodier (ver respectivamente notas 12 e 8 de *A mulher da gargantilha de veludo*). Francis Wey (1812-82): literato e jornalista, chegou a publicar uma *Biografia de Charles Nodier*, em 1844.

Ao fim de um ou dois anos, eu fazia parte dessa intimidade que mencionei acima. Podia chegar sem aviso, na hora do jantar. Recebiam-me com gritos que não deixavam dúvida quanto à minha boa acolhida, e instalavam-me à mesa, ou melhor, eu me instalava à mesa entre a sra. Nodier e Marie.

Decorrido certo tempo, o que não passava de uma cláusula de fato tornou-se uma cláusula de direito. Chegava eu tarde demais, já estavam todos à mesa, meu lugar estava ocupado? Faziam um sinal de desculpas ao comensal usurpador, meu lugar me era devolvido; juro, sentavam num lugar qualquer aquele que eu deslocara.

Nodier então afirmava que eu era sua salvação, na medida em que o dispensava de entrar em debates. Mas se eu era a salvação para ele, era uma danação para os demais. Nodier era o conversador mais cativante que houve no mundo. Podiam fazer com a minha conversação tudo que fazem para o fogo realmente pegar, despertá-la, atiçá-la, adicionar-lhe a limalha que faz brotar tanto as faíscas do espírito quanto as da forja: era verve, era entusiasmo, era juventude. Contudo, não era jamais aquela bonomia, aquele encanto inexprimível, aquela graça infinita com que, qual numa rede estendida, o passarinheiro pega tudo, aves de pequeno e grande porte. Eu não era Nodier.

Era um paliativo que dava para o gasto, e só.

Mas às vezes eu estava enfastiado, às vezes não queria falar e, diante de minha recusa, convinha naturalmente que, como dono da casa, Nodier falasse. Então todo mundo escutava, crianças pequenas e homens ilustres. Era ao mesmo tempo Walter Scott e Perrault,[59] era o cientista às voltas com o poeta, era a memória em luta com a imaginação. Não apenas era divertido ouvir Nodier, vê-lo fazia bem. Seu corpo comprido e esguio, seus braços magros e extensos, suas mãos finas e pálidas, seu rosto alongado cheio de uma bondade melancólica, tudo isso se harmonizava com sua fala um tanto arrastada, modulada por certas ênfases periodicamente introduzidas, um sotaque do Franche-Comté que Nodier nunca perdeu completamente.[60] Oh, então a narrativa era coisa inesgotável, sempre nova, nunca repetida. O tempo, o espaço, a história e a natureza eram para Nodier aquela bolsa de Fortunato, da qual Peter Schlemihl retirava as mãos sempre cheias.[61] Conhecera todo mundo, Danton, Charlotte Corday, Gustavo III, Cagliostro, Pio VI, Catarina II,

59. Sobre Walter Scott, ver nota 60 em *1001 fantasmas*. Charles Perrault (1628-1703): escritor francês, conhecido sobretudo por suas antologias de contos populares, dentre os quais *A bela adormecida*, *Cinderela* e *Chapeuzinho Vermelho*.

60. O Franche-Comté, região da França próxima à fronteira com a Alemanha e a Itália, preserva até hoje o uso de dialetos locais.

61. Em *A maravilhosa história de Peter Schlemihl* (1814), novela do escritor romântico alemão Adalbert von Chamisso (1781-1838), o protagonista vende sua sombra ao diabo em troca da "bolsa de Fortunato", fonte inesgotável de ouro.

o grande Frederico, que sei eu?[62] Como o conde de Saint-Germain[63] e o taratantaleo, assistira à criação do mundo e atravessara os séculos transformando-se. Tinha inclusive uma teoria das mais engenhosas sobre essa transformação. Segundo Nodier, os sonhos não passavam de uma recordação de dias vividos em outro planeta, uma reminiscência de outros tempos. Segundo ele, os sonhos mais fantásticos correspondiam a fatos acontecidos em outros tempos, em Saturno, Vênus ou Mercúrio. As imagens mais estranhas não passavam da sombra das formas que haviam gravado suas lembranças em nossa alma imortal. Ao visitar pela primeira vez o Museu dos Fósseis do Jardim das Plantas, impressionara-se ao encontrar animais que vira no dilúvio de Deucalião e Pirra e às vezes deixava escapar que, notando a tendência dos Templários ao domínio universal, ele aconselhara Tiago de Molay a refrear sua ambição.[64] Não era culpa sua se Jesus Cristo fora crucificado: fora o único de seus seguidores a deixá-lo de sobreaviso quanto às más intenções de Pilatos. Mas com quem Nodier mais esbarrara fora com o Judeu Errante: a primeira vez em Roma, na época de Gregório VII; a segunda, em Paris, na véspera da noite de São Bartolomeu; e a última em Vienne, na região do Dauphiné, quando ele carregava consigo documentos de grande valor.[65] E, a esse propósito, apontava um erro no qual haviam caído os cientistas e os poetas, em especial Edgar Quinet:[66] não era Ahasverus, que é um nome meio grego meio latino, apelidado de o homem dos cinco tostões, era Isaac Laquedem; era por

62. Sobre Danton, ver nota 46 de *1001 fantasmas*. Charlotte Corday: ver o cap.5 de *1001 fantasmas*. Gustavo III (1746-92): rei da Suécia, foi assassinado durante um baile de máscaras. Sobre o conde de Cagliostro, ver nota 17 em *1001 fantasmas*. Papa Pio VI, Giannangelo Graschi (1717-99): foi feito prisioneiro em 1797, quando Napoleão Bonaparte anexou os Estados pontifícios. Morreu no cativeiro, em Valence, no sudeste da França. Catarina II a Grande (1729-96): czarina russa, mecenas das artes e amiga dos iluministas franceses, não hesitou em tentar impedir os avanços dos ares liberalizantes da Revolução Francesa. Frederico II o Grande (1712-86): imperador da Prússia, modelo do "déspota esclarecido".

63. Sobre o conde de Saint-Germain, ver nota 17 em *1001 fantasmas*.

64. Sobre o Jardim das Plantas, em Paris, ver nota 58 em *1001 fantasmas*. Deucalião e Pirra: personagens da mitologia grega cujas peripécias são descritas no poema épico *As metamorfoses*, do poeta romano Ovídio (43 a.C.-?18 d.C). Após escapar do Dilúvio e refugiar-se no monte Parnasso, o casal repovoa a terra jogando para trás pedras que se transformam em seres humanos. Tiago de Molay (1243-1314): último grão-mestre da ordem dos templários, foi preso e queimado vivo a mando de Filipe o Belo (1268-1314), rei da França.

65. Sobre o Judeu Errante, ver nota 18 em *1001 fantasmas*. Gregório VII (c.1015-1085): papa a partir de 1073, foi o artífice do que ficaria conhecido como "reforma gregoriana", que pretendia recuperar o prestígio da Igreja, coibindo os abusos por parte do clero. Noite de São Bartolomeu: noite de 24 de agosto de 1572, quando milhares de protestantes foram massacrados em Paris, numa fúria que se estendeu por vários dias e por toda a França.

66. Edgard Quinet (1803-75), escritor e historiador francês, autor do poema em prosa *Ahasverus* (1833).

Isaac Laquedem.

este que ele respondia, obtivera a informação de sua própria boca. Depois da política, da filosofia e da tradição, ele passava à história natural. Oh, como nessa ciência Nodier distanciava-se de Heródoto, Plínio, Marco Polo, Buffon e Lacépède![67] Conhecera aranhas ao lado das quais a aranha de Pélisson não

67. Sobre Heródoto, ver nota 20. Plínio o Velho (séc.I): naturalista romano, autor de uma enciclopédica *História natural*. Marco Polo (1254-1324): mercador e aventureiro veneziano, empreendeu uma fabulosa viagem à China, onde permaneceu por 17 anos. Georges Louis Leclerc de Buffon (1707-88) e Bernard Germain de Lacépède (1756-1825): dois renomados naturalistas franceses.

passava de uma piada, convivera com sapos que faziam Matusalém parecer uma criança.[68] Por fim, travara relações com jacarés perto dos quais a tarasca não passava de uma lagartixa.

Da mesma forma, aconteciam a Nodier esses acasos que só acontecem aos homens de gênio. Um dia em que procurava lepidópteros — foi durante sua temporada na Estíria, país das rochas graníticas e das árvores seculares —, ao subir numa árvore para explorar uma cavidade que percebera no tronco enfiou a mão dentro dela como era seu costume — fazia isso com tanta imprudência que em outra oportunidade, quando retirou o braço de uma toca similar, havia nele, como um enfeite, uma cobra enroscada — um dia, portanto, descobrindo uma toca, enfiou a mão e sentiu alguma coisa de flácido e pegajoso que cedia à pressão de seus dedos. Retirou imediatamente a mão e observou: dois olhos refletiam um fogo baço no fundo da toca. Nodier acreditava no diabo. Assim, vendo aqueles dois olhos que não pareciam pouco com os olhos incandescentes de Caronte, como disse Dante,[69] a primeira reação de Nodier foi fugir. Contudo, refletiu, desceu, pegou uma machadinha e, depois de calcular a profundidade da toca, começou por fazer uma abertura no lugar onde presumia encontrar-se aquele elemento desconhecido. Na quinta ou sexta machadada, a árvore esguichou sangue, nem mais nem menos que, sob a espada de Tancredo,[70] esguichou sangue da floresta encantada de Tasso. Mas não foi uma bela guerreira que apareceu, foi um enorme sapo incrustado na árvore, para onde, sem dúvida, fora arrastado pelo vento, quando era do tamanho de uma abelha. Há quanto tempo estava ali? Duzentos, trezentos, quinhentos anos, talvez. Tinha quinze centímetros de comprimento por nove de largura.

Outro caso ocorreu na Normandia, na época em que Nodier fazia com Taylor certa viagem pitoresca da França, quando entrou numa igreja. Na abóbada dessa igreja achavam-se pendurados uma aranha gigantesca e um sapo descomunal. Ele se dirigiu a um camponês para pedir informações sobre aquele casal *sui generis*.

Eis o que, após tê-lo conduzido até uma das lápides da igreja, na qual estava esculpido um cavaleiro deitado vestindo sua armadura, o velho camponês lhe contou:

---

68. A aranha de Pélisson: o escritor e acadêmico francês Paul Pélisson (1624-93), preso na Bastilha, teria levado meses domesticando uma aranha, posteriormente esmagada por seu carcereiro. Matusalém: personagem mais idoso do Antigo Testamento, tendo vivido 969 anos, segundo o Gênesis (5, 27).

69. Caronte: na mitologia grega, o barqueiro dos Infernos, que atravessa as almas para a outra margem do rio Aqueronte. Dante Alighieri (1265-1321) evoca-o na *Divina comédia*.

70. Tancredo: herói da *Jerusalém libertada*, do poeta italiano Torquato Tasso (1544-95). Sem reconhecê-la, ele mata a guerreira sarracena Clorinda em combate. É atormentado pelo remorso: ao enfrentar as árvores da floresta encantada, vê sangue escorrendo delas e ouve a voz da bem-amada.

O tal cavaleiro era um antigo barão, que deixara no país lembranças tão funestas que os mais temerários desviavam para não pisar sobre seu túmulo, e isso não por respeito, mas por terror. Sobre esse túmulo, em consequência de um juramento feito por esse cavaleiro em seu leito de morte, deveria arder uma lamparina noite e dia. Uma piedosa doação, feita pelo morto, que subvencionava essa despesa e muitas outras.

Um belo dia, ou melhor, uma bela noite em que por acaso o pároco não dormia, ele viu, da janela de seu quarto, que dava para a da igreja, a lamparina empalidecer e apagar. Atribuiu o fato a um acidente e não lhe dispensou maiores atenções.

Na noite seguinte, contudo, acordando por volta das duas da manhã, ocorreu-lhe certificar-se de que a lamparina ardia. Desceu da cama, aproximou-se da janela e constatou *de visu* que a igreja achava-se mergulhada na mais profunda escuridão.

O episódio, que se repetiu duas vezes em quarenta e oito horas, foi ganhando certa gravidade. No dia seguinte, ao nascer do sol, o pároco mandou chamar o bedel e terminou por acusá-lo de colocar o azeite na própria salada em vez de na lamparina. O bedel jurou pelos seus grandes deuses que não fora nada daquilo — havia quinze anos tinha a honra de ser bedel —, enchia conscienciosamente a lamparina. Aquilo só podia ser um trote do malvado cavaleiro, que, após atormentar os vivos em vida, voltava a atormentá-los trezentos anos depois de morto.

O pároco declarou acreditar plenamente na palavra do bedel, porém mesmo assim desejava estar presente quando ele fosse abastecer a lamparina no fim do dia. Consequentemente, ao cair da noite e na presença do pároco, o azeite foi introduzido no recipiente e a lamparina, acesa. Feito isso, o próprio pároco fechou a porta da igreja, meteu a chave no bolso e se retirou para seus aposentos.

Pegou então o breviário, instalou-se numa grande poltrona próxima à janela e, com os olhos alternadamente concentrados no livro e na igreja, esperou.

Em torno da meia-noite, viu a luz que iluminava os vitrais diminuir, empalidecer e extinguir-se.

Daquela vez, havia uma causa estranha, misteriosa e inexplicável, com a qual o pobre bedel não tinha relação alguma.

Por um instante, o pároco pensou que ladrões se introduziam na igreja e roubavam o azeite. Porém, supondo o delito cometido por ladrões, eram rapazolas bem honestos, uma vez que se limitavam a roubar o azeite, poupando os vasos sagrados.

Não eram ladrões, portanto. A causa era outra, diferente de tudo que se imaginava, uma causa sobrenatural talvez. O pároco resolveu desvendá-la, fosse ela qual fosse.

Na noite seguinte, ele mesmo despejou o azeite para se convencer de que não estava sendo iludido por nenhum truque de mágica. Depois, em vez de sair, como fizera na véspera, escondeu-se num confessionário.

As horas se passaram, a lamparina iluminava com um fulgor calmo e uniforme. Deu meia-noite.

O pároco julgou ouvir um leve ruído, semelhante ao de uma pedra se movendo. Em seguida, viu como que a sombra de um animal com patas gigantescas, cuja sombra subiu numa coluna, correu ao longo de uma cornija, apareceu por um instante na abóbada, desceu ao longo da corda do sino e fez uma escala na lamparina, que começou a empalidecer, vacilou e se apagou.

O pároco se viu na mais completa escuridão. Compreendeu que era uma experiência a ser repetida, aproximando-se do lugar onde acontecia a cena.

Nada mais fácil: em vez de se refugiar no confessionário que ficava no lado da igreja oposto à lamparina, bastava ele se esconder no confessionário situado a poucos metros dela.

Na noite seguinte, tudo se repetiu como na véspera, salvo pela mudança de confessionário por parte do pároco, que também se muniu de uma lanterna de furta-fogo.[71]

Até a meia-noite, a mesma calma, o mesmo silêncio, a mesma honestidade da lamparina no cumprimento de suas funções. Mas novamente, no último toque da meia-noite, ouviu-se o mesmo estalo da véspera. Com a diferença de que, como o estalo se produzia a quatro passos do confessionário, os olhos do pároco puderam imediatamente se fixar na área de onde vinha o barulho.

Era o túmulo do cavaleiro que estalava.

Em seguida, a lápide esculpida que cobria o sepulcro ergueu-se lentamente e, do vão do túmulo, o pároco viu sair uma aranha do tamanho de um peixe, com dezoito centímetros de comprimento, patas medindo uma vara, a qual se pôs incontinenti, sem hesitação, sem procurar pelo caminho que lhe era visivelmente familiar, a escalar a coluna, correr sobre sua cornija, descer ao longo da corda e, lá chegando, beber o azeite da lamparina, que se apagou.

O pároco recorreu à sua lanterna, cujos raios dirigiu para o túmulo do cavaleiro.

Percebeu então que o que a mantinha entreaberta era um sapo do tamanho de uma tartaruga-marinha, o qual, ao inchar, erguia a lápide e dava passagem à aranha, que corria para sorver o azeite e voltava para dividi-lo com o companheiro.

Ambos viviam assim fazia séculos naquele túmulo, onde provavelmente morariam hoje se um incidente não houvesse revelado ao pároco a presença de um ladrão qualquer em sua igreja.

No dia seguinte, o pároco requereu braços fortes para erguer a pedra do túmulo e executar o inseto e o réptil, cujos cadáveres foram pendurados no teto como prova daquele estranho episódio.

---

71. Espécie de lamparina com uma placa móvel que permite dirigir e controlar o foco de luz, escamoteando, caso necessário, o seu portador.

A propósito, o camponês que contava o caso a Nodier era um dos que haviam sido chamados pelo pároco para combater os dois comensais do túmulo do cavaleiro e, como ele, cismara com o sapo. Uma gota de sangue do imundo animal que pingara sobre sua pálpebra quase o deixara cego como Tobias.[72]

Saiu no lucro, ficando apenas caolho.

* * *

Nodier era inesgotável com suas histórias de sapo. Havia alguma coisa de misterioso na longevidade desse animal que agradava à sua imaginação. Por exemplo, sabia todas as histórias de sapos centenários ou milenares, sendo de sua competência todos aqueles descobertos em pedras ou troncos de árvore, desde o sapo descoberto em 1756 pelo escultor Leprince, em Eretteville, no cerne de um rochedo onde estava incrustado, até o sapo confinado por Hérissant, em 1771, num compartimento de gesso, que ele reencontrou vivinho da silva em 1774.[73] Quando se perguntava a Nodier de que viviam os infelizes prisioneiros, sua resposta era: de sua pele. Estudara um sapo de segunda categoria que trocara de pele seis vezes num inverno, engolindo seis vezes a velha. Quanto aos encontrados em pedras de formação primitiva, da época da criação do mundo, como o sapo descoberto na jazida de Brunswick, em Gothie, a completa inatividade na qual haviam sido obrigados a permanecer, a suspensão da vida numa temperatura que não permitia nenhuma dissolução e que não tornava necessária a compensação de nenhuma perda, a umidade do lugar, que preservava a do animal e impedia sua destruição por ressecamento, tudo isso parecia a Nodier razões suficientes para uma convicção na qual ele professava fé e ciência ao mesmo tempo.

Aliás, como dissemos, Nodier possuía certa humildade natural, certa inclinação a se apequenar, que o arrastava para os simples e humildes. O Nodier bibliófilo descobria obras-primas ignoradas, que ele exumava do túmulo das bibliotecas; o Nodier filantropo descobria entre os vivos poetas desconhecidos, que ele trazia à tona e conduzia à celebridade. Toda injustiça, toda opressão o revoltavam e, segundo ele, oprimia-se o sapo, era-se injusto com o sapo, ignoravam-se ou negavam-se a conhecer as virtudes do sapo. O sapo era bom amigo, Nodier já provara isso pela parceria do sapo com a aranha e, a rigor, provava duas vezes, contando outra história de sapo e lagartixa, não menos fantástica que a primeira — o sapo era portanto não apenas bom amigo, mas também um bom pai e bom esposo. Sendo o parteiro da própria mulher, o sapo dera aos

72. Referência ao Livro de Tobias (Antigo Testamento), no qual o velho Tobias é curado da cegueira graças a um unguento fornecido por um anjo.

73. Jean-Baptiste Leprince (1734-81): pintor, gravurista e escultor francês. Louis-Antoine-Prosper Hérissant (1745-69): bibliotecário, médico e botânico francês.

maridos as primeiras lições de amor conjugal; envolvendo os ovos de sua família em torno das patas traseiras ou carregando-os nas costas, dera aos chefes de família a primeira lição de paternidade. Quanto à baba que o sapo espalha ou expele se atormentado, Nodier garantia que era a substância mais inócua do mundo, preferindo-a à saliva de muitos críticos de arte seus conhecidos.

Não que esses críticos não fossem recebidos em sua casa como os demais e, inclusive, bem recebidos. Contudo, pouco a pouco, iam se retirando espontaneamente, pois não ficavam à vontade em meio à benevolência que era a atmosfera natural do Arsenal, através da qual o deboche não passava senão como passa um pirilampo em meio àquelas bonitas noites de Nice e Florença, isto é, para emitir um lampejo e logo se apagar.

Chegava-se ao fim de um jantar encantador, no qual todos os incidentes, com exceção do sal na toalha, ou do pão caído ao contrário, eram encarados pelo lado filosófico. Em seguida, o café era servido na mesa. No fundo, Nodier era um sibarita,[74] deleitando-se com o estado de sensualidade perfeita, que não coloca nenhum movimento, deslocamento ou perturbação entre a sobremesa e o coroamento da sobremesa. Durante esse momento de delícias asiáticas, a sra. Nodier se levantava e ia acender as luzes do salão. Muitas vezes, eu, que não tomava café, fazia-lhe companhia. Minha estatura alta mostrava-se utilíssima quando se tratava de acender o lustre sem subir nas cadeiras.

O salão então se iluminava, pois, antes do jantar e nos dias comuns, era-se recebido exclusivamente nos aposentos da sra. Nodier. Iluminado o salão, clareavam-se os lambris, pintados de branco com relevos Luís XV, um mobiliário dos mais simples, composto de doze poltronas e um sofá em casimira vermelha, cortinas xadrez da mesma cor, um busto de Hugo, uma estátua de Henrique IV, um retrato de Nodier e uma paisagem alpina de Régnier.[75]

Nesse salão, cinco minutos depois de iluminado, entravam os convidados. Nodier vinha por último, apoiado seja no braço de Dauzats, seja no braço de Bixio, seja no braço de Francis Wey, seja no meu, sempre suspirando e se queixando como se a respiração fosse seu único patrimônio.[76] Ia então estender-se numa grande poltrona à direita da lareira, com as pernas esticadas e os braços pendentes, ou postar-se de pé diante dela, com as panturrilhas ao fogo e de costas para o espelho. Quando se acomodava na poltrona, estava tudo dito. Nodier, mergulhado naquele instante de beatitude proporcionado pelo café, queria desfrutar egoisticamente de si mesmo e seguir em silêncio

74. Sibarita: adjetivo que ganhou a conotação de "indivíduo sensual e ocioso", numa referência aos habitantes da cidade de Síbaris, colônia grega no sul da Itália, conhecidos por tais características.

75. Auguste Jacques Régnier (1787-1860), pintor francês.

76. Sobre Dauzats, ver nota 16. Jacques-Alexandre Bixio (1806-65): médico por formação, depois político. Dumas conhece-o nas barricadas de 1830.

o sonho de seu espírito; quando se recostava próximo à lareira, era diferente: desejava falar. Então todos se calavam, então se desenrolava uma daquelas encantadoras histórias de sua juventude, que pareciam um romance de Longus, um idílio de Teócrito ou algum sombrio drama da Revolução, cujo palco era sempre um campo de batalha da Vendeia ou a praça da Revolução, ou ainda alguma misteriosa conspiração de Cadoudal ou de Oudet, de Staps ou de Lahorie.[77] Nesse caso, os que entravam faziam silêncio, cumprimentavam com a mão e iam sentar-se numa poltrona ou recostar-se no lambri. A história terminava como terminam todas as coisas. Ninguém aplaudia, da mesma forma que ninguém aplaude o murmúrio de um rio ou o canto de um pássaro. Porém, extinto o murmúrio, sumido o canto, ainda escutávamos. Então, Marie, sem falar nada, instalava-se ao piano e, subitamente, uma brilhante girândola de notas espocava nos ares como o prelúdio de um fogo de artifício. Então os jogadores, relegados aos cantos, punham-se às mesas e jogavam.

Nodier por muito tempo só jogara batalha, era seu jogo predileto e no qual se julgava uma força superior. Terminou fazendo uma concessão ao século e jogava canastra.

Então Marie entoava versos de Hugo, de Lamartine ou meus, musicados por ela. Depois, em meio àquelas encantadoras melodias, sempre curtas demais, ouvia-se deflagrar o estribilho de uma contradança. Os cavalheiros procuravam seus pares e um baile tinha início.

Baile encantador, pelo qual Marie era a única responsável, lançando, em meio aos ágeis trinados que seus dedos bordavam nas teclas do piano, uma palavra àqueles mais próximos a ela, a cada travessia, a cada corrente de damas, a cada troca de lado. Nesse momento, Nodier desaparecia, completamente eclipsado, pois não era um desses donos de casa absolutistas e resmungões cuja presença sentimos e aproximação adivinhamos. Era o anfitrião da Antiguidade, que se ofusca para dar lugar àquele a quem recebe, contentando-se em ser gracioso, fraco, quase feminino.

Nodier, por sinal, após ofuscar-se um pouco, logo desaparecia completamente. Nodier deitava cedo, ou melhor, deitavam Nodier cedo. Era a sra.

---

77. Longus (sécs.II-III): escritor grego, autor do romance bucólico *Dafne e Cloé*. Teócrito (séc.II): poeta pastoral grego de Siracusa. Batalha da Vendeia: ver nota 58 de *1001 fantasmas*. Praça da Revolução: ver nota 97 de *A mulher da gargantilha de veludo*. "Cadoudal… Lahorie": todos esses personagens históricos, que tentaram assassinar ou derrubar Napoleão, são evocados por Nodier em sua *História das sociedades secretas dos exércitos* (1815). Georges Cadoudal (1771-1804): um dos líderes da revolta bretã, executado na esteira de uma cons-piração frustrada. Jacques-Joseph Oudet (1773-1809): coronel republicano, filiado à loja maçônica dos Filadelfos, teria, segundo Nodier, sido assassinado em 1809 por ordens de Napoleão. Foi substituído à frente dos Filadelfos pelo general Malet, que fomentou a famosa conspiração de 1812. Victor-Claude-Alexandre Lahorie (1766-1812): implicado nessa conspiração de 1812, foi fuzilado em seguida. Frédéric Staps: jovem patriota alemão que, ao tentar assassinar Napoleão no palácio Schönbrun, em Viena, foi condenado à morte e fuzilado.

Nodier que se incumbia desse desvelo. No inverno, era a primeira a deixar o salão, depois, às vezes, quando as brasas morriam na cozinha, via-se um braseiro passar, se encher e entrar no quarto. Nodier seguia o braseiro e estava tudo dito.

Dez minutos depois, a sra. Nodier reaparecia. Nodier estava deitado e dormia ao som das melodias de sua filha e ao ruído dos passos e risos dos dançarinos.

Um dia encontramos Nodier muito mais humilde que o normal. Dessa vez, parecia encabulado, envergonhado. Preocupados, perguntamos o que tinha.

Nodier acabava de ser eleito para a Academia.

Pediu-nos suas mais humildes desculpas, a Hugo e a mim.

Mas não era culpa sua, a Academia nomeara-o quando ele menos esperava.

É que Nodier, cuja erudição valia a de todos os acadêmicos juntos, andava demolindo o dicionário da Academia, pedra por pedra. Contava que o "imortal" encarregado de elaborar o verbete Lagostim um dia lhe mostrara esse verbete, pedindo sua opinião.

O texto fora concebido nos seguintes termos:

Lagostim, peixe pequeno e vermelho que anda para trás.

— Vejo apenas um errinho em sua definição — respondeu Nodier —, é que o lagostim não é peixe, o lagostim não é vermelho, o lagostim não anda para trás. O resto está certo.

Esqueço-me de dizer que, nesse ínterim, Marie Nodier se casara, tornando-se sra. Mennessier, mas tal casamento em nada alterara a vida no Arsenal. Jules era amigo de todos: se há muito tempo o víamos chegar à casa, passou a estar lá em vez de chegar, só isso.

Engano meu, consumou-se um grande sacrifício: Nodier vendeu sua biblioteca. Nodier amava seus livros, mas adorava Marie.

Cumpre acrescentar que ninguém como Nodier sabia criar a reputação de um livro. Quisesse vender ou mandar vender um livro, glorificava-o com um artigo. Com o que descobria dentro dele, transformava-o num exemplar único. Lembro-me da história de um volume intitulado *O Zumbi das terras peruanas*,[78] que Nodier declarou ter sido impresso nas colônias e cuja edição ele destruiu com sua autoridade particular; o livro valia cinco francos, subiu para cem escudos.

Embora tenha vendido seus livros em quatro lotes, Nodier continuava a manter um pequeno acervo, um núcleo precioso, a partir do qual, no fim de dois ou três anos, reconstruíra sua biblioteca.

Um dia, todas essas encantadoras festas foram canceladas. No último mês ou dois, Nodier andava mais indisposto, mais resmungão. Em todo caso, acostumados a ouvi-lo resmungando, não lhe demos a devida atenção. Isso

78. *O Zumbi das terras peruanas, ou A princesa de Cocagne*: romance de Pierre-Corneille Blessebois (1646-1700), publicado em Rouen em 1697.

porque, em virtude de seu temperamento, era muito difícil separar a enfermidade real dos sofrimentos quiméricos. Dessa vez, contudo, era clara sua decadência. Acabaram-se os passeios pelos cais, os passeios pelos bulevares, dando lugar apenas a passeios vagarosos, quando o céu cinzento era atravessado por um último raio do sol de outono, num lento caminhar até Saint-Mandé.

O destino da caminhada era uma sórdida pensão, onde, em seus belos dias de saúde, Nodier se regalava com pão preto; em geral, toda a família o acompanhava nessas incursões, exceto Jules, preso no escritório: a sra. Nodier, Marie e as duas crianças, Charles e Georgette. Ninguém queria mais largar o marido, o pai e o avô. Sentiam que dispunham de pouco tempo em sua companhia, e não o desperdiçavam.

Até o último momento, Nodier insistiu na continuação dos domingos. Mais tarde, acabamos nos dando conta de que o barulho e o movimento no salão eram insuportáveis para o doente em seu quarto. Um dia, Marie nos anunciou tristemente que, no domingo seguinte, o Arsenal seria fechado, mas, bem baixinho, para os íntimos, disse: "Não deixem de vir, conversaremos."

Por fim, Nodier guardou o leito, para não mais levantar.

Fui visitá-lo.

— Oh, meu querido Dumas — ele disse, estendendo os braços tão logo me viu —, na época em que eu estava em forma, você tinha em mim apenas um amigo; agora, que estou doente, tem em mim um homem grato. Não consigo mais trabalhar, mas ainda consigo ler e, como vê, leio-o e, quando estou cansado, chamo minha filha e ela o lê para mim.

E, com efeito, Nodier me mostrou meus livros espalhados sobre sua cama e sua mesa.

Foi um de meus momentos de autêntico orgulho. Nodier, isolado do mundo, incapacitado para o trabalho, Nodier, esse espírito imenso, que sabia tudo, me lia e se divertia ao me ler.

Tomei-lhe as mãos, tive vontade de beijá-las, tão grato me sentia.

Eu, por minha vez lera na véspera uma coisa de sua autoria, uma novela recém-publicada em dois números da *Revue des Deux Mondes.*[79]

Era *Inès de las Sierras.*

Eu estava maravilhado. A novela, uma das últimas publicações de Charles, tinha tanto frescor, tanto pitoresco, que mais parecia uma obra de juventude que Nodier desencavara e trouxera à luz no outro horizonte de sua vida.

A história de Inès falava da aparição de espectros e fantasmas, porém todo o fantástico da primeira parte deixava de sê-lo na segunda; o fim explicava o início.

Queixei-me amargamente daquela explicação a Nodier:

79. Periódico literário mais antigo da França, em circulação desde 1829, já teve em suas páginas, entre outros, Dumas, Balzac, George Sand e Baudelaire.

— É verdade — ele me disse — errei. — Mas tenho outra história, e essa eu não vou estragar, não se preocupe.

— Virá em boa hora, e quando pretende se dedicar a essa obra?

Nodier tomou minhas mãos.

— Essa eu não vou estragar porque não serei eu a escrevê-la — declarou.

— E quem o fará?

— Você.

— Eu, meu bom Charles? Mas nem conheço a trama.

— Vou lhe contar. Oh! Essa eu havia guardado para mim, ou melhor, para você.

— Meu bom Charles, é você quem irá contá-la, escrevê-la e publicá-la.

Nodier sacudiu a cabeça.

— Vou contá-la, mas para você — ele insistiu. — Caso eu mude de ideia, você me devolve.

— Espere minha próxima visita. Temos tempo.

— Meu amigo, repito o que eu dizia a um credor quando lhe pagava uma parcela: aceite sempre.

E ele começou.

Jamais Nodier narrara de maneira tão encantadora.

Oh, se eu tivesse uma pena, se eu tivesse papel, se eu pudesse escrever tão depressa quanto as palavras eram ditas!

A história era longa, fiquei para jantar.

Depois do jantar, Nodier cochilou. Saí do Arsenal sem revê-lo.

Jamais o vi novamente.

Nodier, tido como alguém propenso às queixas, havia, ao contrário, escondido seus achaques da família até o último momento. Descoberta a doença, constatou-se que era fatal.

Nodier não era apenas cristão, era um católico praticante. Encarregara Marie de chamar um padre quando fosse a hora. No momento oportuno, Marie mandou chamarem o pároco da igreja de São Paulo.

Nodier se confessou. Pobre Nodier. Se cometera muitos pecados em sua vida, com certeza não cometera um erro.

Terminada a confissão, toda a família entrou.

Nodier estava numa alcova escura de onde estendia os braços para a mulher, a filha e os netos.

Atrás da família, estavam os criados.

Atrás dos criados, a biblioteca, isto é, amigos que não mudam nunca — os livros.

O pároco disse em voz alta as orações, às quais Nodier, um íntimo da liturgia cristã, repetiu em voz alta. Em seguida, terminadas as preces, ele beijou e tranquilizou a todos a respeito de seu estado, afirmando ainda sentir-se apto a mais um ou dois dias de vida, sobretudo se o deixassem dormir algumas horas.

Deixaram Nodier sozinho, e ele dormiu durante cinco horas.

Na noite de 26 de janeiro, isto é, na véspera de sua morte, a febre subiu e produziu um pouco de delírio. Por volta da meia-noite, ele já não reconhecia ninguém e sua boca pronunciava palavras sem nexo, em meio às quais distinguimos os nomes de Tácito e Fénelon.[80]

Às duas horas, a morte se anunciou e Nodier foi sacudido por uma violenta crise. A filha estava debruçada em sua cabeceira e lhe estendia uma xícara de poção calmante. Ele abriu os olhos, olhou Marie e a reconheceu pelas lágrimas. Pegou então a xícara de suas mãos e sorveu avidamente a beberagem nela contida.

— Estava bom? — perguntou Marie.

— Oh, sim, minha criança, como tudo que vem de você.

E a pobre Marie deixou sua cabeça cair sobre a cabeceira da cama, cobrindo com os cabelos a fronte úmida do moribundo.

— Oh, se você ficasse nessa posição, eu não morreria nunca.

A morte sempre impressionava.

As extremidades começavam a esfriar, mas, à medida que recuava, a vida ia se concentrando no cérebro, dando a Nodier uma inteligência mais lúcida do que ele jamais tivera.

Ele então abençoou a mulher e os filhos, indagando em seguida o dia em que estavam.

— 27 de janeiro — respondeu a sra. Nodier.

— Vocês não esquecerão essa data, não é mesmo, meus amores? — disse Nodier.

Depois, voltando-se para a janela, suspirou:

— Eu gostaria muito de ver o dia mais uma vez.

Em seguida, cochilou.

Sua respiração começou a falhar.

Por fim, quando o primeiro raio de sol bateu nos vidros, ele reabriu os olhos, fez um sinal de despedida com os lábios, com o olhar, e expirou.

Junto com Nodier foi-se tudo do Arsenal, alegria, vida e luz. Foi um luto coletivo. Perdendo Nodier, cada um perdia um pedaço de si mesmo.

Quanto a mim, não sei como dizer isso, mas carrego uma coisa morta dentro de mim desde que Nodier morreu.

Essa coisa só vive quando falo de Nodier.

Eis por que falo tanto sobre ele.

A história que vamos ler agora é a que Nodier me contou.[81]

---

80. Públio Cornélio Tácito (55-120): historiador romano, autor dos famosos *Anais*. François Salignac de la Mothe-Fénelon (1651-1715): eclesiástico e escritor francês, autor das *Aventuras de Telêmaco*, romance de formação inspirado na *Odisseia*, de Homero.

81. Na realidade, Dumas inspira-se num breve conto do escritor americano Washington Irving (1783-1859), intitulado *A aventura do estudante alemão*.

CRONOLOGIA

Vida e obra de Alexandre Dumas

1802, 24 jul: Nascimento em Villers-Cotterêts, a cerca de duzentos quilômetros de Paris, de Alexandre Dumas, filho do general de divisão Alexandre Dumas-Davy de la Pailleterie e de Marie-Louise Elisabeth Labouret. "Minhas raízes estão em Villers-Cotterêts, cidadezinha do departamento de Aisne, situada na estrada entre Paris e Laon ... a dez quilômetros de La Ferté-Milon, onde nasceu Racine, e a trinta quilômetros de Château-Thierry, onde nasceu La Fontaine."

1806: Morte do general Dumas. Marie Labouret passa por dificuldades financeiras e permanece junto a seus pais em Villers-Cotterêts.

1815: Durante os Cem Dias de Napoleão, Alexandre Dumas entrevê o imperador no albergue de sua cidade natal.

1816: A sra. Dumas obtém a concessão de uma tabacaria. Dumas conclui sua formação numa escola católica particular e trabalha como contínuo num cartório da cidade.

1818: Torna-se amante de Adèle Tellier. Paixão pelo teatro. Conhece Leuven, futuro autor dramático e diretor do Opéra-Comique. Escrevem juntos dois *vaudevilles* e um drama.

1823: Vai para Paris e, por intermédio de ex-colegas do general Dumas, é nomeado secretário do duque de Orléans. Sua amante na época é a vizinha Marie-Catherine-Laure Labay, que não demora a engravidar.

1823, 27 jul: Nascimento de seu filho Alexandre Dumas, reconhecido por ele em 17 de março de 1831. Lê Walter Scott, Byron, Fenimore Cooper. Sua mãe instala-se em Paris, onde passam a morar juntos.

1825: Escreve, em colaboração com Leuven e Pierre-Joseph Rousseau, um *vaudeville*, que assina como "Davy", encenado sem maiores repercussões no Ambigu.

1826: Publica *Novelas contemporâneas*, que consiste em três narrativas e alguns poemas.

1827: Assiste entusiasmado à turnê parisiense de uma companhia inglesa que representa Shakespeare (muito pouco conhecido na França até essa época). Torna-se amante de Mélanie Waldor, jovem que sonha ser escritora.

1828: Escreve *Christine em Fontainebleau*, tragédia recusada pela Comédie-Française, e o drama histórico *Henrique III e sua corte*, aceito. Conhece o célebre escritor Charles Nodier, em cuja casa é apresentado aos escritores Victor Hugo, Lamartine, Vigny, Musset e ao pintor Louis Boulanger.

1829: Triunfo de *Henrique III e sua corte*. Dumas aloja sua mãe doente na rua Madame, instala Catherine Labay e seu filho em Passy e aluga para seu uso um apartamento na rua de l'Université. É nomeado bibliotecário-adjunto do duque de Orléans.

1830: Estreia de *Christine* no Odéon. A atriz Belle Krelsamer torna-se sua amante. Participa da Revolução de Julho, da qual faz um amplo relato em suas *Memórias* e correspondência (a Mélanie Waldor, com a habitual imodéstia: "Tive a felicidade de desempenhar um papel digno de ser notado por La Fayette e pelo duque de Orléans … tendo me apoderado de um paiol de pólvora. Provavelmente o duque será o rei …").

1831: Pede demissão do cargo de bibliotecário. **5 mar:** Belle Krelsamer dá à luz uma filha, Marie-Alexandrine, que Dumas reconhece em 7 de março. Consegue na Justiça a guarda do filho, que, depois de uma briga com Belle Krelsamer, passará por diversos internatos. **3 mai:** Estreia de *Antony*, no teatro da Porte Saint-Martin, sucesso extraordinário. **20 out:** Estreia, no Odéon, de *Carlos VII*, sucesso popular. **10 dez:** Estreia, na Porte Saint-Martin, de *Richard Darlington*.

1832: Grande sucesso de *Teresa*. A atriz Ida Ferrier torna-se sua amante. **29 mai:** triunfo de *A torre de Nesle*, escrita por Frédéric Gaillardet e retrabalhada por Dumas. **5-6 jun:** depois de se envolver nos levantes republicanos, viaja para a Suíça.

1834: Publica os tomos I e II de suas *Impressões de viagem à Suíça*. Viaja com os pintores Godefroy Jadin e Amaury Duval para o sul da França.

1835: Viaja à Itália com Ida Ferrier e o pintor Jadin. Publica novelas e poemas.

1836: Publica compilações das *Crônicas* de Froissart e uma tradução em versos do *Inferno*, de Dante. Estreia na Porte Saint-Martin de *Don Juan de Marana* e, no Variétés, de *Kean*, grande sucesso.

1837: É nomeado cavaleiro da Legião de Honra. Estreia, no Opéra-Comique, de *Piquillo*, ópera-cômica escrita em colaboração com Gérard de Nerval. Estreia, na Comédie-Française, de *Calígula*, um fracasso.

1838: Publica dois romances: *O capitão Paul* e *O mestre de armas*. **1º ago:** morte da mãe. Viagem com Nerval à Alemanha. Escrevem *Léo Burckart*, que Nerval retrabalhou mais tarde e foi encenada em abril de 1839. **dez:** Por intermédio do próprio Nerval, conhece aquele que será o seu maior colaborador literário, Auguste Maquet, então com vinte e cinco anos.

1839: Publica *Novas impressões de viagem: quinze dias no Sinai* (nunca estivera lá, escrevendo a obra de acordo com as recordações e desenhos de Adrien Dauzats). Publica *Acteu*, romance histórico sobre o reinado de Nero. Estreia na Comédie-Française de *Mademoiselle de Belle-Isle*, encenada mais de quatrocentas vezes entre 1880 e 1884. Instala-se na rua de Rivoli.

1840: Publica cinco romances. Casa-se com Ida Ferrier em fevereiro, partindo para Florença, onde o casal ficará até setembro.

1841: Publica *Novas impressões de viagem: o Speronare*. **jun:** em companhia do príncipe Napoleão (filho de Jerônimo Bonaparte), visita a ilha de Elba, a Córsega e, durante uma expedição de barco, vislumbra a ilha de Monte Cristo, um rochedo perdido no mar. Breve passagem pela França, onde comparece ao enterro do duque de Orléans.

1843: Publica quatro romances e *Impressões de viagem: o Corricolo*. Passa a morar num palacete da rua de Richelieu. Aluga, em Saint-Germain, a *villa* Médicis, onde residirá até 1846.

1844: Escreve *Os três mosqueteiros* e o início de *O conde de Monte Cristo*, que será publicado em 1844-45. Separa-se amigavelmente de Ida Ferrier. Compra em Marly um terreno onde irá construir o castelo de Monte Cristo.

1845: Publica *A rainha Margot* e *Vinte anos depois*. Estreia no Ambigu o drama *A juventude dos três mosqueteiros*, baseado no romance.

1846: Publica quatro romances: *O cavaleiro da Casa Vermelha*, *A dama de Monsoreau*, *As duas Dianas*, *O bastardo de Mauléon*. Início da publicação de *José Bálsamo* (primeiro romance da série *Memórias de um médico*). Funda o Théâtre Historique, que ergue num terreno por ele adquirido no bulevar du Temple. Parte para a Argélia em missão de relações públicas para o governo francês, em companhia do filho, de Maquet e Boulanger, viagem que foi alvo de intensas críticas por parte da oposição.

1847: Retorna a Paris. Inauguração do Théâtre Historique. Tem um caso com a atriz Béatrix Parson. Estreia de *A rainha Margot*. Conhece Dickens. Instala-se no castelo de Monte Cristo. Publica a continuação de *José Bálsamo* e o final de *As duas Diana*.

1848: Publica o final de *José Bálsamo* e *Os quarenta e cinco*; início da publicação de *O visconde de Bragelonne* e de *Impressões de viagem: De Paris ao Tânger*. Tem um caso com a atriz Celeste Scrivaneck. Participa de diversas manifestações republicanas. Estreia, no Théâtre Historique, de *Monte Cristo*. Venda do castelo de Monte Cristo. Publicação do primeiro número de *Mois*, revista dedicada à história e à política inteiramente redigida por Dumas. Fracasso de sua candidatura nas eleições para a Assembleia Constituinte. Graves dificuldades financeiras, com o Théâtre Historique cheio de dívidas. Estreia de *Catilina*.

1849: Continuação do *Visconde de Bragelonne*, relatos de viagem, *O colar da rainha*. No teatro, montagens de *A juventude dos mosqueteiros*, *O cavaleiro de Harmental*, *A guerra das mulheres*, *O testamento de César*, *O conde Hermann*, entre outras.

1850: Publica *A tulipa negra*, *A boca do inferno* e os finais do *Visconde de Bragelonne* e do *Colar da rainha*. No teatro: *Urbain Grandier*, *O vinte e quatro de fevereiro*, *Paulina*. **out:** Falência do Théâtre Historique. Caso com a sra. Anna Bauër, com quem tem um filho não reconhecido.

1851: Montagens de *O conde de Morcerf* e *Villefort*, derivadas de *O conde de Monte Cristo*. **dez:** parte para Bruxelas, em consequência do golpe de Estado de Luís Napoleão. Embora as razões sejam políticas, Dumas também pretende escapar de seus credores (153 listados). Início da publicação de suas *Memórias* (até outubro de 1853) pelo jornal *La Presse*.

1852: Publica *Olympe de Clèves* e *Os dramas do mar*. Estreia de *Benvenuto Cellini*. É assediado pelos credores e vai com Victor Hugo para a Antuérpia.

1853: Publicação de *Ângelo Pitou*, *A condessa de Charny* e *Isaac Laquedem*. Instala-se definitivamente em Paris. Cria *Le Mousquetaire*, jornal diário que será publicado até 1857.

1854: Publica *Os moicanos de Paris*. Estreia de *Rômulo*, *A juventude de Luís XIV* e *A consciência*.

1855: Termina a publicação de *Os moicanos de Paris*.

1856: Estreia de *Oréstia*, *A torre Saint-Jacques* e *O ferrolho da rainha*. Vai a Varennes para se informar sobre a fuga de Luís XVI.

1857: Auguste Maquet move processo contra Dumas por acertos atrasados de direitos autorais e para "recuperar sua propriedade" sobre livros escritos em colaboração. Dumas faz uma curta viagem à Inglaterra com seu filho para assistir às corridas em Epsom. Criação do *Monte Cristo*, "semanário dedicado a romances, história, viagem e poesia" (último número em 1862), redigido por ele.

1858: Publica *O capitão Richard*. Processo Dumas-Maquet: o tribunal concede a Maquet 25% dos direitos autorais, mas não reconhece seu direito de propriedade sobre as obras escritas em colaboração com Dumas. **jun:** Partida para a Rússia, convidado por amigos.

1859, mar: Retorna à França. Publica suas *Impressões de viagem* no *Monte Cristo* e no *Constitutionnel*. Ida Ferrier morre em Gênova. Curta visita a Victor Hugo, então exilado na ilha de Guernsey. Caso com a jovem atriz Emélie Cordier.

1860: Publica *A casa de gelo*, *A estrada de Varennes* e *Conversas*. Estreia de diversas peças. Faz uma viagem à Itália acompanhado por Emélie Cordier, com quem tem uma filha, não reconhecida por ele. **set:** Embarca na pequena escuna que mandara construir em Marselha e participa da expedição à Sicília ao lado de Garibaldi, que o nomeia curador dos museus de Nápoles.

1861: Estreia de *O prisioneiro da Bastilha*.

1862: Fracasso de uma segunda peça sobre *Monte Cristo*.

1864: Retorna a Paris, acompanhado de sua amante, a cantora italiana Fanny Gordosa. Estreia de *Os moicanos de Paris*. Viagem ao sul da França.

1865: Publicação da edição definitiva das *Impressões da viagem à Rússia*. Encena *Os forasteiros em Lyon*, quando assume a direção do Grande Teatro Parisiense.

1866: Aluga no bulevar Malesherbes o apartamento que será sua última residência em Paris. **jun:** Temporada em Nápoles e Florença. **jul:** Viaja à Alemanha e à Áustria para preparar um romance. Relança *O Mosqueteiro*, que será publicado até abril de 1867.

1867: Publica *Os brancos e os azuis, O terror prussiano* e *Os homens de ferro*. Caso com a atriz norte-americana Adah Menken.

1868: Publica *História de meus animais* e *Recordações dramáticas*. **fev:** Primeiro número de *D'Artagnan*, "jornal de Alexandre Dumas". Estreia de *Madame de Chamblay*. Morte de Catherine Labay, mãe de Dumas filho.

1869: Trabalha no *Grande dicionário de culinária*.

1870, set: Já com a saúde debilitada, sofre um derrame cerebral que o deixa semiparalítico. Instala-se então na casa de campo do filho, em Puys, região balneária de Dieppe. **5 dez:** Morre em Neuville-les-Pollet, lugarejo próximo, onde é provisoriamente sepultado.

1872: Sepultamento oficial em Villers-Cotterêts.

1883: Inauguração na praça Malesherbes, em Paris, da estátua de Alexandre Dumas, tendo a seus pés d'Artagnan e uma constelação de leitores, de autoria de Gustave Doré.

2002, 30 nov: No ano do bicentenário de seu nascimento, seus restos mortais são trasladados para o Panthéon, em Paris.

A marca FSC é a garantia de que a madeira utilizada na fabricação do papel deste livro provém de florestas de origem controlada e que foram gerenciadas de maneira ambientalmente correta, socialmente justa e economicamente viável.

Este livro foi composto em IM FELL English e Minion Pro 10,7/12,7 e impresso em papel pólen soft 80g/m² e couché matte 115g/m² por Geográfica Editora em outubro de 2012.